古典籍へようこそII

遊びをせんとや

はじめに

二〇〇七年三月、京都府立大学文学部日本・中国文学科と京都府立総合資料館文献課とが協力して、資料館所蔵の貴重な古典籍を解説する「古典籍をあじわう」の連載を京都新聞紙上で開始しました。このコラムはその後、「古典籍へようこそ」とタイトルを改めながら三年間続きましたが、二〇一〇年の古典の日（一一月一日）を記念し、『古典籍へようこそ』と題して一書にまとめ、上梓いたしました。

二〇一〇年四月、わたしたちは装いを新たに、「遊びをせんとや」の連載を始めました。タイトルには「古典籍」の文字こそありませんが、「遊び」の感覚を通して古典籍をよりいっそう身近に感じ取ってもらえたら、という思いが込められています。わたしたちの先人は古典籍を通して文学や歴史などの学問を学んできましたが、それに勝るとも劣らず、古典籍からさまざまな娯楽を享受してきました。

モノとしての古典籍は人生における大事な遊び相手、パートナーでもありました。

この度、二〇一六年一〇月までの八〇回分を再編集して、タイトルもそのままに『遊びをせんとや』と題して刊行することとなりました。本書には誰もが知っている『万葉集』や『源氏物語』、『唐宋八家文』などはもちろんのこと、八文字屋本や『水滸伝』などの娯楽小説、またファッションや手芸・将棋、はたまた手品の仕方など、日本・中国のさまざまなオモシロ本たちが紹介されています。

総合資料館は二〇一七年度に京都府立京都学・歴彩館としてグランドオープンしましたが、京都府立大学文学部も同館に移転いたしました。さらなる連携の下、今後ともみなさまに古典籍の楽しさを発信させていただきますので、どうぞご期待ください。

京都府立大学文学部日本・中国文学科
藤原英城

目次

物語・随筆・謡曲など

その他（辞書・記録など）

中国・朝鮮

古典籍の世界へようこそ!!

遊びをせんとや

大きな影響残した名歌

「古今和歌集」たちばなの香

初夏になると、タチバナが花をつけます。星形の白い花で、かぐわしい香りをはなちます。その香りは、なつかしい昔の記憶をよみがえらせると、古典和歌では詠まれました。

スタートは、最初の勅撰和歌集である「古今《こきん》和歌集」の、「五月《さつき》まつ花たちばなの香《か》をかげば昔の人の袖《そで》の香ぞする」という和歌でした。人々に愛唱された様子は、「和漢朗詠集《わかんろうえいしゅう》」に収められていることからもわかります。

女性の詠んだ和歌なのでしょう。夏になると、五月が来ると、橘《たちばな》の花がさいて香りがただよう、その香りは、今はもうわたしのそばにいない、あの人のことを思い出させてしまう。昔の恋人の衣をだきしめ、静かに泣いている女性の姿を彷彿《ほうふつ》とさせる名歌です。この和歌を詠んだ人の名前は知られません。

けれども、この和歌のイメージは、とても鮮やかで大きな影響をのこしました。この和歌を本歌として、後の時代の歌人たちは、さまざまな想像をくりひろげ、物語のような美しい和歌をのこしたのです。

藤原俊成《ふじわらのしゅんぜい》のむすめ（実は孫娘）は、「橘のにほふあたりのうたたねは　夢も昔の袖の香ぞする」（新古今和歌集）と詠みました。夏の短夜《みじかよ》に、うたたねをして昔の恋人が訪れた夢をみた、あたり一面に橘の花の香りがただよっていて…。余韻にあふれています。やわらかく上品な愛の物語をつむぐことは、現代の夏を生きる若者にとっても、大切なことと思います。（赤瀬信吾）

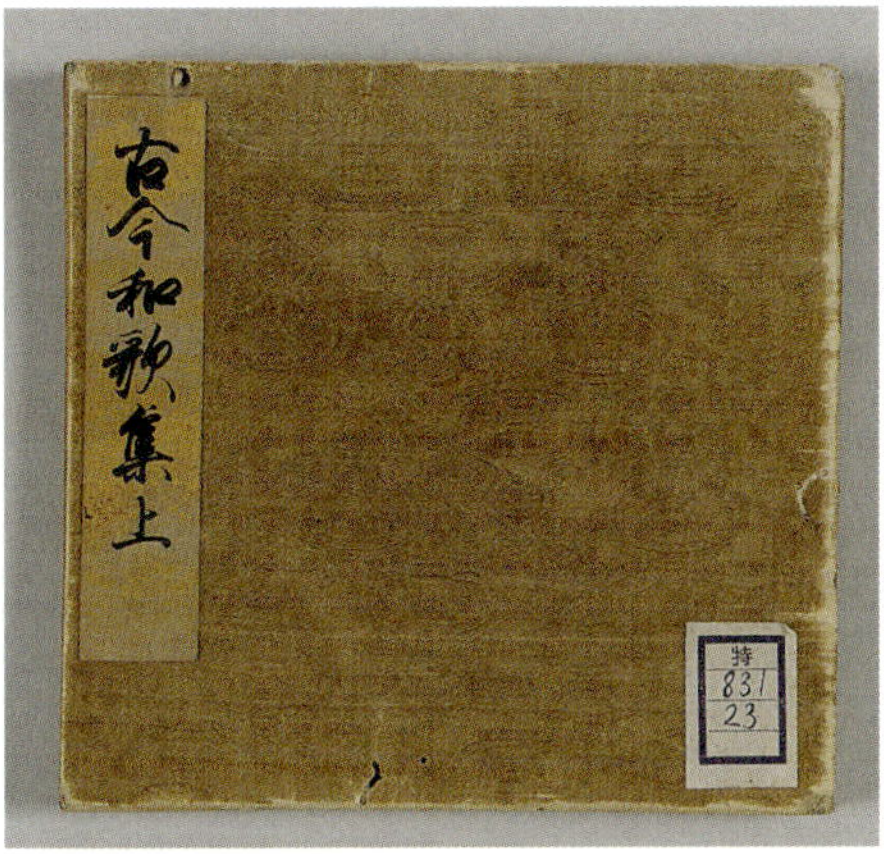

二十一代集本「古今和歌集」
2冊
16.7 × 17.8cm
延宝6(1678)年写
貴462

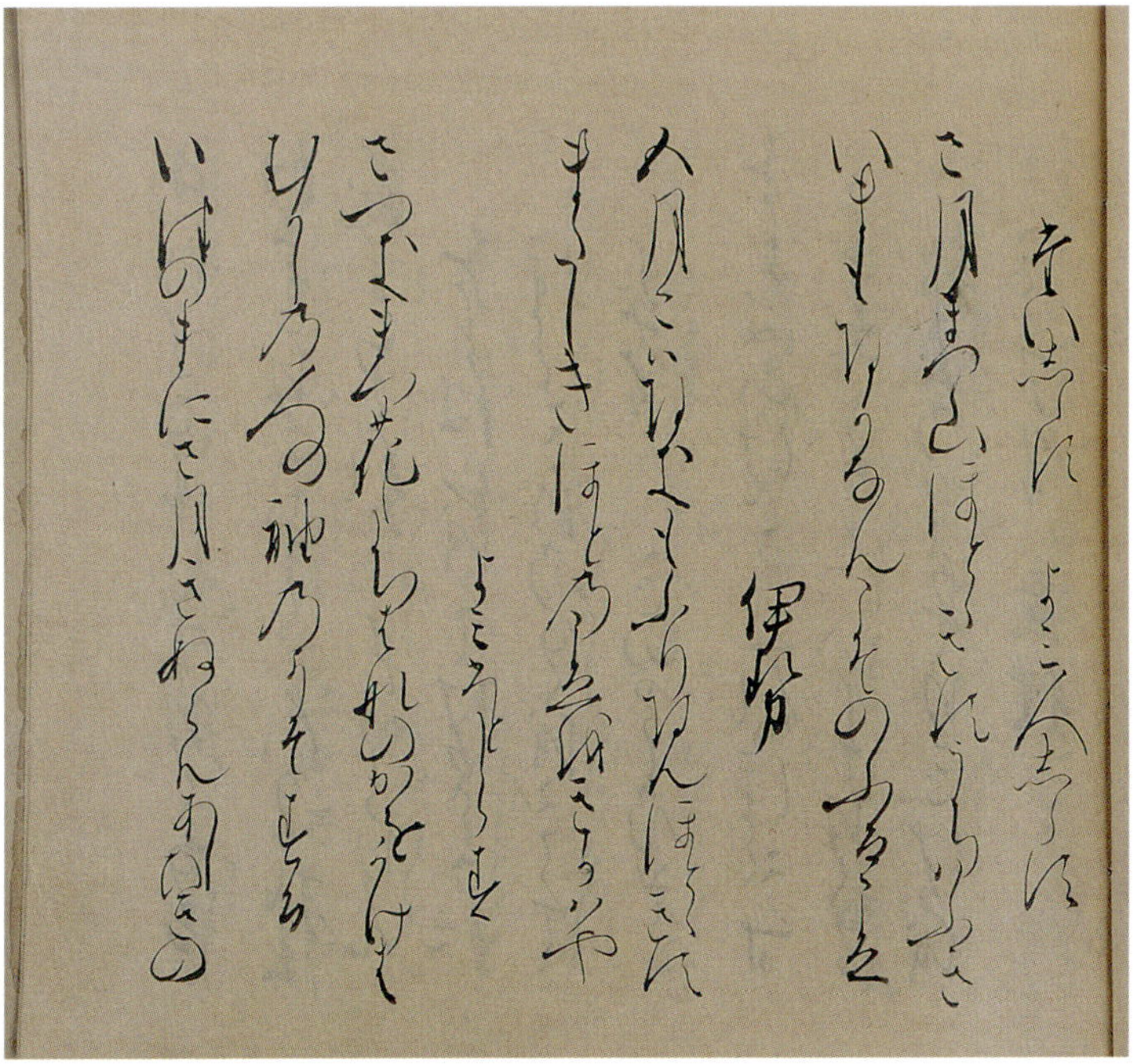

「古今和歌集」夏歌の「花たちばな」の歌（後ろから2首目）

子どものお手習いのお手本

「和漢朗詠集」古写本

私たちが書道や習字と呼んでいる稽古事は昔、手習いと呼ばれていました。寺子屋でたくさんの子どもたちが机を並べて、紙が真っ黒になるまで筆を運んでいる様子は、江戸時代に出版された往来物（現代の教科書にあたります）の挿絵や、いろいろな浮世絵にも描かれ、当時の雰囲気がありありと伝わってきます。

さて、ではどんなお手本が使われていたか、というと千差万別です。一般には「いろは」から始まり、数字や方角を表す漢字へと進み、町名や人名などの語彙《ごい》を集めた字尽しと言われるものを習っていく中で、次第に短い文が書けるようになっていきます。

最後に、家の売買や金（銀）の貸し借りの際の証文、私的な手紙などの型をマスターすればゴールです。以上は、商家や農家でも読み書きを必要とするような家に生まれた子どもたちの手習いの順番です。

しかし、より身分の高い家の子どもたちは、もう少し優雅なお手本も習いました。意外に思われるかもしれませんが、「和漢朗詠集」という作品は、江戸時代の人々にとって、文学書というよりは「往来物」の類いとみなされていました。

京都府立京都学・歴彩館には、「和漢朗詠集」を宗鑑流で写した室町時代の写本があります。これもお手本と言えるでしょう。（母利司朗）

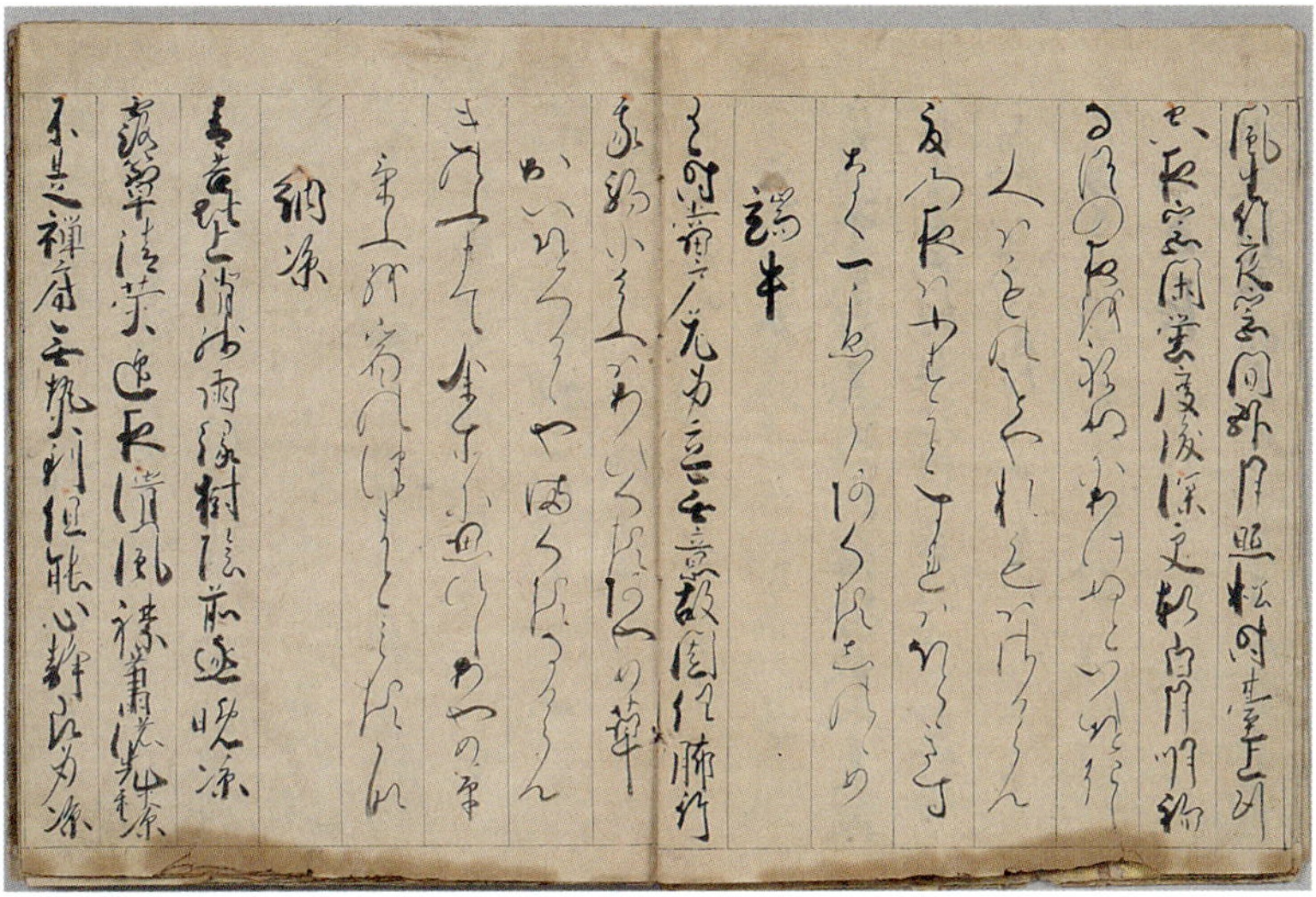

「端午」「納涼」

和漢朗詠集
藤原公任撰
2冊
23.0 × 17.7cm
室町末頃写
貴548

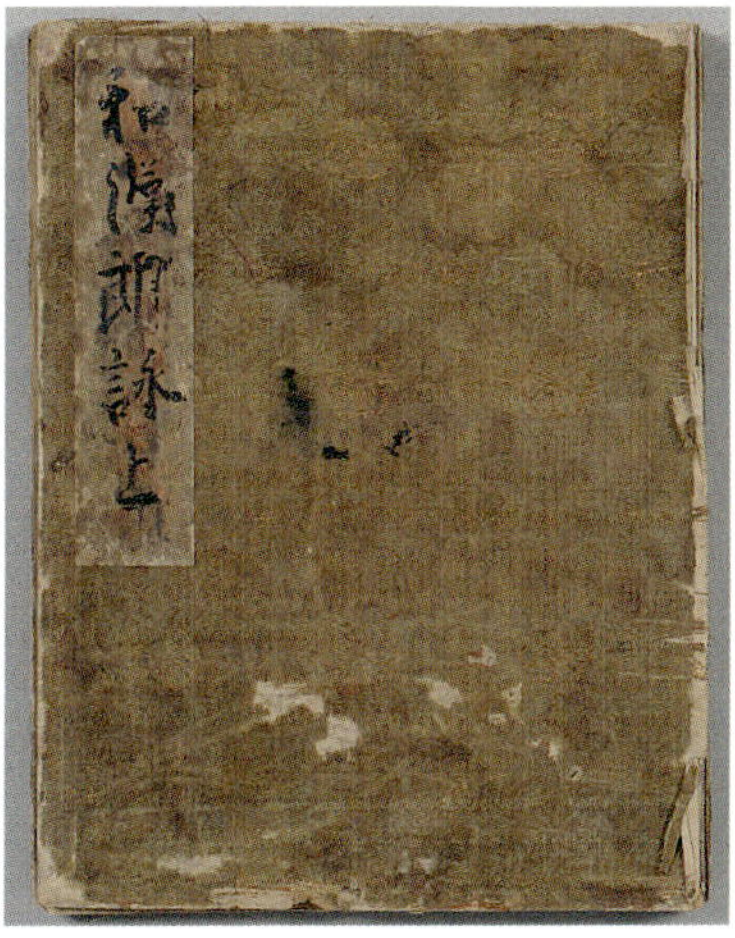

表紙

藤原俊成生誕900年

本歌取りの確立

藤原俊成（1114〜1204年）は、平安時代末期から鎌倉時代初期に活躍した歌人です。平成26年が生誕900年にあたっていましたが、俊成の子孫である冷泉《れいぜい》家では、都合があって平成27年にいろいろな記念行事をおこないました。

俊成は第7番目の勅撰和歌集「千載《せんざい》和歌集」をひとりで編集しました。鴨長明の著した「無名抄《むみょうしょう》」によると、俊成自身の代表作・自信作は次の歌でした。

「夕《ゆふ》されば野べの秋風身にしみて　うづらなく
　なり深草の里」

「伊勢物語」123段に、昔、深草に男女が仲むつまじく暮らしていた。ところが男は家を捨てていこうとした。男との愛をあきらめきれない女が、「野とならばうづらとなりて鳴きをらむかりにだにやは君はこざらむ」という和歌を詠んだところ、女の切ない心に動かされた男は、その里から出ていくことはなかった、という話がみえます。

俊成は、「伊勢物語」のこの話をふまえ、女の和歌を本歌取りして、「夕されば」の和歌を詠みました。鶉《うずら》になって鳴いていることから、「伊勢物語」の結末とは違って、男は結局出て行き、女は鶉となってしまったという、逆説的な本歌取りを俊成は試みていると解釈する見方もあります。

しかし、それでは美しくない。昔むつまじい男女の物語が深草の里にあったけれども、今では男も女もとうに亡くなってしまい、女の化身だろうか、鶉が鳴くという。時が流れるという残酷さの中に、リリシズムをみることもできるのです。

俊成は、和歌の表現史のうえで本歌取りの技法を確立した歌人としても高く評価されています。

（赤瀬信吾）

二十一代集本
「千載和歌集」
２冊
16.7 × 17.8cm
貴462

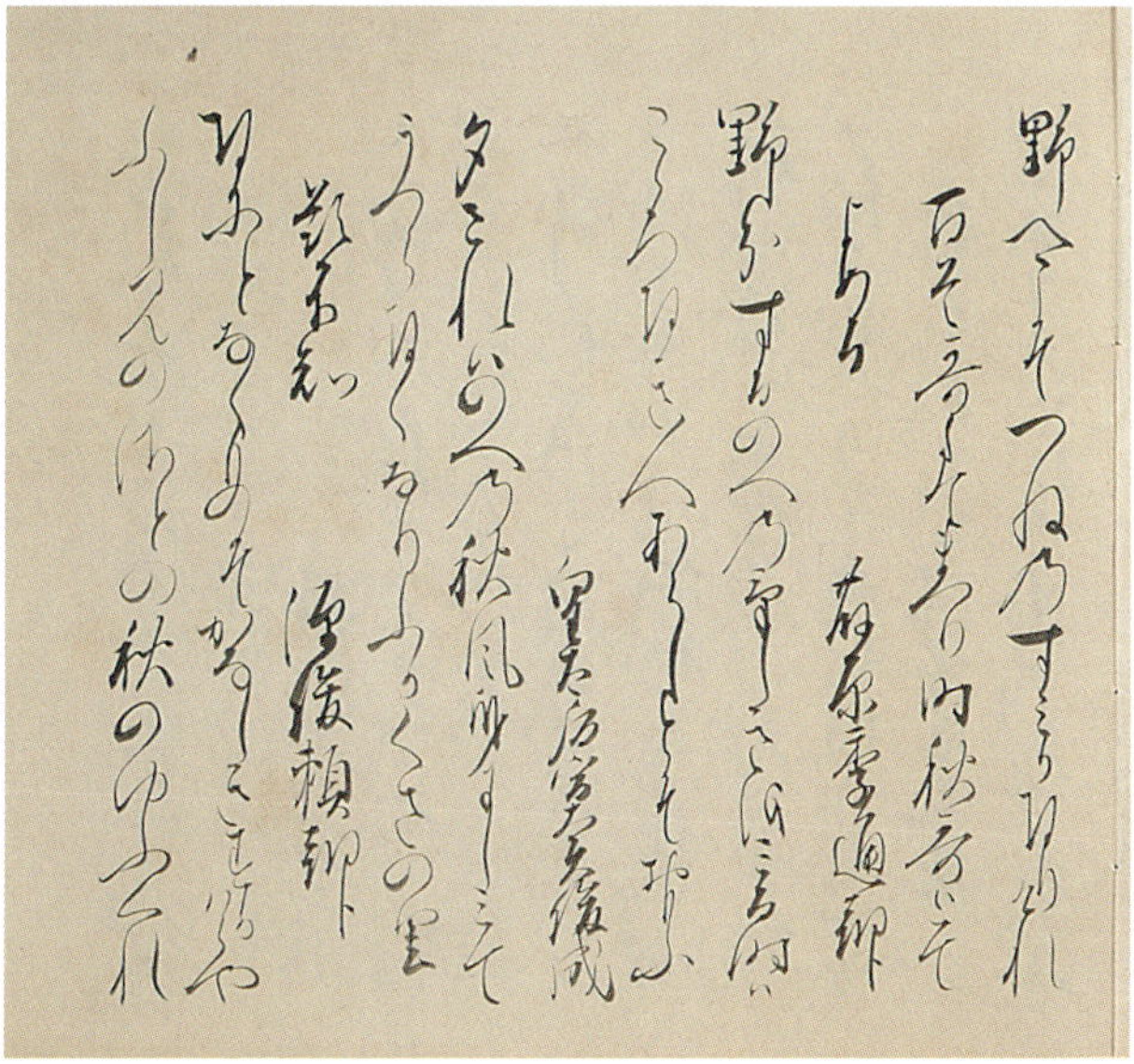

「千載和歌集」に見られる俊成の「夕されば」の和歌
（後ろから２首目）

また見ぬ方の花を

「新古今和歌集」西行のこころ

花といえば桜。桜を詠んだ歌人として有名なのは、西行（1118〜90）です。「新古今和歌集」春歌上に、次の和歌が収められています。

「吉野山去年《こぞ》のしをりの道かへて　また見ぬ方《かた》の花をたづねん」

「しをり」は、不案内な山路で、帰りの目印に枝などを折っておくこと。通説は「まだ見ぬ」ですが、鎌倉時代には「また見ぬ」とも理解されていました。田中裕「新古今：秀歌250首」（画文堂）に紹介されています。どこまでも花の吉野山。去年は一昨年と違う道を行ったが、今年も去年とは違う道をたどって、新しい花をさがしに行こう。日本各地を歩いた西行には、若々しい心がありました。

「新古今和歌集」の時代には、古歌をふまえて本歌取りをし、物語のような華麗な世界を描きだす和歌が、盛んに詠まれました。眼前にある現実から呼び起こされる抒情《じょじょう》を詠むのではなく、虚構の世界を美しく構築する和歌です。

西行も、本歌取りの和歌を詠んでいますが、桜などの折々の風情に触発された和歌をたくさん残しています。時代の風潮とは異なっていたにもかかわらず、西行の和歌は、「新古今和歌集」ではトップの94首もが収められています。

「ながむとて花にもいたくなれぬれば　散る別れこそかなしかりけれ」

「新古今和歌集」春歌下の西行の和歌。桜が散るのは、恋人との別れのよう。京都市西京区の法輪寺の南には、西行がこの和歌を詠んだと伝える西行桜があります。西行は、嵯峨の奥にも住んだらしく、謡曲「西行桜」も生まれました。

（赤瀬信吾）

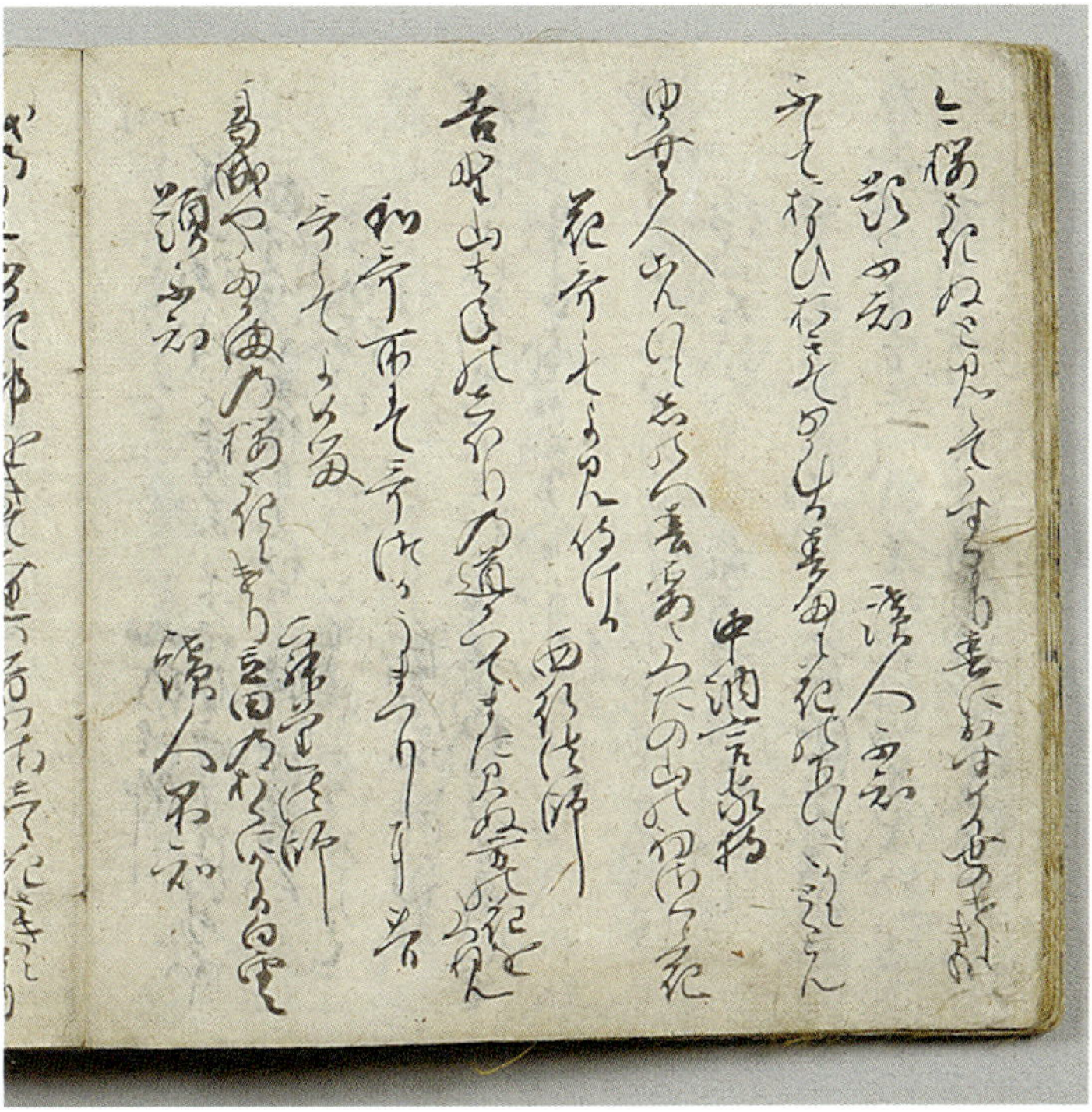

「新古今和歌集」春歌上に見られる西行の和歌（後ろから2首目）

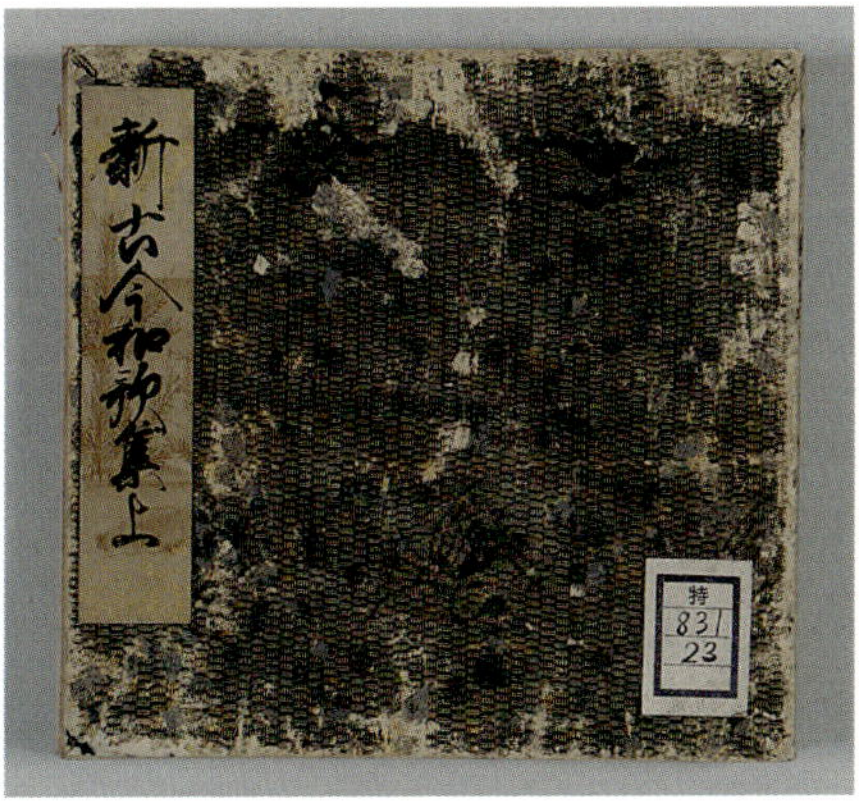

二十一代集本「新古今和歌集」
3冊
16.7 × 17.8cm
延宝6(1678)年写
貴462

大歌人は死も予言?:定家の「明けばまた」

「新勅撰和歌集」

旧暦の8月15日は、中秋《ちゅうしゅう》の名月です。かつては観月《かんげつ》の宴《うたげ》が催され、人々は美しい月を楽しみました。藤原定家《ふじわらのていか》は「明けばまた秋のなかばもすぎぬべしかたぶく月のをしきのみかは」という和歌を詠んでいます。夜が明ければ、今年もまた秋の半ばも過ぎてしまう、8月の十五夜の月が沈んでゆくのが惜しいだけではない、移ろいゆく秋が、移ろいゆく月日が惜しまれてならない、という意味の和歌です。

定家は、9番目の勅撰和歌集である「新勅撰和歌集」を単独で編集しました。その中に選び入れていますから、「明けばまた」の歌が定家の自信作であったことは疑いありません。定家のライバルで、歌人として互いに尊敬しあっていた藤原家隆《いえたか》も、この歌を定家の代表作と認めていたという逸話が残っています。定家の甥《おい》の藤原信実《のぶざね》が編んだという「今物語《いまものがたり》」に、その逸話が載せられています。

けれども、この歌が定家の代表作とされた背景には別の事情もあったのです。定家が亡くなったのは仁治2(1241)年8月20日。中秋の名月の5日後でした。文治5(1189)年2月16日に没した西行は「願はくは花のもとにて春死なむその如月《きさらぎ》の望月《もちづき》のころ」という歌を残しました。2月15日は、釈迦《しゃか》の亡くなった日と伝えられてもいます。

冷泉家《れいぜい》では、定家の命日に黄門影供《こうもんえいく》がおこなわれます。黄門つまり中納言であった定家の肖像画を床の間にかけ、歌を詠んで供える内輪《うちわ》の行事です。平成22年の春に京都で開かれた「冷泉家　王朝の和歌守《うたもり》展」に展示された定家の肖像画には、「明けばまた」の歌を記した色紙がはられています。今年の中秋には、美しい名月を見上げて、定家卿の面影をしのんでみませんか。

（赤瀬信吾）

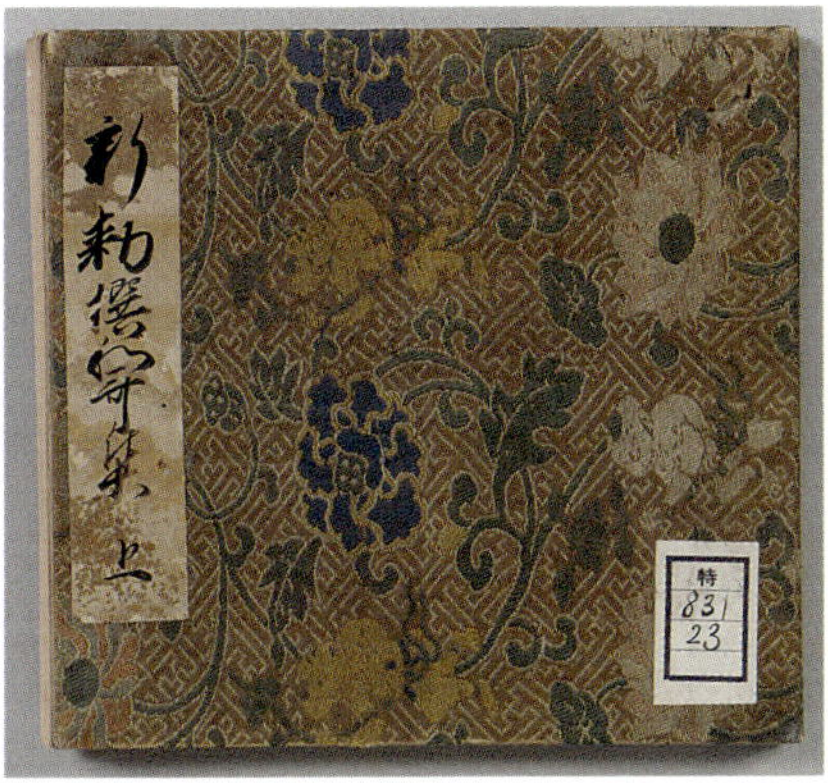

二十一代集本
「新勅撰和歌集」
2冊
16.7 × 17.8cm
元禄5（1692）年写
貴462

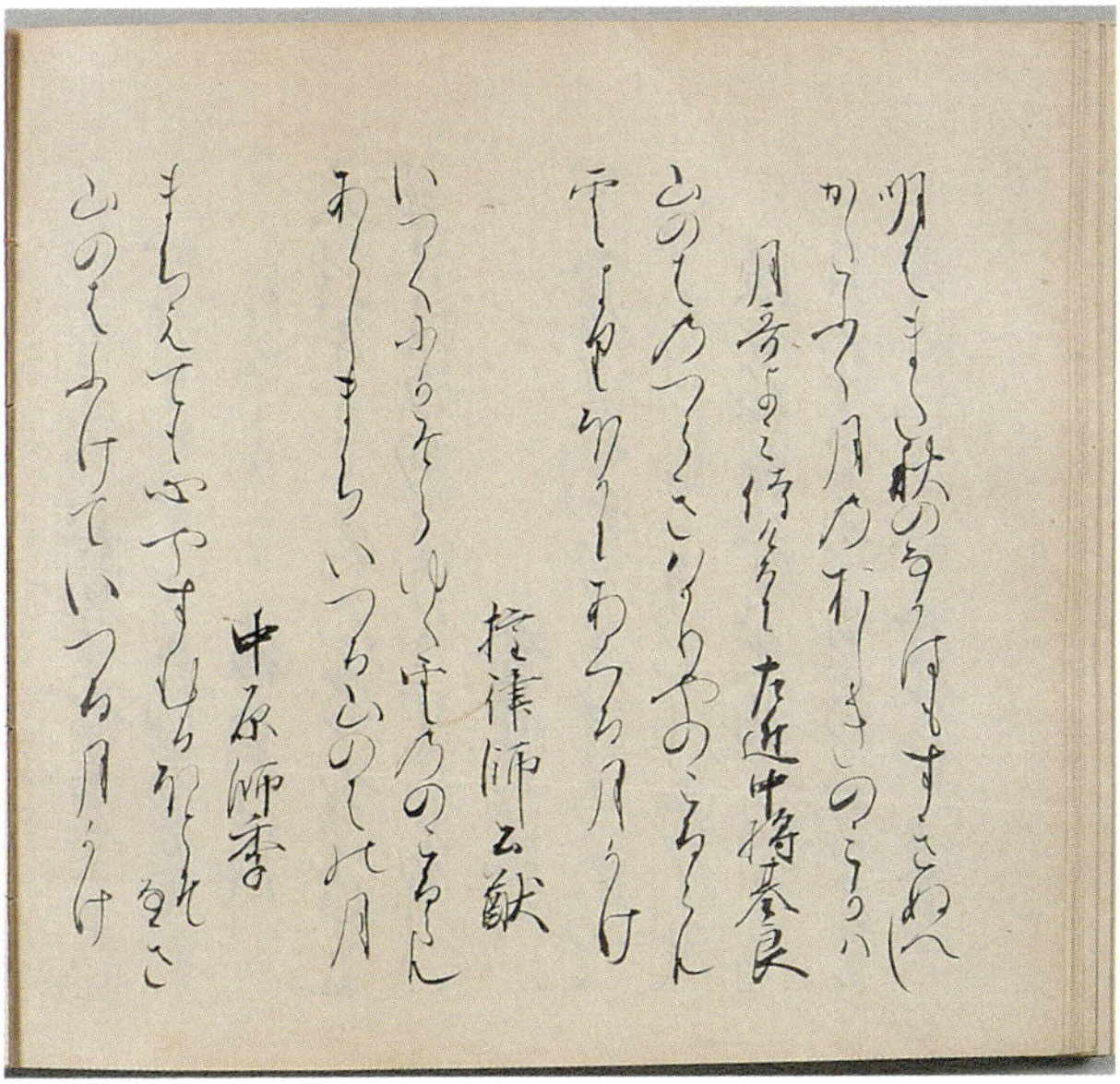

「新勅撰和歌集」秋歌上に見られる定家の和歌。最初の1首目

吉野の里　乱から心遠く

南朝の「新葉和歌集」

1336年から50年以上もの間、日本では内乱が続いていました。南北朝時代です。南朝の後《ご》醍醐《だいご》天皇は、奈良の吉野に朝廷を開きます。多くの公家が京都を離れ、吉野の山中で生活を始めました。南朝は次第に弱体化しますが、人々はさかんに和歌を詠み「新葉《しんよう》和歌集」を残しました。

撰者は宗良《むねよし》親王（1312～85年ごろ）。親王の父は後醍醐天皇、母は二条家出身の為子。藤原定家《ふじわらのていか》の子為家《ためいえ》の子孫は、二条家・京極《きょうごく》家・冷泉《れいぜい》家の三家に分裂します。二条家も京極家も断絶して、冷泉家だけが現在まで続いています。けれども、南北朝時代に最も勢力をもっていたのは、二条家でした。

二条家の指導をうけた人々は、優美で平淡な、悪く言えば、ありふれた伝統的な和歌を好みました。南朝の人々も例外ではありません。ただし、「しげりあふさくらが下《もと》の夕すずみ　春はうかりし風ぞまたるる」というような和歌も、「新葉和歌集」には見られます。

春には桜の花を散らせるので、風が吹くのは嫌だったけれども、花が散って青葉が茂りあっている夏、桜の木の下で夕涼みをしていると、嫌っていた風の訪れが待たれてならない。春の景物とされる桜を、暑い時期に詠んでみせた点が新鮮です。桜の名所である吉野を念頭においたのかも知れませんね。

この和歌の作者は、花《か》山《ざん》院《いん》長親《ながちか》（1350年ごろ～1429年）。宗良親王の助手となり、「新葉和歌集」を完成させたと考えられています。内大臣にまでなったのですが、やがて出家して京都の歌壇で活躍します。長親にとって、戦争はとっくに終わっていたのかも知れません。（赤瀬信吾）

二十一代集本
「新葉和歌集」
2冊
16.7 × 17.8cm
元禄7(1694)年写
貴462

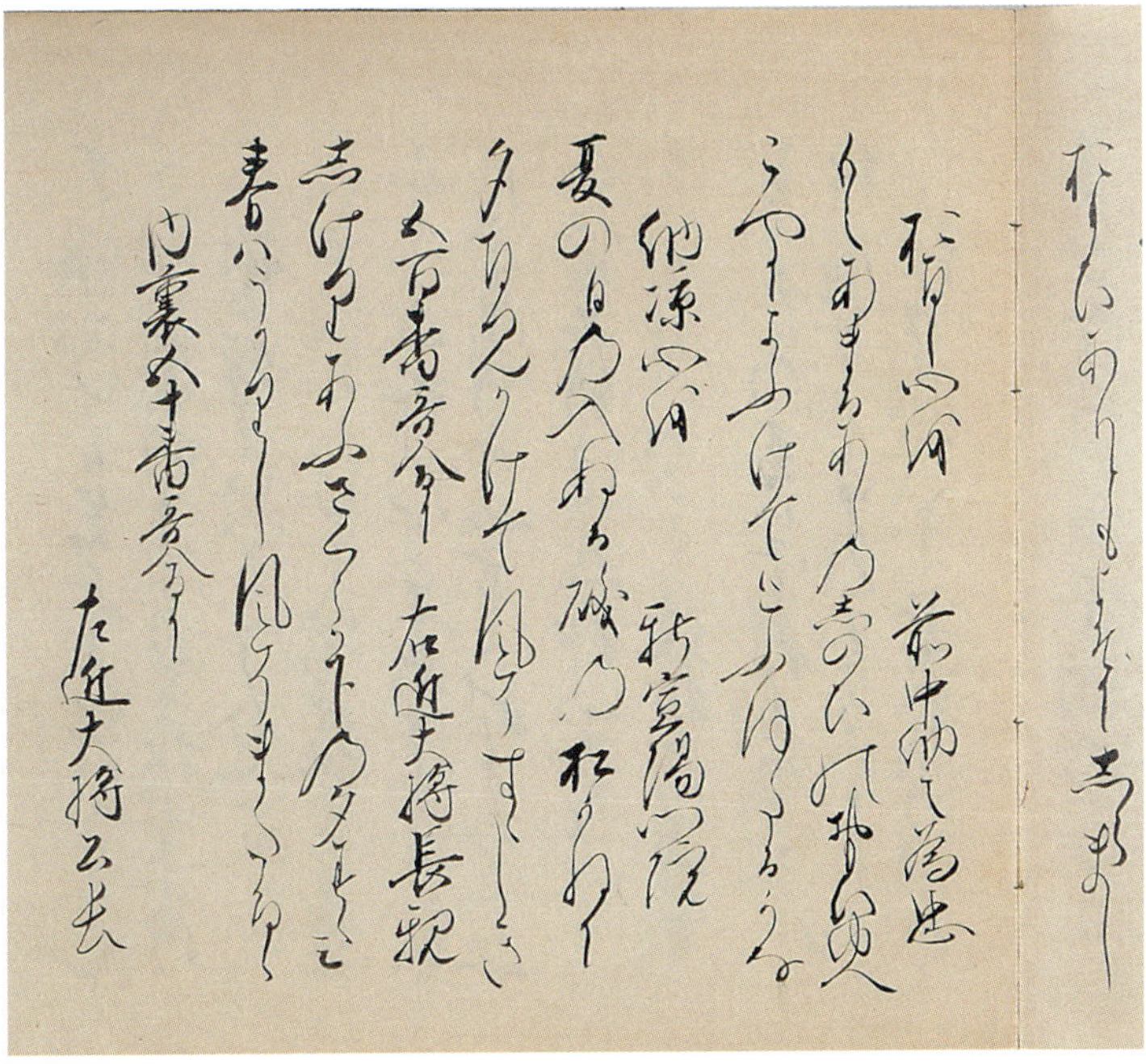

「新葉和歌集」夏歌に見られる花山院長親の和歌（後ろから一首目）

せつない大晦日

古典和歌の歳末『新続古今和歌集』

新しい一年は正月一日つまり元日が初めと、現在の私たちは考えています。ところが、古典和歌の世界たとえば勅撰和歌集では、一年は二十四節気の最初の立春から始まるのが基本でした。春の初めは立春、秋の初めは立秋。けれども、春の終わりは3月晦日《みそか》、夏の終わりは6月晦日、秋の終わりは9月晦日、冬の終わり、つまり一年の終わりは12月の大晦日となっています。季節の初めと終わりとが、二つの規準、ダブル・スタンダードでなっていたのです。

現在では、年齢は満で数えます。けれども、ほんの少し前までは数えで数えていました。ですから、新年を迎えると誰もが1歳の年齢をとることになります。「古今和歌集」の冬歌の最後は「ゆく年の惜しくもあるかな　ます鏡みる影さへにくれぬと思へば」という紀貫之の和歌。鏡にうつるわが身の姿に、一年の終わりを思い、老いることを嘆いているのです。

それでも、最後の勅撰和歌集「新続《しんしょく》古今和歌集」の冬歌の最後から2番目は、慶運という歌僧の「かぎりなく老いぬるのちの一年《ひととせ》は身につもるともよしや嘆かじ」という和歌です。年をとるのは悲しいけれども、まあいいさ、今更嘆くことでもないでしょうという、室町時代の人の明るいあきらめのようなものが、素直に詠みこまれています。日本人の老境というものを、歳末には考えてみるのもいかがでしょうか。

（赤瀬信吾）

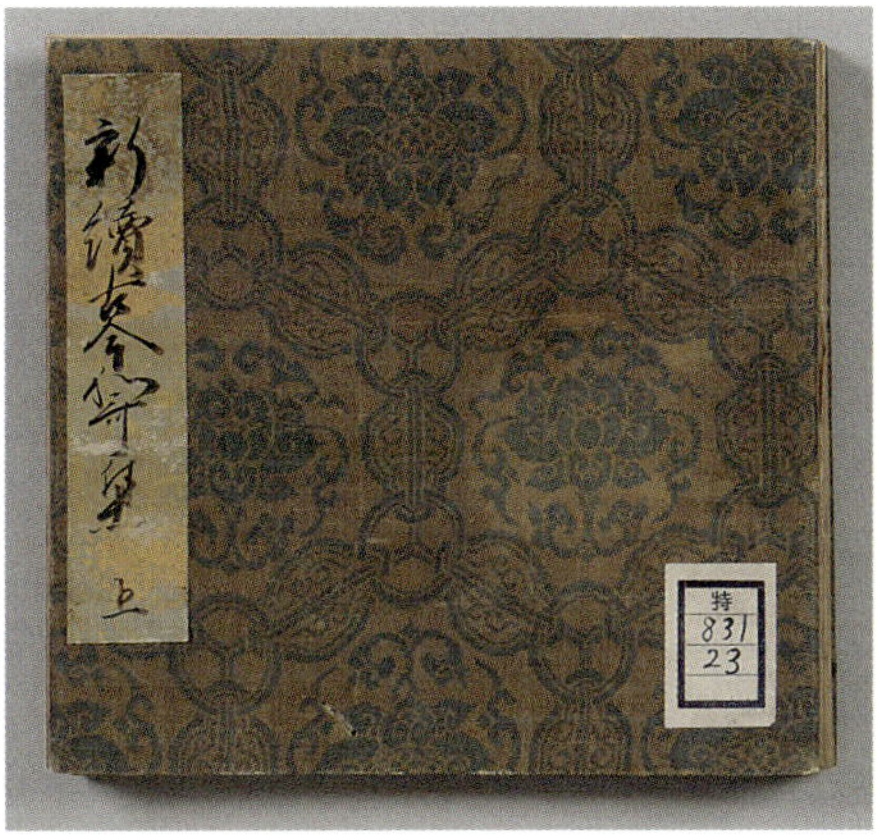

二十一代集本「新続古今和歌集」
2冊
16.7 × 17.8cm
元禄7（1694）年写
貴462

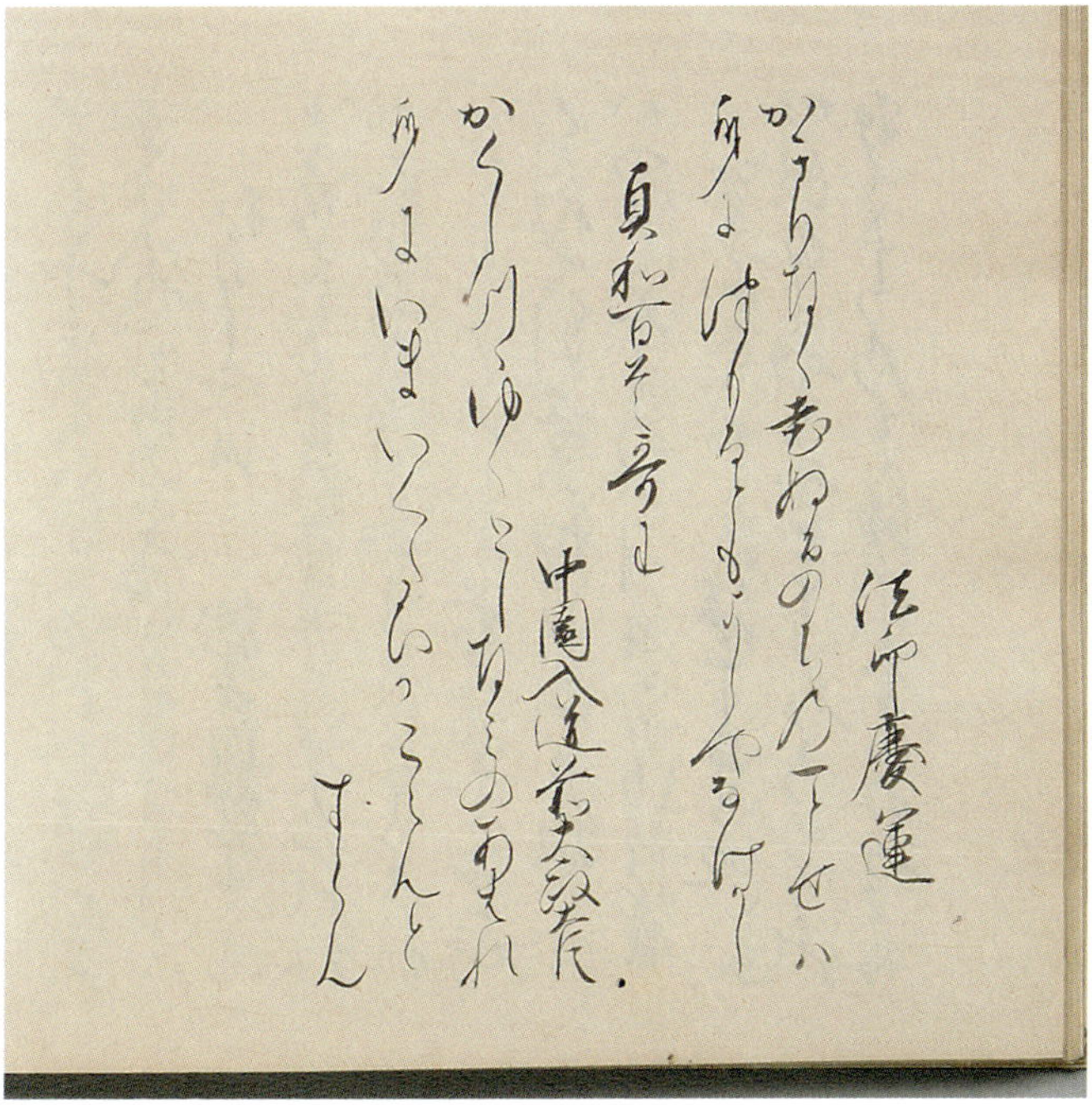

「新続古今和歌集」冬歌の巻末

歌のありかがすぐわかる便利な本

万葉集の歌を分類『類葉抄』

秋も盛りになって虫の音も涼やかに聞こえてくる頃、この風情を歌に詠もう、万葉集を参考にしようと思った時、皆さんならどうしますか。第一巻から順番に、虫を詠んだ歌を探しますか。それはとても大変です。万葉集には4500首以上の歌があるのですから。

そこで強い味方となるのが、万葉集の歌を主題ごとに分類してある類題本です。雪の歌、船の歌、桜の歌、涙の歌、何でも分類してあるので、簡単に探せます。今でいう検索機能付きということですね。

こうした本はすでに平安時代後期には作成され、多くの歌人が利用していました。歌の実作だけでなく研究にも活用されました。

ここで紹介するのは、室町時代後期の延徳3（1491）年に編まれた本を江戸時代中期に写した本です。「第一天象」から「第十八器財」まで大分類し、その中をさらに「天、日、月…」、「玉、車、針…」などと細かく分類してから、その語を含む万葉集歌を平易に読み下した形で挙げています。

では虫の歌を探しましょう。第十が昆虫部。そこを見れば蜻蛉《あきつ》や蚊《か》の歌も載っています。蝶《ちょう》を見ると「五　庭には舞新蝶あり　非歌詞也」とあって、蝶は巻五（巻十七にも）の漢文にのみあり、歌には詠まれていないこともわかります。そして「蛬《こおろぎ》」の項。これがコオロギの歌です。「白露の」以下7首が挙げられます。五首目「蟋蟀《こほろぎ》の待ち歓《よろこ》ぶる秋の夜を」（2264）は秋冷を歓《よろこ》んで鳴きわたる様、七首目「蟋蟀の吾《わ》が床《とこ》の辺《へ》に鳴きつつもとな」（2310）は独り寝の床のあたりにまで来て恋人への慕情を呼び起

こさせられる様。コオロギに寄せるさまざまな思いが読み取れるでしょう。（山崎福之）

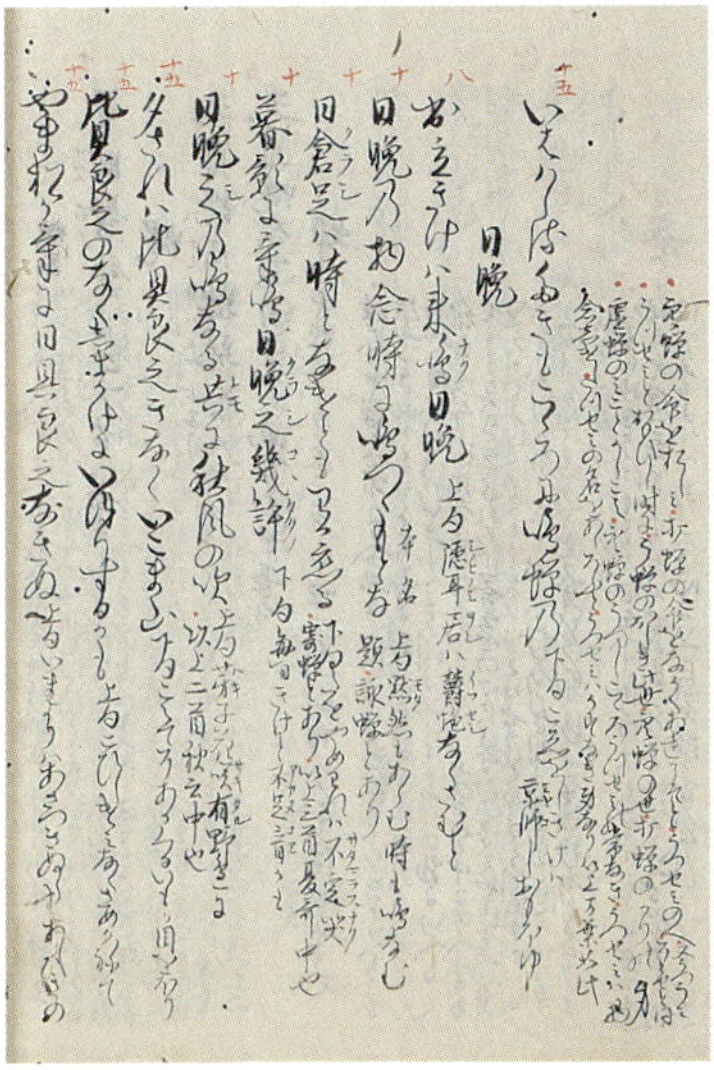

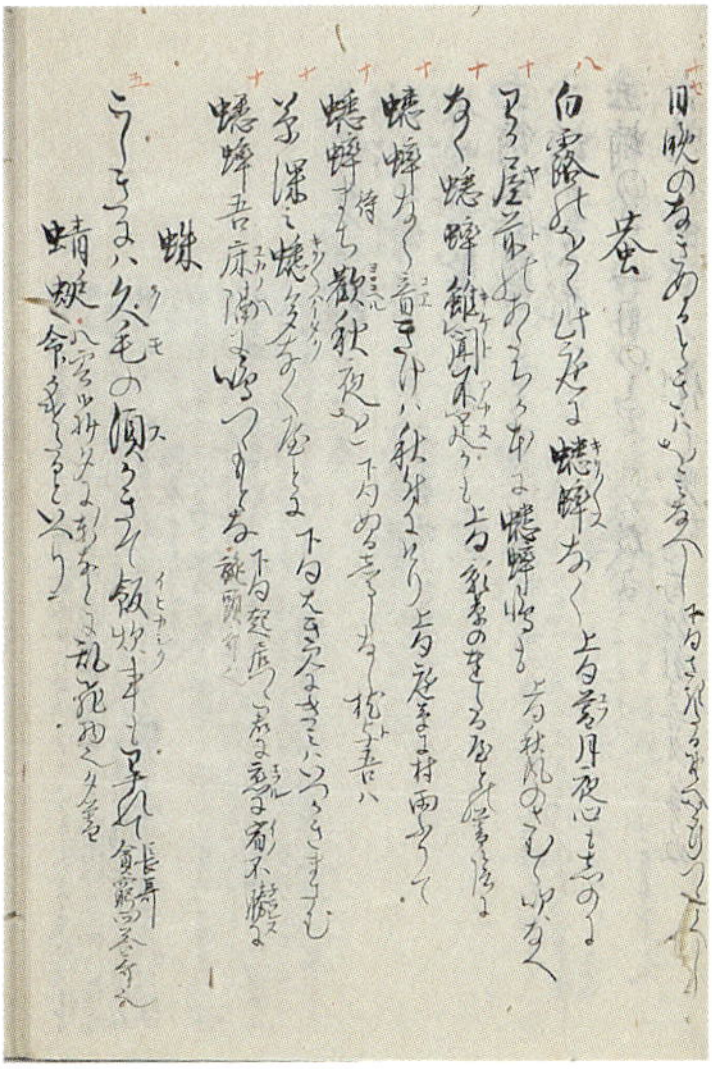

［萬葉］類葉抄
13冊
27.0×19.7cm
江戸時代中期写
貴449

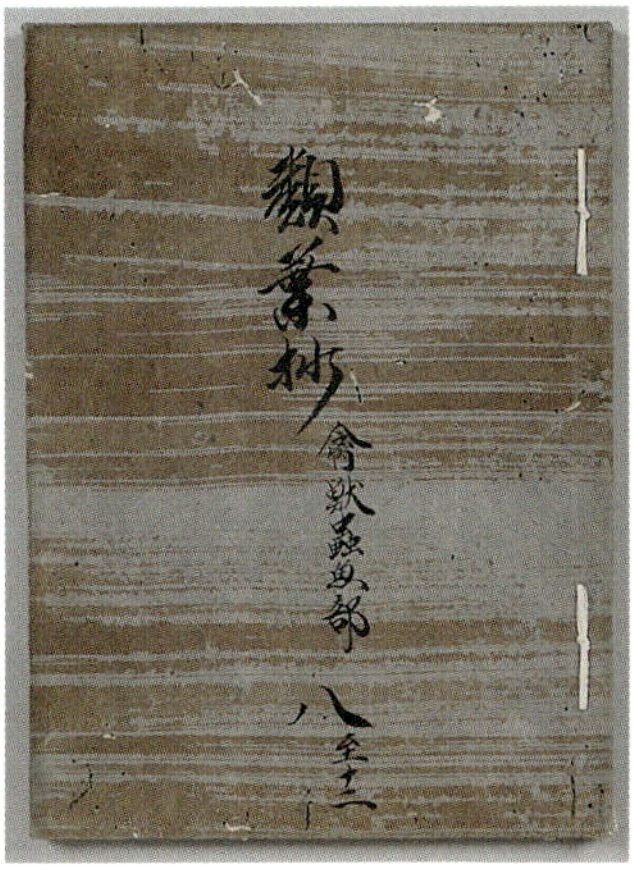

私的な感情の最初の記録
紀貫之「土佐日記」

承平4（934）年12月21日、紀貫之は4年間の土佐守の任期を終えて帰京の途につきました。「土佐日記」は、その翌年、2月16日に京の邸に戻るまでの51日間にわたる船旅の日記です。当時の日記は、なんらかの出来事の記録を意味するもので、そのほとんどが男性の手になる漢文日記でした。既に「古今和歌集」の仮名序という、仮名文による公的な文章を著した貫之が、私的な体験を仮名の散文で記そうとした試みが「土佐日記」だったのです。

「男もすなる日記といふものを女もしてみむとてするなり」と、彼が自らを女性に仮託したのは、官人という立場の制約から離れて折々の個人的な感情を当時女手《おんなで》といわれた仮名を用いて自由に表現するための手段だったのでしょう。そこには、募る望郷の念、悪天候へのいらだち、風景への感興、功利的な周囲の人々に対する憤りといった彼の心情が諧謔《かいぎゃく》を交えながら生き生きと描かれています。とりわけ貫之の心からつかの間も離れることがなかったのは、土佐で亡くした幼い娘に対する愛惜と追慕でした。このとき彼はとうに六十歳を過ぎていたようです。京へ愛児を連れて帰れなかった老親の嘆きは、「昔へ人《いにし》を思ひ出でて、いづれの時にか忘る る」、「この家にて生まれし女子《おんなご》のもろともに帰らねばいかがは悲しき」とやむことがありませんでした。

心中の切なる思いの種が育ち言の葉となって現れたもの、それがすなわち和歌であると貫之は考えていました。その和歌を表記するための平仮名で書かれた「土佐日記」は、多彩で繊細な心情を日本語による散文で表現した最古の作品です。左にあげた「首書土佐日記」は江戸時代につくられた注釈書の一つで、北村季吟の「土佐日記抄」とほぼ同じ内容です。（安達敬子）

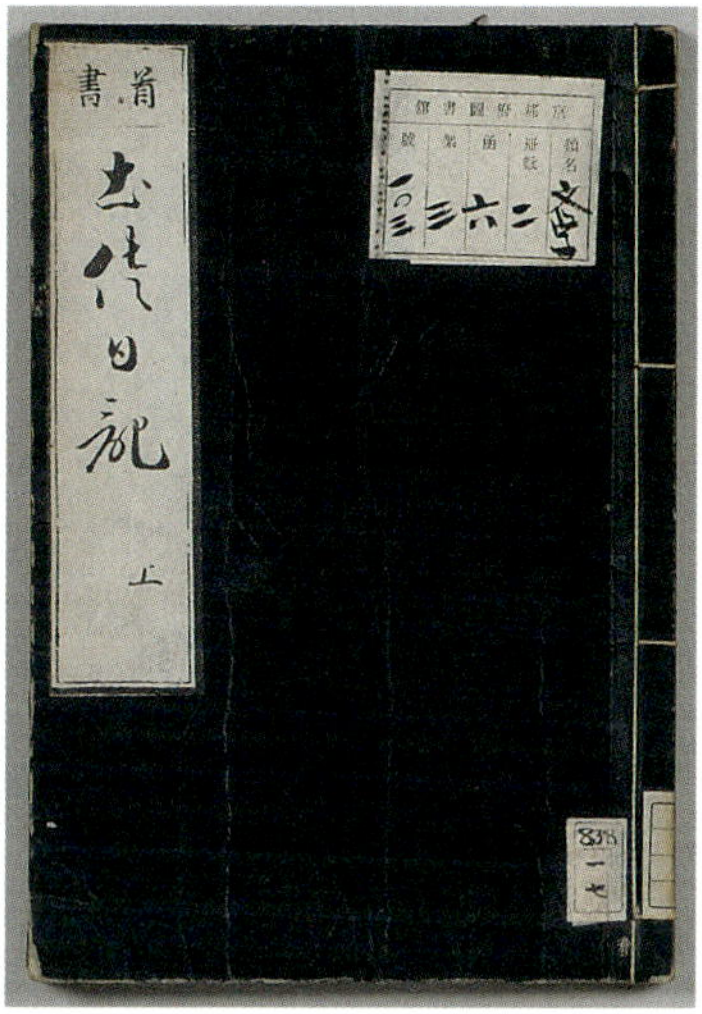

土佐日記(首書土佐日記)
2冊
22.3×15.3cm
宝永4(1707)年刊の
明治期の後刷本
和-838-17-1〜2

表紙

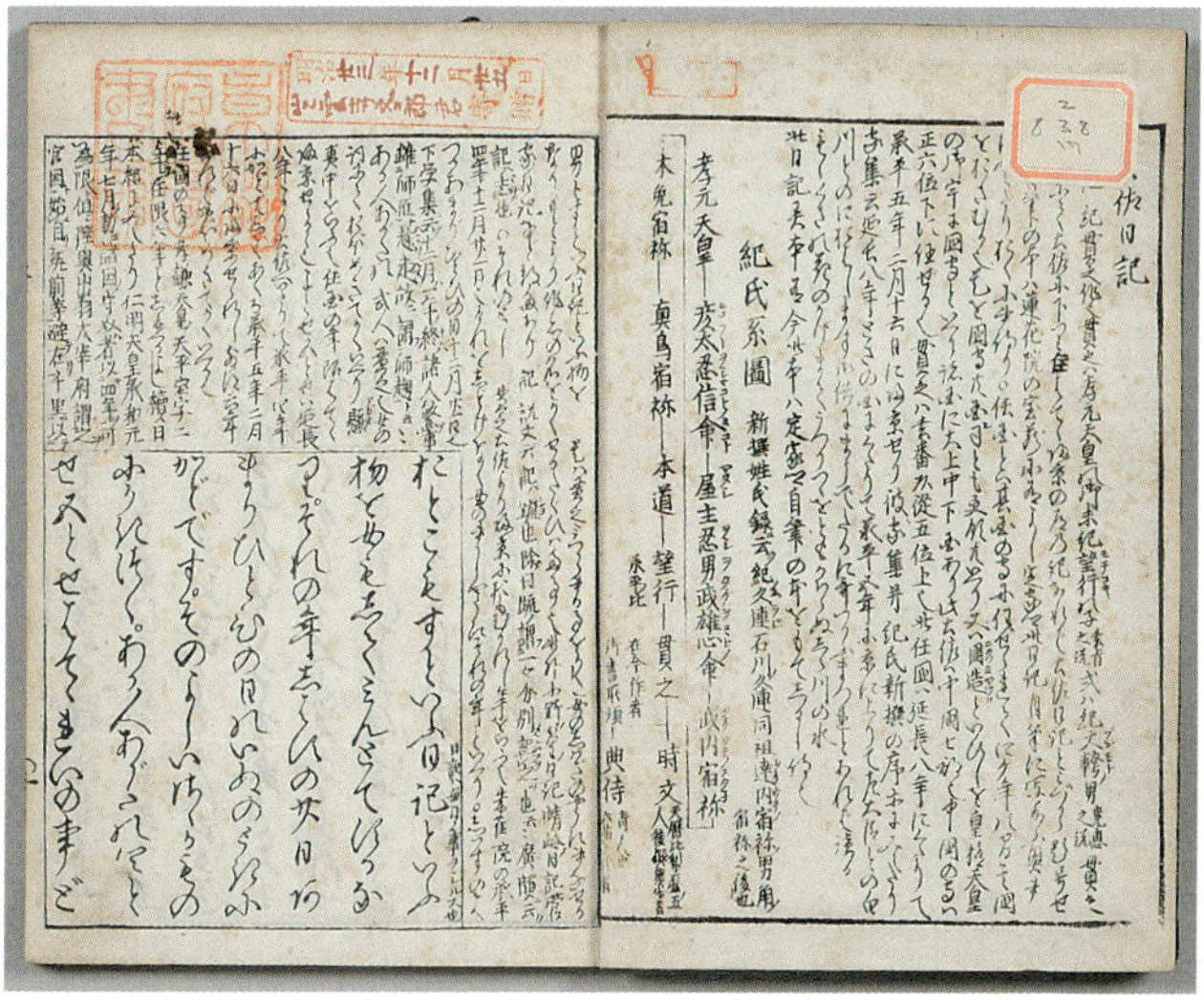

「首書土佐日記」冒頭部分。土佐日記の解題、紀氏系図の後に続いて、下に本文、上部に小字で頭注が附せられる

オノマトペ多用し「道理」説く

天台僧の史論書「愚管抄」

「愚管抄」は、天台座主であり歌人でもあった慈円という僧の著した史論書です。鎌倉時代初期の成立とされます。

京都府立京都学・歴彩館にある「愚管抄」（上・下巻）は、江戸時代中期の写本です。写真のように、漢字平仮名まじりの文章で書かれています。

内容は、上巻が皇帝年代記（ただし朱雀天皇の説明の途中まで）、下巻が通史の叙述（神武天皇から一条天皇までの部分）です。

さて、「愚管抄」で慈円は、歴史に内在し、その流れを導く力を「道理」とし、政治史の変遷を「道理」の展開として説明しています。「道理」という語は、下巻に41回も登場します。

そして、「道理」を教養の無い人にも伝わる文章に書き表すには、漢字より仮名、漢語より和語や俗語が適すると考えました（それを説明した部分は歴彩館本にはありません）。それで、漢字仮名まじりの、和漢混淆《こんこう》文となっているのです。

なかでも、「つゝらとしてあるへしやは」「これを例と思をもむきもつや〳〵となし」「ひしと国おさまり」などの「オノマトペ」（擬音語、擬態語）が多く現れるのが特徴です。

しかし「愚管抄」の文章はとても難解です。オノマトペも、それ自体は感覚的な語ですので、表現の中身そのものを易しくするのに必ずしも有効ではありません。

近代以降に口語体の書き言葉が成立するはるか前に、難しい内容をわかりやすい言葉で書こうとした、先駆的で特異な文体と言えるでしょう。

（鳴海伸一）

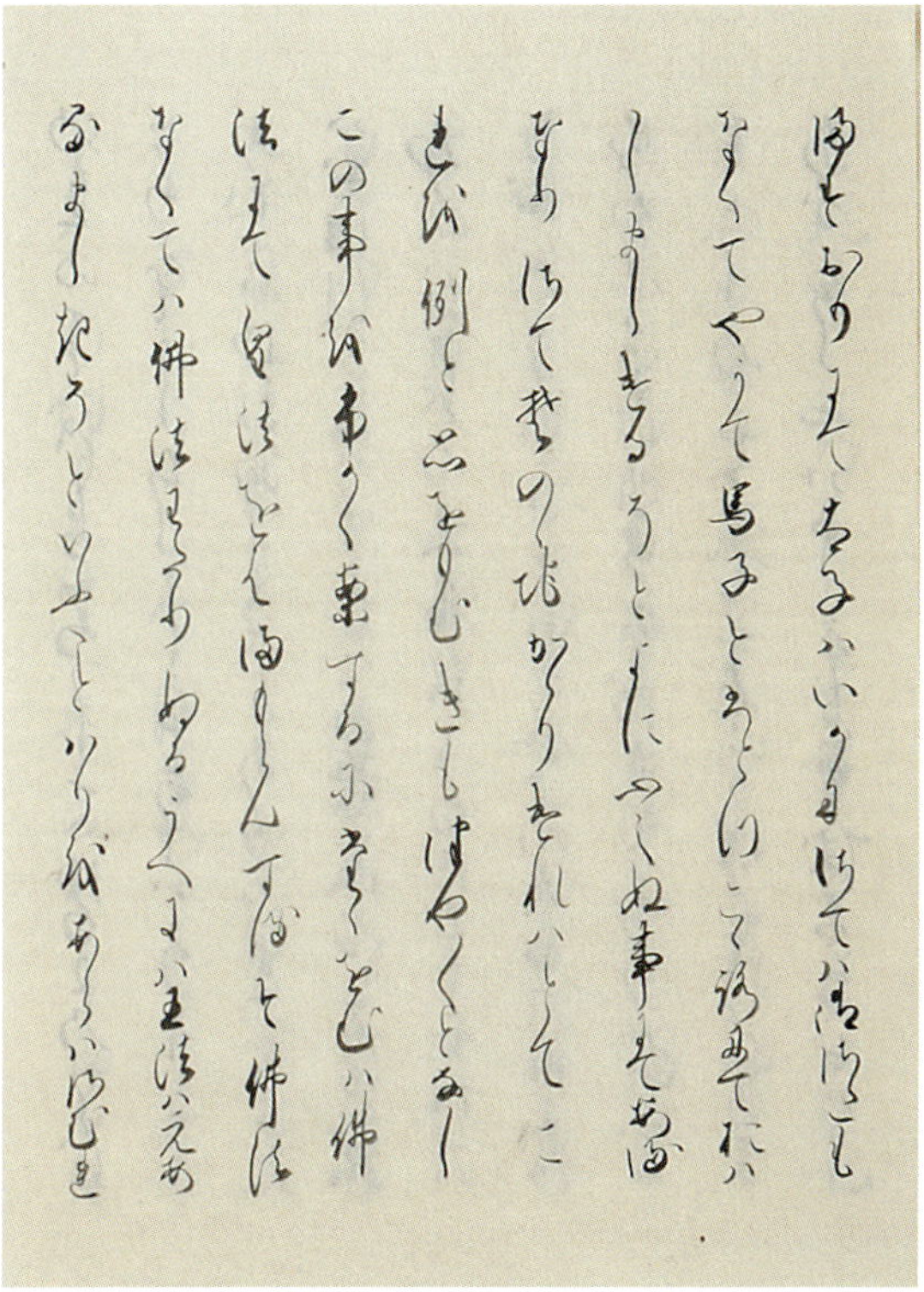

愚管抄より。五行め下に「つや〳〵」という語が見える

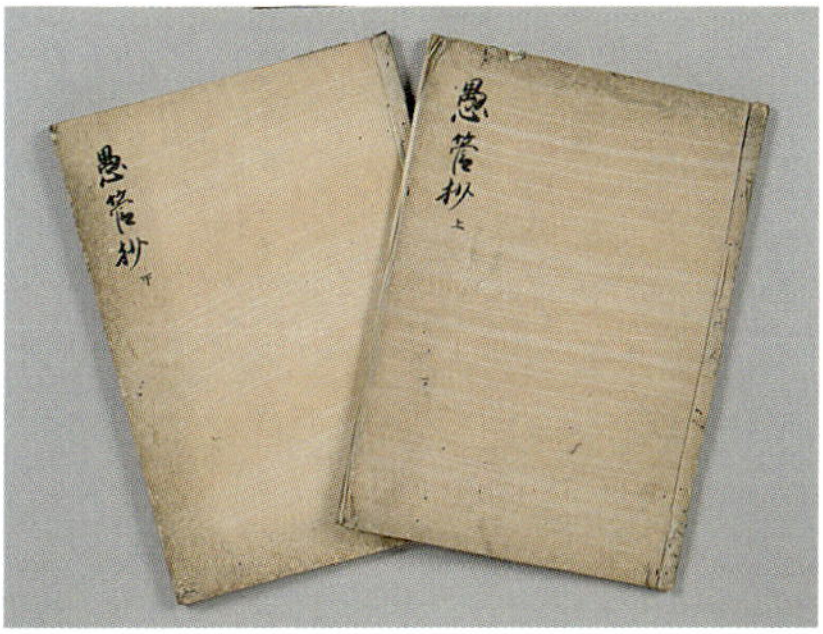

愚管抄の上・下巻

愚管抄
慈円著
2冊
28.5 × 20.5cm
江戸時代中期写
貴149

薫と浮舟の後日譚

源氏物語の補作「山路の露」

「山路《やまじ》の露《つゆ》」が成立したのはおそらく13世紀初頭《しょとう》、鎌倉《かまくら》時代のごく初期といわれています。「源氏物語《げんじものがたり》」の続編《ぞくへん》にあたる物語ですが、もちろん紫式部《むらさきしきぶ》の作ではありません。この序文《じょぶん》には、薫《かおる》と浮舟《うきふね》のその後を見聞《けんぶん》した女房《にょうぼう》がその経緯《けいい》を書き留めたまま亡くなり、その文反故《ふみほご》を見つけた人がこれを世に出したと記されています。「山路の露」は薫と浮舟が再会しないまま終わる夢の浮橋《うきはし》巻の結末《けつまつ》に物足りなさを感じた読者の要望に応えて作られたようです。作者もおそらく女性と考えられます。

「源氏物語」では、苦悩の果て出家した浮舟は薫の手紙を手に取ろうともしません。薫もまた浮舟の心情を思いやることなく別の男の存在を疑い、二人の心は互いにすれ違ったまま物語は幕を閉じます。しかし、それでは満足できない愛読者たちがたくさんいたのです。彼女たちはみな薫の熱烈なファンでした。どれくらい人気があったかといえば、「山路の露」と同時代の物語評論書《ひょうろんしょ》「無名草子《むみょうぞうし》」に「何一つ欠点がなく、物語の中でも、ましてや現実にも昔も今もこんなすばらしい人はいない」と絶賛《ぜっさん》され、以後の物語の主人公が、それまでの色好みのプレイボーイから物憂《ものう》げで内向的《ないこうてき》な純情青年に変わってしまったほどです。そんな薫が、匂宮《におうのみや》と密通《みっつう》の末、失踪《しっそう》した浮舟に無視されたまま終わってしまうのはあまりにもどかしく、ハッピーエンドは無理でもせめて二人を再会させて互いに思いの丈《たけ》を尽くす場面を見たい、そんな思いからこの物語は生まれました。

秋の夕暮れ、薫はひそかに浮舟の住む小野の山里を訪れます。仏道修行《ぶつどうしゅぎょう》に励む浮舟の袖《そで》を捉《とら》え、月下《げっか》に二人は涙にむせびつつ来《こ》し方《かた》を語らい、清らかな一夜を明かすのでした。原作に対して読者が自分たちで望むような続編を創作してしまうのは現代でもありますね。なお、京都府立京都学・歴彩館所蔵本は、おそらく「絵入源氏物語」60冊中に合冊されていた中の一冊と思われます。（安達敬子）

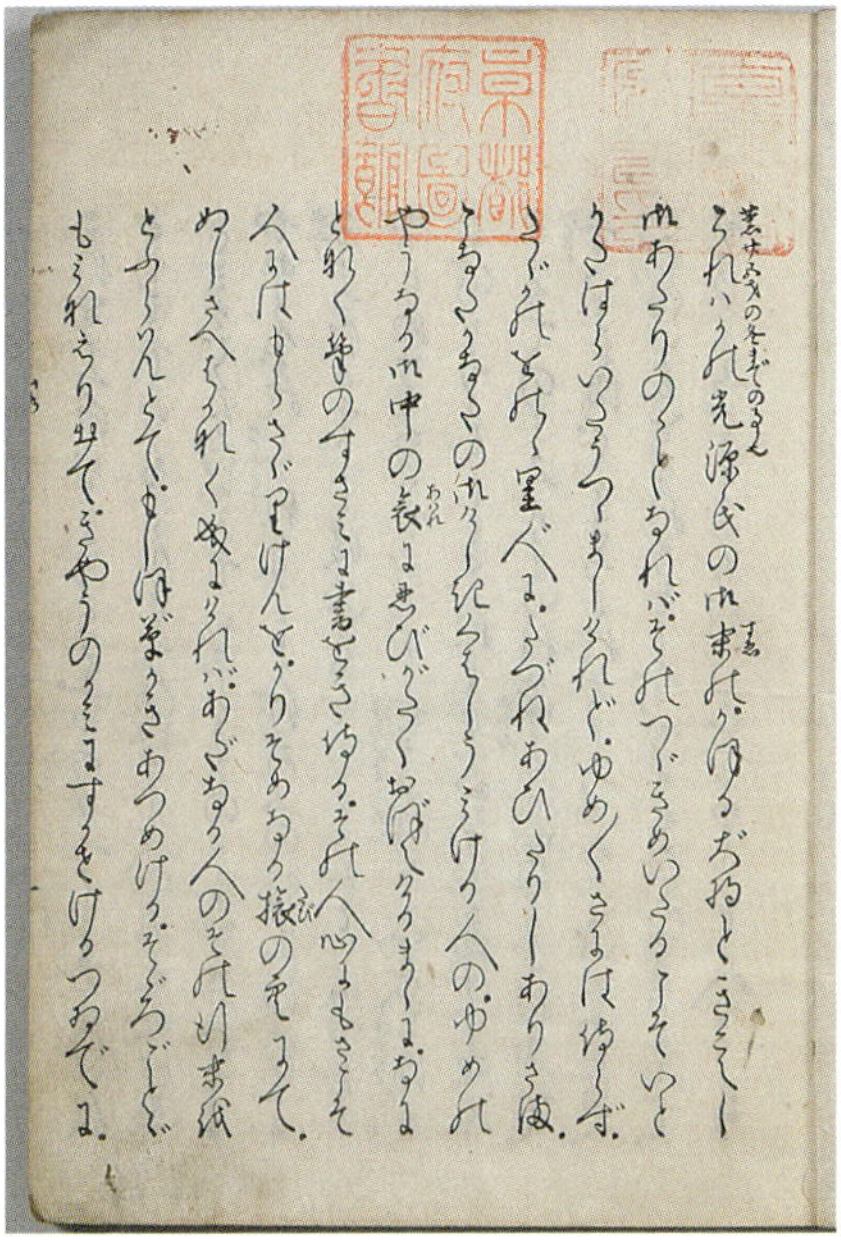

「山路の露」冒頭部分・序文

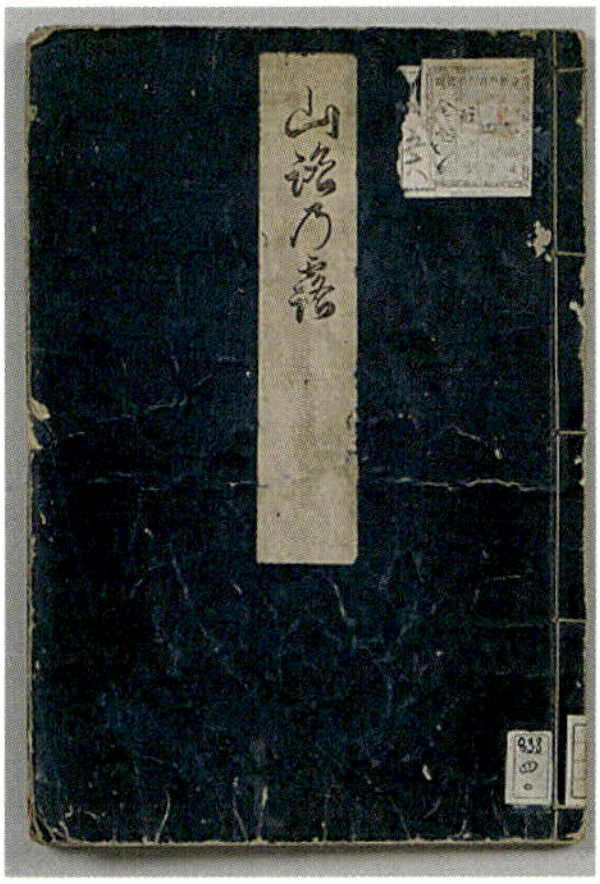

表紙

山路の露
1冊
26.8×18.7cm
無刊記
和-838-40

これ一冊で源氏物語がわかる!?

源氏物語の入門書「源氏小鏡」

私たちが最初に「源氏物語」に触れる際、現代語訳された小説や漫画などをとっかかりにするのが普通です。江戸時代の人にとっても事情は同じこと。印刷技術の発達による出版界の活況は「源氏物語」の劇的な普及をもたらしました。それまで上流階級に限られていた読者層が、大量の版本によって一般大衆にまで裾野が広がったのです。

「源氏物語」はとりわけ近世の女性にとって一般教養の書とされましたが、その格好の入門書が「源氏小鏡」だったのです。もともと、「源氏小鏡」は連歌のために粗筋をまとめた源氏梗概書《こうがいしょ》でした。14世紀後半ごろに成立して以降、何度となく改訂されて便利な初学者向けの参考書として読み継がれてきたため、室町時代には既に大変ポピュラーな書物でした。

江戸時代には挿絵を伴って版を重ね（絵入りの版本だけでも八種類）、簡便に古典の知識・教養を求める人々の需要に応えてきたのです。

京都府立京都学・歴彩館が所蔵する「源氏小鏡」の若菜下巻には、光源氏の正妻である女三の宮と柏木の密通の端緒となった場面の挿絵があります。蹴鞠《けまり》が行われている庭で、柏木が、猫の綱に引き上げられた御簾《みす》の隙間から母屋《もや》の柱の陰に立つ女三の宮を垣間見る様子が描かれています。

実は、猫の数や柏木の位置など、細部が原典とけっこう異なっているのですが、この場面の寄合語（連歌を作るときのキーワード）「まり・猫の綱引く・立ち姿・母屋の柱」等が挿絵に描かれてさえいればよいのです。寄合語はこの場面のイメージを構成する必須要素なのです。

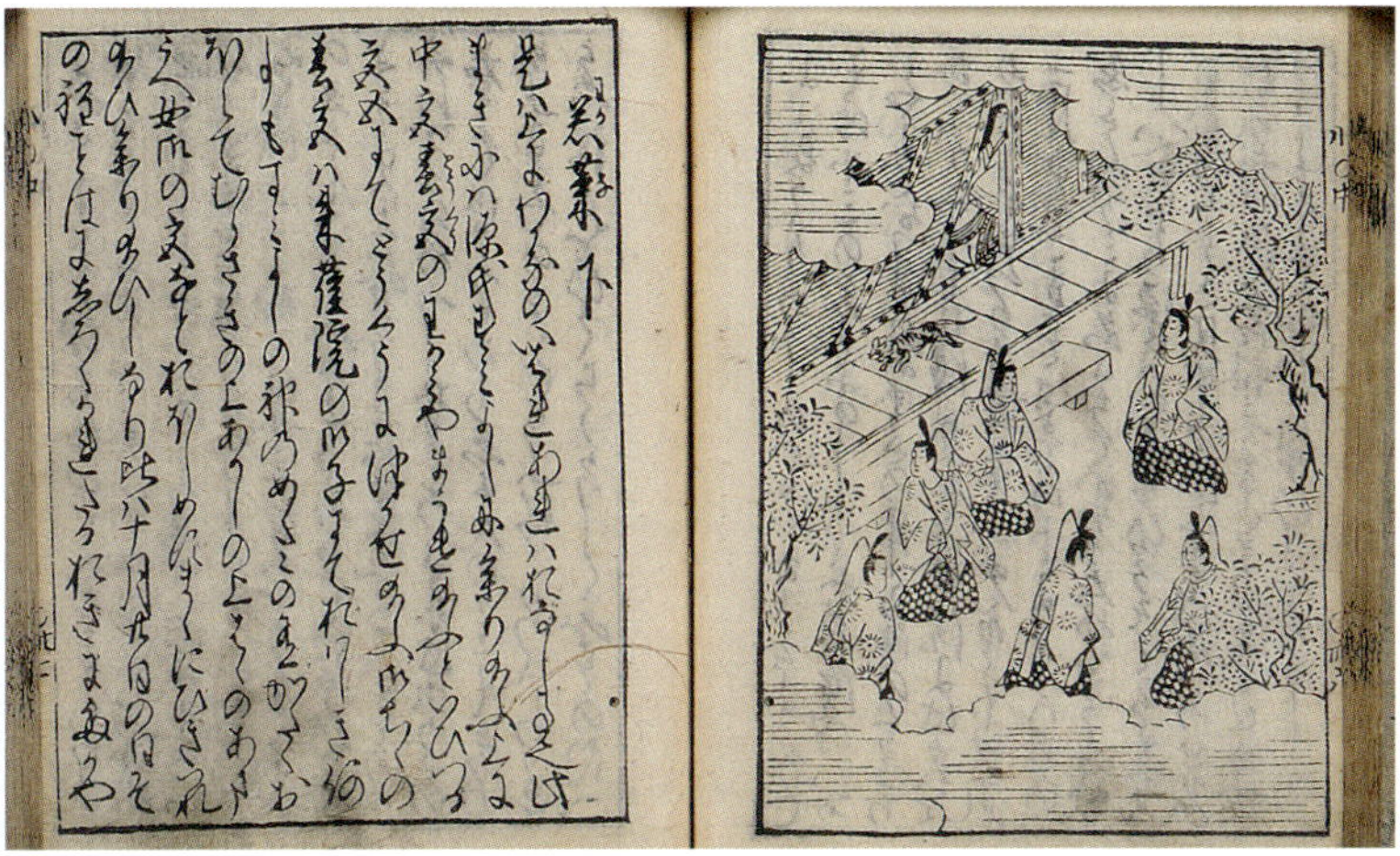

「源氏小鏡」より。新免安喜子氏寄贈本
右上の人物が柏木、女三の宮は御簾から身を乗りだしている姿に
描かれる猫は本来なら２匹だが１匹し描かれていない

大事な場面のポイントだけを押さえて実用性に徹するのが梗概書の役目でした。これらによって、人々は「源氏物語」の粗筋や著名な和歌・名場面などをコンパクトに把握できたのです。（安達敬子）

表紙

源氏(源氏小鏡)
3冊
15.5 × 11.1cm
寛文6(1666)年刊
上方版小本といわれるもの
和-913.365-G34-1〜3

当時の俗語や漢語もまじえ

御伽草子「一寸法師」

京都府立京都学・歴彩館には、江戸中期に「御《お》伽《とぎ》文庫」の名で刊行された、23篇の絵入り物語からなる叢書《そうしょ》があります。一般に御伽草子とも呼びます。中でも一寸法師は昔話として有名でしょう。

「一寸法師」といえば、このお話の主人公を指す固有名詞のように、現代のわれわれは感じていますが、もとは単に〈背の低い人、小さい人〉を指す言葉で、江戸初期に使われるようになった一種の俗語です。現代語でいえば「こびと」といったところでしょうか。

御伽草子の文章は平仮名が主体の擬古文ですが、こうした、当時日常的に使われていたらしい俗語や漢語が交じっています。

漢語には、現代と形が同じでも、意味の違うものもあります。例えば「女房」という言葉。鬼が一寸法師と姫君を見つけて「(一寸法師を)呑《の》みてあの女房取り候はん」と言う場面では〈女性〉といった意味でしょう。しかし、一寸法師が姫君を見初めた場面の「わが女房にせばや」は現代と同じ〈妻〉の意味です。こうした〈妻〉の意味の「女房」は、高等学校で習う平安時代の文章には出てきませんが、このように室町時代には広く使われていたようです。

写真上は、鬼たちが打出《うちで》の小槌《こづち》を落として退散する場面。その部分の文章には、一寸法師が打出の小槌を「らんばう」したとあります。現代の「らんぼう(乱暴)」は〈暴力をふるう〉ことですが、この時代の「らんばう(濫妨)」は〈奪い取る〉という意味です。御伽草子では漢語も多くが仮名書きされているのです。

(鳴海伸一)

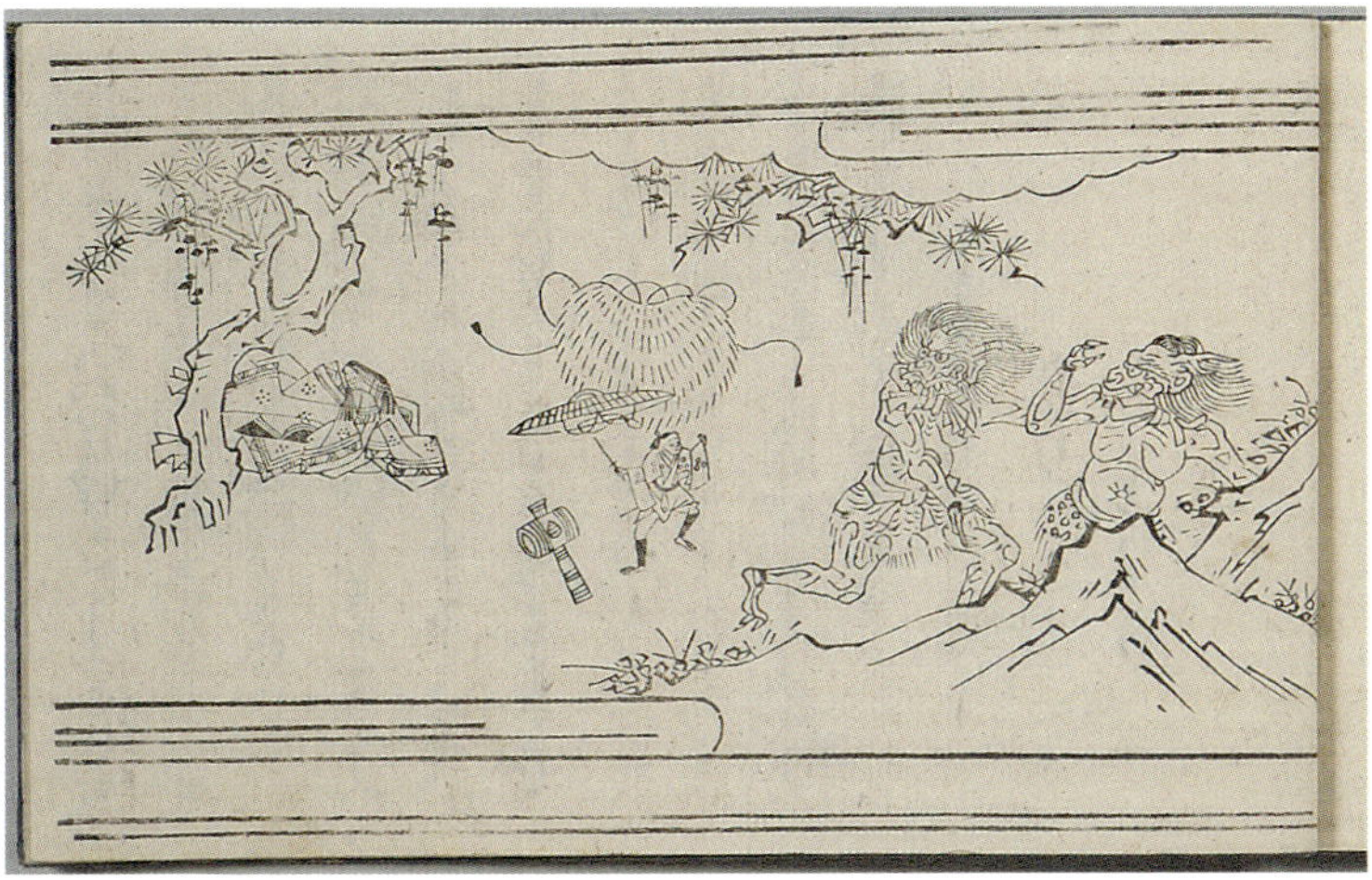

「一寸法師」より

「一寸法師」の表紙

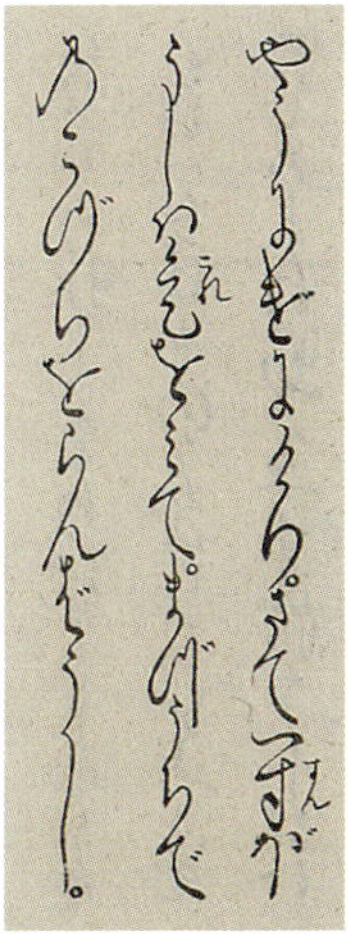

上写真の場面に対応する文章
三行め下に「らんばう」と見える

御伽文庫
39冊
14.7×24.8cm
江戸時代中期刊
貴513

織物の起源を優雅に語り舞う

嵯峨本の謡曲「呉服」

嵯峨本の謡曲（光悦謡本）は、江戸時代初期に琳派の祖・本阿弥光悦を中心とした人々によって京都の嵯峨の地で出版された美しい料紙の本の一つで、京都府立京都学・歴彩館にも所蔵されています。これまでに「楊貴妃」と「白楽天」を紹介しました。今回は「呉服」です。

ところで着物を扱う店を何と呼びますか。魚なら魚屋、本なら本屋。でも着物は着物屋や和服屋ではなく、呉服屋《ごふく》です。その理由は、この曲を見れば分かるのです。

曲名の呉服（「呉羽」とも）は「くれは」と読みます。機織りに秀でた女性、呉織《くれはとり》の名の略です。古代の応神天皇の時代に中国の江南地方、呉の国から渡来した人々によって織物の技術が伝えられ、後世にさまざまな文献で語り継がれました。その伝えられた織物（着物）を「呉の人々の服」という意味で「呉服」と呼ぶようになったのです。その故事を織姫神話と結び付け、神女の技として神秘的に描いています。

美しく織りなす綾錦の唐衣を身にまとった神女が、袖をかざしてはひるがえしつつ、夢のように謡い、舞う様は、見る者を古代の世界へと誘ったことでしょう。大阪府池田市の呉服神社と兵庫県西宮市の漢織神社には、この曲に描かれる神女がまつられています。

京都学・歴彩館所蔵の光悦謡本では、紹介してきた3曲が一組になっていますが、あらためてどれも中国にゆかりの作品だと気付かされました。唐の大詩人白楽天と、その代表作「長恨歌」のヒロイン楊貴妃、そして呉服の神女。この3曲を一組にしたことには、異国への憧憬《しょうけい》が込められているようです。

（山崎福之）

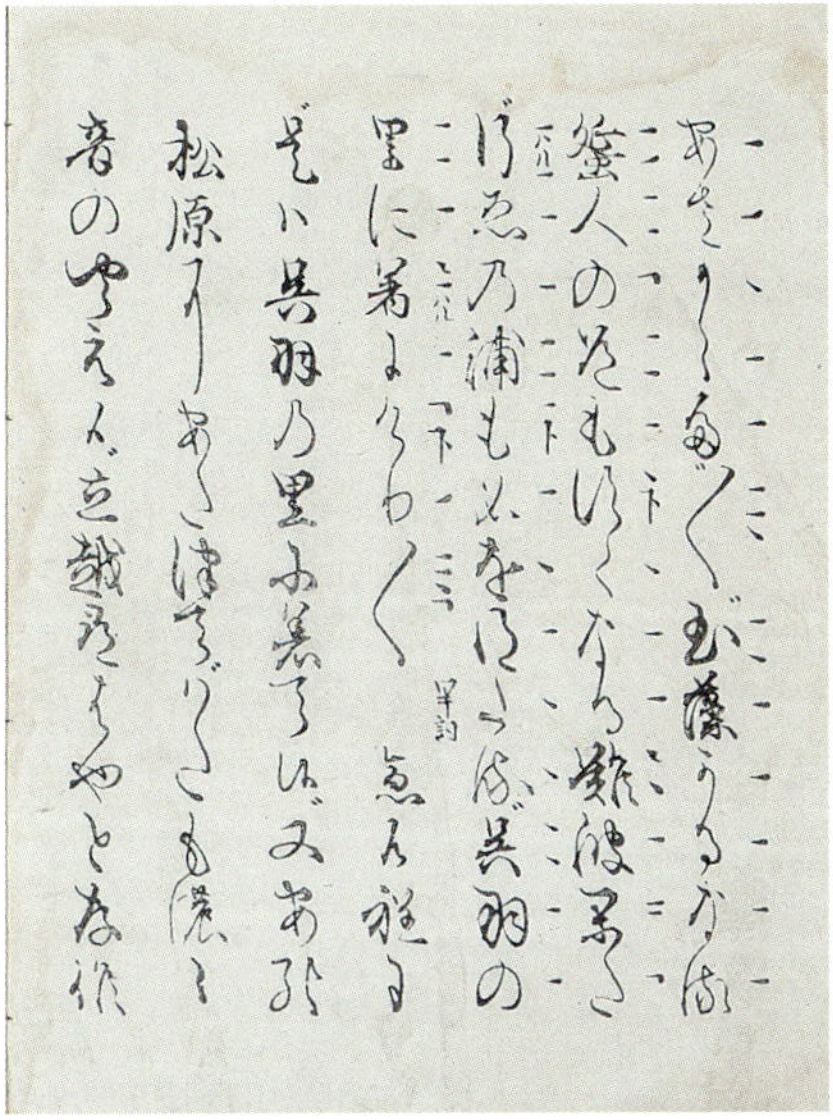

呉服
1冊
24.0 × 18.1cm
慶長後期刊
貴483

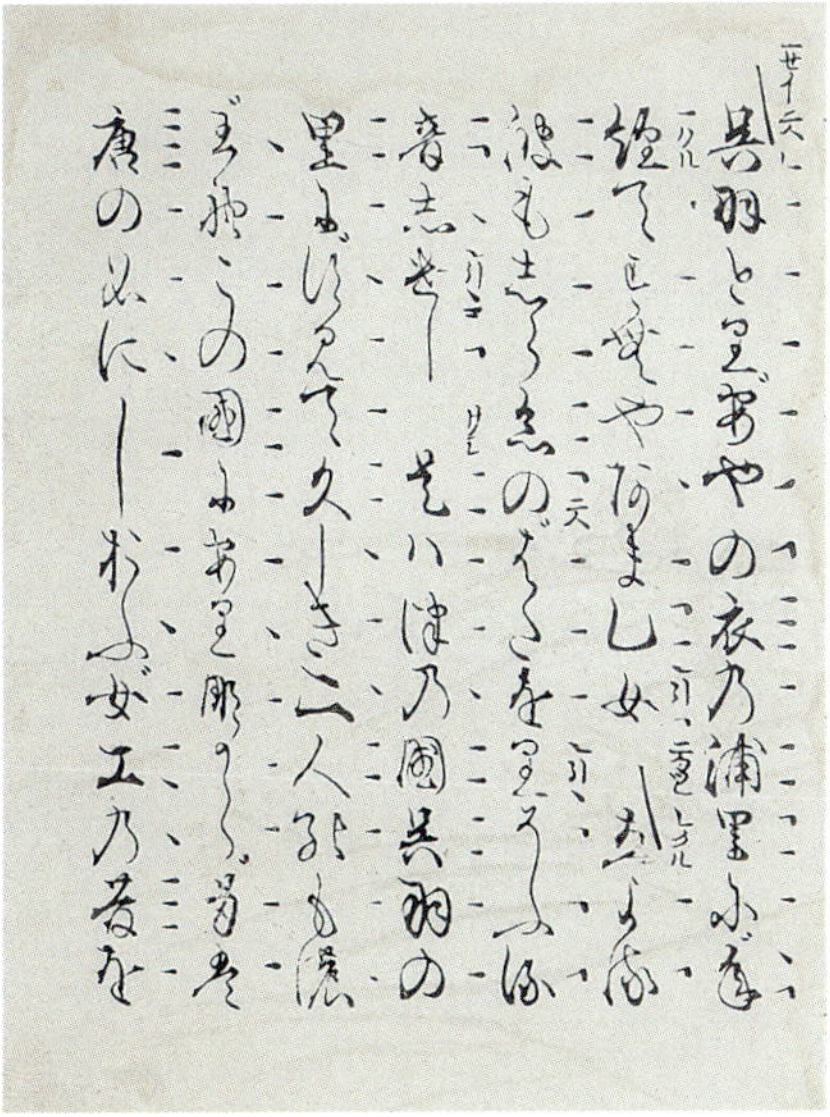

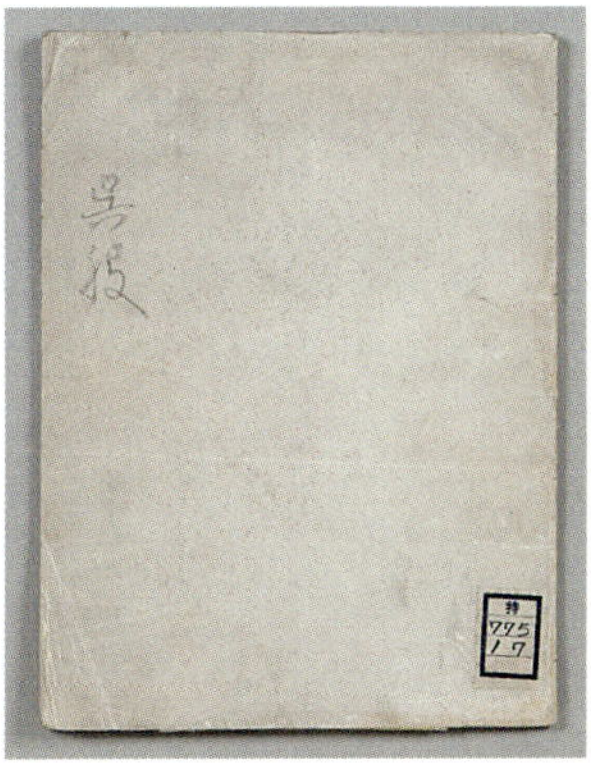

嵯峨本「呉服（呉羽）」

漢詩と和歌、当意即妙の競演

嵯峨本の謡曲「白楽天」

本阿弥光悦とその門流によって京都・嵯峨の地で出版されたのが嵯峨本（光悦本）です。銀色に輝く雲母《うんも》を用いた多彩な模様の料紙が特徴です。多くの古典文学が世に広められましたが、謡本もその一つです。歴彩館にも所蔵されていて、以前の企画「古典籍へようこそ」では「楊貴妃」を紹介しました。今回は「白楽天」です。

白楽天（楽天は通称である字《あざな》。本名は居易《きょい》）は李白や杜甫と並んで最も有名な唐の詩人です。代表作の「長恨歌」など、多くの作品が平安時代以来のさまざまな古典文学に影響を与えました。この曲は、その白楽天が唐の皇帝の勅命を受けて日本の様子を偵察に来るというお話です。

日本を訪れた白楽天はなぜか自分のことを知っている不思議な老漁師に出会います。そして唐では漢詩を、日本では和歌を嗜《たしな》むことを語り合います。通訳もなしに、いったい何語で話したのでしょうか、ちょっと不思議…。文学は現実を超越します。

その時白楽天が目の前の景色を「青苔《せいたい》衣をおびて巌《いわお》の肩に懸《かか》り、白雲帯に似て山の腰を囲《めぐ》る」と漢詩を詠むと、老漁師はそれを面白いと褒めながらも、即座に和歌を詠み返します。「苔衣著《き》たる巌はさもなくて衣《きぬ》著ぬ山の帯をするかな」。この当意即妙の技に感激した白楽天に、老漁師は生きとし生けるものが和歌を詠むという和歌の徳を語って姿を消します。やがて老漁師は住吉明神の正体を現し舞楽を奏でて舞い、白楽天は舞楽の起こす神風によって唐に吹き返されてしまいます。

同じ題材での漢詩と和歌の「詠み比べ」という趣向。それが中世では流行していたのです。

これも「和漢比較文学」の面白さです。（山崎福之）

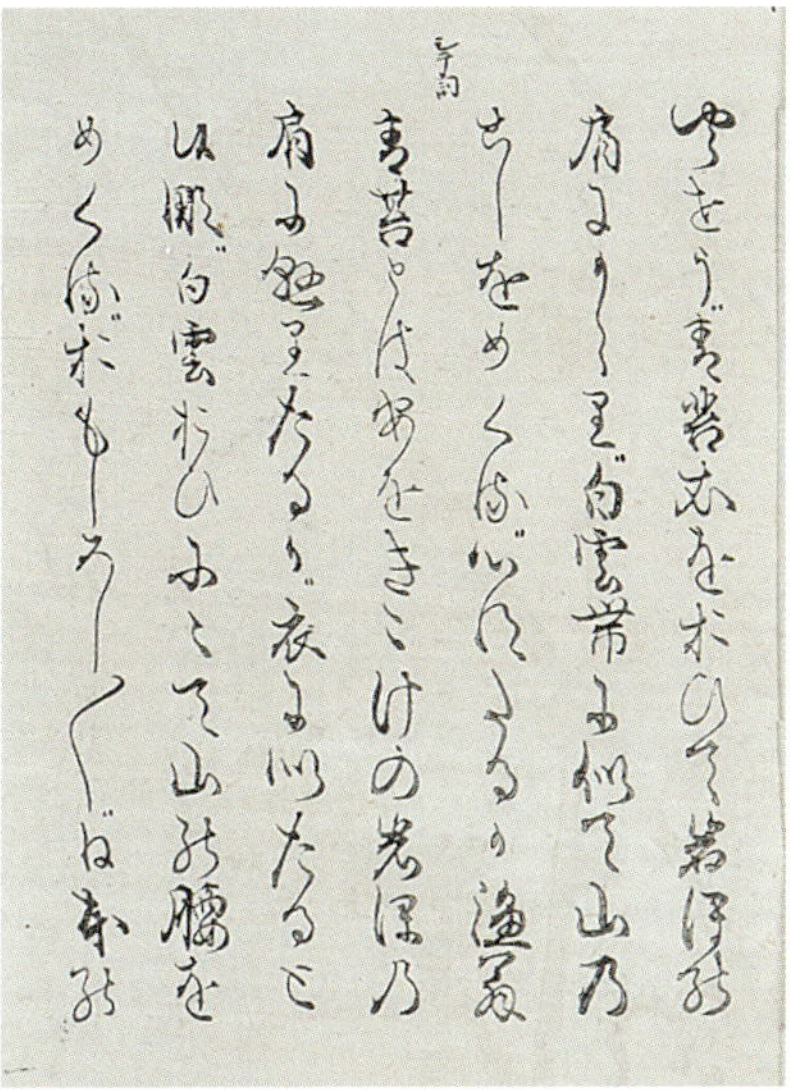

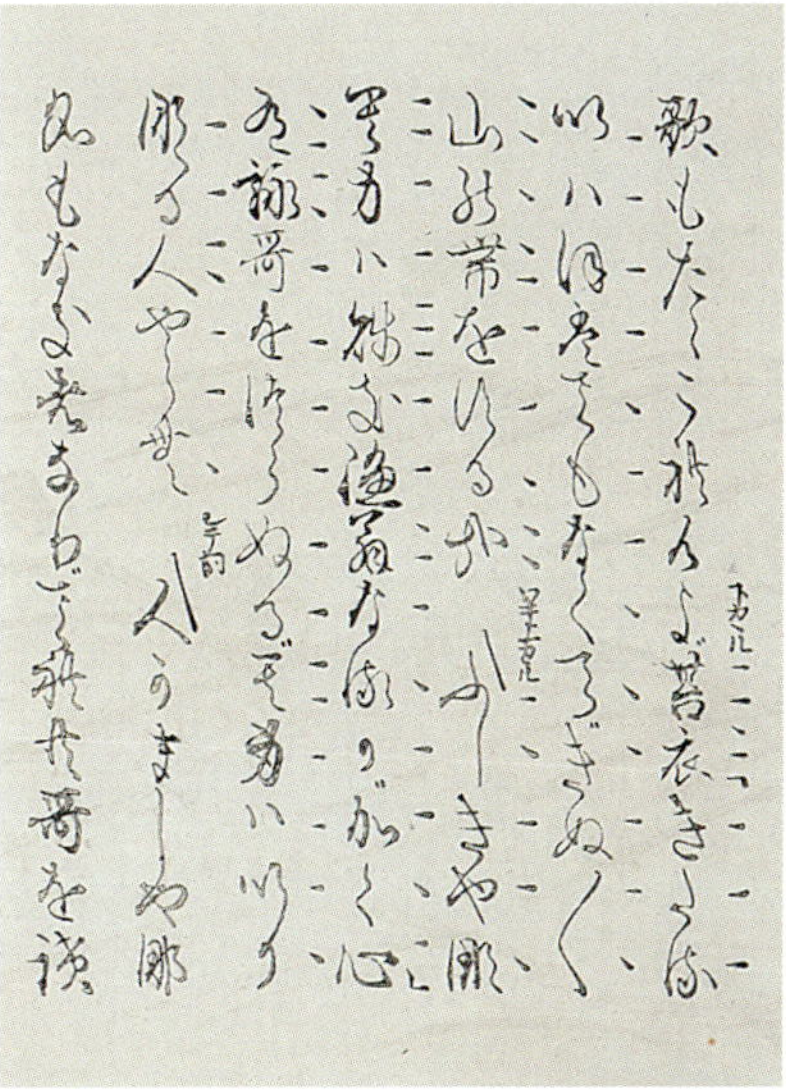

白楽天
1冊
24.0 × 18.1cm
慶長後期刊
貴484

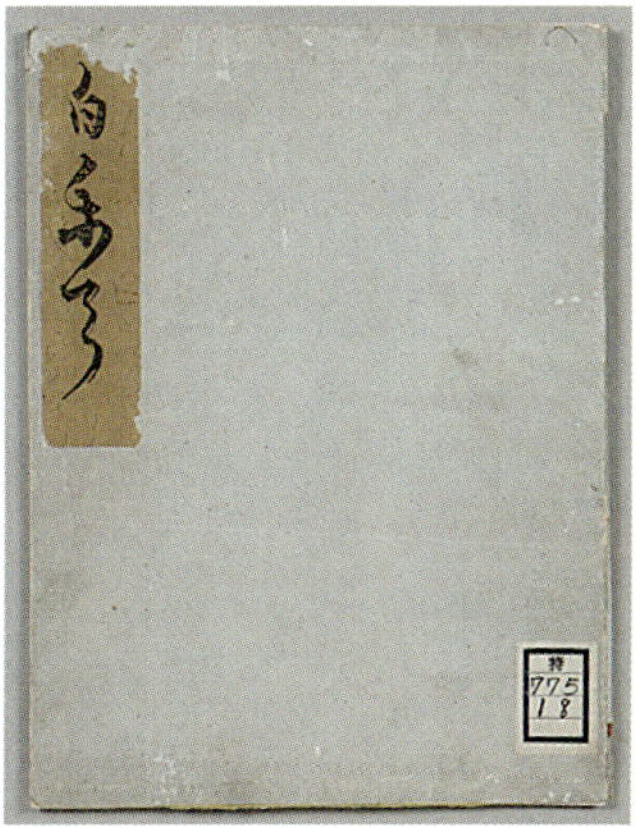

嵯峨本「白楽天」

庶民に届いた源氏物語

山本春正「絵入源氏物語」

ずっと長い間、人の手によって書写《しょしゃ》されてきた「源氏物語」がようやく出版されたのは17世紀の初頭、伝嵯峨本《でんさがぼん》や古活字本《こかつじぼん》と呼ばれるものです。しかし、これらの「源氏物語」はごく限られた知識人しか目にすることができず、一般の人々には相変わらず手の届かない作品でした。

「源氏物語」がそれまでの上層階級の外側にまで普及するには、山本春正《しゅんしょう》（1610～82年）が編纂《へんさん》出版した「絵入《えいり》源氏物語」（以下「絵入源氏」）を待たなければなりません。春正は京の有名な蒔絵《まきえ》師でしたが、松永貞徳《ていとく》に歌学《かがく》と古典注釈《ちゅうしゃく》を学びます。そして、広く歌道《かどう》に志す町人階級のために、大量の挿絵《さしえ》を加え本文54巻54冊に併《あわ》せて登場人物の系図である「源氏系図《けいず》」、後人による宇治十帖《じゅうじょう》の続編「山路《やまじ》の露《つゆ》」、語句や和歌の注釈「源氏目安《めやす》」・「源氏引歌《ひきうた》」を添えた60巻60冊の「絵入源氏」を刊行しました。跋文《ばつぶん》（後書き）が書かれたのは慶安3（1650）年で、承応3（54）年から市販され18世紀に至るまでさまざまに版を重ねることになりました。

「絵入源氏」は江戸時代の「源氏物語」普及に最も貢献した書物と言えるでしょう。特に226図に及ぶ挿絵は、春正がその学識《がくしき》によって和歌や文章表現の印象的な場面を選んで自ら描いたもので、以後の源氏絵の図様《ずよう》に大きな影響を与えます。「絵入源氏」によって江戸時代の「源氏物語」のビジュアルなイメージが形成されたといっても過言ではありません。またこれには、読者に「源氏物語」について親しみをもたせ愛読させる効果もありました。

「絵入源氏」の成功の後、一般向けの「首書《かしらがき》源氏物語」や「湖月抄《こげつしょう》」など、わかりやすい注釈

桐壺巻
亡き更衣の里邸に弔問に訪れる靫負の命婦。右は改めて涙にくれる更衣の母君。月が荒れた庭と二人を照らしている

源氏物語（絵入源氏物語）
山本春正著
54冊
26.8×18.9cm
無刊記
特-838-3-1～54

桐壺巻表紙

付き「源氏物語」のテキストが続々と出版されます。こうした印刷出版されたテキストがなければ、私たちは今も「源氏物語」を読むことができなかったでしょう。（安達敬子）

名所案内記の誕生

悲運の書「洛陽名所集」

京都を訪れる観光客の必需品と言えば、グルメや名所を解説したガイドブックでしょう。そうした京都の名所案内記が初めて出版されたのが江戸時代でした。明暦4（1658）年7月に「京童《きょうわらべ》」、万治元年と改元された翌8月には「洛陽名所集《らくようめいしょしゅう》」が相次いで刊行されます。

これら二つの書は京都名所案内記の誕生を示す記念碑的な作品と言えますが、タッチの差で2番手となってしまった「洛陽名所集」の知名度は「京童」に比べ、いまひとつといったところでしょうか。

「洛陽名所集」の作者山本泰順《たいじゅん》は京都の岩倉を居城とした山本若狭守利尚《わかさのかみとしなお》を祖先に持ち、父の友我《ゆうが》は狩野派の禁裏《きんり》絵師として後水尾《ごみずのお》院を中心とする宮廷文化人と広く交遊がありました。そうした環境の下、泰順は公家の冷泉為景《ためかげ》に和歌や漢学を学び、23歳の時に「洛陽名所集」を刊行しました。

順調に見えた泰順の人生でしたが、寛文9（1669）年、34歳の時、突然の悲劇が彼を襲います。父友我は裕福な家からの嫁取りを望み、不相応な金子400両もの婚礼費用の工面に迫られます。困った友我は知人と謀《はか》り、偽装した長崎糸荷を質入れして急場をしのぎますが、悪事は露見してしまいます。同年10月14日、友我・泰順父子は粟田口で磔《はりつけ》刑に処せられました。

初版本では序文に記されていた泰順の署名は、処刑の後に再版された京都府立京都学・歴彩館蔵本（「山城名所記」と改題）では不名誉のためか削除されています。

（藤原英城）

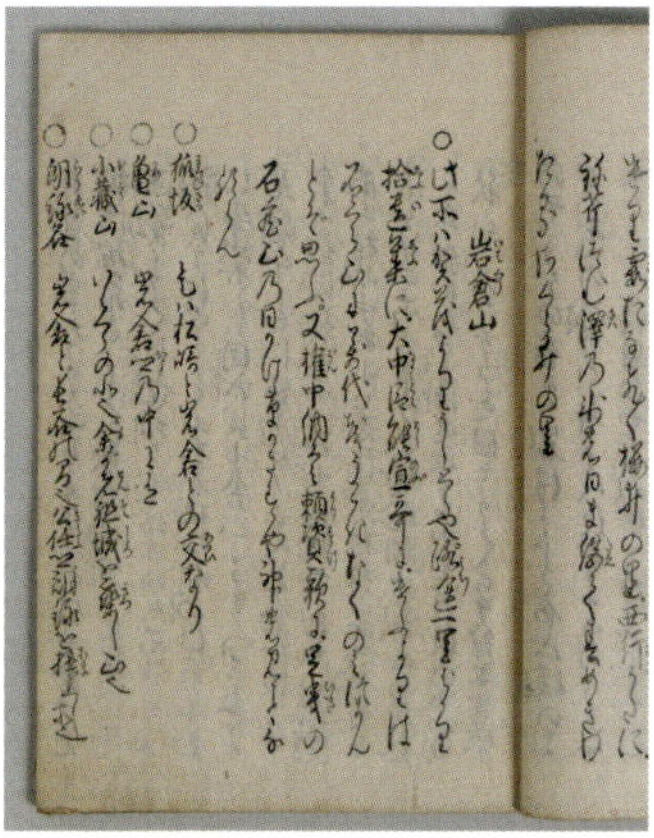

「小蔵山」に「余が先祖城を築し山也」と記される

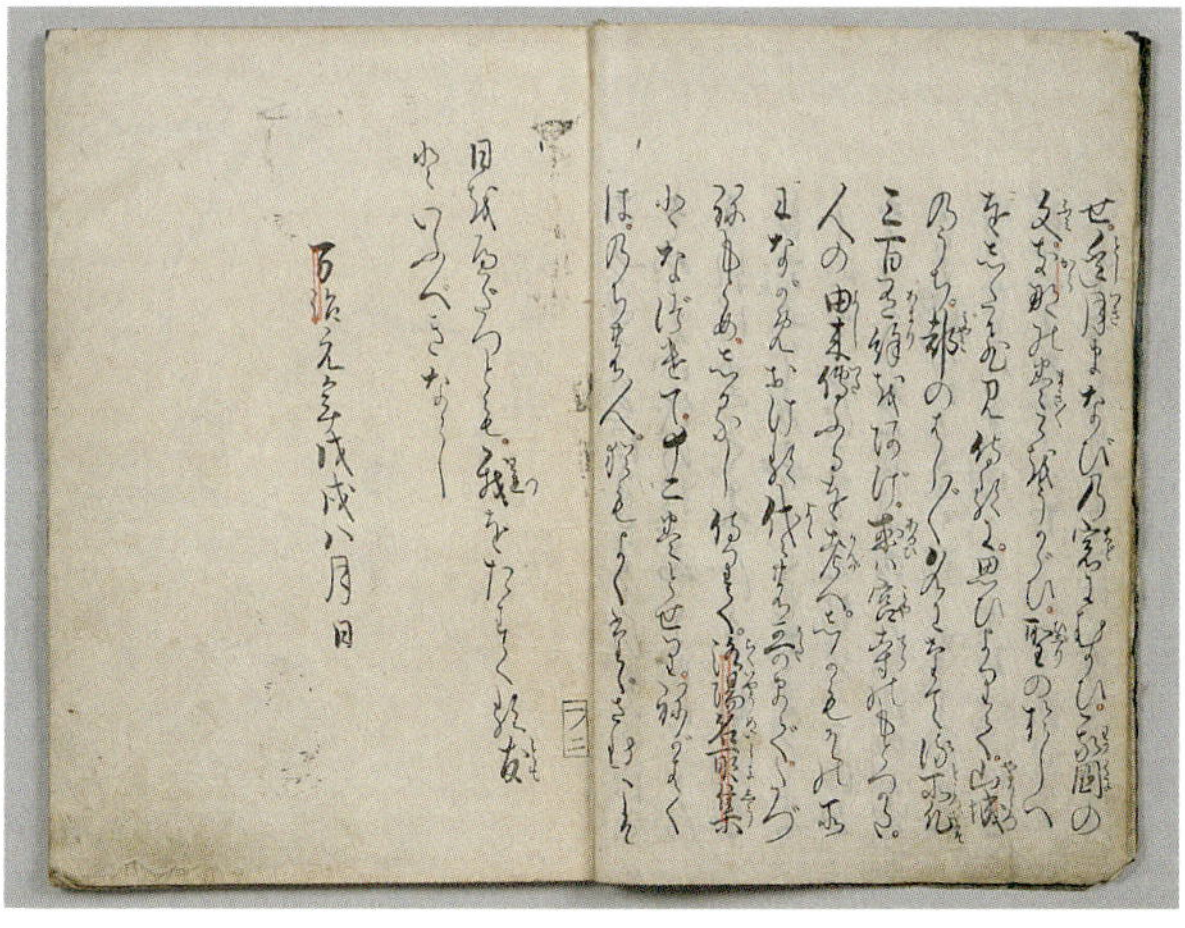

序文から作者の署名「山本泰順撰」が削除されている
（「山城名所記」より）

山城名所記（改題本）
山本泰順著
12巻12冊
26.6×18.6cm
京　上村次郎右衛門
寛文4（1664）年刊
貴T35

中国から京、そして江戸へ

牡丹灯籠と「伽婢子」

所はお江戸の上野、夜八ツ（深夜、午前1時頃）の鐘がボーンと鳴り、世間がすっかり寝静まった頃、カラーンコロンカラーンコロンと駒《こま》下駄《げた》の音を響かせ、やって来るのは2人の女。いつものように牡丹《ぼたん》の花の灯籠《とうろう》を提げて先に立つのが女中のお米《よね》、後には年の頃17、18の娘お露《つゆ》。恋する男萩原新三郎《はぎわらしんざぶろう》の家に入ろうとするが、どうしても入れない。「米や、どうぞ萩原様に逢《あ》わせておくれ、逢わせてくれなければ私は帰らないよ」

これは明治時代の落語家三遊亭円朝《えんちょう》の創作怪談噺《ばなし》「牡丹灯籠」のひとコマです。なぜ家に入れないかって？

それは新三郎の家中にお札が貼ってあったから。そう、2人の女は幽霊。お露は契《ちぎり》を結んだ新三郎に恋焦がれて死に、お米も後を追って死んでいたのでした。

「牡丹灯籠」は最近も映画化されるほどのヒット作でしたが、円朝がその元ネタに使用したのが寛文6（1666）年に刊行された浅井了意《あさいりょうい》作「伽婢子《おとぎぼうこ》」でした。

「伽婢子」では舞台は京都、女を見初めたのが五条京極に住む男荻原新之丞《おぎわらしんのじょう》、娘は弥子《いやこ》、女中は浅茅《あさじ》。出会った時から女たちはすでにこの世の者ではありませんでした。新之丞はお札のおかげでいったんは難を逃れますが、最後には女の墓に引き込まれて死んでしまいます。

実は「伽婢子」にも元ネタがあり、中国明代の怪異小説「剪灯新話《せんとうしんわ》」所収の「牡丹灯記《とうき》」によっています。このように原作を生かしながら改作することを翻案《ほんあん》と言い、江戸時代に大変流行しました。

（藤原英城）

伽婢子
浅井了意著
6巻6冊
22.5 × 15.9cm
京　中川茂兵衛
元禄12(1699)年刊
特840-97-1〜6

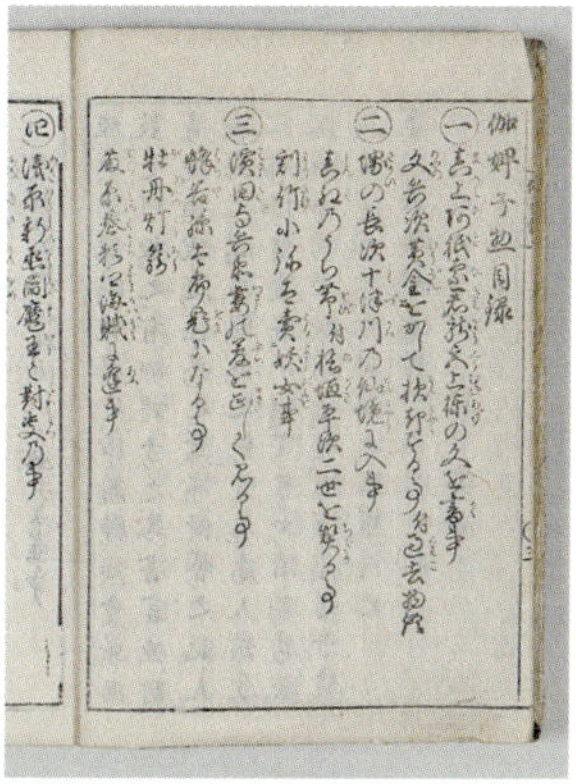

目録

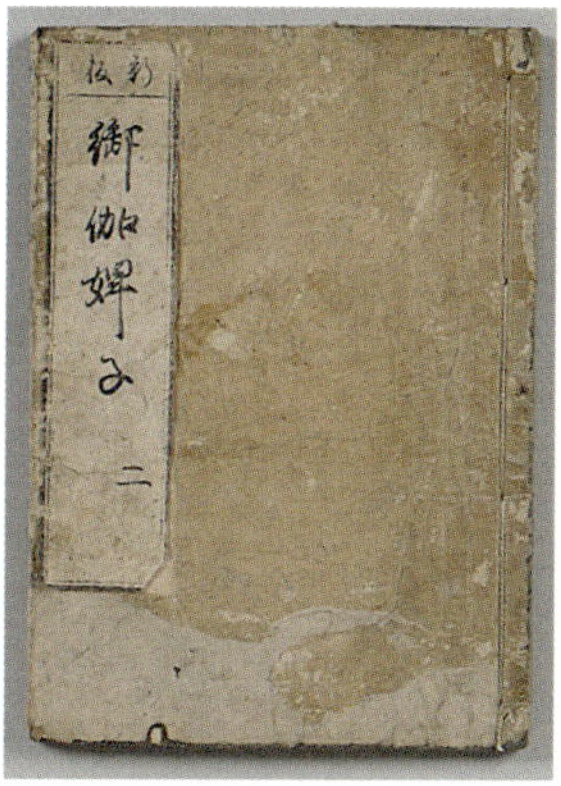

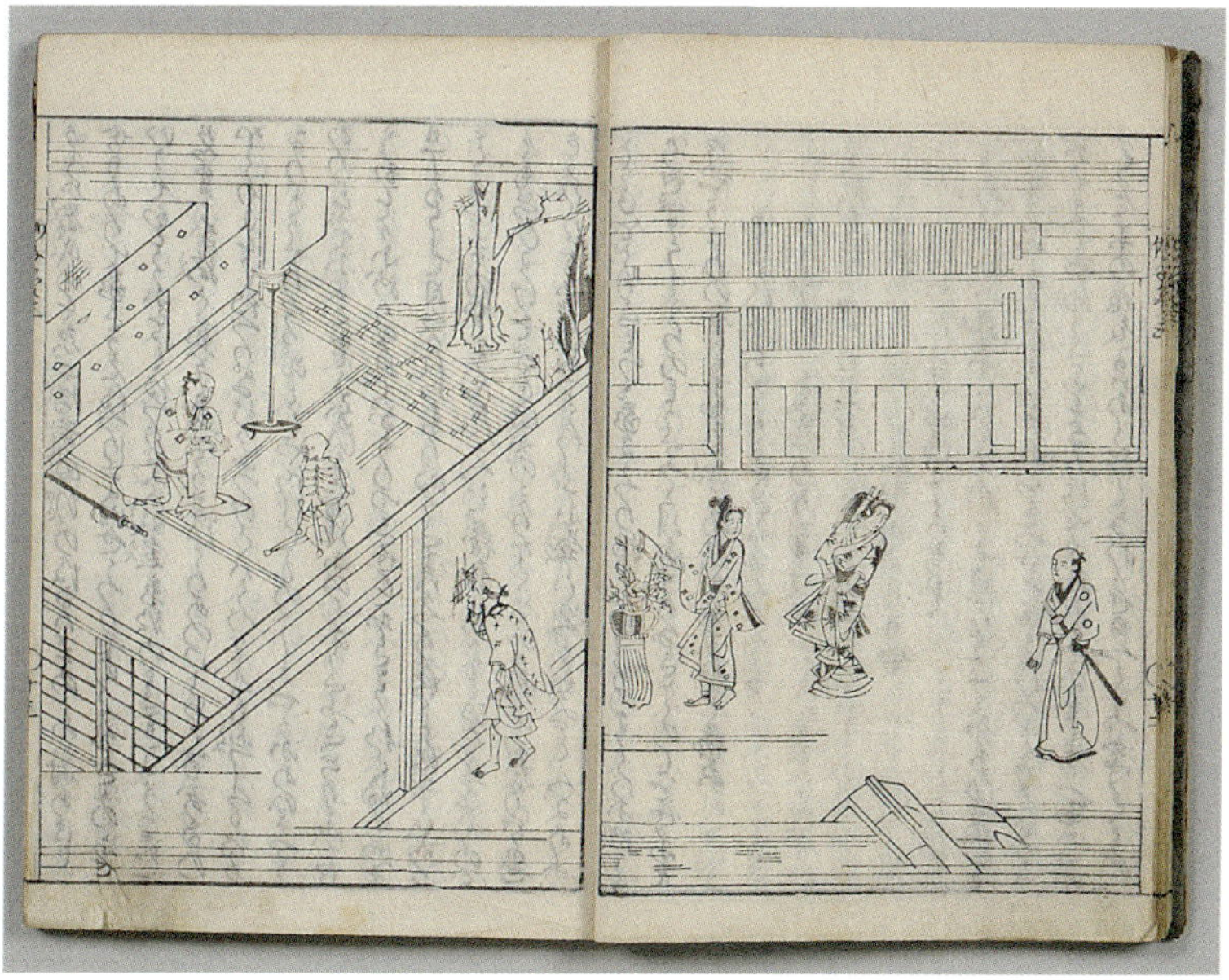

(右)新之丞を見初める、(左) 骸骨姿の弥子

清少納言は智恵の象徴

北村季吟「枕草子春曙抄」

ホテルや旅館に泊まると、部屋の机の上に四角い箱に入った木製のパズルがよく置いてあります。三角や四角、あるいは台形のような細長い木片をいくつか組み合わせ、それを黒く塗りつぶした影絵で示したような形にしてみましょう、という知恵だめしのパズルです。同じものがお土産としても売られていますね。暇つぶしや、みんなで盛り上がるにはうってつけの頭を使う遊びです。

さてこのパズル、今は何という名前で呼ばれているのでしょうか。実は200年以上も前の日本では「知恵板《ちえいた》」とも呼ばれていました。江戸時代、宝暦4（1754）年の出版目録（そのころ日本で出版されている書籍の一覧）に、「知恵板　正続《せいぞく》」と記されていて、当時、パズルを組み合わせる問題集がいくつか出版されていたようです。その中のある本には「清少納言《せいしょうなごん》智恵《ちえ》の板」という書名がついていました。その本の広告には「座敷《ざしき》なぐさみ」とあり、遊び方も現代と変わりはなかったようです。清少納言は、江戸時代の人たちから「智深《ふこ》うして」（清少納言智恵の板）、「才《さい》かしこ（画本朝日山《えほんあさひやま》）」い女性と見られていましたので、いかにもぴったりのネーミングではないでしょうか。京都府立京都学・歴彩館には、その清少納言の「智恵」のほどを示す「枕草子《まくらのそうし》」の注釈書「枕草子春曙抄《しゅんしょしょう》（北村季吟《きたむらきぎん》作）」があります。

（母利司朗）

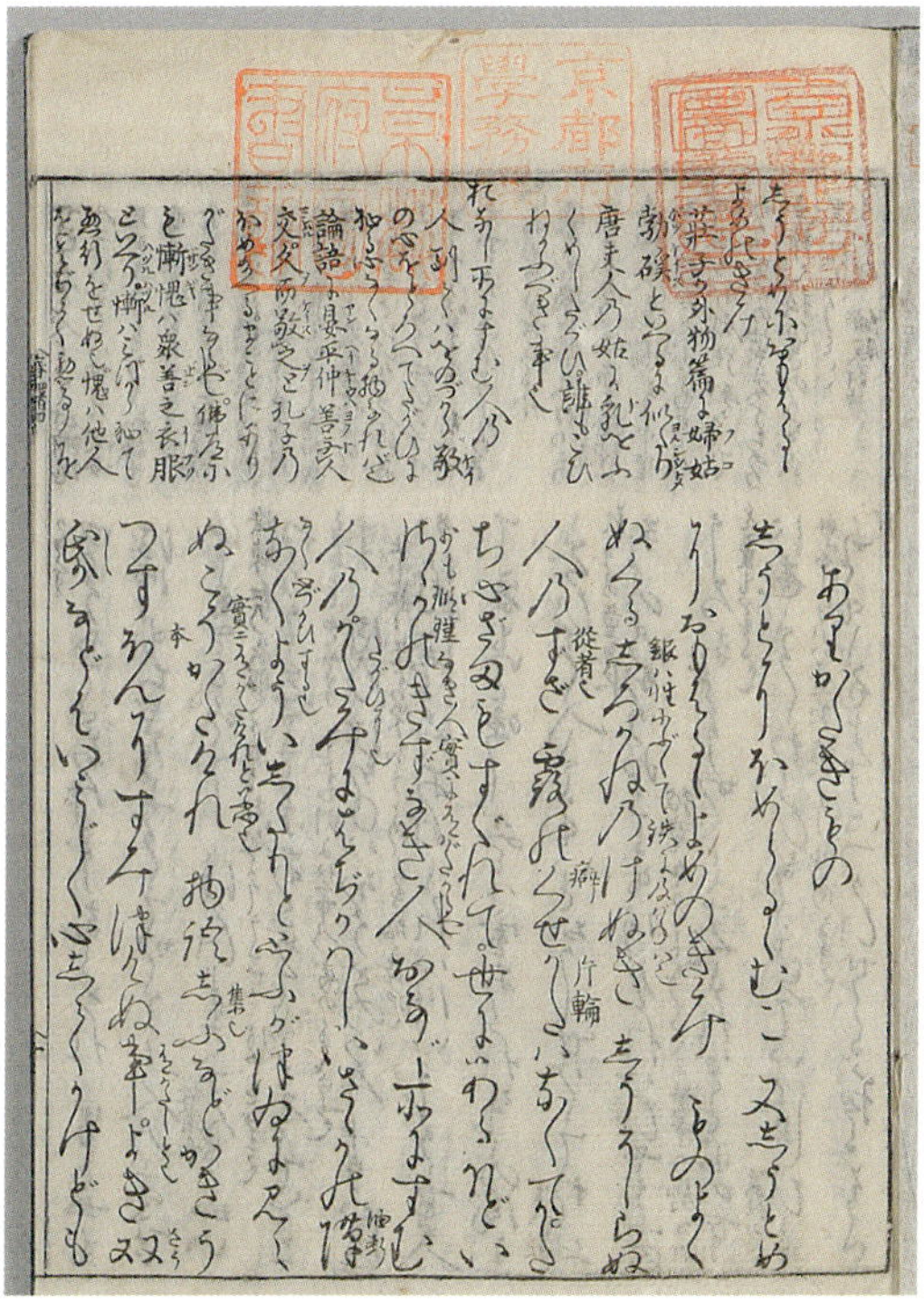

「枕草子春曙抄」より「ありがたきもの」

枕草子春曙抄
北村季吟著
13冊(壺井義知著
「清少納言枕草紙装束撮要抄」
1冊を附録とする)
27.1 × 19.2cm
延宝2(1674)年自序
特-838-6-1〜13

表紙

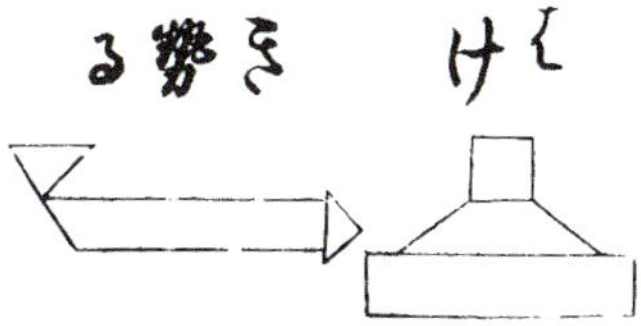

江戸時代の本に描かれた「智恵板」。
「きせる」㊧と「はけ」の図

すぐれた「枕草子」注釈書

北村季吟「枕草子春曙抄」

「枕草子」は古くは「清少納言枕草子《せいしょうなごんまくらそうし》」と呼ばれていました。10世紀末、一条天皇の中宮藤原定子に仕えた女房、清少納言の筆になる日本最初の随筆と言われる作品です。

300段余りの章段からは、平安朝の宮廷女房の鋭敏で繊細な感受性や生き生きした感情が今に伝わってきます。そして、そこには定子中宮への、作者の溢れるような賛美と敬愛の念が全編を通じて貫かれていました。

「枕草子」は世に出るとすぐに宮廷の貴族たちの間で評判になりました。かの紫式部もおおいにライバル意識をかき立てられたようです。

その後ずっと「枕草子」は「源氏物語」と並称されて、平安女流文学を代表する古典として読み継がれてきましたが、近世の「枕草子」受容に大きな役割を果たしたのが「枕草子春曙抄《まくらのそうししゅんしょしょう》」です。「春は曙…」、有名な冒頭から取られた書名をもつこの注釈書は、延宝2（1674）年に俳諧師にして和学者の北村季吟《きぎん》によって書かれました。

本文に加えて、読者のために内容をわかりやすく説明した頭注と傍注をつけ、妥当で穏健な解釈と鑑賞を要領よく述べた「春曙抄」の登場によって、「枕草子」の一般庶民への普及は決定的になりました。20世紀にいたるまで、ほぼ本書を用いて「枕草子」は読まれてきたのです。江戸時代に出版された「枕草子」の注釈書の中でも「春曙抄」は白眉と言ってよいでしょう。

古典を愛した与謝野晶子は「春曙抄に伊勢をかさねてかさたらぬ枕はやがてくづれけるかな」（「恋衣」）と歌に詠みました。晶子が「春曙抄」によって「枕草子」を愛読し、文字通り枕頭の書としていたことがうかがえます。（安達敬子）

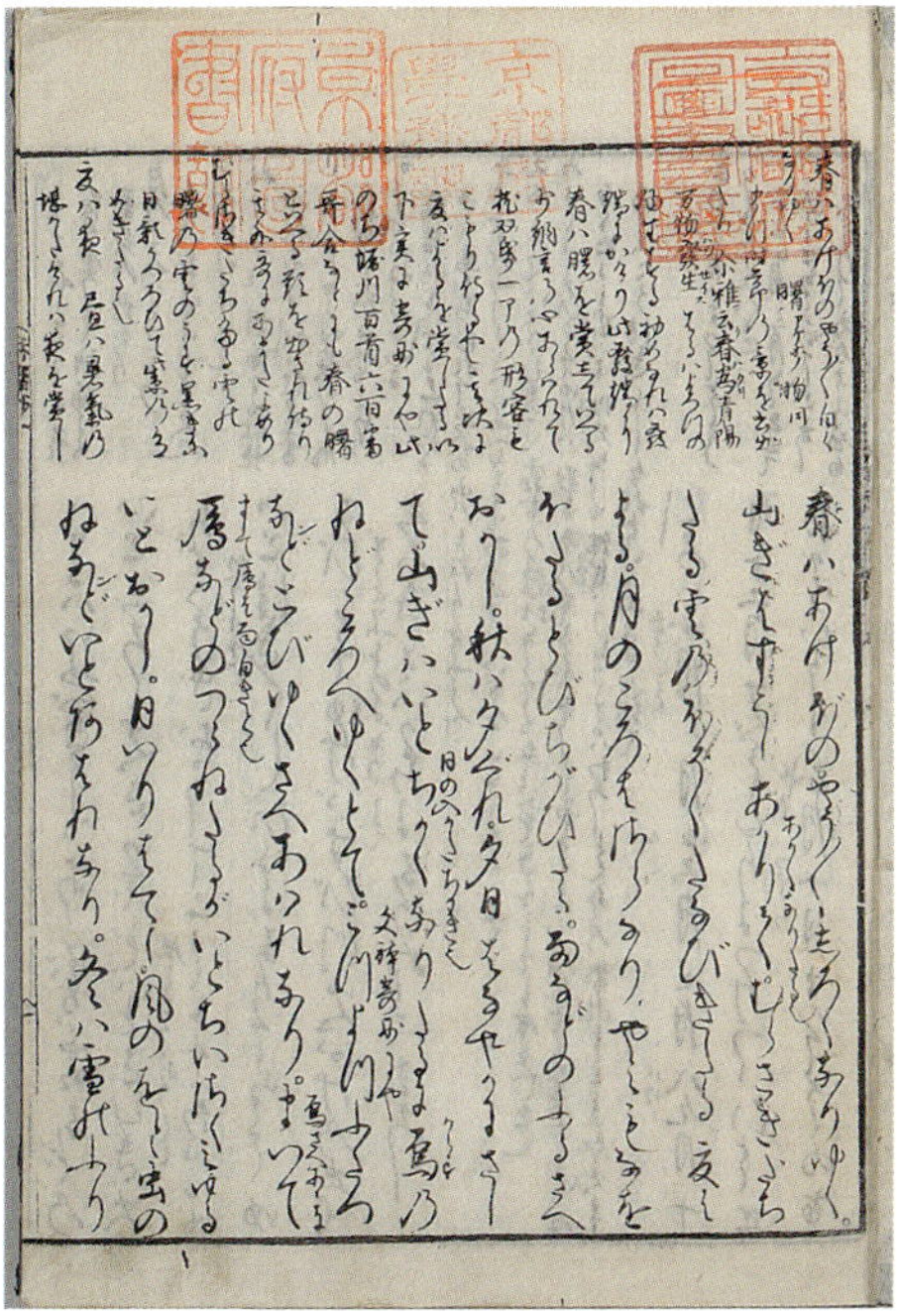

「枕草子春曙抄」より、冒頭「春はあけぼの…」の段
小字は頭注と傍注で季吟によって附されたもの

枕草子春曙抄
北村季吟著
13冊
（壺井義知著『清少納言枕草紙装束撮要抄』1冊を附録とする）
27.1×19.2cm
延宝2（1674）年自序
特-838-6-1～13
上坂勘兵衛 享保14（1729）刊

表紙

初代市川団十郎の悲劇
衝撃の書「けいせい風流杉盃」

歌舞伎は江戸時代の庶民にとって最大の娯楽でした。歌舞伎は現在でも人気がありますが、残念ながら江戸時代の比ではありません。

東西の歌舞伎の芸風を比較して、上方《かみがた》（京・大阪）の和事《わごと》、江戸（東京）の荒事《あらごと》と言われます。町人や公家の多い上方では、恋愛劇を中心とした、どちらかと言えば女性的な和事が好まれたのに対し、武士が集中する江戸では、乱闘シーンのあるような男性的な荒事に人気がありました。

当時の歌舞伎人気を支えたものは何と言っても歌舞伎役者の魅力でした。現在でも芝居そっちのけで贔屓《ひいき》の役者見たさに劇場に通うファンもいるほどですが、元禄期に上方の和事を確立したのが初代坂田藤十郎《さかたとうじゅうろう》、江戸の荒事の開祖とされるのが初代市川団十郎《いちかわだんじゅうろう》でした。平成25年に亡くなった団十郎は12代目に当たり、名実ともに梨園《りえん》のトップスターでしたが、初代団十郎の人気も相当なものでした。

元禄17（1704）年2月19日、人気絶頂の初代団十郎が同僚の役者生島半六《いくしまはんろく》によって舞台上で刺殺されるというショッキングな事件が起こりました。京都府立京都学・歴彩館蔵の浮世草子「けいせい風流杉盃《すぎさかずき》」（巻四のみ現存）は宝永2（1705）年3月刊とされ、その事件をいち早く文芸化した作品の一つです。事件当時、観客は芝居の演出だと思い拍手喝采《かっさい》して見ていたところ、それが真実の殺人だとわかり、慌《あわ》てて劇場から逃げ出すといった現場の状況がリアルに描写されます。その他にも心中や駆け落ちなどスキャンダラスな事件3編が収録されています。

（藤原英城）

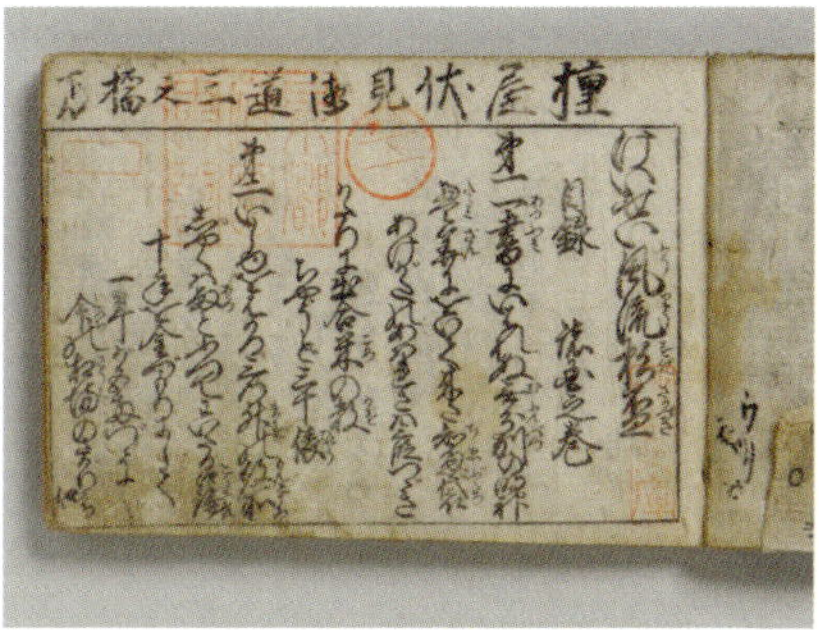

目録

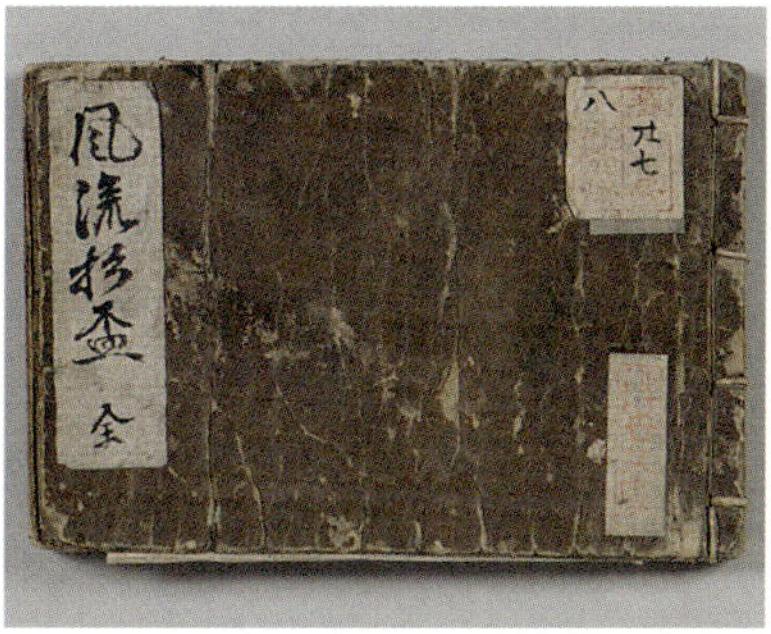

けいせい風流杉盃
1冊(巻1〜3、5欠)
12.4 × 18.1cm
京　正本屋九兵衛か
宝永2(1705)年刊か
貴520

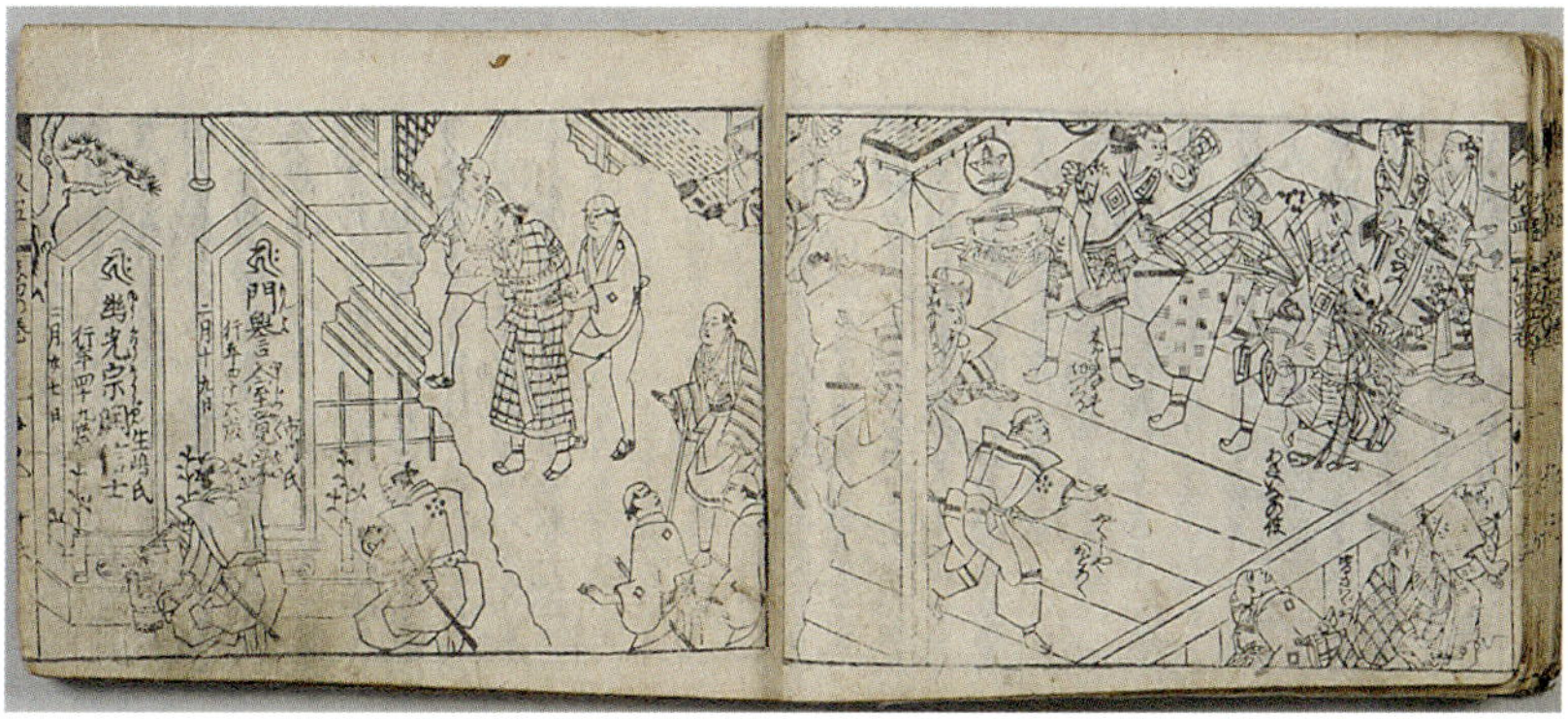

見開の右から、舞台上での惨事、捕縛、墓石などが描かれる

本を読む心ときめく時間

「百人女郎品定」

「趣味」というほどのことではなく、ましてや勉強のためでもなく、ベッドに寝ころんで、ぽろぽろと食べかすを落としながらせんべいをかじり、本を開くというのは、小さなころからのささやかな楽しみの一つでした。

平安時代の文学少女だった菅原孝標女《すがわらのたかすえのむすめ》は、念願の「源氏物語」を叔母よりプレゼントされたときの喜びを、「人もまじらず、几帳の内にうちふして、ひきいでつゝ見る心地、后の位も何にかはせむ」（更級日記）とまで言っています。それは、楽しい、心ときめく時間であったようです。

京都府立京都学・歴彩館にある「百人女郎品定《しなさだめ》」（享保8年、1723年刊）という本には、江戸時代の上流の家の女性が本を読んでいる様子が描かれています。

床（畳の図柄を省略したのかもしれません）の上に直接本を置いて広げていますが、それはけっして品の悪い格好ではなかったのでしょう。「女源氏教訓鑑《きょうくんかがみ》」（正徳3年、1713年刊）という往来物の序文口絵には、女性の師匠から「源氏物語」の講釈を受けている娘が描かれています。この娘たちもまた、本を直に置いています。

将来の電子書籍は、さてどのような格好で読まれているのでしょうか。

（母利司朗）

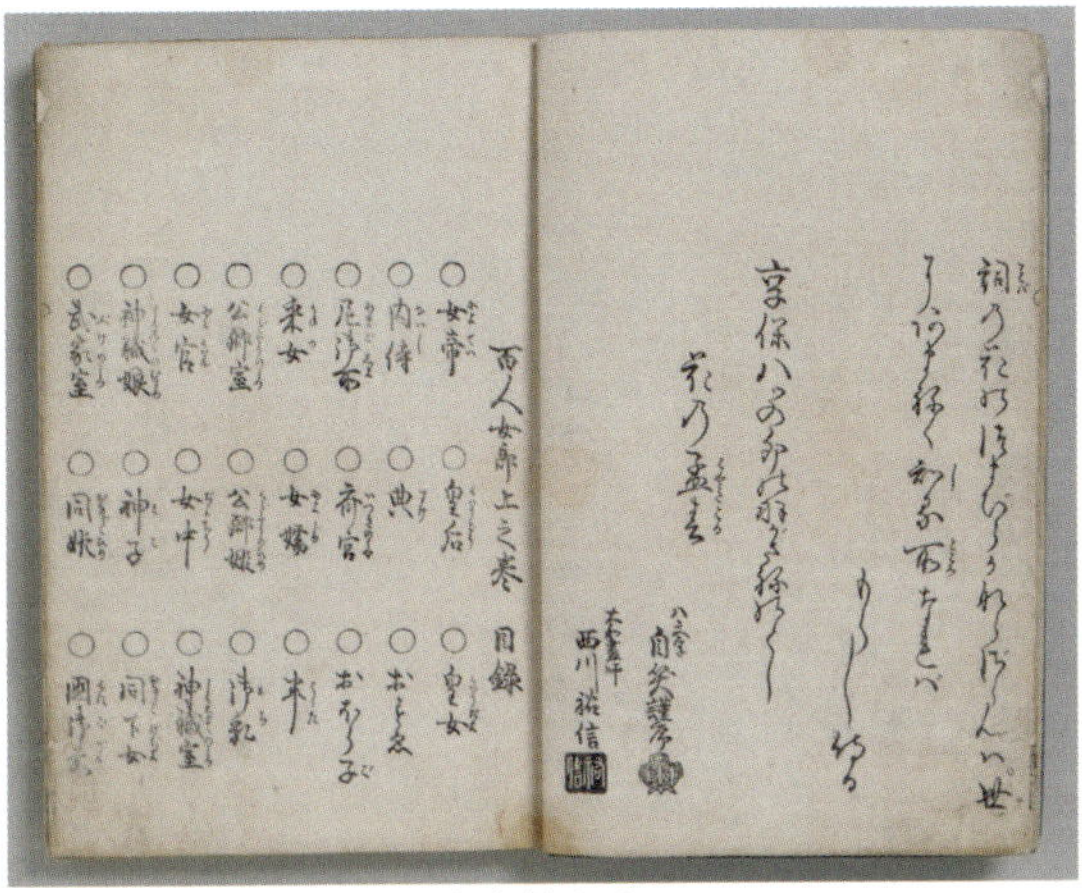

序文終わり

百人女郎品定
西川祐信画
2冊
29.6 × 20.5cm
京都 八文字屋八左衛門
享保8（1723）年序
貴387

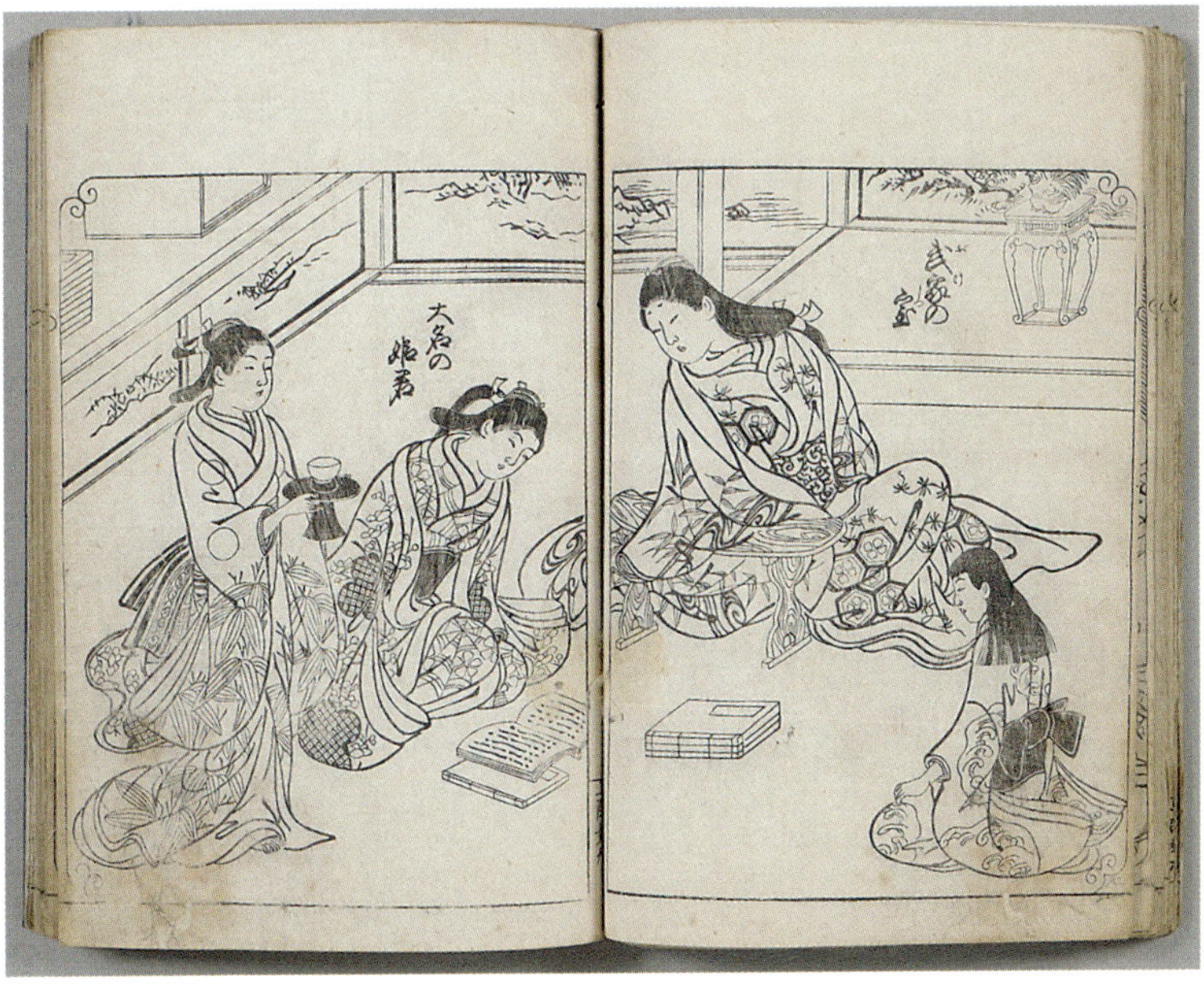

本を読む場面

戦国時代劇の素材にも

「常山紀談」

江戸時代中期、岡山藩士湯浅常山（元禎）によって、各地に伝わる戦国武将の逸話を集めた「常山紀談《じょうざんきだん》」が成立します。成立過程で常山は高名な儒学者太宰春台の監修を受けています。

「常山紀談」は付録などを含め30巻からなり、江戸時代後期に繰り返し出版されました。当館のものは弘化4（1847）年版のものです。編さんにあたり、真相究明が意識されていたようですが、さすがに、戦国の世から100年以上を経過して編さんされたため、真偽が不確かな内容もあります。しかし、講談や小説の素材となった逸話も多く、後世の人々による、様々な武将の人物像の形成に少なからず影響を与えています。そして、時代劇の素材がここにあるのかと感じることもあります。

巻之十七にはテレビドラマでおなじみの真田一族のことが書かれています。真田昌幸が武藤喜兵衛と名乗り、後に真田の家督を継いだ経緯や、真田家が北条、徳川、上杉の間で揺れ動いたこと、昌幸の嫡男信之（信幸）と本多忠勝の娘の婚儀のいきさつなどが書かれています。また、後の幸村はここでは信繁ではなく信仍《のぶより》として登場します。しかし、江戸時代すでに有名であった幸村の名前が注意書きされています。関ケ原合戦での真田親子の動向や大坂の陣の様子などもテンポ良く書かれています。

戦国武将について真相が明らかになったという報道を耳にすることがありますが、それは、こういった逸話を新たに発見された日記や手紙などとつき合わせた結果による場合もあるのです。

（若林正博）

常山紀談
湯浅常山輯録
30冊
24.7 × 17.5cm
江戸　須原屋茂兵衛
弘化4（1847）年刊
和-281.8-Y92-1〜30

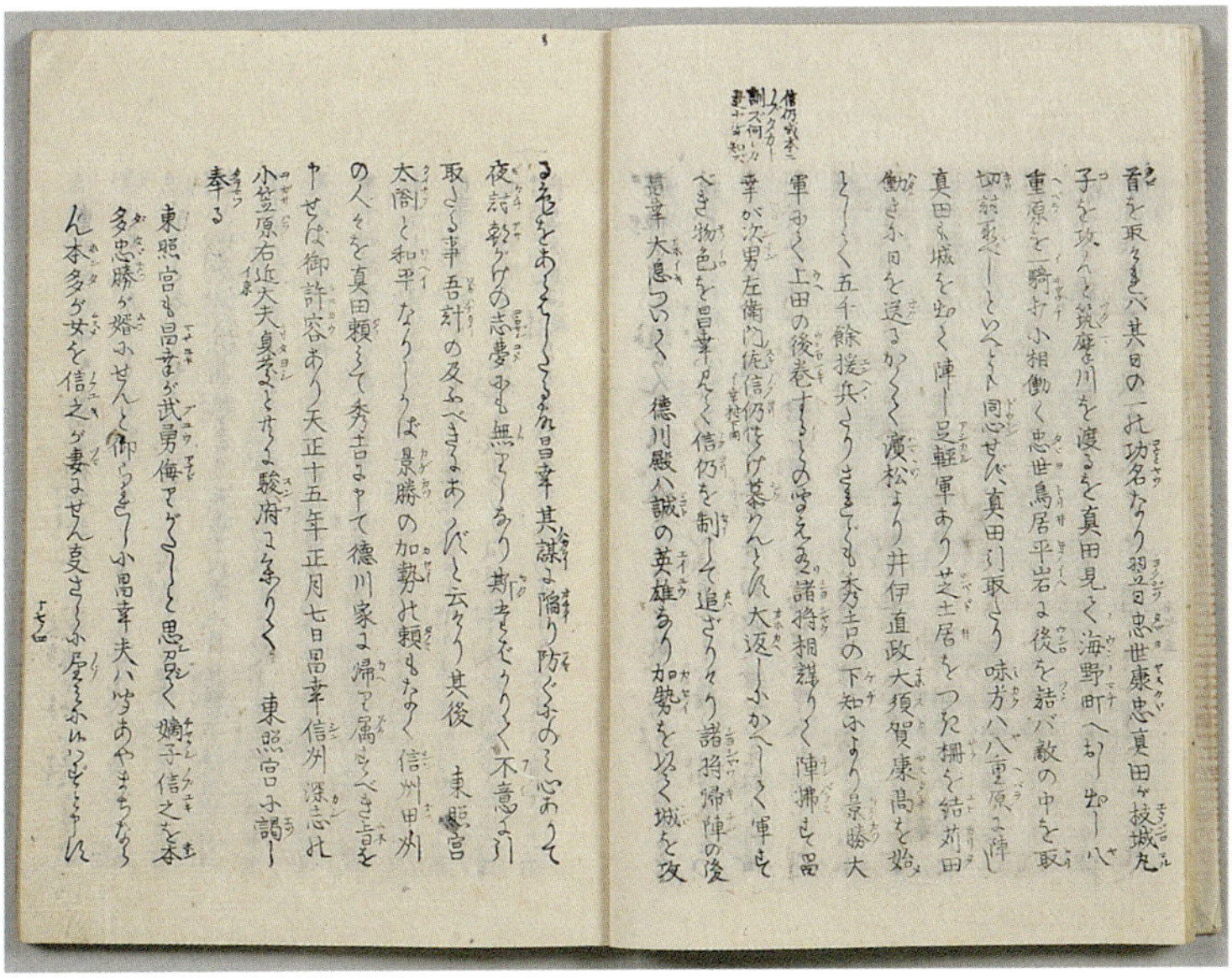

「常山紀談」より「真田昌幸親子三人始末の事」

お母さんもいろいろ

猛母も登場「世間母親容気」

京都に店を構えていた八文字屋《はちもんじや》は江戸時代最大の娯楽出版社として知られ、その浮世草子《うきよぞうし》は八文字屋本と呼ばれて全国的な人気を博《はく》していました。

その八文字屋本のヒット作に「気質物《かたぎもの》」と称されるシリーズがあります。気質物とは、特定の職業・身分にありがちな行動や性格をやや誇張して特徴的に描いた作品群のことです。京都府立京都学・歴彩館には、その一つ宝暦12（1762）年刊「世間母親容気《せけんははおやかたぎ》」（初印本は宝暦2年八文字屋八左衛門刊）が所蔵されています。

この作品には教育熱心な母親や嫁をいびる母親、また歌舞伎役者に夢中になる母親、一人娘を溺愛《できあい》して縁談を断り続ける母親など、ちょっと困ったお母さんたちが登場します。教育ママに韓流《はんりゅう》ママ、どこかで見覚えがあるような…。それらの中から一つ、巻3の3の話を紹介しましょう。

堅物《かたぶつ》の江戸の貧乏儒者・孟軻左衛門《もうのかざえもん》は不器量な嫁を迎えますが、どうしたわけかその時から弟子が急増、一人息子軻七《かしち》も誕生し、後に軻七は大家《たいか》への仕官《しかん》がかないます。まさにハッピーエンドの話ですが、ではなぜ一家は急に運が開けたのでしょうか。

じつは嫁の親が京都で書道や舞・琴などを娘に仕込んでおり、その芸の評判を聞きつけた人々が山をなして入門してきたのでした。嫁は言います、「私も夫に負けぬ芸あり。軻七が女の子なれば舞を仕込み…男の子で残念に存じまする」。中国の聖人《せいじん》・孟子《もうし》の本名孟軻《もうか》の名をかすめる孟軻左衛門・軻七親子でしたが、孟母《もうぼ》ならぬ猛母《もうぼ》の勢いに完全に飲まれています。（藤原英城）

見返題

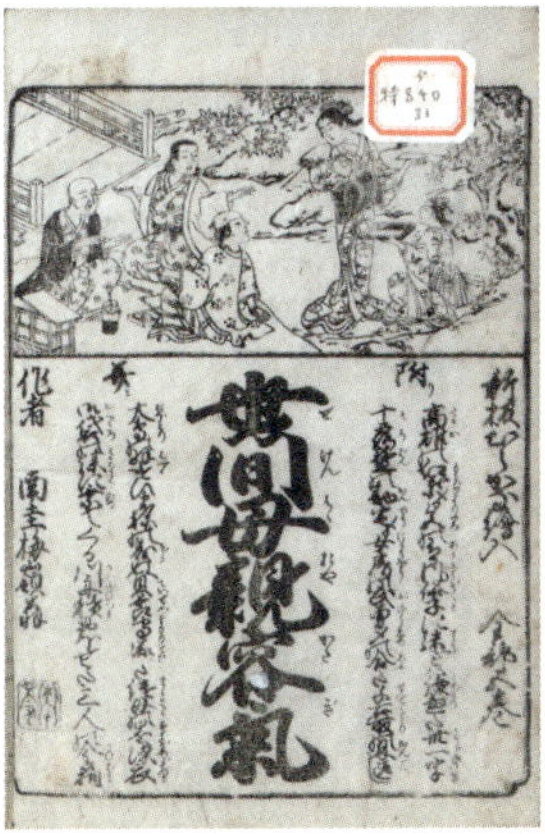

世間母親容気
多田南嶺著
5巻5冊
25.7 × 18.1cm
江戸　鱗形屋孫兵衛ほか
宝暦12（1762）年刊（求板）
特-840-31-1～5

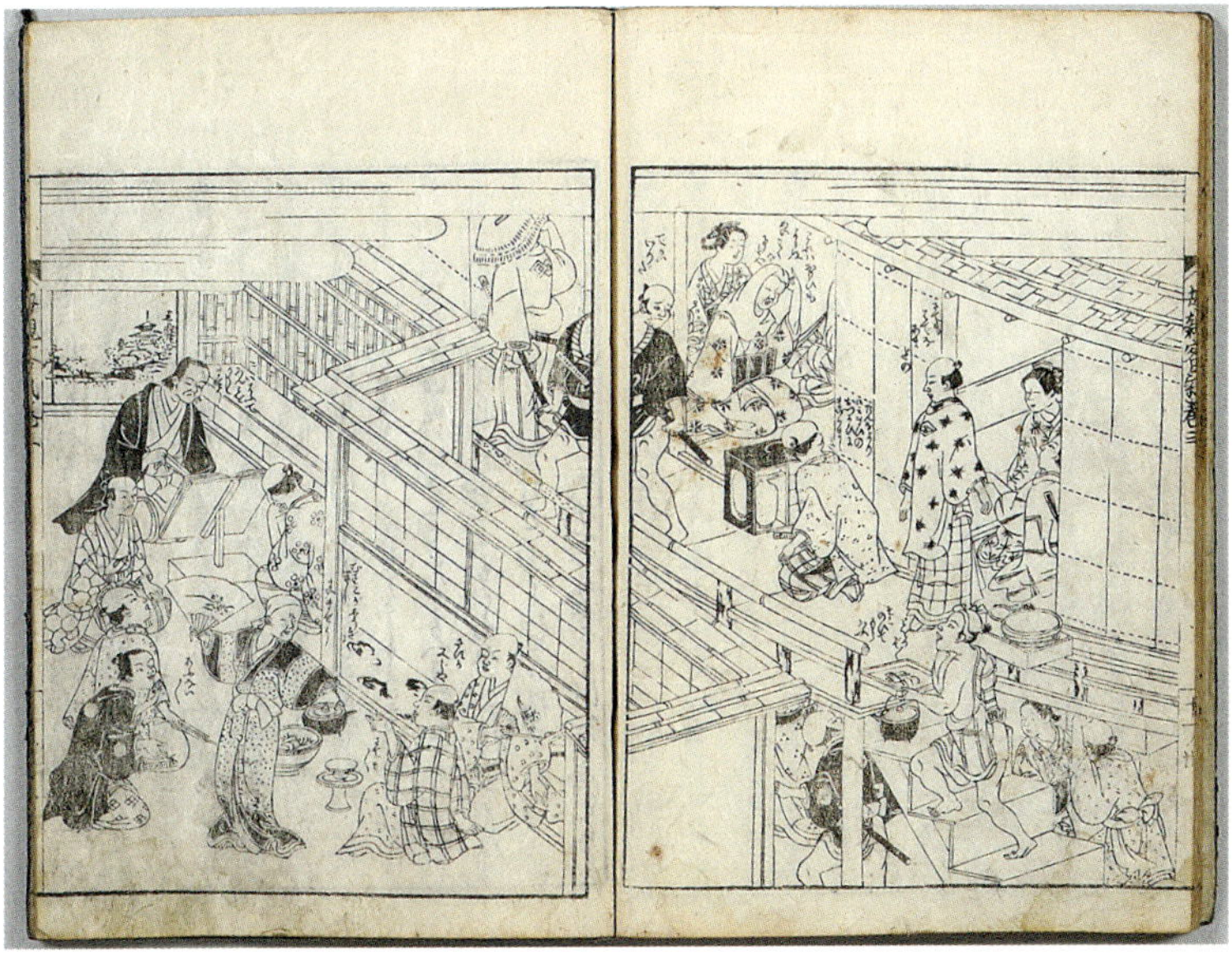

軻左衛門の講義中、孟母は舞を披露（左ページ）

カルタで身近なものに

百人一首「倭詞接木花」

小学校の授業でも取り上げられることのある「百人一首《ひゃくにんいっしゅ》」は、江戸時代まで歌人《かじん》たちにたいへん尊重《そんちょう》された作品でした。しかし現代の私たちには、坊主《ぼうず》めくりにはじまり、さらにはお手つきで盛り上がるカルタという形で、もはや古典《こてん》文学《ぶんがく》とさえ意識しないほど身近なものと感じられます。その一方で、不思議なことに、古典《こてん》和歌《わか》のもつリズムやひびきの魅力にはいつのまにか引きつけられてしまっていますので、学びが遊びという形をとって、上手にその裾野《すその》を広げているということになるでしょう。

坊主絵《ぼうずえ》はかるたの中の僧都《そうず》哉《かな》　素桂《そけい》

という俳句《はいく》は、江戸時代のはじめころの俳句集「如意宝珠《にょいほうじゅ》」に載《の》っています。また、

巻頭《かんとう》の歌読ませられぬる
秋の田のかりた遊びの御伽衆《おとぎしゅう》　吉連《きちれん》

という連句《れんく》も同じ本に載っています。巻頭の天智天皇《てんちてんのう》の歌の一節《いっせつ》「刈穂《かりほ》」と「かるた」を強引《ごういん》に掛詞《かけことば》にしたものです。

「百人一首」がカルタになった起源《きげん》は今でもはっきりとはわかりませんが、このような俳句に詠《よ》まれるようになった十七世紀の半《なか》ばころには広くおこなわれていたものと思われます。

京都府立京都学・歴彩館には、カルタのたいへん高度な遊びを紹介している「〈百人一首歌かるた〉倭《やまと》詞接木花《ことばつぎきのはな》」という絵入のたいへんおもしろい版本《はんぽん》があります。また「百人一首」を、色刷りで大きく描いた豪華《ごうか》な版本も所蔵《しょぞう》されています。（母利司朗）

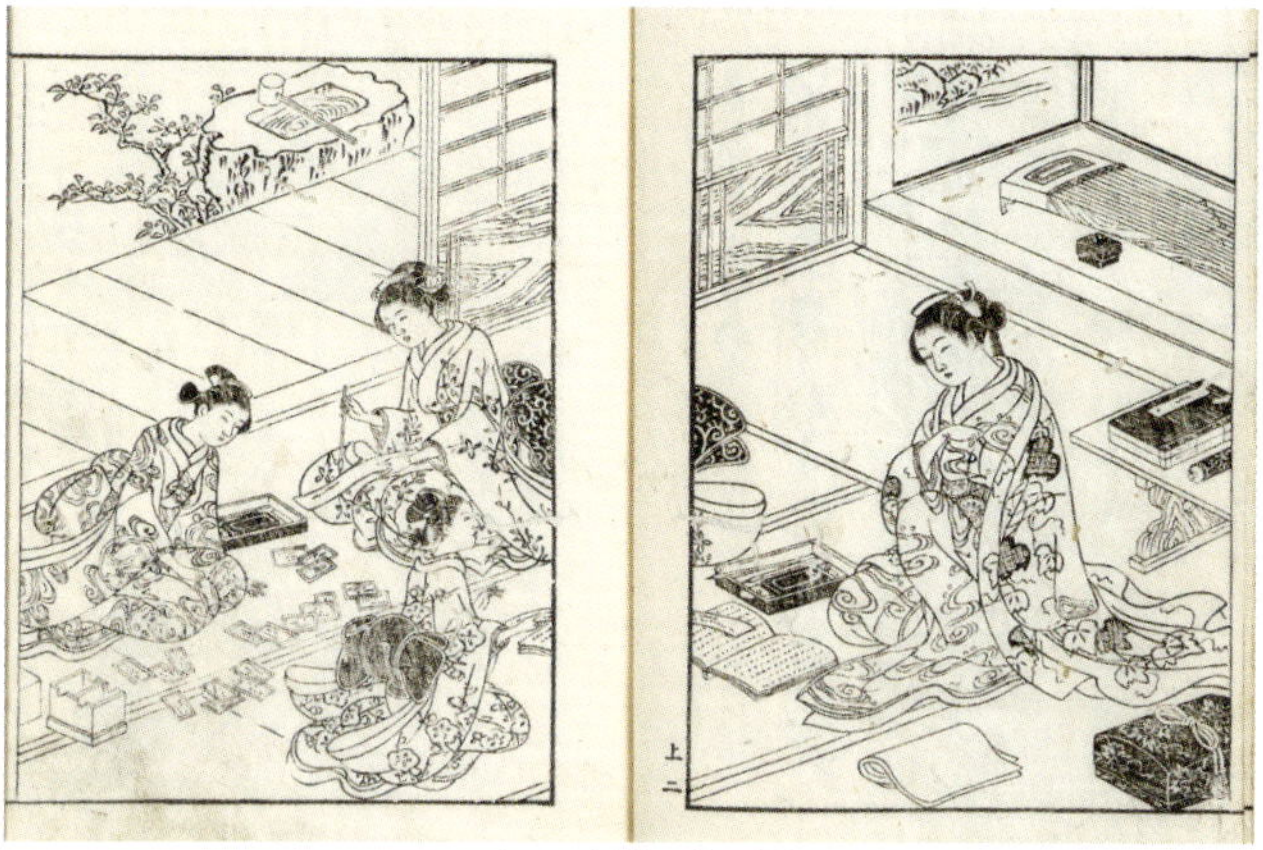

カルタ遊びの図

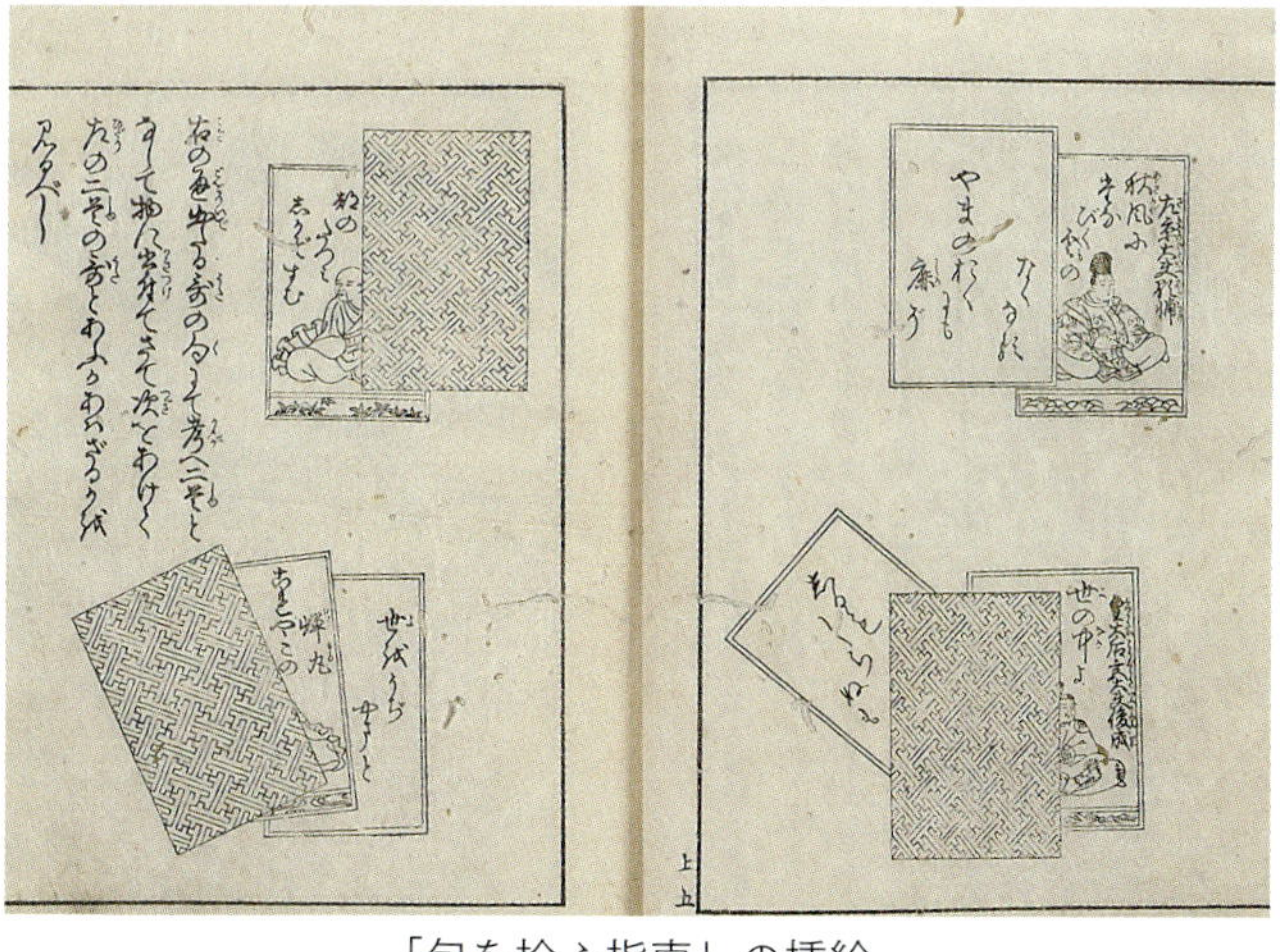

「句を拾ふ指南」の挿絵

倭詞接木花　百人一首歌かるた
下河辺拾水画
2冊
26.0 × 17.7cm
京都　吉村吉左衛門ほか
明和6（1769）年刊
和-830-13-1〜2

那須与一の武勇伝を生き生きと

能「屋島」の間狂言「八嶋間那須ノ方」

「平家物語《へいけものがたり》」の中の名場面と言えば、熊谷直実《くまがいなおざね》に討《う》たれる平敦盛《たいらのあつもり》の最期《さいご》、一ノ谷の合戦《かっせん》での源義経の鵯越《ひよどりご》えの逆《さか》落とし、壇《だん》ノ浦での平家滅亡などが思い起こされるでしょう。屋島の合戦の後、那須与一《なすのよいち》が扇の的を射当てた話も大変有名で、源平合戦を描くドラマでも必ずと言ってよいほど取り上げられています。

この「那須間《なすのあい》」は、その有様《ありさま》を能「屋島（八島）」の間狂言《あいきょうげん》として狂言方が語ります。能の前場《まえば》と後場《あとば》の間に演じられるのが間狂言で、通常は狂言方が舞台中央に座って、前場で演じられた物語を再び語るものです。ただ「屋島」で特別に「那須間」と呼ばれる時には、語る内容が那須与一の扇の的の話に変わる上に、狂言方が那須与一になった心持ちで、馬を浜から海に乗り入れ、弓をつがえて、波に揺れる船上の扇を見事に射落としたことを、身ぶり手ぶりも鮮やかに演じるのです。

これは狂言方にとって、重い「習い物」（特に難しい曲）となっていて、めったに上演されません。京都府立京都学・歴彩館所蔵の「奈（那）須間」は狂言和泉《いずみ》流の三宅藤九郎《みやけとうくろう》家に伝わる本を江戸時代の天保2（1831）年に写したものです。自分が演じる許しを得て、師家《しけ》の本を写させてもらった、そんな事情があったのかもしれません。

「屋島」は戦いに勝った義経を主人公とする曲で、江戸時代には祝言の曲として武家では特に好まれました。正月には必ず謡《うた》われ舞われた曲です。この「那須間」もめでたい気分の中で朗々《ろうろう》と語られたことでしょう。

（山崎福之）

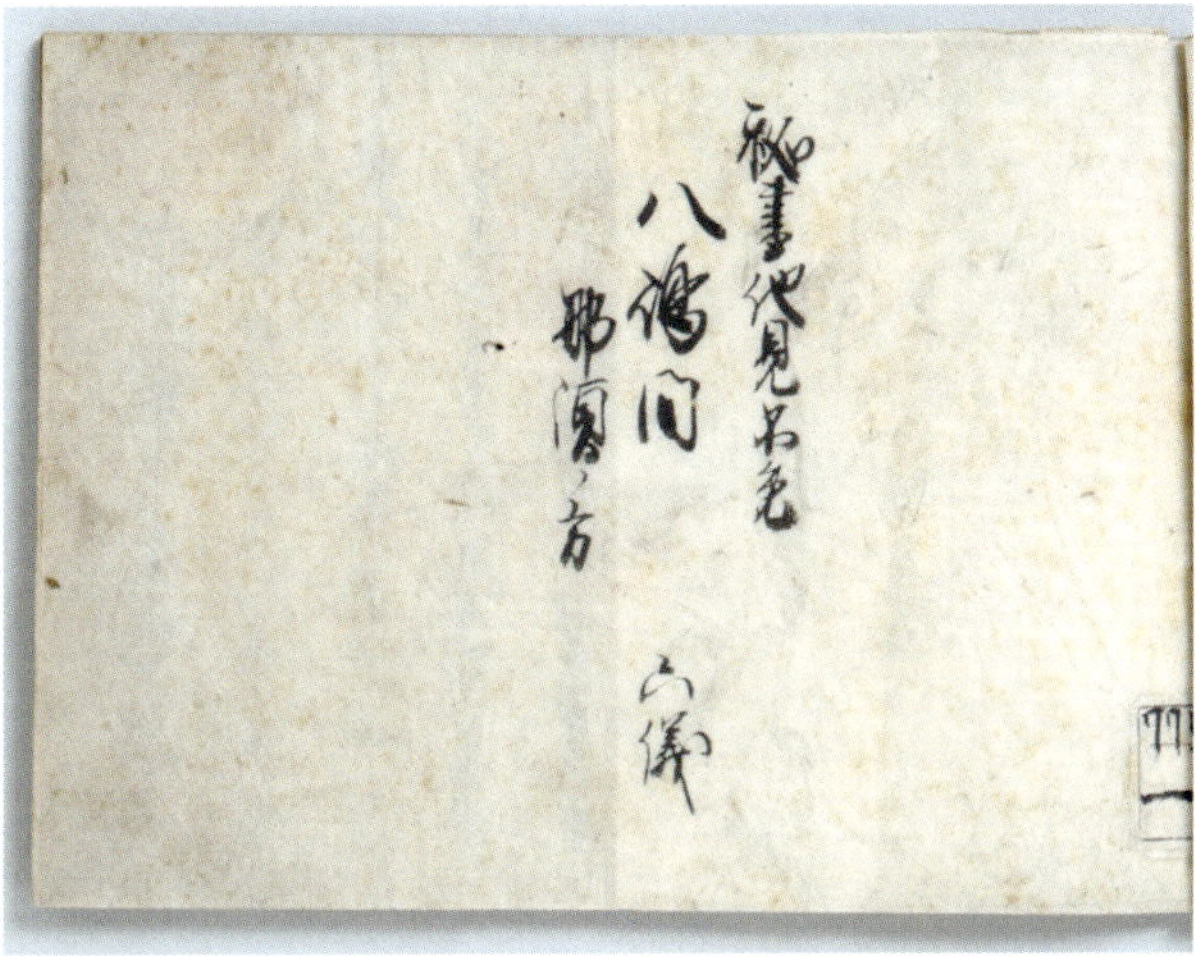

八嶋間那須ノ方　源友集写　　内表紙　標題
1冊
13.4 × 19.8cm
天保2(1831)年写
和-775-1

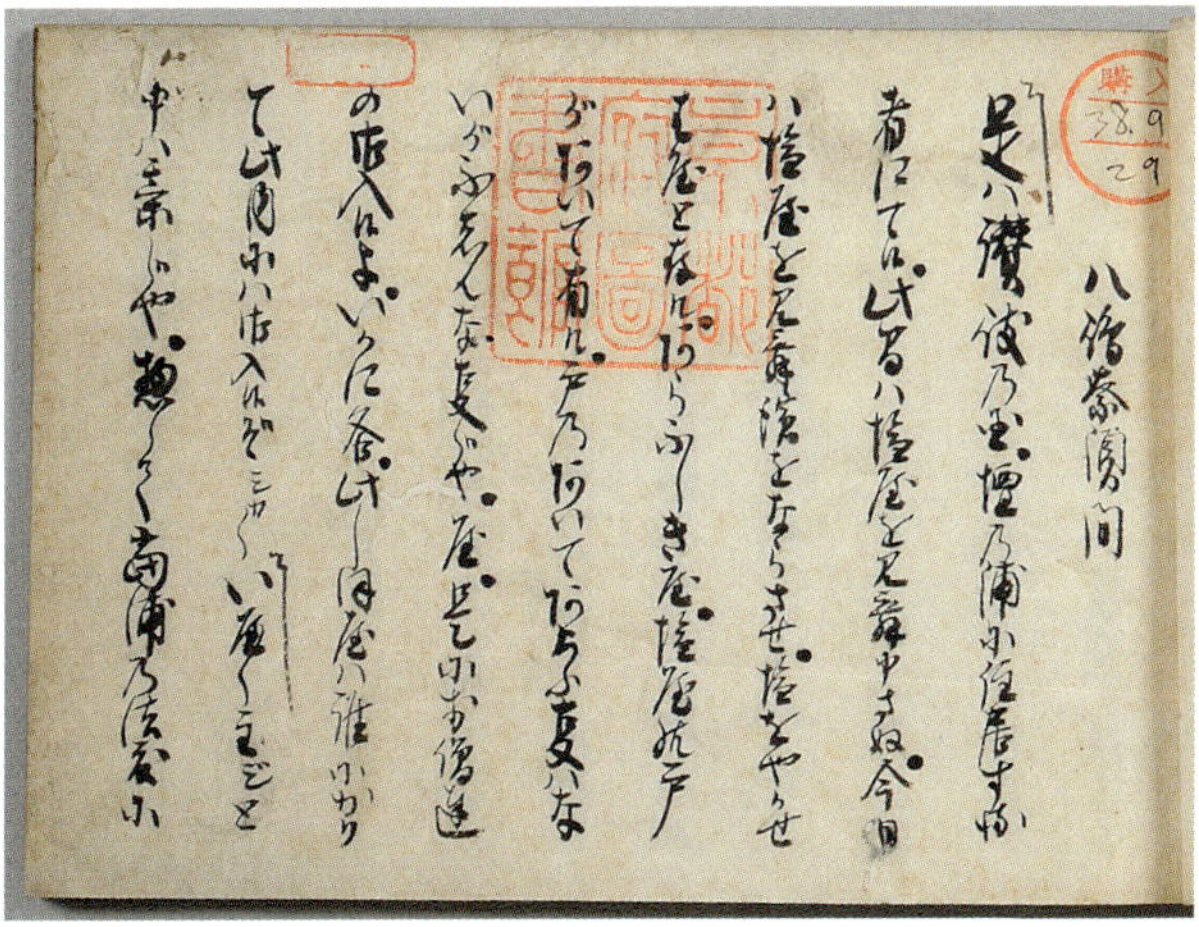

「八嶋間那須ノ方」より
冒頭部分「是は讃岐の国壇の浦に住居する者にて候」

「棒縛」の謡は能「松風」の替え歌

狂言の中の謡「狂言謡」

「棒縛《ぼうしばり》」という狂言をご存じでしょうか。両手を横に広げたまま案山子《かかし》のように棒に縛られた太郎冠者《たろうかじゃ》と、後ろ手に縛られた次郎冠者が、主人の留守に知恵をしぼって秘蔵の酒を飲んでしまうというお話です。

　二人は酔って興《きょう》に乗り、帰って来た主人が後ろから盃《さかずき》をのぞき込んでも、「主人の執念が映った」と言って主人に気づかず、「うれしや爰《これ》に酒あり。主はひとり。影はふたり。みつしほの夜ルの盃に主《しゅ》をのせて主《ぬし》ともおもはぬ内《うち》の者かな」と謡《うた》って笑いさざめくのです。

　「みつ」に「満つ」と「三つ」を掛け、「一、二、三」と数を詠《よ》み込んだ謡《うたい》、実は替え歌なのです。原歌《もとうた》は能「松風《まつかぜ》」の中で、汐汲《しおく》みをした水桶《みずおけ》に月影《つきかげ》が映り、その水桶《みずおけ》を車に載せて引いて帰る場面で謡われます。「嬉《うれ》しやこれも月あり。月は一つ。影は二つ。みつ潮《しお》の夜の車に月を載《の》せて憂《う》しとも思はぬ潮路《しおじ》かなや」。つまり盃に映った主人を月に見立てるとともに、「酒《しゅ》」と「主《しゅ》」を掛詞《かけことば》とした上で、「憂《う》し」を「主《ぬし》」に巧《たく》みに言い換えています。

　こんな替え歌が謡えるのも、元の謡が広く知られていたからこそ。謡の文化がどれほど豊かだったかもわかります。観客はこのもじり（パロディー）に大喜びしたことでしょう。誰もが知っている歌の替え歌を作って楽しむなんて、今と同じですね。狂言にはこんな楽しみ方もあったのです。

　古典文学の伝統の中で培《つちか》われてきた言葉遊びのさまざまな技法。狂言にはそこかしこにそれが潜《ひそ》んでいます。よく耳を傾けて味わってみましょう。

（山崎福之）

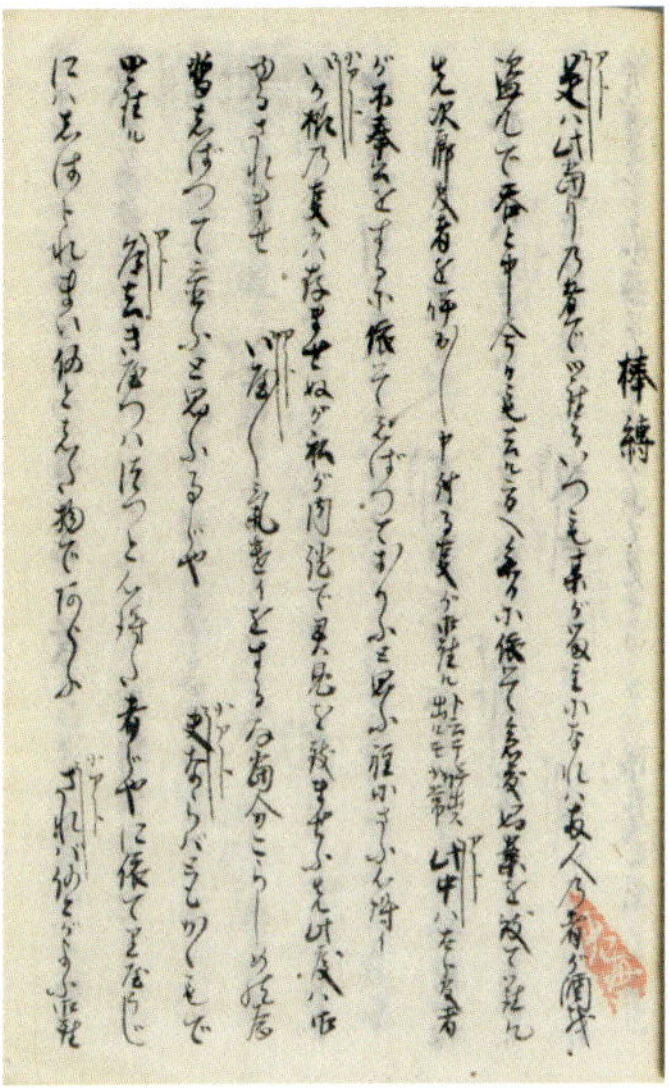

「棒縛」巻頭

言葉の右にゴマ（謡の譜）
棒縛（「狂言謡」より）
大嶋右馬大允　源友集写
５冊
23.7 × 16.9cm
天保２（1831）年写
和-775-1-2

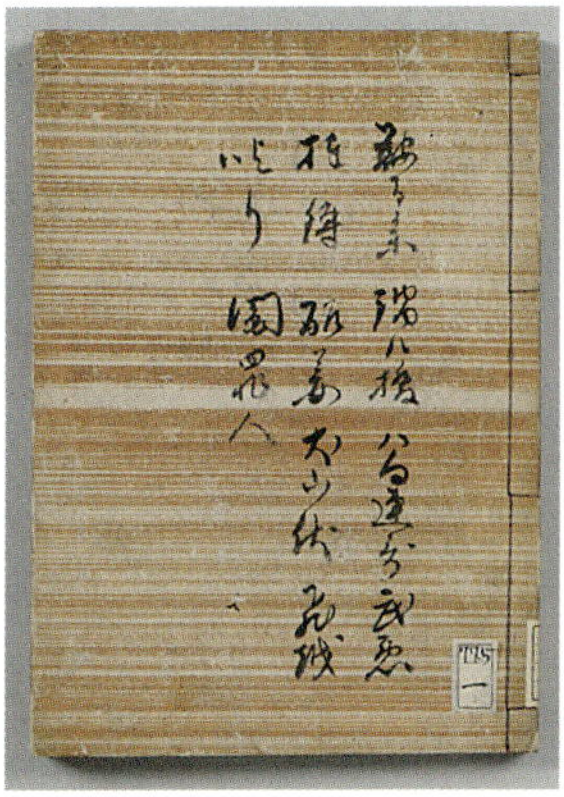

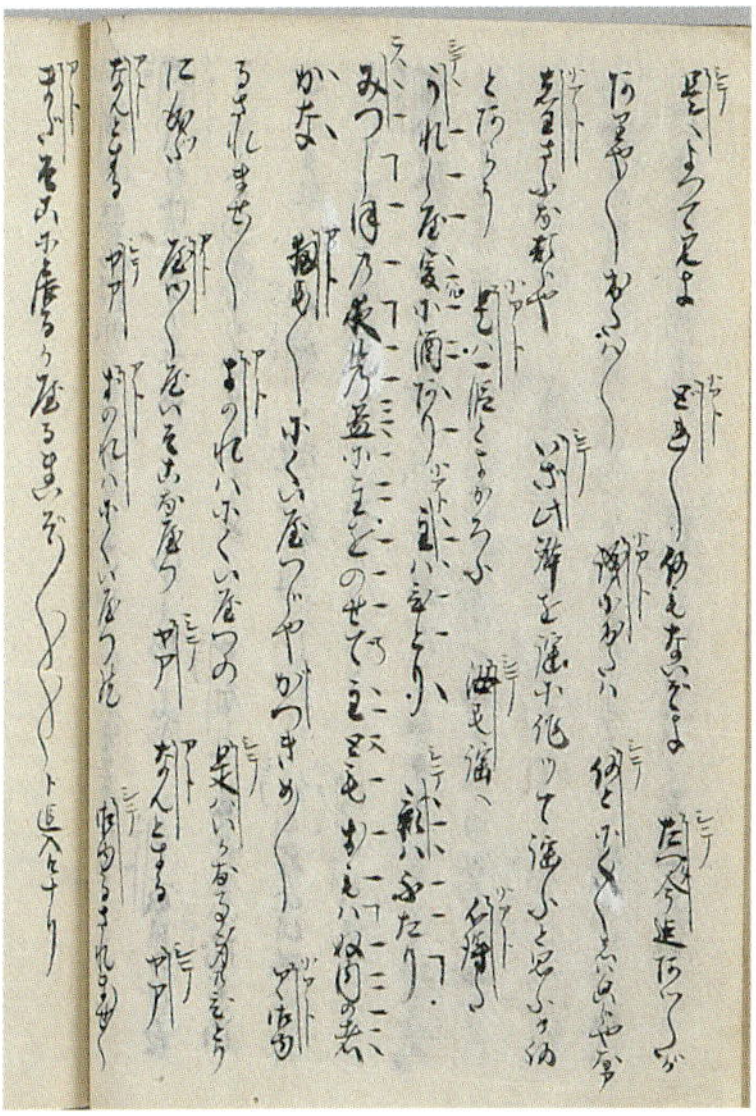

「狂言謡」（和泉流狂言本「狂言六儀」）より「棒縛」

髪型の由来話色々

「頭髪沿革考」

室町時代の終わりから江戸時代のはじめにかけて、京都に松永貞徳《ていとく》という歌人がいました。細川幽斎《ゆうさい》をはじめ、多くの人々から学問や芸事を習い、それを江戸時代に伝えていった大学者でした。その弟子に、北村季吟《きぎん》という古典学者がいますが、そのさらに弟子には、俳諧で有名な松尾芭蕉《ばしょう》もいました。

さて、この貞徳という人、たいへん長生きをした人ですが、六十歳を過ぎたころに、自分は生まれ変わったのだと感じ、名前を「長頭丸《ちょうずまる》」「延陀丸《えんだまる》」などと子ども風の名前にあらため、年齢もそれから、1歳、2歳とふたたび数えはじめました。

たいへん熱心な法華経への信仰心をもっていた人でしたので、遊び心、というのではなく、本当に何かを感じることがあったのでしょう。

京都のお寺には、この貞徳の肖像画がいくつか残っていますが、髪型は、頭の上に、二つ輪を作ったような髪型をしています。これを「唐輪《からわ》」とか「稚児髷《ちごまげ》」と呼びました。

京都府立京都学・歴彩館の「頭髪沿革考」という本は、男女の髪型の移り変わりを、いろいろな本の絵と文章の両方によって研究したものですが、その中に、この「稚児髷」が載っています。

（母利司朗）

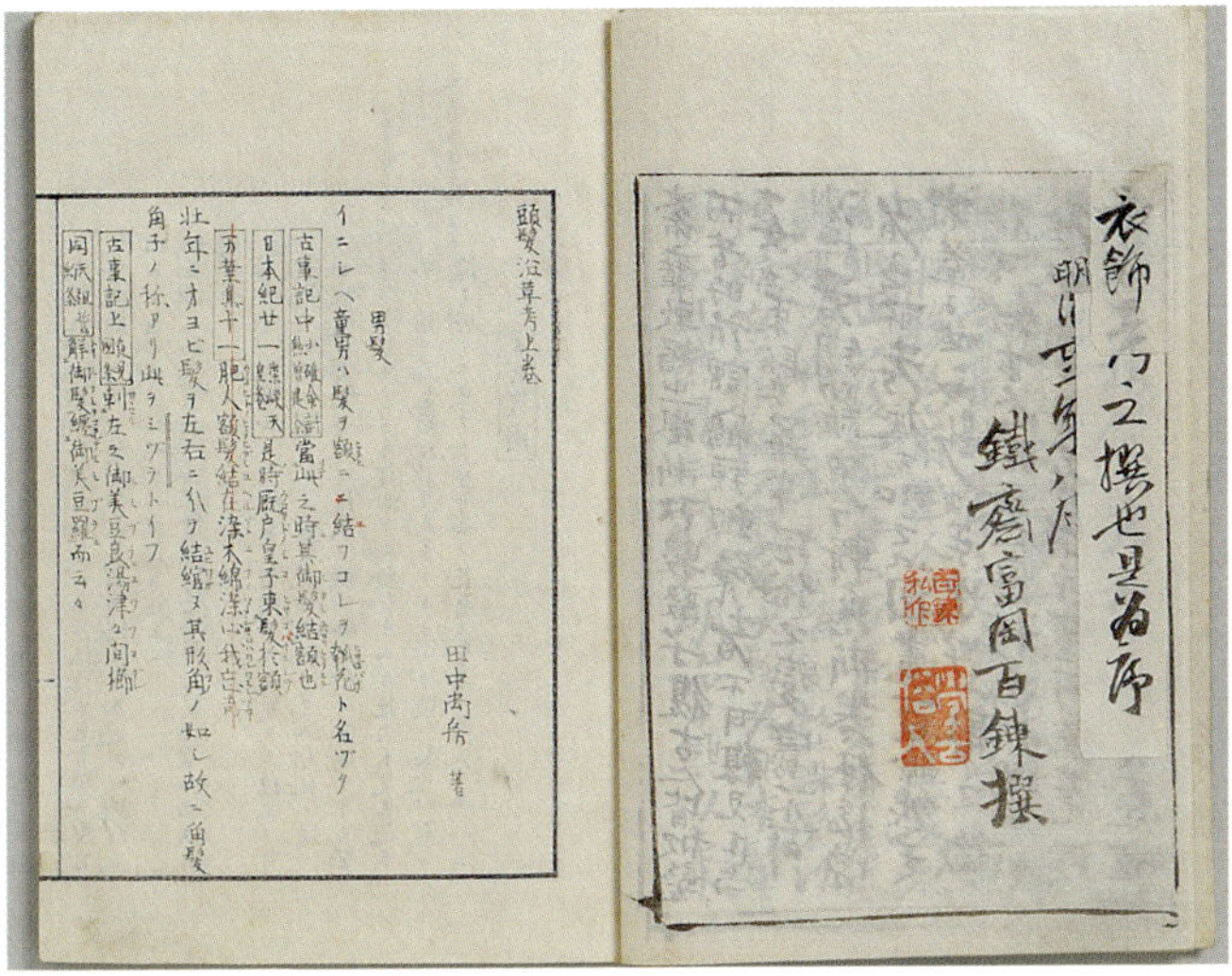

序文末尾

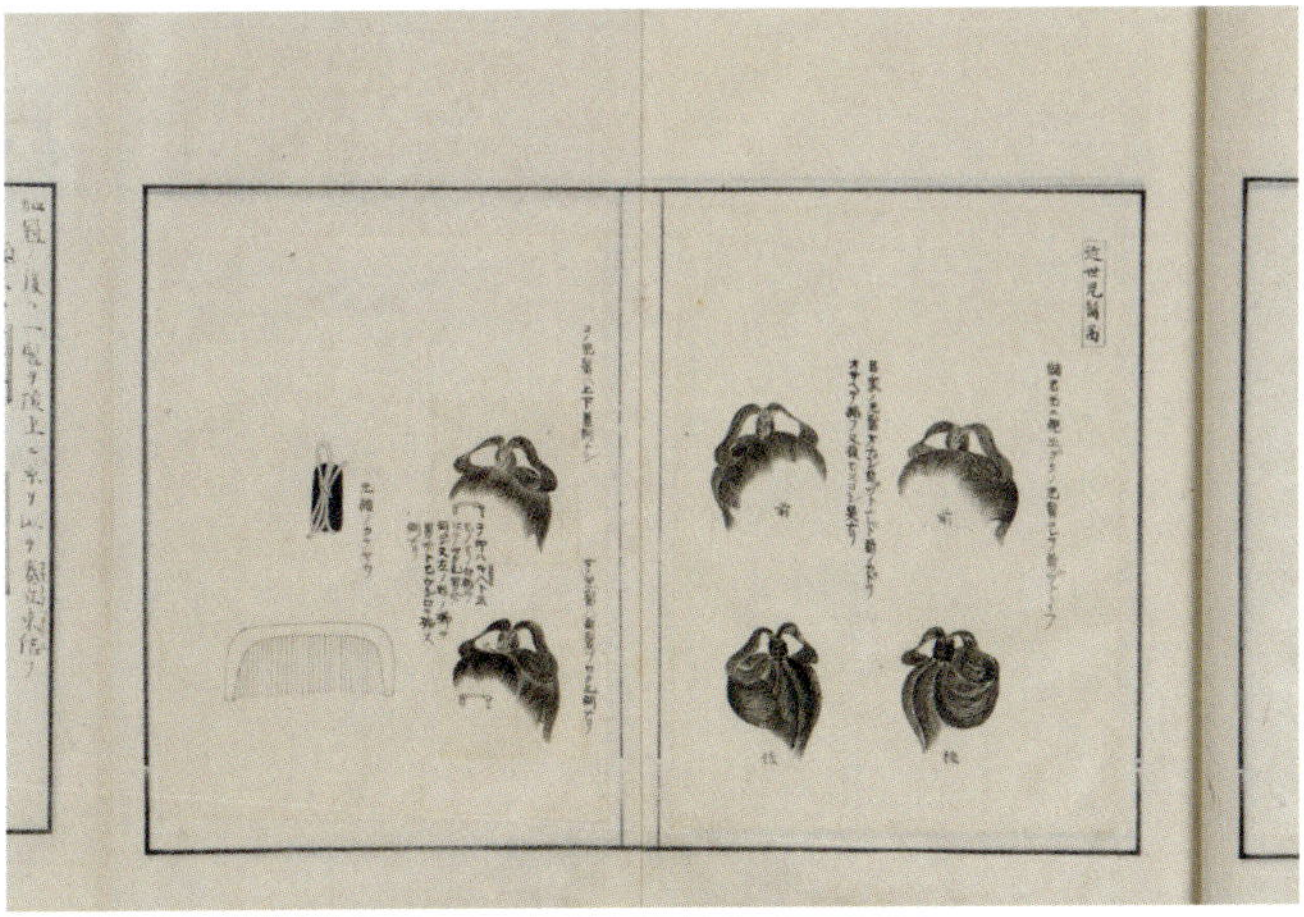

「児髷」の図

頭髪沿革考
田中尚房著
2冊
27.2×18.4cm
明治22(1889)年序
版下浄書本
貴317

タカの見分け方指南

鷹狩の最古の書物「新修鷹経」

徳川家康が豊臣との争いに決着をつけ徳川の天下を固めた時、当時としては長寿の70歳を超えていました。家康が健康で長寿だったことの手がかりは「徳川実紀《じっき》」という書物の中にあります。そこには、家康は健康のために鷹狩《たかがり》に出て山野を歩き、足腰を鍛《きた》えていたことが書かれています。

鷹狩とはタカを捕まえることが最終目的ではなく、飼いならしたタカに山野の小動物や野鳥を捕まえさせる狩りのことです。鷹匠《たかじょう》と呼ばれる人が野生のタカを訓練して、獲物を捕まえて戻ってくるように飼いならします。訓練や狩りには、広い場所が必要なため、鷹狩ができるのは限られた身分の人でした。江戸時代は将軍家や大名、平安時代にさかのぼると天皇家や貴族の特権でした。

平安時代、三筆《さんぴつ》で有名な嵯峨《さが》天皇も鷹狩を好み「新修鷹経《しんしゅうたかきょう》」の編さんを命じています。これは鷹狩の日本最古の書物であり、書名に「経」という字が入っていることから、この分野の基本書となることを意図したと思われます。千年以上前の編さんのため原本は残っていませんが、多くの写本《しゃほん》が生まれ、今日に伝わっています。当館所蔵の物もその中の一つで、公家《くげ》の広橋《ひろはし》家を経由《けいゆ》して伝わったことが蔵書印《ぞうしょいん》からわかります。内容はタカの飼い方や、タカの良しあしを見分けるポイントが絵図を用いて解説され、良い例として、体格が大きいことや、眼が澄《す》んで輝いていることなどが挙げられています。

また、後の時代になるといろいろな流派から鷹狩の書物が著《あら》わされます。これらは総称して鷹書《たかしょ》と呼ばれ、今日に伝わっています。

（若林正博）

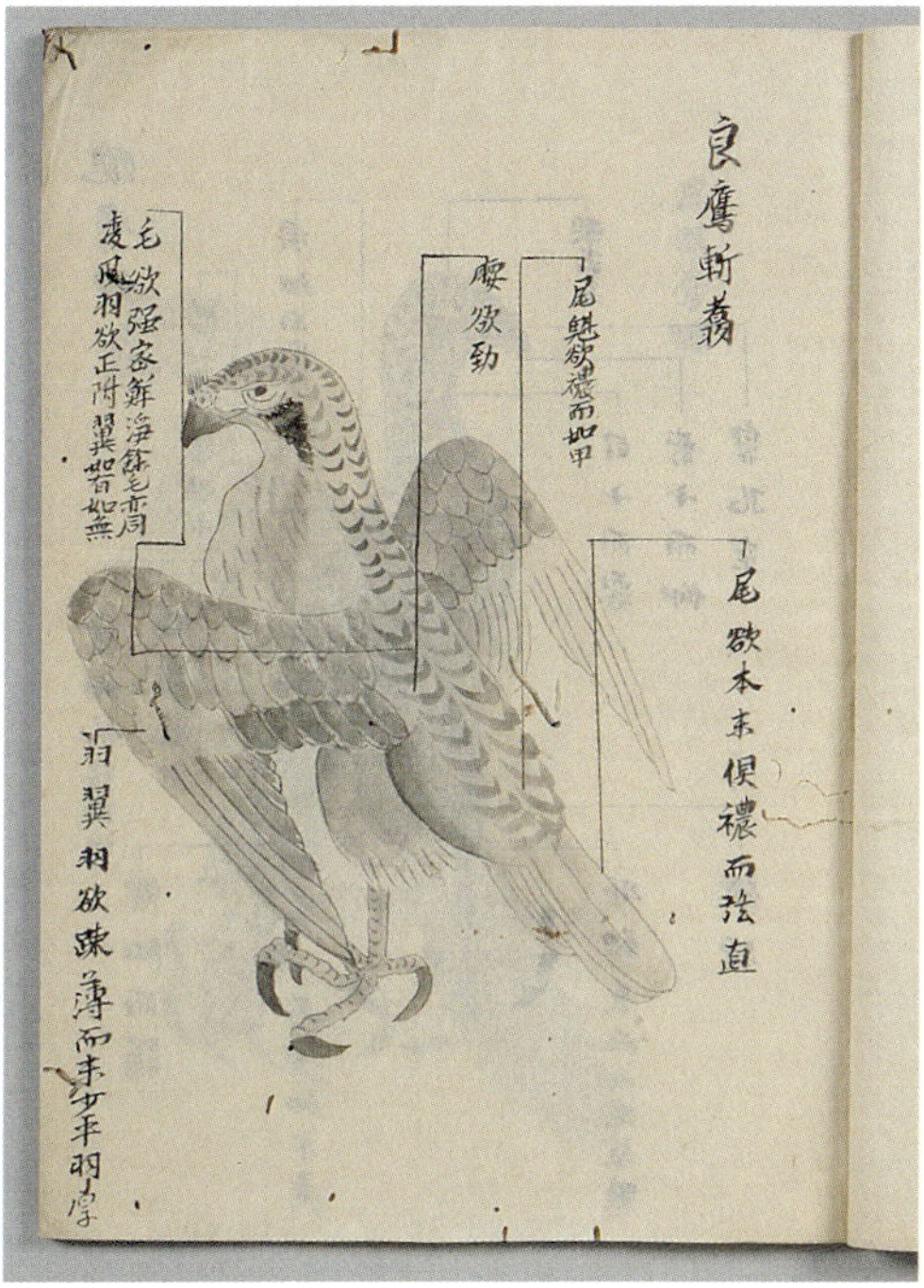

「新修鷹経」より

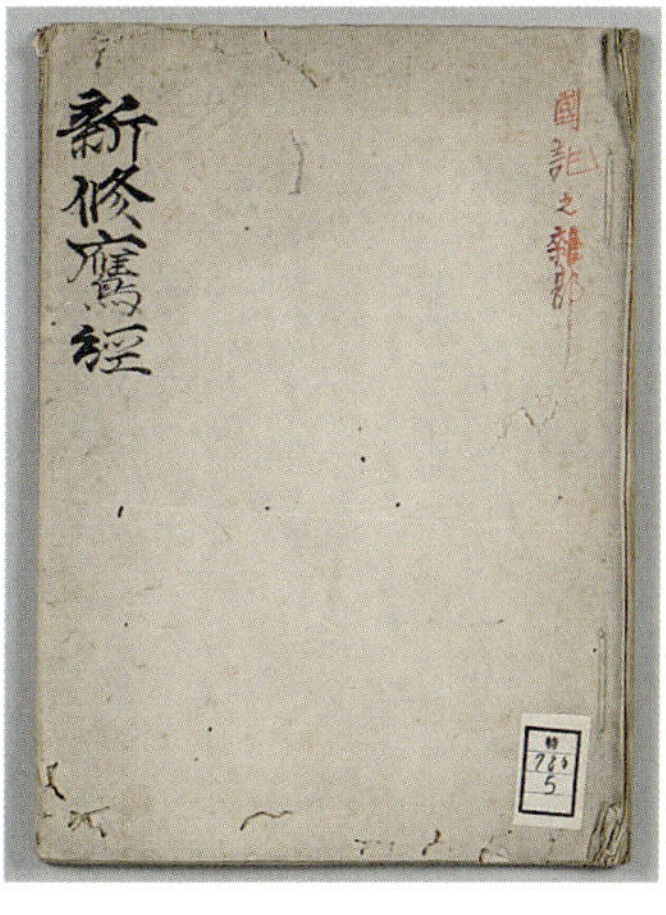

新修鷹経
嵯峨天皇著
1冊
27.8 × 20.2cm
写本
特-780-5

棄教者ハビアンの批判

反キリシタン書「破提宇子」

この本は元和6（1620）年、徳川幕府の時代になり、キリシタン弾圧が激しくなったころに書かれました。「破提宇子《はだいうす》」とは、キリスト教の論を破るという意味です。「提宇子」はキリスト教の神のことで、キリシタンたちが用いた「デウス（ラテン語・ポルトガル語のDeus）」に漢字を当てたことばです。京都府立京都学・歴彩館にある本は、再びキリスト教批判が高まった幕末にあらためて出版されたものです。

作者ハビアンは、北陸出身の日本人で大徳寺の禅僧であったらしいのですが、京都でキリシタンになりました。その後イエズス会に入り、九州や京都で、日本語の教科書をつくったり、キリスト教の教えを説いたりと活躍しましたが、慶長13（1608）年棄教し、禁教令のもとでキリシタン迫害の側に回りました。その際著したのがこの本で、キリシタンの教えだけでなく宣教師のことも非難しており、さまざまな不満をもっていたことがうかがえます。

またハビアンは、日本では高山右近、京都の桔梗屋《ききょうや》ジュアンなど有名なキリシタンがいたけれども、神仏の罰を受けて子孫も滅びてしまったと述べています。この桔梗屋ジュアンとは、本が書かれる前年の1619年に京都の六条河原で十字架にかけられた52人のうちの1人、橋本太兵衛のことといわれています。ハビアンにとって京都は、キリシタンになり、イエズス会士として活躍した場所です。おそらくかつての知人も含まれていたこの殉教事件を、どのような思いで聞いたのでしょうか。

（岸本恵実）

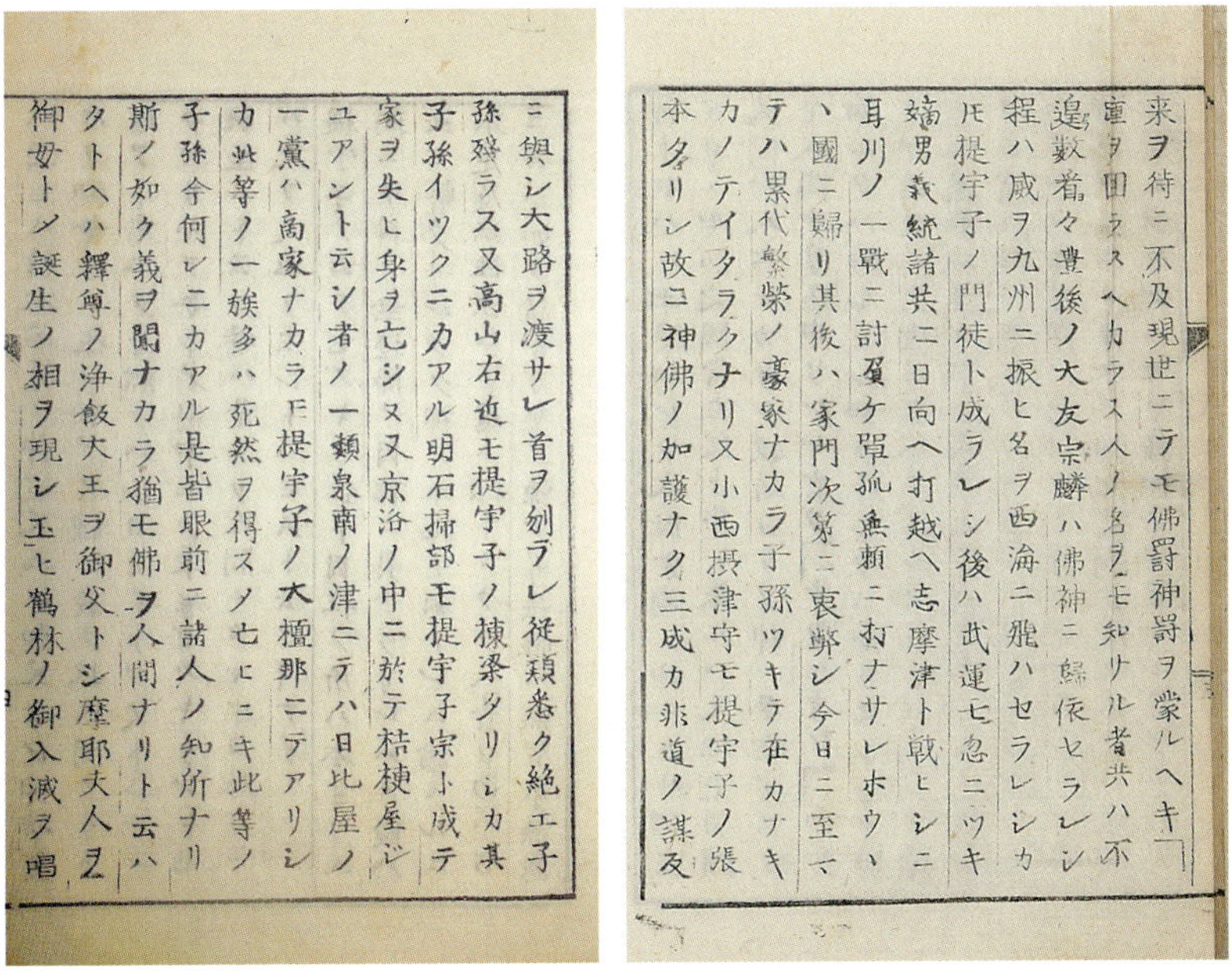
来ヲ待ニ不及現世ニテモ佛罰神罸ヲ蒙ルヘキ」
寧ヲ囲ラスヘカラス人ノ名ヲモ知リル者共ハ不
遑數着々豊後ノ大友宗麟ハ佛神ニ歸依セラレシ
程ハ威ヲ九州ニ振ヒ名ヲ西海ニ飛ハセラレシカ
𪜈提宇子ノ門徒ト成ラレシ後ハ武運モ忽ニツキ
嫡男義統諸共ニ日向ヘ打越ヘ志摩津ト戰ヒシニ
耳川ノ一戰ニ討負ケ單孤無頼ニ打ナサレホウヽ
ヽ國ニ歸リ其後ハ家門次第ニ衰弊シ今日ニ至マ
テハ累代繁榮ノ豪家ナカラ子孫ツキテ在カナキ
カノテイタラクナリ又小西摂津守モ提宇子ノ張
本タリシ故ニ神佛ノ加護ナク三成カ非道ノ謀反
ニ與シ大路ヲ渡サレ首ヲ刎ラレ從類悉ク絶エ子
孫殘ラス又高山右近モ提宇子ノ棟梁タリシカ其
子孫イツクニカアル明石掃部モ提宇子宗ト成テ
家ヲ失ヒ身ヲ亡シヌ又京洛ノ中ニ於テ桔梗屋ジ
ユアント云シ者ノ一類泉南ノ津ニテハ日比屋ノ
一黨ハ高家ナカラ𪜈提宇子ノ大檀那ニテアリシ
カ此等ノ一族多ハ死然ヲ得スノ亡ヒニキ此等ノ
子孫今何レニカアル是皆眼前ニ諸人ノ知所ナリ
斯ノ如ク義ヲ聞ナカラ猶モ佛ヲ人間ナリト云ハ
タトヘハ釋尊ノ浄飯大王ヲ御父トシ摩耶夫人ヲ
御母トノ誕生ノ相ヲ現シ玉ヒ鶴林ノ御入滅ヲ唱

キリシタン大名「小西摂津守（行長）」「高山右近」の名が見える

破提宇子
ハビアン著
1冊
慶応4（1868）年序
和-270-10

掲載書物、後に新評価も

解題集の「日本書籍考」

本の内容を紹介することを解題といいます。最近はインターネットで本の内容を調べることもできますが、以前は解題集や新聞の書評が本の内容を知る手がかりでした。京都府立京都学・歴彩館では、解題集の草分けで、17世紀後半（4代将軍徳川家綱の時代）に成立した「日本書籍考《しょじゃくこう》」を所蔵しています。編さんは幕府の儒者として高名な林羅山の子で、その後を継いだ林鵞峯《がほう》があたりました。

「日本書籍考」には113点の書物の解題があります。解題されている書物は歴史書や軍記物を中心として各分野にわたります。おおむね古代から出版された時代順に並べられ、最後は太閤記で終わります。解題の書き方は一律ではなく、後白河天皇と崇徳上皇の争いを扱った保元物語とその前後の解題の詳しさが目立ちます。また、人物名の表記では、室町幕府の将軍が鹿苑院（足利義満）や普廣院（義教）などの院号となっている点は興味深いところです。

一方、現代とは異なる解題がつけられている書物もあります。それは一番初めの項にある「舊事記《くじき》（先代旧事本紀《せんだいくじほんぎ》）」です。この書物は聖徳太子が編さんに関わった歴史書として、長らく「日本書紀」よりも成立時期が古い歴史書とされてきました。解題文にもこのことは書かれています。しかし、江戸時代中期以降、「舊事記」は平安時代に成立した偽書ということが指摘され、現代ではこの評価が一般化しています。歴史では、内容の解明などにより、その評価を改めるきっかけになることがあります。これは現代だけではなく、江戸時代にもあったことなのです。

（若林正博）

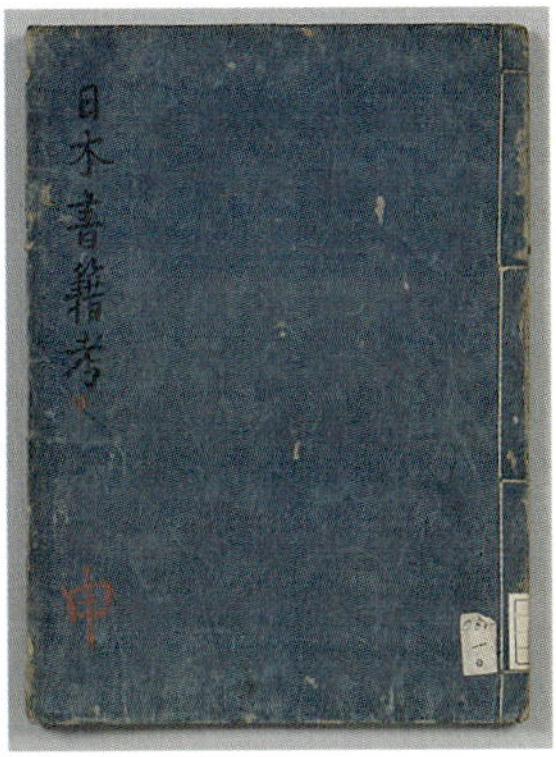

日本書籍考
林鵞峰著
1冊
26.4 × 19.2cm
京都　荒川宗長
寛文7（1667）年刊
和-061-10

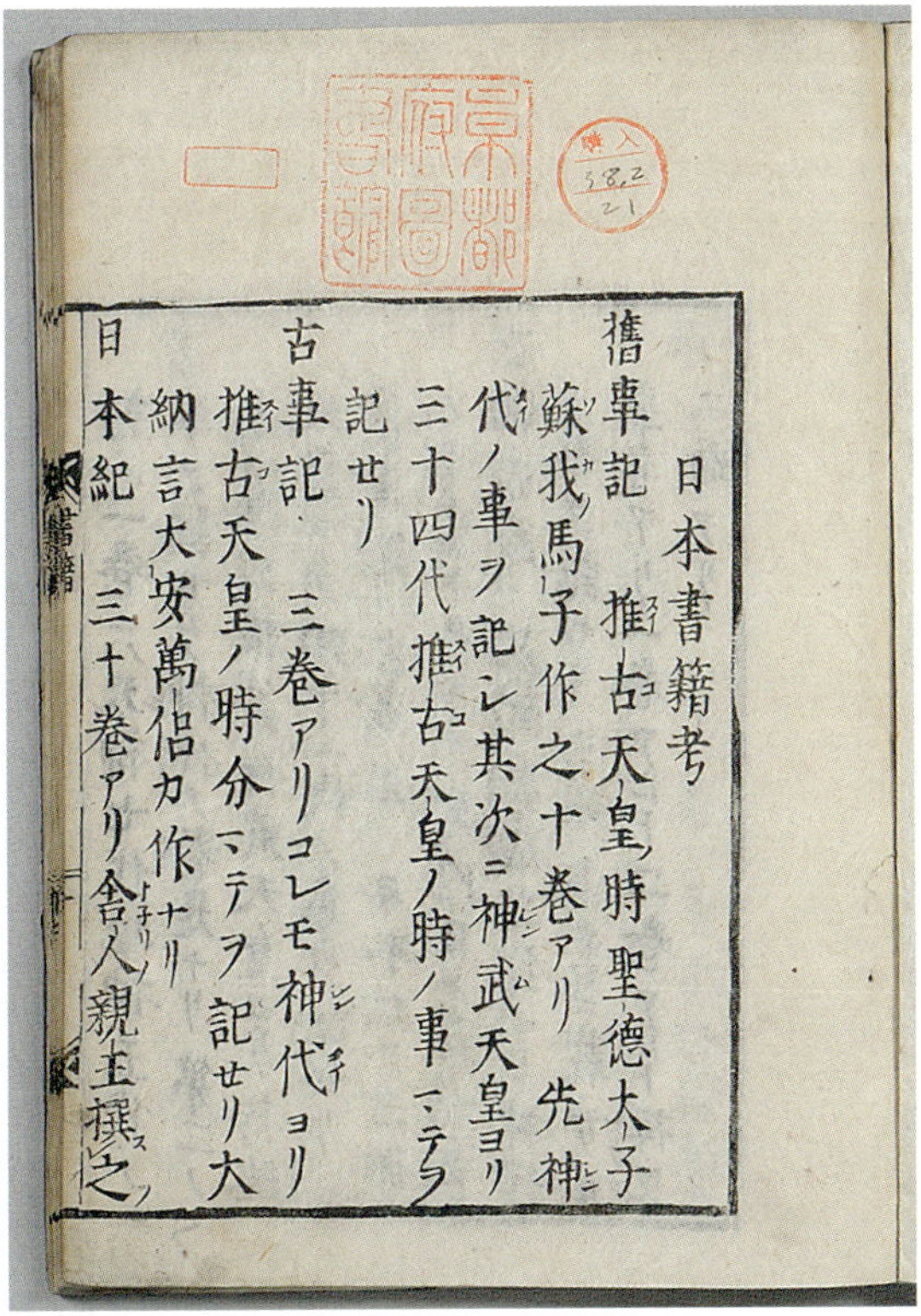

日本書籍考

舊事記　推古天皇ノ時聖德太子蘇我馬子作之十巻アリ　先神代ノ事ヲ記シ其次ニ神武天皇ヨリ三十四代推古天皇ノ時ノ事マテヲ記セリ

古事記　三巻アリコレモ神代ヨリ推古天皇ノ時分マテヲ記セリ大納言大安萬侶カ作ナリ

日本紀　三十巻アリ舎人親王撰之

「日本書籍考」に記されている「舊事記」の解説文

文字で表す三味線テキスト「大怒佐」

お気に入りの歌を、自分で演奏してみたいと思ったことはありませんか。その時まず必要なのは楽譜ですが、現在一般的に使われる五線譜は、明治以降に普及したものです。

では、江戸時代の人たちはどうやって音楽の練習をしていたのでしょうか。三味線歌の入門書「大怒佐《おおぬさ》」を見てみましょう。

三味線という楽器は、安土桃山時代の初めごろ、琉球（現在の沖縄県）から日本に伝わったとされます。歌舞伎などの芸能と結びついて広く愛されました。

「大怒佐」が初めて刊行されたのは貞享2（1685）年で、このころは他にも庶民向けの音楽入門書が刊行されています。プロの演奏者だけでなく、素人も趣味で演奏をたしなむほどに三味線が普及していたことがうかがえます。

写真を見ると、今の楽譜のような音符はなく、文字がびっしり並んでいます。

「トチチリテレッテ　二を一つ打　三ノ中程をおさへ二つ打すくい　又はなし打すくい…」という具合に、最初にメロディーの一節をカタカナの擬音で示しています。これは口《くち》三味線と呼ばれるものです。

続く文章は、3本の弦（糸）のどれをどの位置で押さえて弾くか説明しています。ギターのコードをすべて文章で書いているようなもので、覚えるにはかなり練習が必要だったでしょう。

本の後半には、三味線歌の歌詞が載っています。多くが恋愛の歌です。昔の人も、好きな人に思いを伝えたくて一生懸命弾き語りを覚えたのかもしれませんね。

（小篠景子）

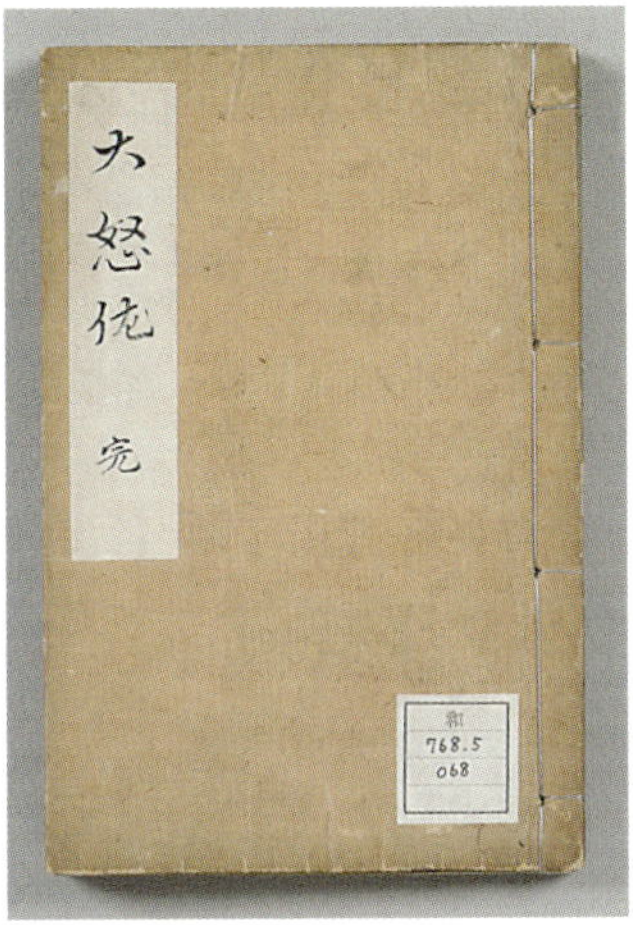

大怒佐
1冊
18.1 × 12.1cm
和 -768.5-O68

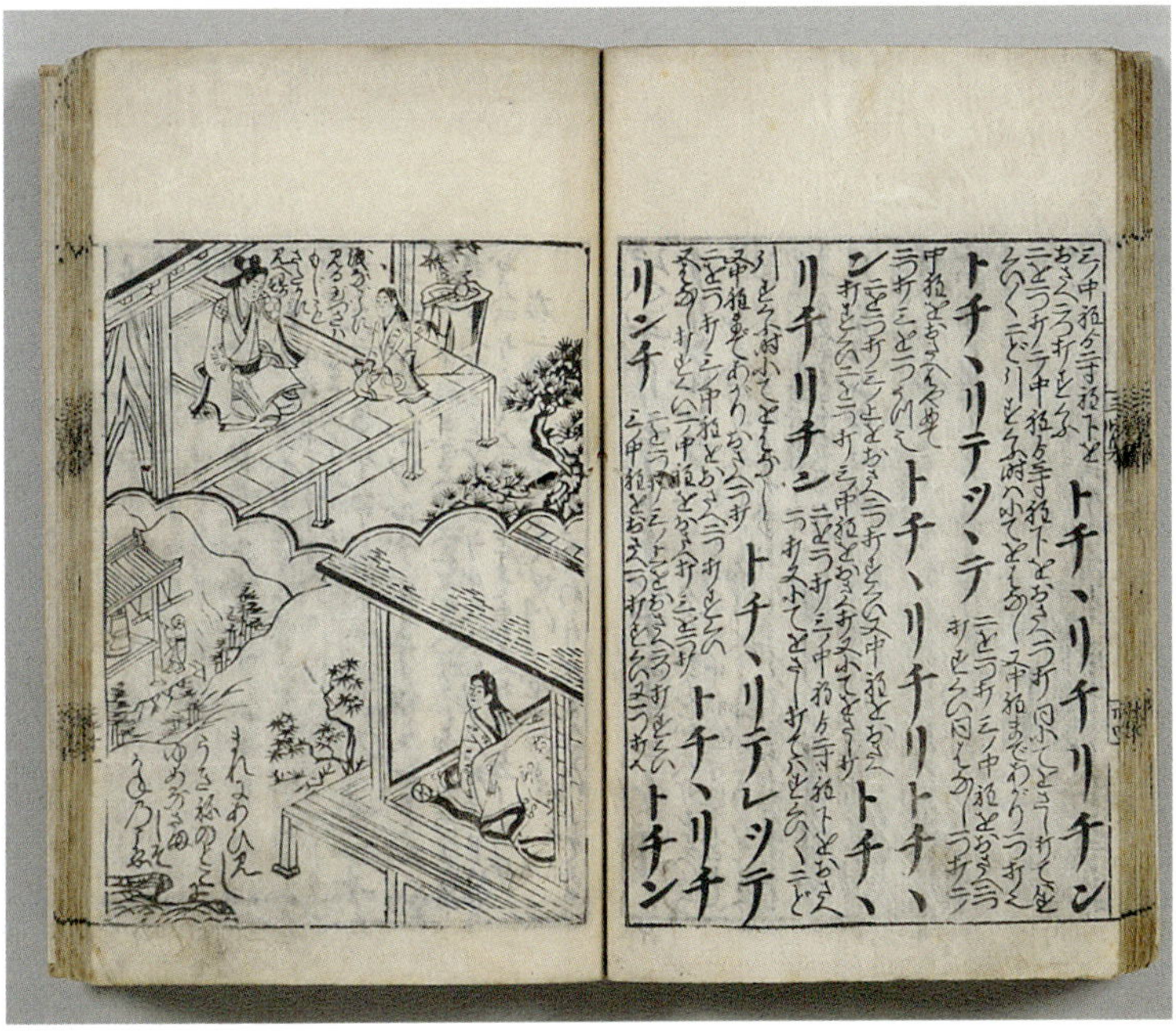

「大怒佐」

女子教育そのむかし

「女重宝記」

平成27（2015）年、連続テレビ小説で放映された「あさが来た」では広岡浅子さんをモデルとした女性の活躍が注目されましたが、江戸時代の女子教育はどうだったのでしょうか。ドラマでは嫁入り前まで女子に学問はいらないと言われることが一般的だったとされていましたが、女子に必要な教育とは何だったのでしょうか。

その鍵を握る江戸時代の書物に「女重宝記」があります。これは女子用実用書でいわゆる生活百科事典のようなものです。

五巻本の構成は、今風に言えば一巻は教養・美容・衣服、二巻は結婚、三巻は出産・育児、四巻は諸芸、五巻は家庭用事典となっています。

初版は元禄5（1692）年で苗村丈伯《なむらじょうはく》著ですが、その後再版され、江戸時代末期に高井蘭山が校訂増補して時代に合うように発行しました。

女子に必要とされた諸芸は、「手習」「和歌」など、十種類の教養が紹介されています。「手習」では「いろは（仮名文字）から習い、男文字（漢字）も覚えるべし」と教えていますが、テキストはあくまで女用の手本を薦めています。

写真では、上段に、「紡績（いとつむぎ）」「機織（はたおり）」、下段には、「琴弾ずる（ことだんずる）」「裁縫（たちぬい）」「手習（てならい）」「草紙読（そうしよみ）」をたしなむ女性が描かれています。裁縫など実務的な家事に関する事柄が多いのが、女子教育の特色のようです。

「家庭を守るのは女性」と決めてしまう時代はもう過去の話ですが、女性ならではの柔らかい心は今も昔も大切にしたいものです。（藤本恵子）

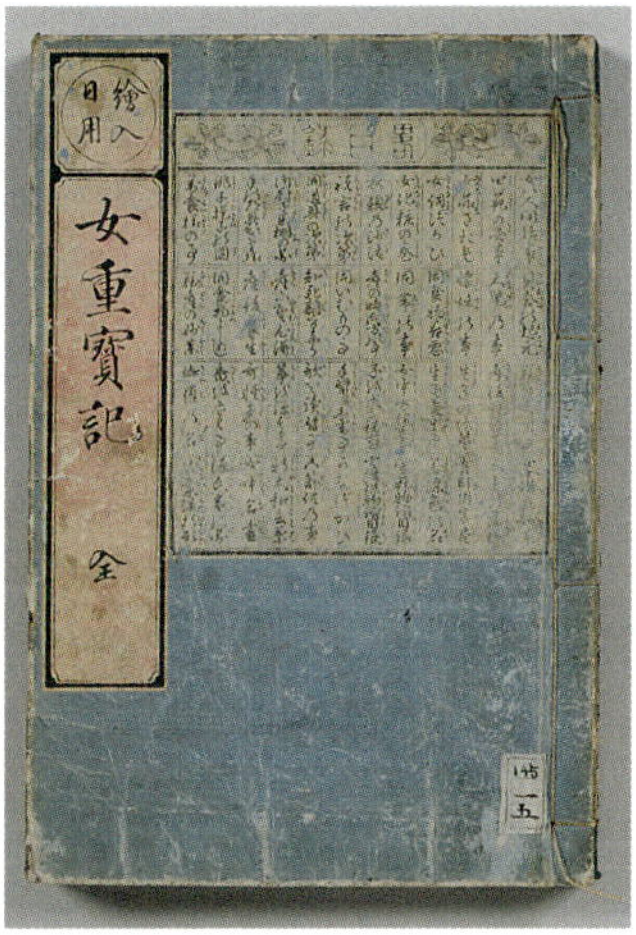

女重宝記
高井蘭山著
應為榮女画
1冊
25.4 × 17.3cm
江戸　和泉屋金右衛門ほか
弘化4(1847)年刊
和-145-15

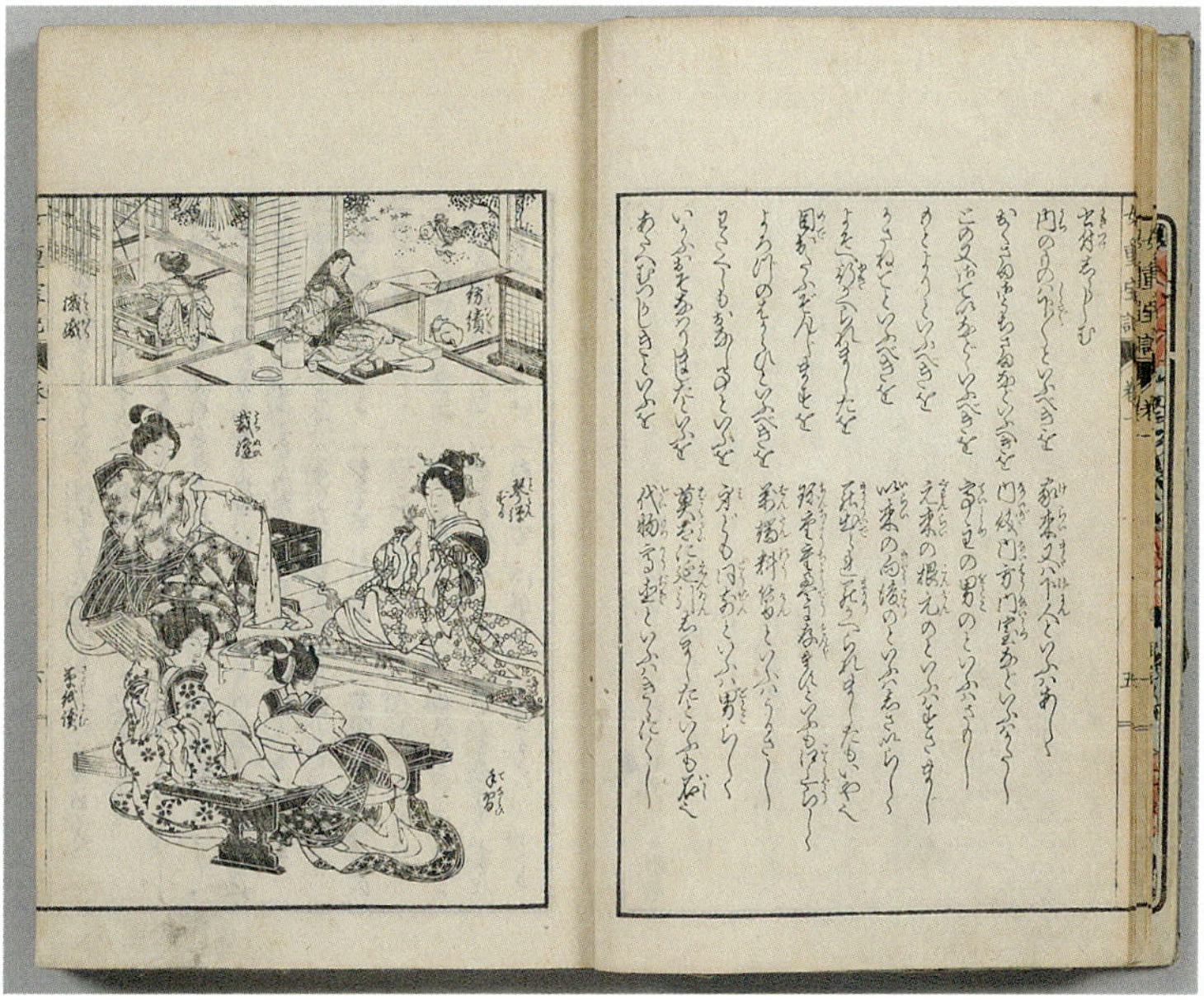

「女重宝記」

和歌を詠む人の大切な学び

仮名遣の研究「和字正濫要略」

「いろは歌」をご存じですか。「イロハニホヘト」で始まるあれですね。この出だしの意味は「色は匂《にほ》へど」です。ただ、いろは歌（11世紀後半に成立か）には、もともと47文字が用《もち》いられていました。現在ではもう使われない「ゐ」「ゑ」なども含まれています。また発音が同じ「お」と「を」も区別されています。右の「にほへ」も現在では「ニオエ」と発音しますね。このような事はどうしておきたのでしょうか。

それは過去の日本語において、別々に発音されていたものが同一の発音に変化したからです。同じ発音なのに文字が二つも三つもある。これはどう書き分ければいいのか。ここに「仮名《かな》づかい」の問題が発生します。

こうした「仮名づかい」の問題に初めて取り組んだのが藤原定家《ふじわらのていか》（1162～1241年）でした。百人一首を作ったことでも有名ですね。定家は、たとえば「お」と「を」とをアクセントの高低の違いによって書き分けようとしたのです。

この定家仮名づかいは、江戸時代まで受けつがれました。しかし17世紀の末に契沖《けいちゅう》（1640～1701年）というお坊さんが、古事記《こじき》、日本書紀《にほんしょき》、万葉集《まんようしゅう》といった奈良時代の書物を調べ、いろは47文字が書き分けられていることを発見しました。そして元禄8（1695）年に「和字正濫鈔《わじしょうらんしょう》」を出版して定家流仮名づかいを退《しりぞ》け、さらに3年後に「和字正濫要略《ようりゃく》」も執筆しました。この「要略」の序文に「仮名づかいは、和歌を好んで詠《よ》む人にとって大切なことだ」と述《の》べていますが、ここに「歴史的仮名づかい」の基礎が築かれたのです。

（井野口孝）

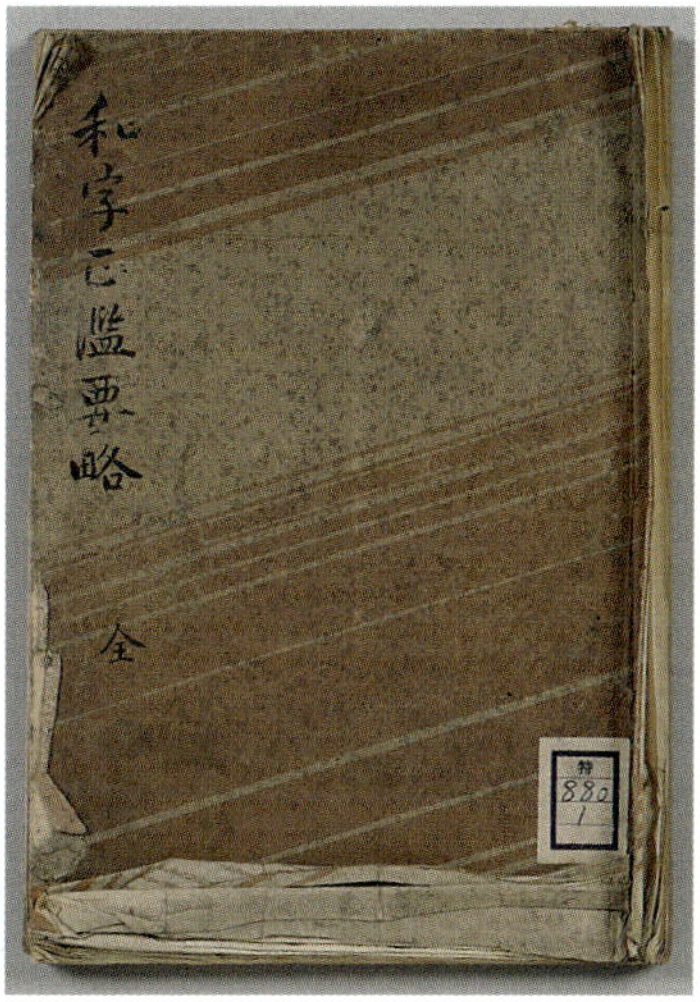

和字正濫要略
契沖著
1冊
28.0 × 19.0cm
元禄11（1698）年写
特-880-1

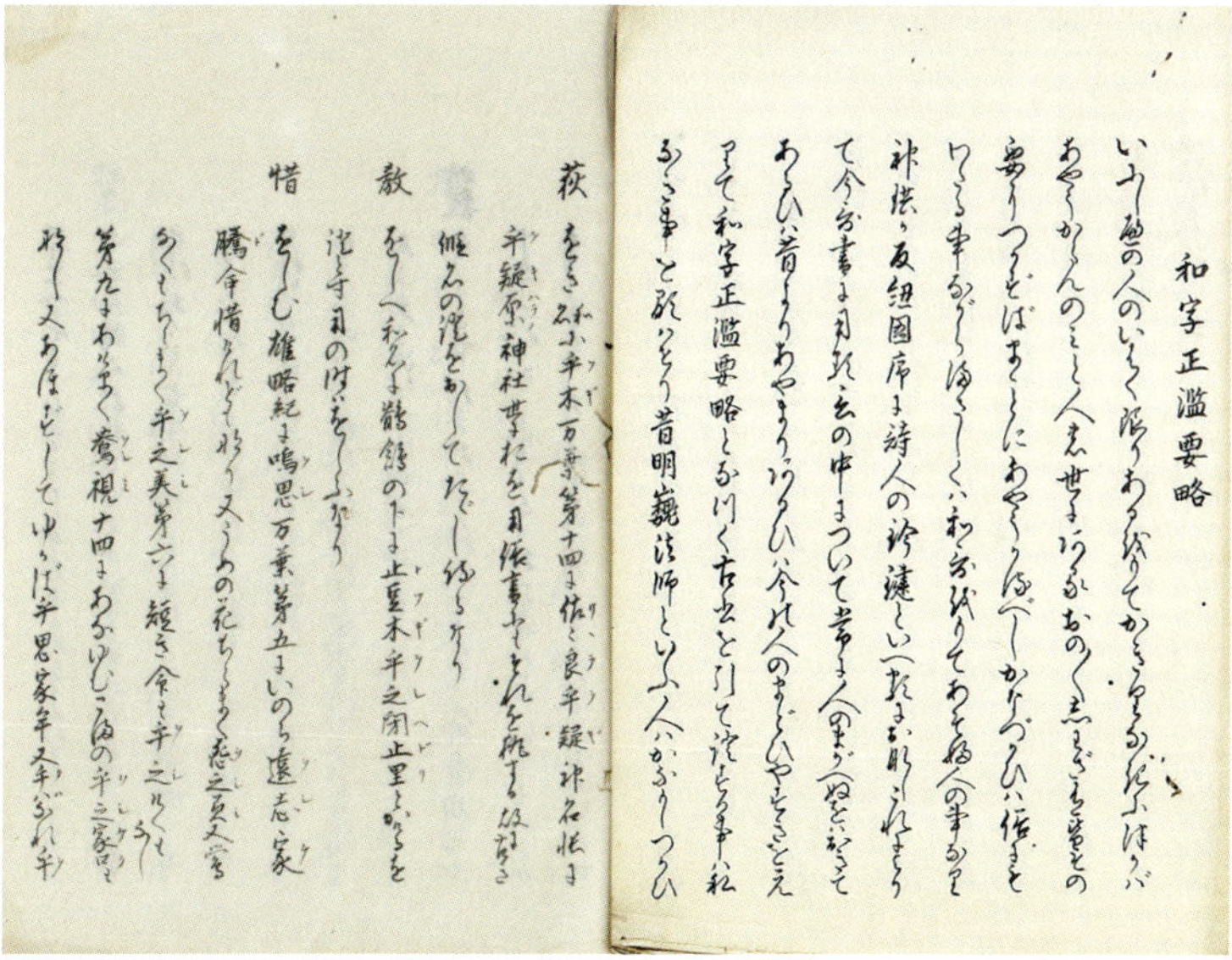

「和字正濫要略」より（右：序文・左：「お」の仮名遣の説明）

風俗や生活　ユーモラスに

「鳥羽絵欠び留」

落書きの定番の一つに相合傘《あいあいがさ》があります。教室の黒板に相合傘を書いた、名前を書かれて恥ずかしい思いをしたという人もいるのではないでしょうか。

さて、挿絵《さしえ》には「らくがき」とあります。男性の家の塀《へい》でしょうか、そこには相合傘が描かれています。相合傘に書かれた名前が男性のものなのかもしれません。落書きをしたと思われる2人の男の子はしたり顔で逃げていきます。

何ともユーモラスな挿絵ですが、これは江戸時代に大坂で流行《はや》った鳥羽絵《とばえ》と呼ばれるものです。鳥羽絵の呼び名は、平安時代の僧で戯画《ぎが》を得意とした鳥羽僧正覚猷《そうじょうかくゆう》に由来《ゆらい》します。また、戯画とはおかしみのある絵、戯《たわむ》れに描いた絵のことで、風刺《ふうし》の意図《いと》を込めて描かれることもあります。鳥羽絵の特徴は、細く長い手足と愛らしい表情を持つ人物で、口は大きく、鼻は三角形で低く小さく表現され、目は小さな黒丸か一本線で描かれます。いずれも簡潔《かんけつ》な描線《びょうせん》と点で構成されるため、一定のリズムとスピード感が生まれます。

「らくがき」は、享保5（1720）年に大坂で刊行された「鳥羽絵欠《あく》び留《どめ》」に収録されています。上中下の3巻から成り、挿絵は「都《みやこ》名所図会《めいしょずえ》」「拾遺《しゅうい》都名所図会」でおなじみの竹原《たけはら》春朝斎《しゅんちょうさい》が描いています。

この本にはほかに、餅《もち》をつく人、シャボン玉に押し潰《つぶ》される人、料理しようとした大蛸《おおだこ》に襲われて慌《あわ》てふためく人など、当時の風俗《ふうぞく》や生活をユーモアたっぷりに描いています。この本さえ手元にあれば、あくびで出た涙が笑いの涙に変わること間違いないでしょう。（大瀧徹也）

鳥羽絵欠び留
竹原春朝斎（春潮斎）画
3冊
26.0 × 18.3cm
大阪　寺田与右衛門
享保5（1720）年刊
和-722-139-1～3

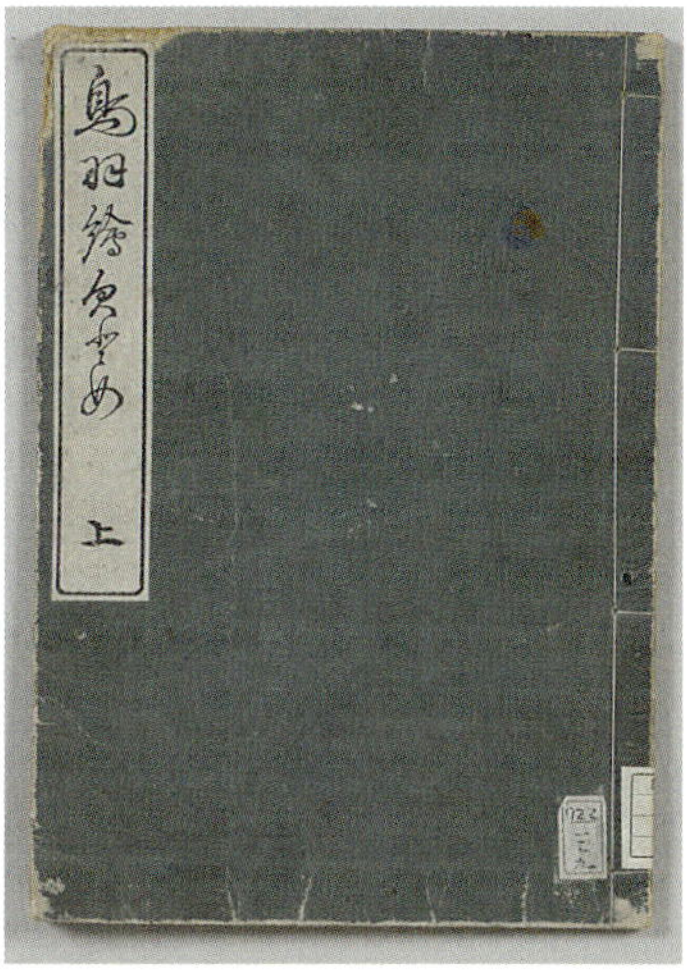

表紙

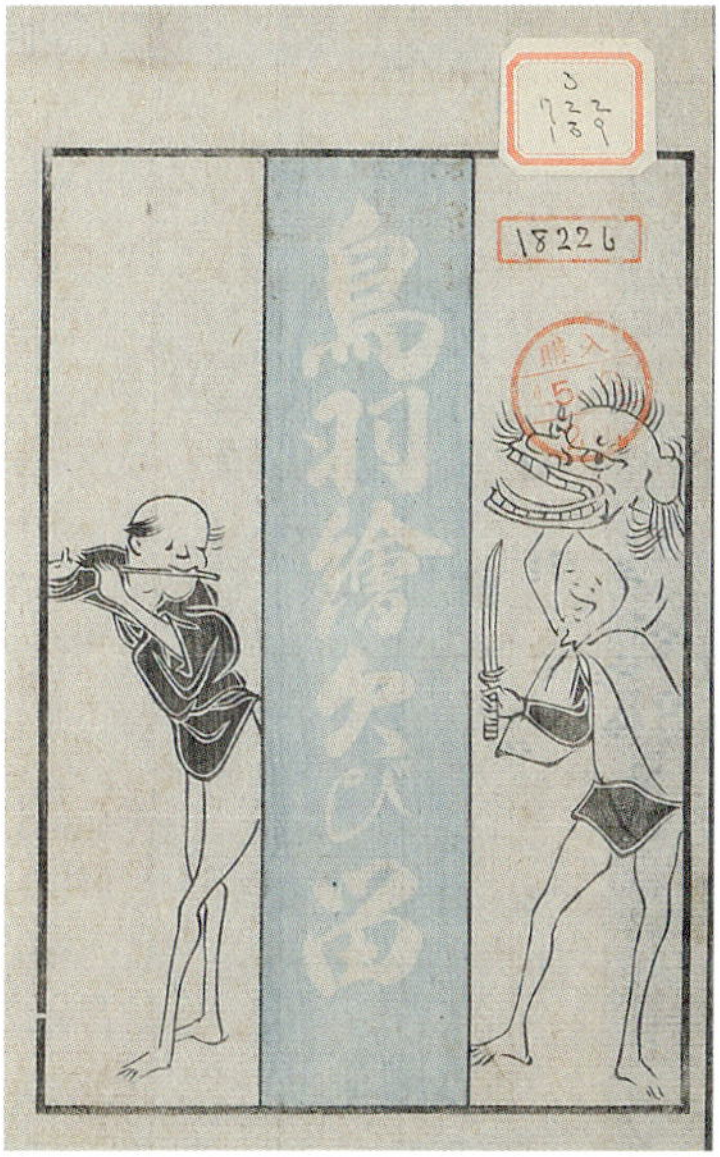

「鳥羽絵欠び留」

まるたけえびすに

歌詞 時代につれ変化「便用謡」

「まるたけえびすにおしおいけ」で始まるわらべ歌を最後まで歌えますか？　京都の街中の通りは、東西南北に碁盤《ごばん》の目のように通っていますが、この歌は東西の通りの名前を、丸太町《まるたまち》通から南へ竹屋町《たけやまち》通、夷川《えびすがわ》通と順番に歌うものです。「丸竹夷《まるたけえびす》」の歌を覚えると道に迷った時などに役に立つので、京都の子どもは昔から九九を覚えるようにこの歌を習いました。いつ頃からかというと、300年ほど前の江戸時代中期の享保《きょうほう》8（1723）年に出版された「便用謡《べんようたい》」の本に、この歌の原形の「九重《ここのえ》」が載っています。

「便用」とは「便利な」、「謡」とは能の脚本である謡曲《ようきょく》のことです。当時、謡曲は一般の人々にも流行し、今の学校にあたる寺子屋でも教えられていました。「便用謡」とは礼儀作法や算数、地名など、さまざまな知識、教養を覚えやすいように謡曲の形式を借りて作詞し節を付けたもので、「九重」など15の謡曲が収録されています。京都の街中の寺子屋や、会所と呼ばれる町内の集会所のようなところで教科書として使われました。

「便用謡」は北は鞍馬口《くらまぐち》通から南は九条通までですが、現代の「丸竹夷」は九条通の南の十条通が終点です。十条通は明治時代に開通した比較的新しい通りで、歌詞も時代とともに変化します。

（松田万智子）

便用謡
三浦庚妥著
1冊
23.0 × 16.2cm
和-775-15

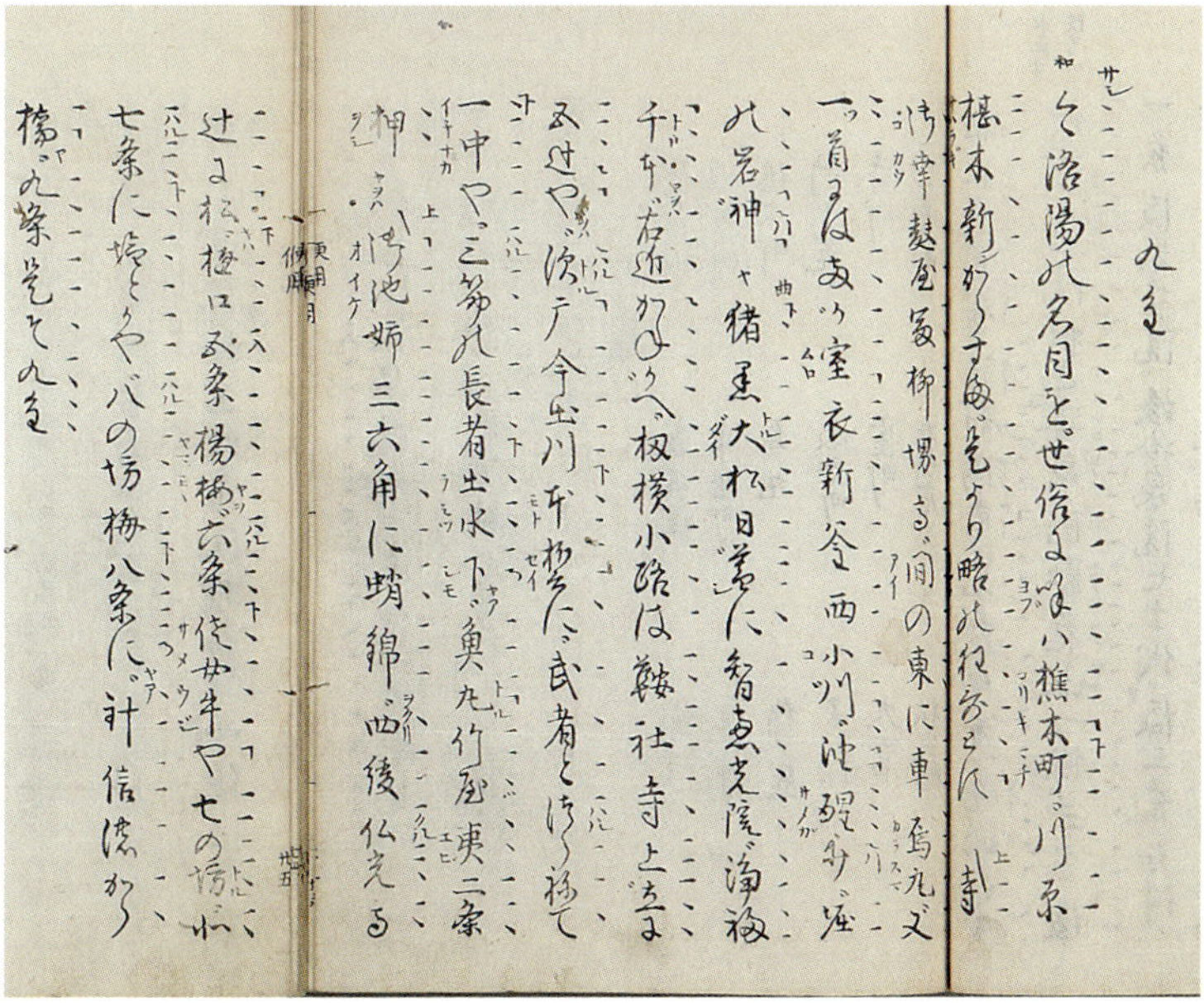

「便用謡」より「九重」

衣服にも身分の違い歴然と

「百人女郎品定」

服飾への関心はいつの時代も変わりません。現代では、テレビに登場する人気者のファッションが流行しますが、江戸時代はどのような様子だったのでしょうか。

今回は、身分制度があり、衣服にも歴然とした違いがあった江戸時代において、当時のファッション事情がわかる「百人女郎品定《ひゃくにんじょろうしなさだめ》」を紹介します。

享保8（1723）年に発行され、女帝から惣嫁《そうか》（遊女）におよぶ女性の服飾などが描かれています。作者は、上方（京都や大坂）で活躍した西川祐信《すけのぶ》という絵師で、品のある女性像を得意としました。折しも江戸時代中期頃は、女性の身分や職種を分類して編集する百科事典のような書物が流行し、この本もその流れで人気を得ました。また、絵本という体裁で娯楽性が高く、庶民へと広く普及したようです。

さらに、江戸時代は染織技術が発達し、さまざまな意匠が花開きました。登場人物の着物の文様もとりどりに描かれ、祐信はその才能を発揮することとなりました。

写真は、文化サロンともいうべき京都の嶋原にある花街で女性6人が歩いている場面です。先頭の「太夫《たゆう》」は遊女の中で最高位にあり、美貌と教養を備えた女性です。続く「新ざう」は若い水揚げ前（見習い）の芸妓、「引舟《ひきふね》」は太夫に付き添い客を取り持ち、「かぶろ」は舞妓修業の少女。傘をかざす「やりて」は、遊女を手配する中年女性。座り込んでキセルをふかす「局女郎《つぼねじょろう》」は最下位の遊女。華やいだ雰囲気の中で、衣ずれの音が聞こえてきそうな一場面です。

（藤本恵子）

百人女郎品定
西川祐信画
2冊
29.6 × 20.5cm
京都　八文字屋八左衛門
享保8（1723）年序
貴387

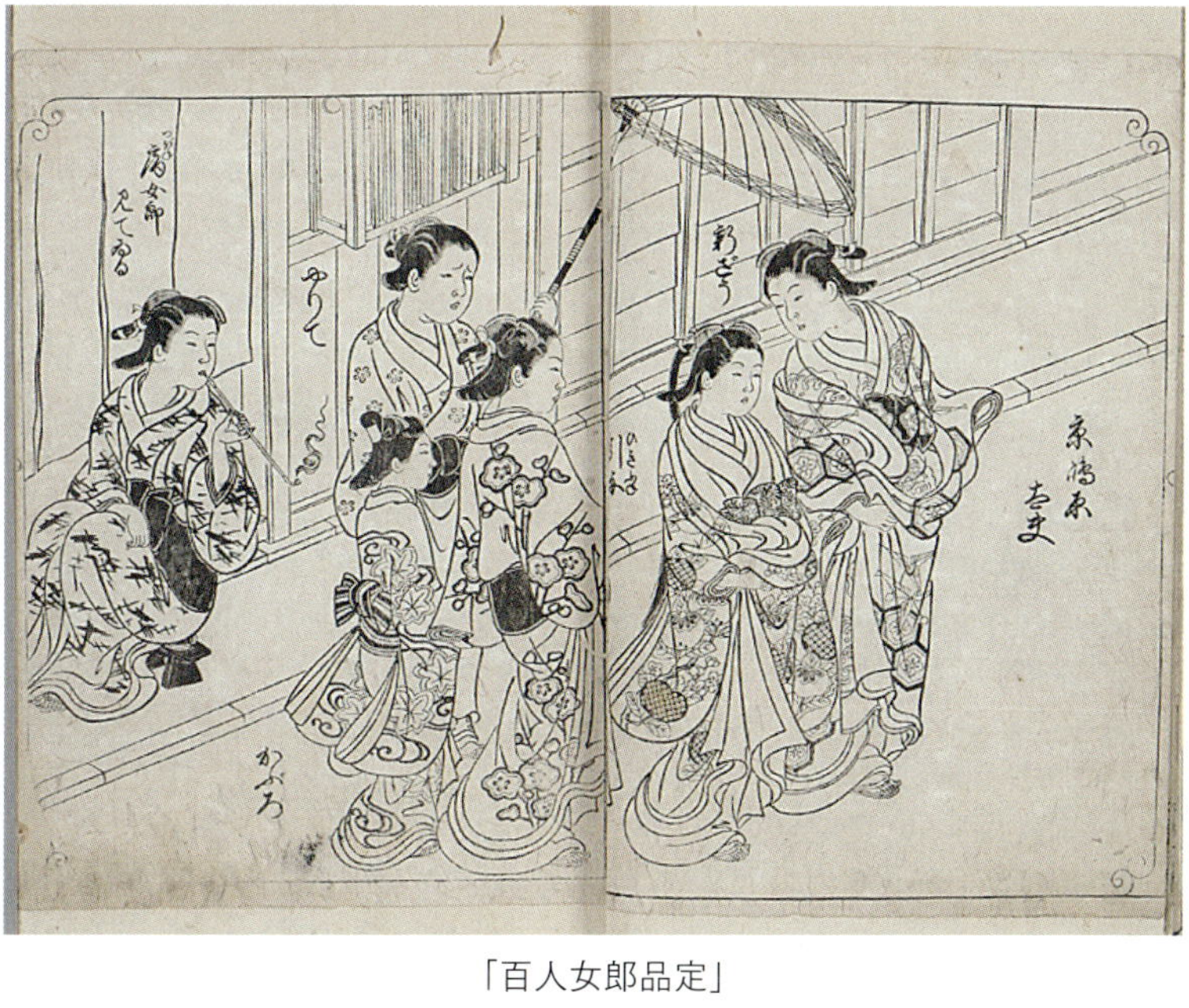

「百人女郎品定」

まるで現在の手芸本

「絹張細工押繪早稽古」

小さいころ、家に着物姿の人形が貼り付いた大きな羽子板《はごいた》がありました。私はそれで羽根突《はねつ》きをしようとしたのですが、どうにもうまくいきません。それもそのはず、それは正月飾りの押絵《おしえ》羽子板でした。この羽子板の「押絵」、みなさんどういうものか知っていますか？

押絵は現在ではあまりポピュラーではありませんが、江戸時代にはよく知られた手芸の一つで、歌舞伎役者の押絵羽子板が流行したこともあり、これを作る職人さんもたくさんいました。

押絵は、まず厚紙に絵を描き、それをパーツごとに切り、このパーツを台紙にして布を貼ります。台紙と布の間に綿を入れて立体感を出し、それらを最初の絵のとおりに組み合わせて完成させます。日本版のパッチワークのようなもので、羽子板のほか、小物の装飾などにも用いられます。

京都府立京都学・歴彩館所蔵の「絹張細工《きぬばりさいく》押《おし》繪《え》早稽古《はやけいこ》」（文政8（1825）年刊、初版「花《はな》結錦繪合《むすびにしきえあわせ》」は元文4（1739）年刊）は、押絵の作り方が記された解説本で、京都の衣裳絵師《いしょうえし》、堀井軒《ほりいけん》（井上景堪《いのうえけいたん》）が絵を描いています。完成図と分解されたパーツが描かれており、パーツには数字が振ってあり、重ね合わせる順番がわかるようになっています。また、押絵を作る際の注意点も細かく記されており、とても丁寧な解説書です。

これを見ると、現在の手芸本と何ら変わるところがないことに驚かされます。はぎれで気軽にできるので、興味をお持ちの方はぜひチャレンジしてみてください。

（楠久美）

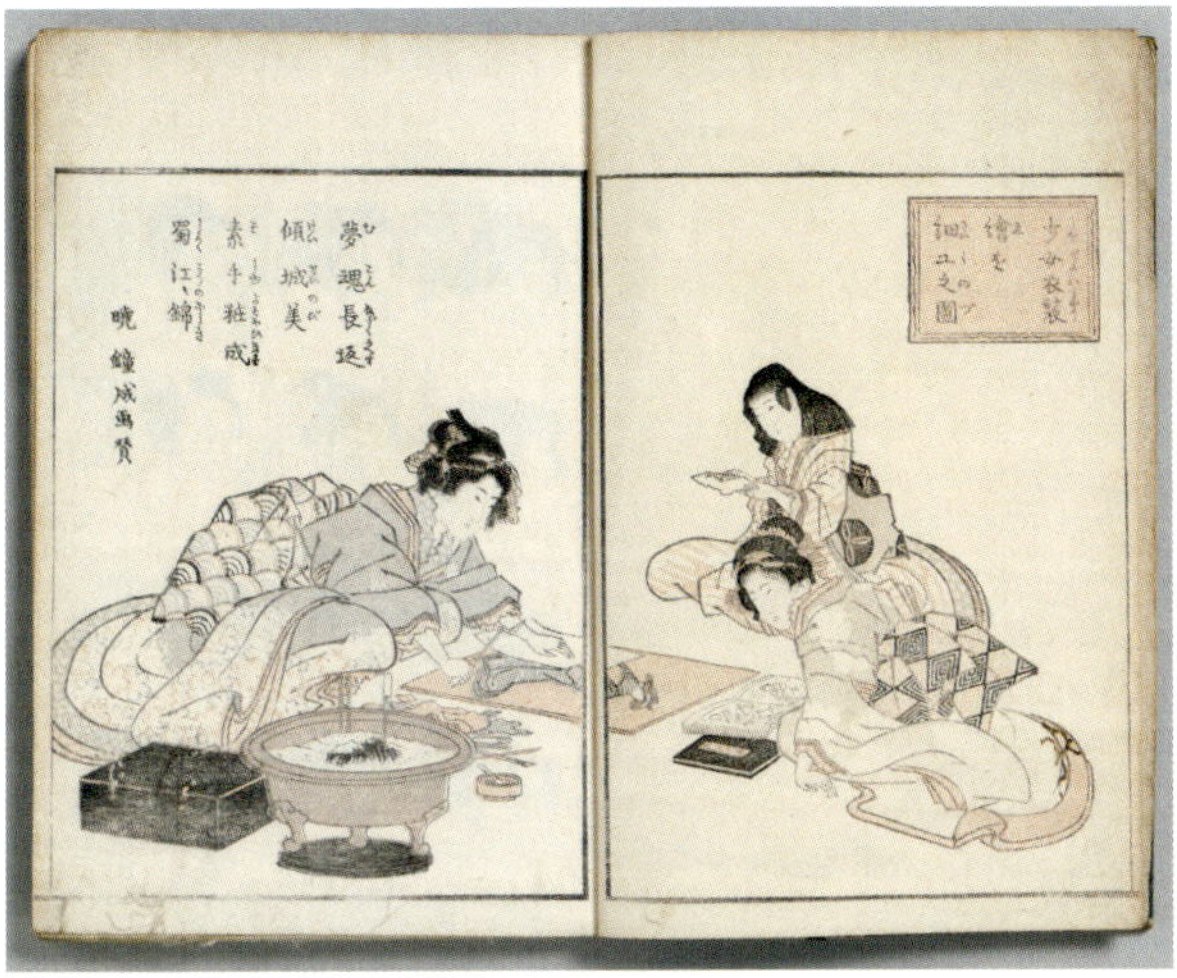

解説書を見ながら押絵をする図

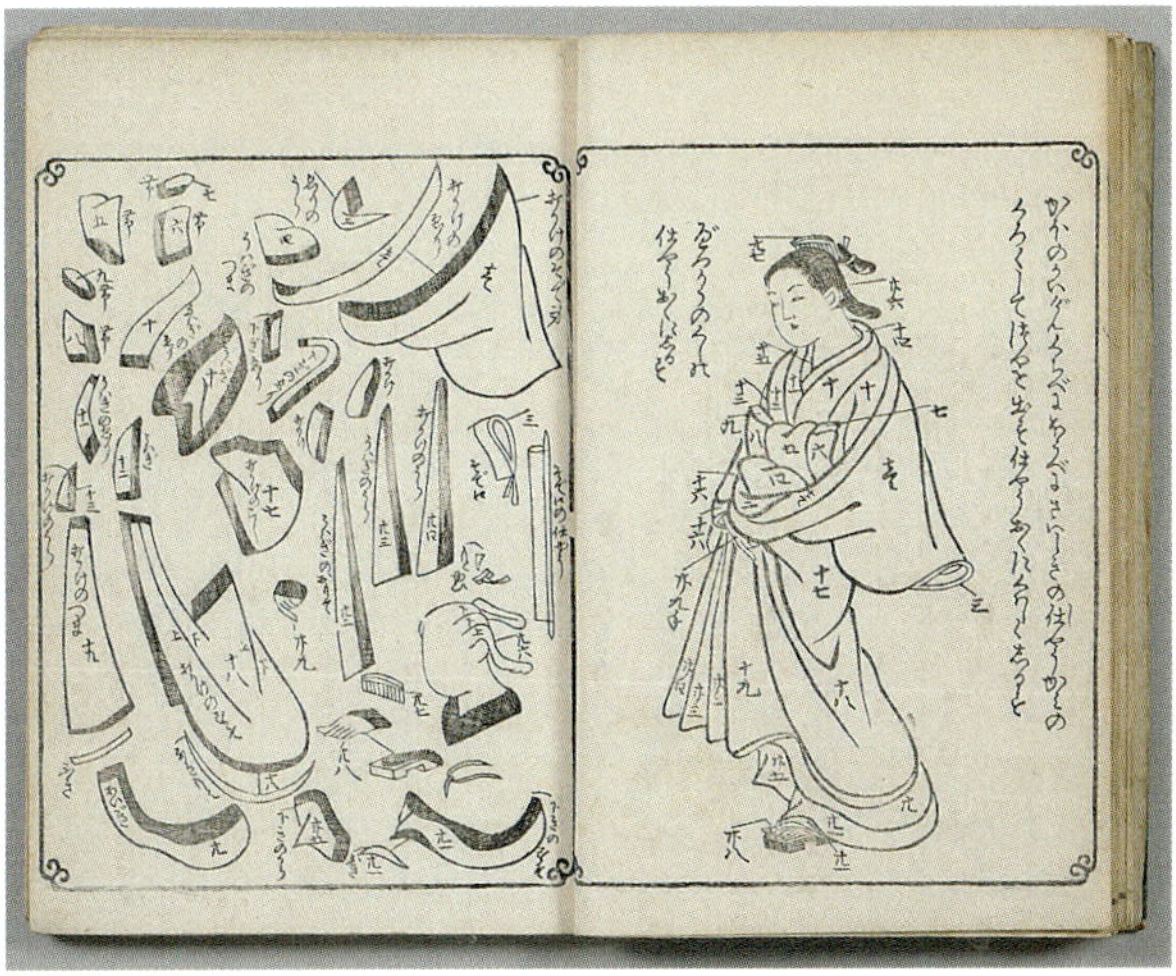

絹張細工押繪早稽古
堀井軒著
1冊
22.0 × 15.7cm
摂津　柏原屋庄兵衛
皇都　銭屋庄兵衛
文政8（1825）年刊
和-326-1

「傾城《けいせい》」の人形の作り方の解説部分

“女性の務め” 幼い頃から

「雛あそびの記　貝合の記」

雛《ひな》祭りは、女の子のすこやかな成長を祈る年中行事です。桃の節句というように、旧暦の3月3日は、ちょうど桃の花が咲く頃にあたります。

「雛あそびの記　貝合《かいあわせ》の記」は、国学者の度会《わたらい》直方《なおかた》が著した、雛遊び、七夕遊び、貝合わせ、歌がるた等、代表的な女の子の遊びの由来を解説した本です。江戸時代中期の寛延2（1749）年に出版されました。書名の頭に「女訓絵入」とありますが、「女訓」とは「女子の教訓」という意味です。

この本では、雛祭りの起源を「日本書紀」や「万葉集」等から解説しています。人形に子どもの病気や災厄、罪を移し、海に流して祓《はら》い清める風習や、宮中で3月3日に催された曲水の宴等を起源であるとしています。また、「源氏物語」にも登場する、雛《ひいな》遊びという人形遊びは、女の子に、「嫁は夫に従い、夫婦仲むつまじく家内を治めることが女性の務めである」ことを幼い頃から習わせるための遊びであると記し、「女訓」を意識した説明になっています。

挿絵には、当時の雛祭りの様子が描かれていますが、それまでは座敷に並べられていた雛人形が屏風《びょうぶ》を立てた雛壇に飾られるようになり、現代の雛飾りに近いものです。雛祭りという言葉もこの頃から使われるようになりました。雛とは、「本来小さいものを表す言葉である」として、見えを張って大きな雛人形を欲しがる風潮を嘆いた著者の思いとは裏腹に、雛人形はますます豪華になっていったようです。

（松田万智子）

雛あそびの記　貝合の記
2巻
度會直方著
田中友水子増補
2冊
26.8 × 18.6cm
寛延2(1749)年刊
特-780-21-1～2

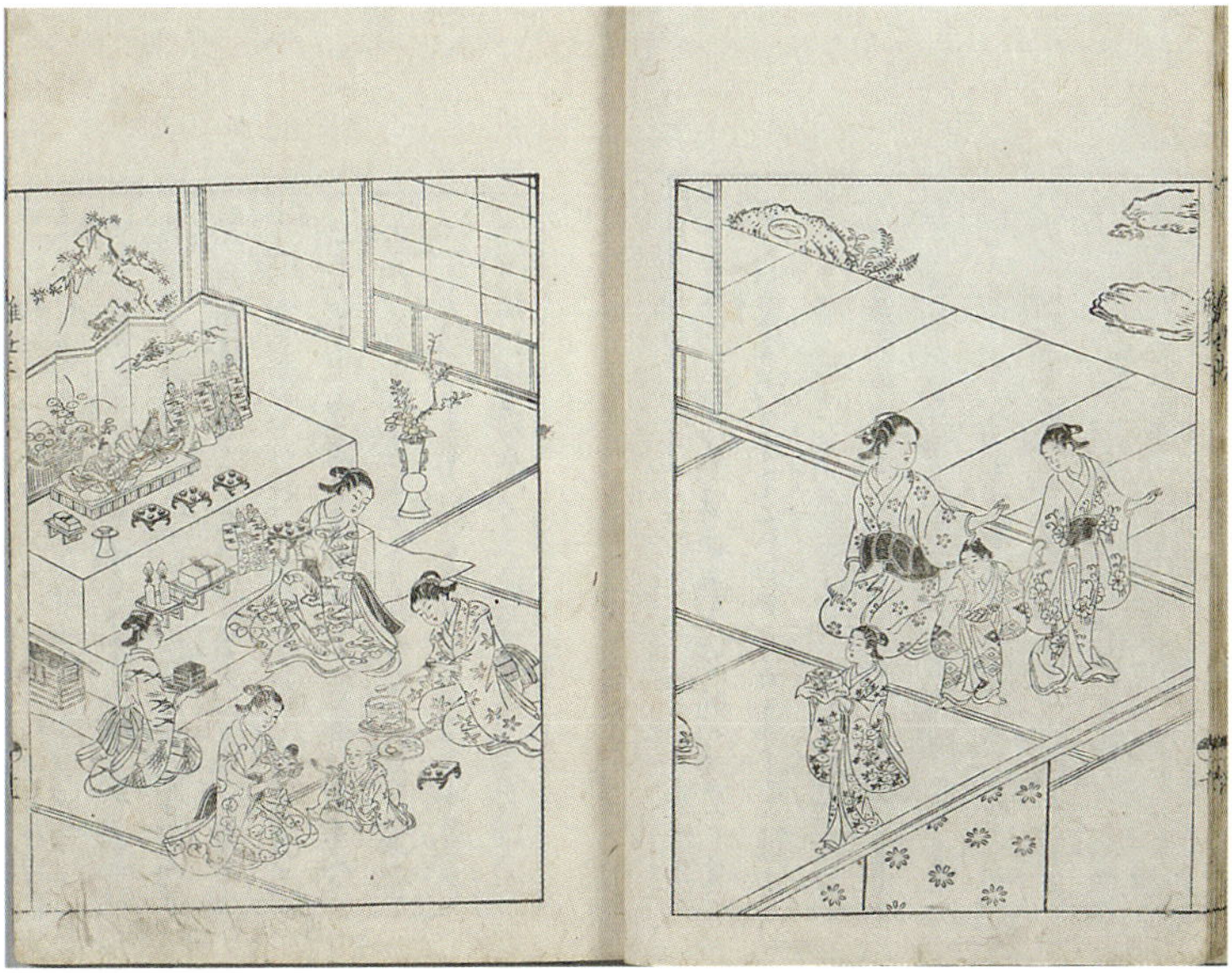

雛飾りと雛遊び「雛あそびの記　貝合の記」

都に南蛮寺があった
キリシタン物語「南蛮寺興廃記」

南蛮寺とは、安土桃山時代のころに日本各地に建てられたキリスト教（キリシタン）の教会のことです。特に、現在の京都市中京区姥柳《うばやなぎ》町にあった南蛮寺は有名でした。「南蛮寺興廃記」には、この南蛮寺をめぐる出来事を中心に、キリスト教伝来から滅亡までが描かれています。

徳川幕府による迫害が厳しくなってから、キリシタンを批判する書物がいくつか書かれ、さらにそれらを基に脚色した反キリシタンの物語が作られていきました。江戸時代中期に作られて、まだ禁教下の、慶応4（＝明治元1868）年に出版されたこの本もその一つでした。

信長に布教を認められ、南蛮寺が建てられて盛んになったものの、秀吉によって禁じられ、徳川時代に滅びたというあらすじは歴史の通りなのですが、例えば破天連《ばてれん》（神父）たちが枯木に花を咲かせたり、空中に座ったりするわざを伝えた話など、でたらめですが面白い内容がたくさん含まれています。

この物語に出てくるキリシタンの言葉を二つ取り上げてみましょう。一つは写真に見える「配後生天破羅葦　増有善生摩呂」です。「破羅葦増有（ぱらいぞう?）」「善生摩呂（ぜんすまろ?）」はそれぞれ、実際にキリシタンが使った「パライゾ（天国）」「デウス（神）マリヤ」が基になったと考えられますが、この本の読者は何と読んだのか、ほとんど意味不明の呪文になっています。一方別の箇所に、島原天草一揆でキリシタンたちが「サンタマリヤ」と唱えたともありますが、こちらは正しいようです。このように禁教時代、多くの人の手を経て、事実と創作が入り交じったキリシタン物語が伝えられていったのでした。

（岸本恵実）

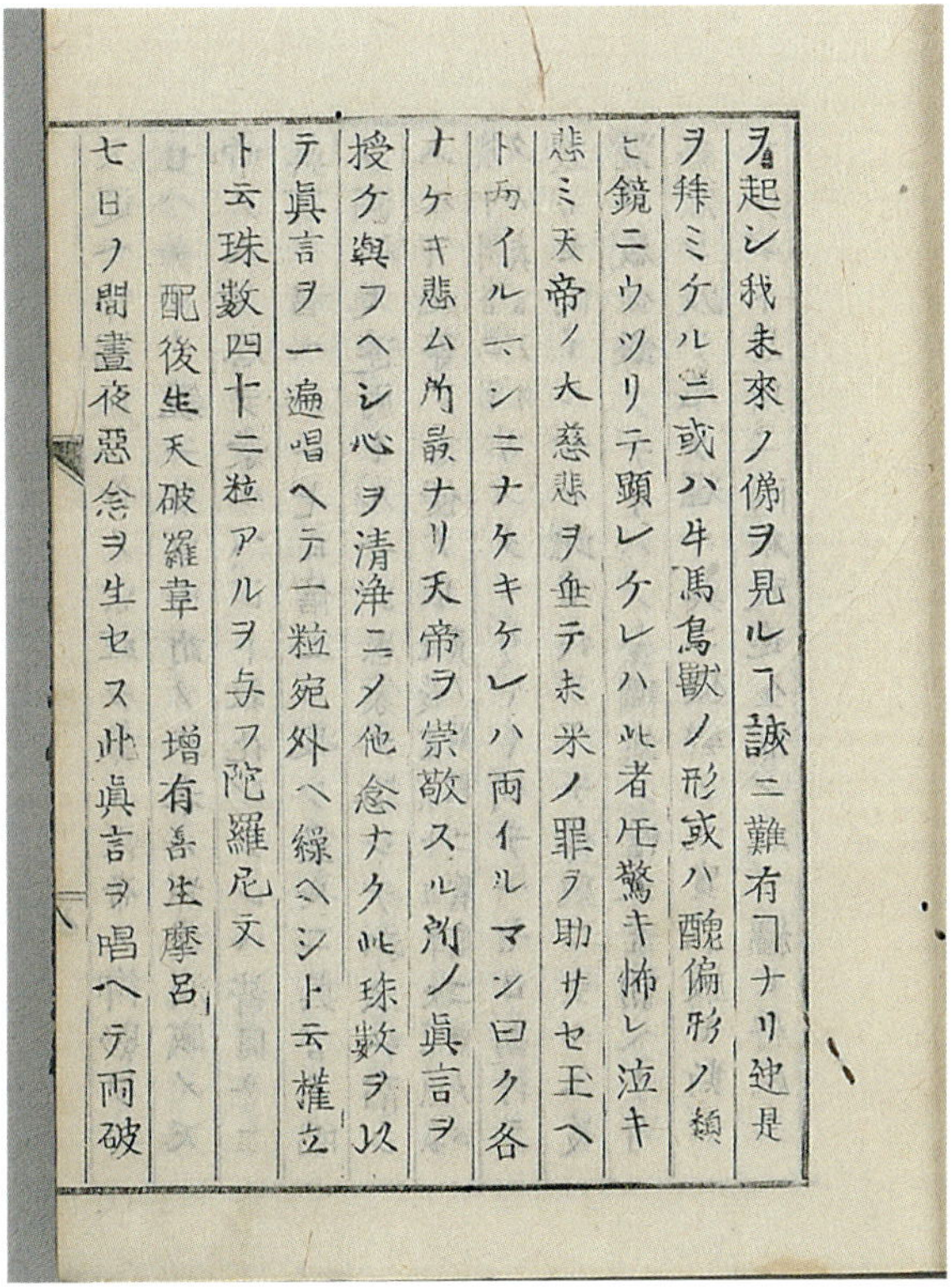
ヲ起シ我未來ノ佛ヲ見ル事誠ニ難有事ナリ是
ヲ拜ミケルニ或ハ牛馬鳥獸ノ形或ハ醜偏形ノ類
ヒ鏡ニウツリテ顕レケレハ此者共驚キ怖レ泣キ
悲ミ天帝ノ大慈悲ヲ垂テ未来ノ罪ヲ助サセ玉ヘ
ト両イルマンニナケキケレハ両イルマン曰ク各
ナケキ悲ム所最ナリ天帝ヲ崇敬スル所ノ眞言ヲ
授ケ與フヘシ心ヲ清浄ニシ他念ナク此珠数ヲ以
テ眞言ヲ一遍唱ヘテ一粒宛外ヘ繰ヘシト云權立
ト云珠数四十二粒アルヲ与フ陀羅尼文
　配後生天破羅韋　増有善生摩呂
七日ノ間晝夜悪念ヲ生セス此眞言ヲ唱ヘテ両破

キリシタンが「配後生天破羅韋増有善生摩呂」ととなえたという
下は表紙

南蛮寺興廃記
1冊
25.8 × 18.0cm
慶応4＝明治元(1868)年跋
和-270-11

独学向け人気参考書

二宮金次郎と「経典余師」

みなさんは二宮金次郎《にのみやきんじろう》をご存じですか。薪《たきぎ》を背負いながら読書に熱中する前髪姿の少年、昔はどの小学校にも銅像《どうぞう》がありましたから、見覚えのある人も多いのでは？　夜中になると金次郎の目が光り、校庭を走り回るというオソロシイ都市伝説もありました。

金次郎は江戸時代の後半、18～19世紀にかけて実在した二宮尊徳《そんとく》の少年時代の呼び名です。家は貧しく両親にも早く先立たれましたが、大変苦労しながらも学問を怠《おこた》らなかったことで有名でした。

銅像姿の金次郎少年が手にするのは「大学」という書物で、現在の大学教育にもつながる教えが記されています。当時の学問は四つの書物を勉強することが求められました。「大学」はその一つで、「論語《ろんご》」「孟子《もうし》」「中庸《ちゅうよう》」と合わせて「四書《ししょ》」と呼ばれました。「子曰《しいわ》く…」の「論語」は、今でも学校で習いますよね。

金次郎は家事の合間を惜《お》しんで勉強に励《はげ》みましたが、先生に教わる経済的余裕はありませんでした。しかし成人の後も学問への志は絶えることなく、26歳の時に「経典余師《けいてんよし》」という「四書」の参考書を買い求めます。「余師」とは「あり余るほどの先生」という意味で、この一冊があれば多くの先生から学ぶのと同じだというわけなのです。

「経典余師」は金次郎が生まれる前年の天明6（1786）年に出版され、先生に教わることのできない人々にとっては大変ありがたい学習書として人気を博《はく》し、明治まで読み継がれました。

（藤原英城）

序

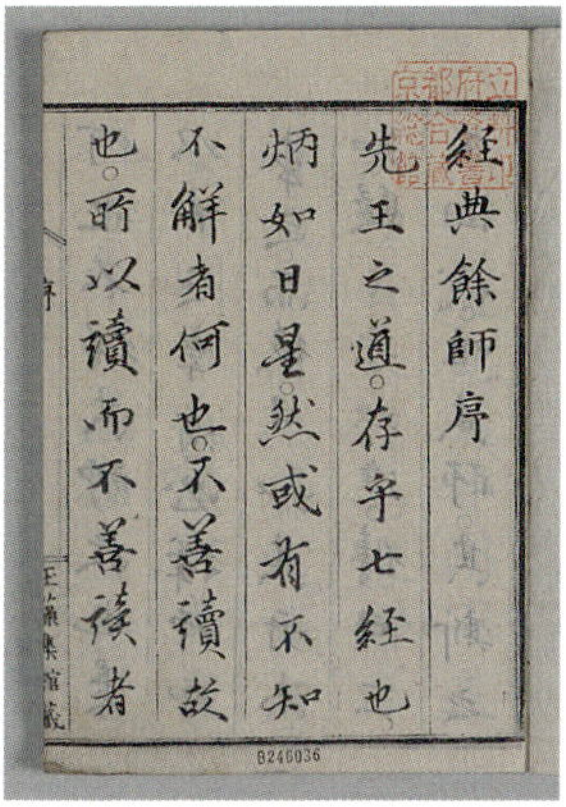
経典餘師序
先王之道。存乎七經也
炳如日星。然或有不知
不鮮者何也。不善讀故
也。所以讀而不善讀者

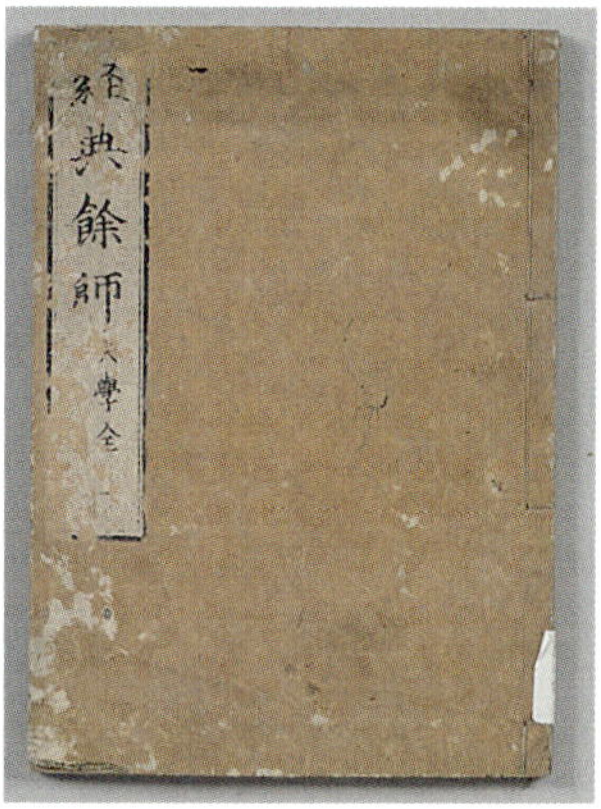

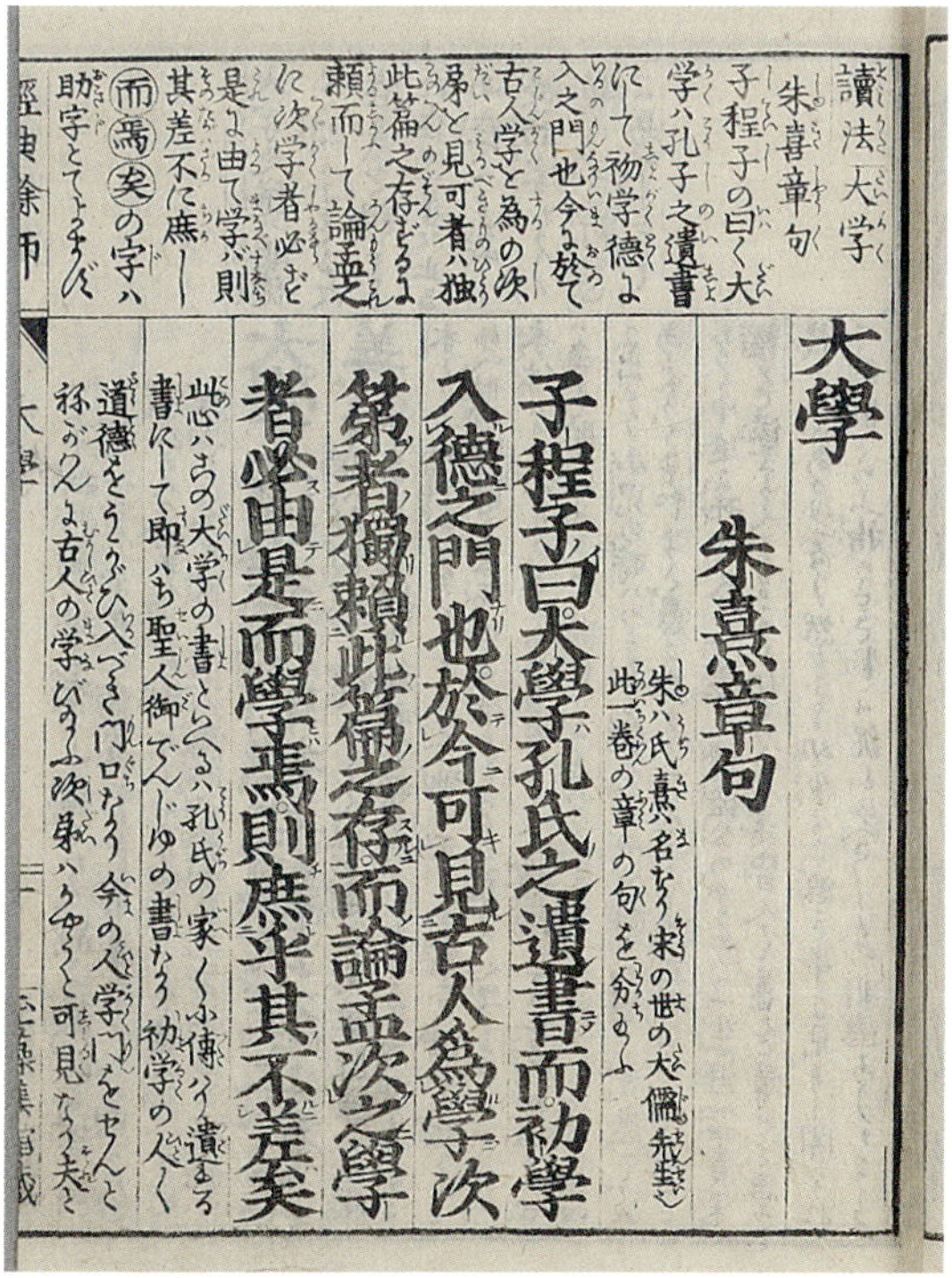
大學
朱熹章句
子程子曰。大學孔氏之遺書而初學
入德之門也。於今可見古人爲學次
第者。獨賴此篇之存而論孟次之。學
者必由是而學焉。則庶乎其不差矣

経典余師
渓百年著
10巻6冊(4冊欠)
22.8 × 16.2cm
江戸　須原屋茂兵衛ほか
天保13(1842)年刊(四刻)
和-123-Ta87-1、3、5～7、10

上欄には本文の書き下し文が記されている

若冲や京野菜に思いはせ

「拾遺都名所図会」

伊藤若冲（1716〜1800年）は、江戸時代中期に活躍した京都の絵師です。平成28年は生誕300年にあたり、展覧会など記念のイベントがめじろ押し、生家が錦市場の青物問屋であったということで、錦市場ではお店のシャッターが若冲の作品で彩られています。

近年の研究により、若冲は奇想の画家として活躍しただけでなく、町年寄として町政にも携わっていたことがわかりました。明和8（1771）年に五条問屋町の青物問屋が、錦の青物市場の差し止めを東町奉行所に訴え出ました。若冲は中心となって奔走し、青物を錦に出荷している近郊の村々とともに町奉行所と掛け合いました。存続が危ぶまれた錦の青物市場は、若冲たちの奮闘のおかげで3年後に無事再開されたそうです。京都大学文学部には、この事件の顛末《てんまつ》を記した「京都錦小路青物市場記録」が所蔵されています。

ところで、錦市場に青物を出荷し、この紛争でも協力した村に壬生村があります。壬生は京の伝統野菜の一つ、壬生菜の発祥の地です。若冲の時代の「拾遺都名所図会」という京都のガイドブックには、美味であるとして壬生菜の収穫の様子が描かれています。よく見ると、川で野菜を洗う人は、足桶《あしおけ》という防寒具に足を入れています。壬生菜は寒い冬が旬です。若冲や京野菜の伝統に思いをはせながら、ぜひ味わっていただきたいと思います。

（松田万智子）

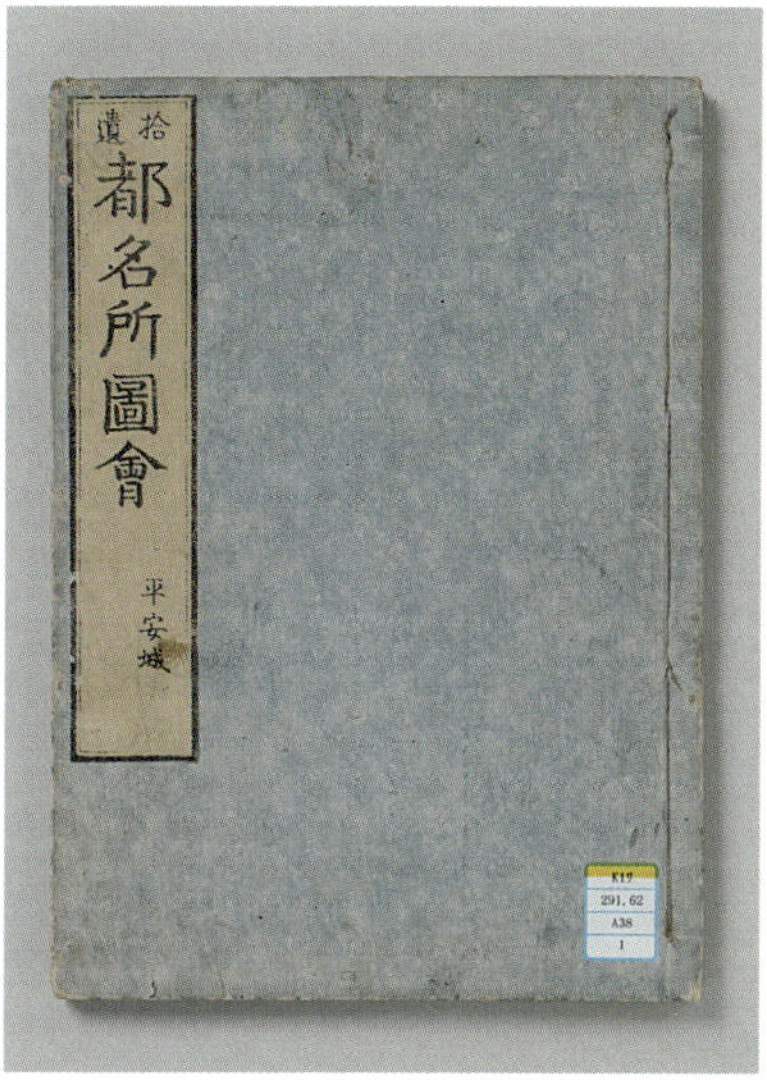

拾遺都名所圖會 4巻
秋里籬島著　竹原信繁画
5冊
27.2 × 18.8cm
皇都　吉野屋爲八
天明7(1787)年刊
和-992-37-1～5

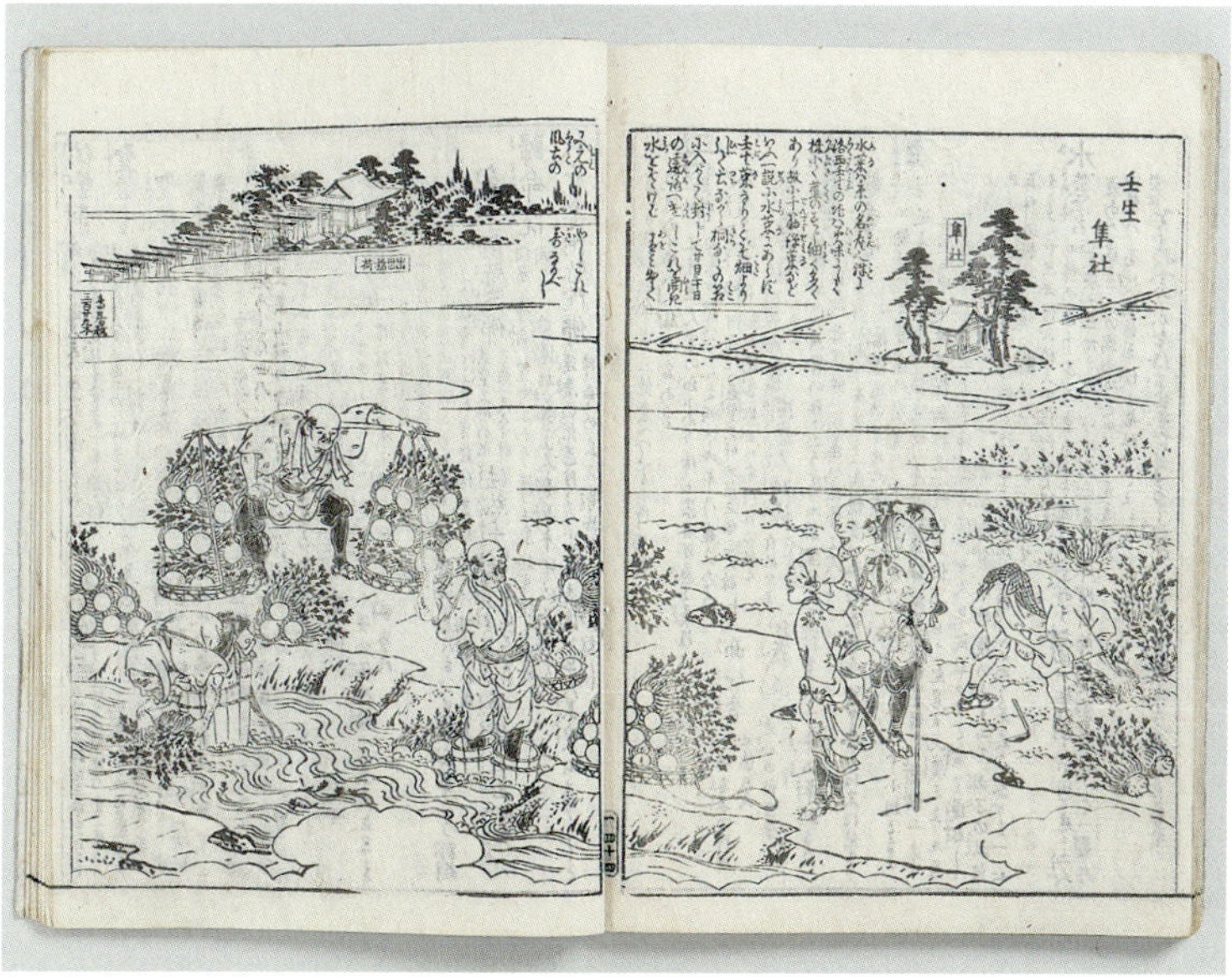

「拾遺都名所図会」より壬生菜の収穫

庶民信仰と旅　結び付く
「伊勢参宮名所図会」

昭和のころ、京都市内や府内各地の小学校の修学旅行といえば、ほぼ「伊勢」と決まっていました。各校の記念誌などを読むと、学校や年代によって多少コースは異なりますが、伊勢神宮や二見浦はお決まりの訪問地でした。

伊勢神宮を参拝するお伊勢参りは江戸時代から盛んだったようです。江戸時代は現代とは違い、庶民が自由に旅行することはできませんでした。その中で信仰と結び付くお伊勢参りは旅行に出かけられる貴重な機会だったようです。当館には当時の様子を伝える「伊勢参宮名所図《さんぐうめいしょず》会《え》」という書物があります。出版は18世紀後半の寛政年間です。

内容は伊勢神宮周辺だけでなく、京都から東海道に沿って近江（現在の滋賀県）南部を経由して伊勢（現在の三重県）へ向かう道中や伊勢各地の名所が紹介されています。主な名所旧跡《きゅうせき》は絵図により紹介され、伊勢へ向かうと思われる人々が細かく描かれています。歴史上の人物ゆかりの史跡では人物が大きく描かれ、平家ゆかりの「清盛楠《きよもりぐす》」の絵には、平家一門と思われる人々が登場します。また、天照大神が伊勢神宮にまつられているだけあって、大神が天の岩戸に隠れた神話の一場面を描いた絵もあり、さまざまな知識が得られるようになっています。

「伊勢参宮名所図会」と同じころ、同様の構成でご当地を紹介する名所図会も数多く出版されました。京都では「都名所図会」があります。どの名所図会も風景を細やかに描いており、写真の無い時代の名所旧跡の様子を知る貴重な手がかりとなっています。

（若林正博）

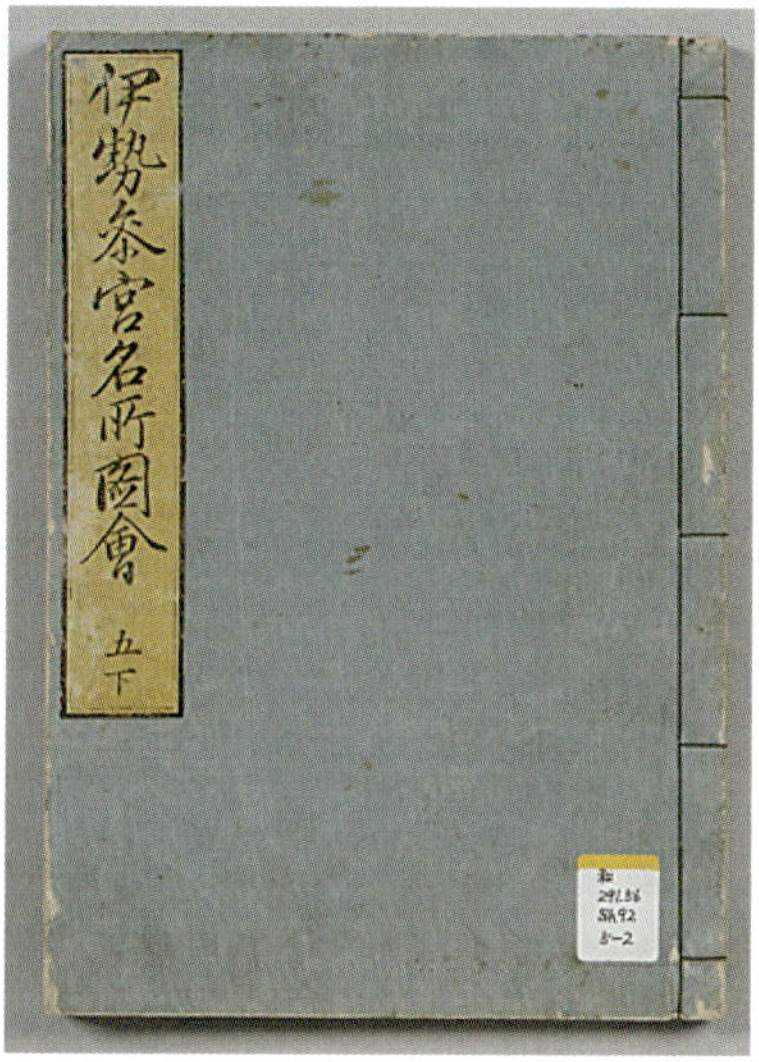

伊勢参宮名所図会
蔀 関月編・画
8冊
26.4 × 18.6cm
大坂　塩屋忠兵衛
寛政9（1797）年刊
和-291.56-Sh92-1～6-2

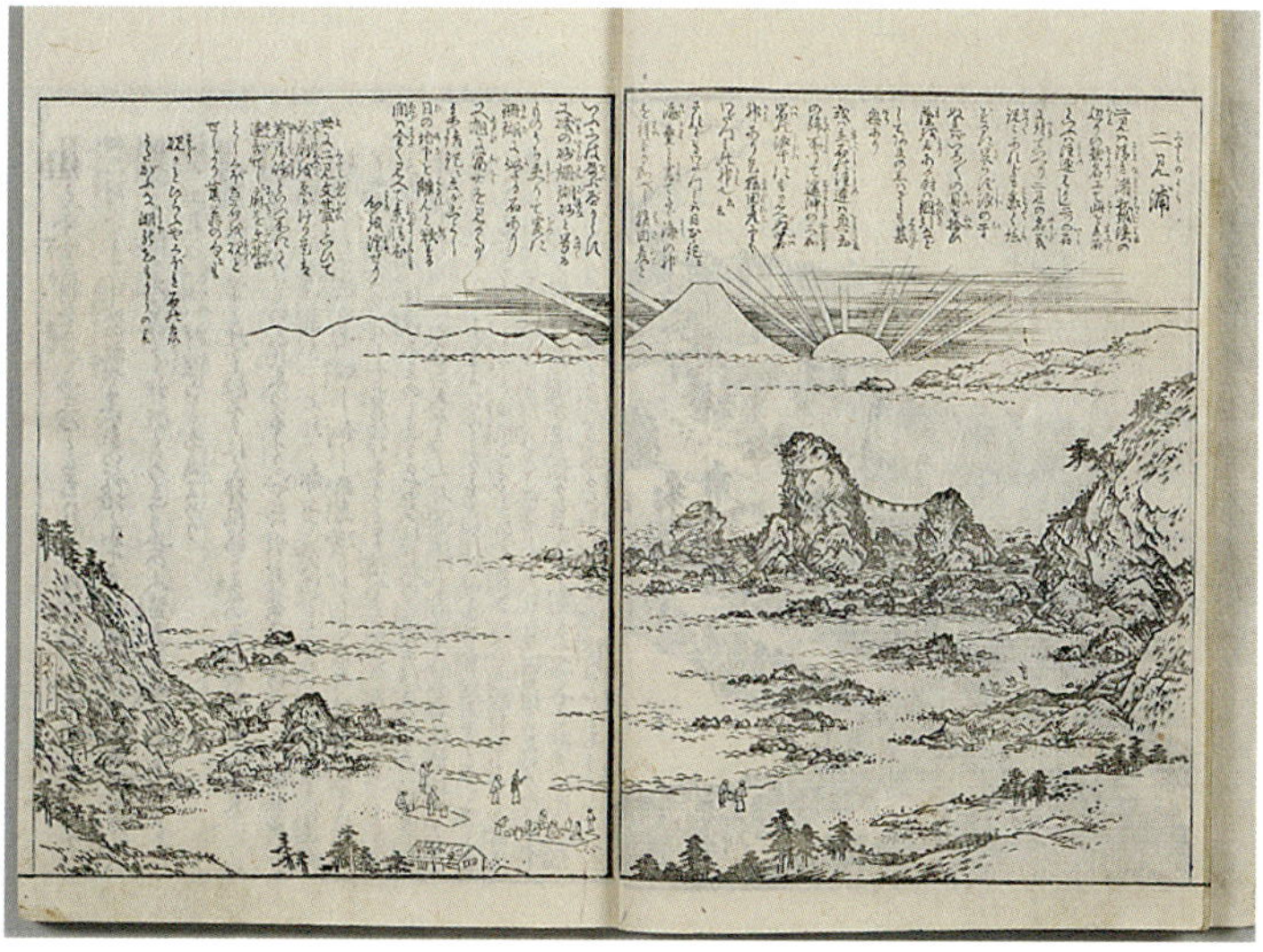

「伊勢参宮名所図会」より「二見浦」

酒宴の座興　絵と文章で

「絵本をとな遊び」

江戸時代、子どもの生活の大半を遊びが占めていました。かくれんぼ、鬼ごっこ、独楽《こま》回し、竹馬、お手玉、ままごとなど、だれもが一度は経験したことのある遊びばかりです。

一方、当時の大人たちの遊びと言えば賭け事、お色気遊び、大道芸に見世物《みせもの》小屋などがありました。また、庶民の間では、花見や月見などの折に酒宴を催すことも楽しみの一つでした。酒宴の席を楽しむために、当時の人たちに愛読された本があります。

寛政4（1792）年に刊行された「絵本をとな遊び」は、酒宴での座興を絵と文章で解説しています。正編3巻と続編3巻から成り、それぞれ上中巻には絵が、下巻には解説が書かれています。

本の著者は兵三子とあり、文中の言葉遣いから上方の人と推測されます。絵は畑水山人が描いていますが、素性や経歴はよく分かっていません。

さて、収録されている遊びを一つ、ご紹介します。挿絵は「羅漢回し」の様子です。羅漢は悟りをひらいた仏教の修行者で、とてもユーモラスな表情をしています。この遊びは大勢が車座になり、羅漢の身ぶりをして順にまねていきます。まねできなかった人が負けとなり、その印として顔に紙が貼られ、紙の数が多い人に罰として酒を飲ませて酔わせます。酔っていてこそ楽しい遊びかもしれませんね。

酒宴での座興は勝っても負けても、笑って場を楽しむのが大人遊びのコツのようです。

（大瀧徹也）

絵本をとな遊び
兵三子作
2冊
22.7 × 15.7cm
寛政4（1792）年序
特-722-67-1～2

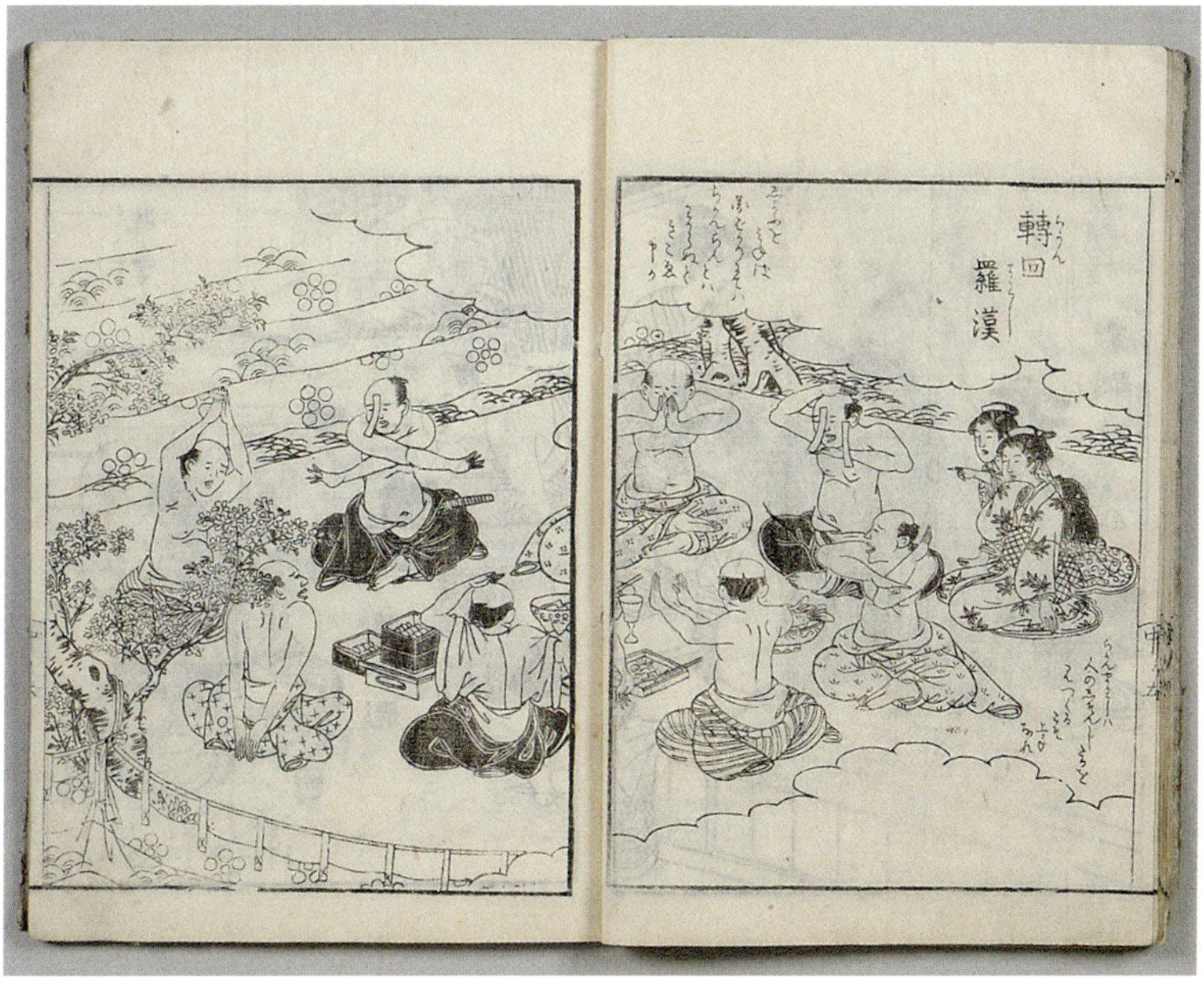

宴席の遊びの様子を描いた「絵本をとな遊び」の挿絵

江戸時代の七面鳥

「和蘭産物図考」

日本では11月23日に、新嘗祭《にいなめさい》として農作物の収穫を感謝する祭祀《さいし》が各地で行われます。この収穫や食に感謝する行事は日本だけではなく、世界各地にあります。そして、北米では感謝祭の名で定着しています。そして、この感謝祭のころからクリスマスにかけて、パーティーの食卓にあがるのが七面鳥です。そのため、感謝祭を「Ｔｕｒｋｅｙ（七面鳥）Ｄａｙ」と呼ぶこともあるようです。

七面鳥は北米大陸に分布するキジ科の鳥で、日本では、明治以降、一般に知られるようになりました。しかし、江戸時代の寛政10（１７９８）年に出版された「和蘭産物図考《おらんださんぶつずこう》」では既に絵図とともに紹介されています。ただし、この時は七面鳥の名前ではなく、「異鶏《いけい》」という名前で紹介されています。

「和蘭産物図考」は、当時の清国で西洋事情などを紹介した原著を、伊勢出身の医者、藤元良《とうもとよし》が翻訳編集し、京都で出版されたものです。また、「近江名所図会」や「養蚕秘録」の挿絵を手がけた西村中和が図版の制作にあたりました。

この書物には、空想上の巨大な海蝦蟆《うみがえる》などの生物が、見てきたかのように、解説される一方、実在の七面鳥については、ほぼ的確に説明されています。名前こそ「異鶏」となっていますが、メキシコの鳥で大きさは鵜ほどであると説明しています。また、孔雀《くじゃく》のように羽を開くことも書かれています。そして、「味最よし」という記述に見られるよう食用での言及もあります。

年末には、収穫や食の恵みに感謝の気持ちを新たにしたいと思います。

（若林正博）

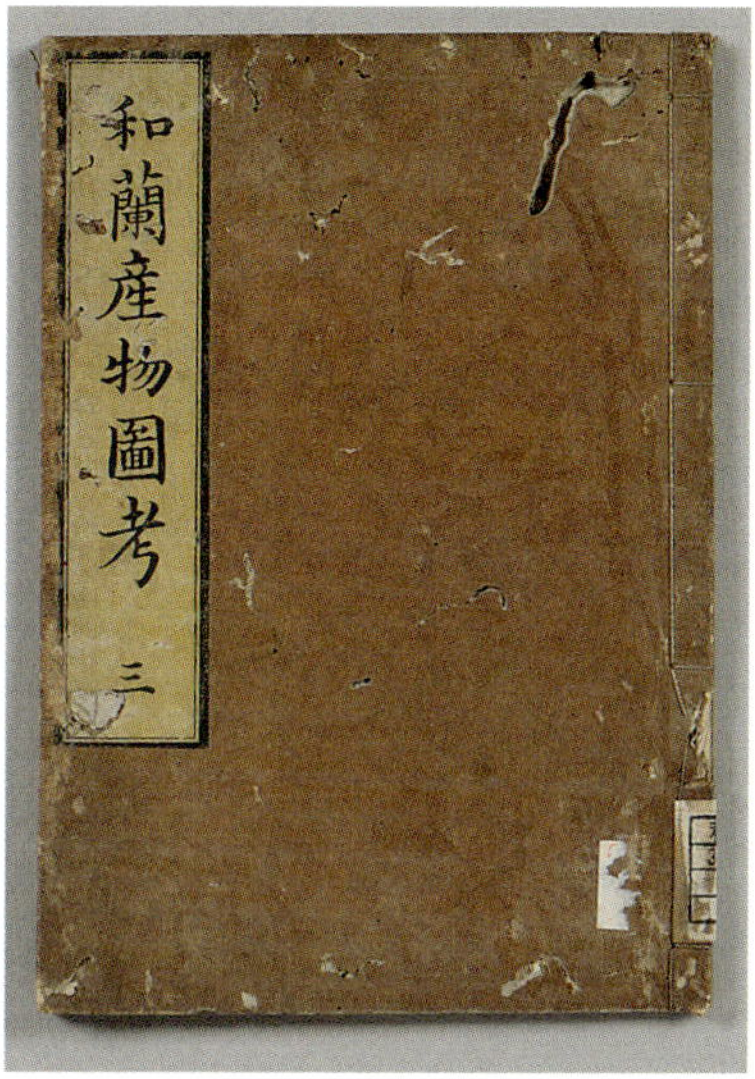

和蘭産物図考
藤元良校補
3冊
22.7 × 15.8cm
京都　林権兵衛
寛政10（1798）年刊
和-340-6-1～3

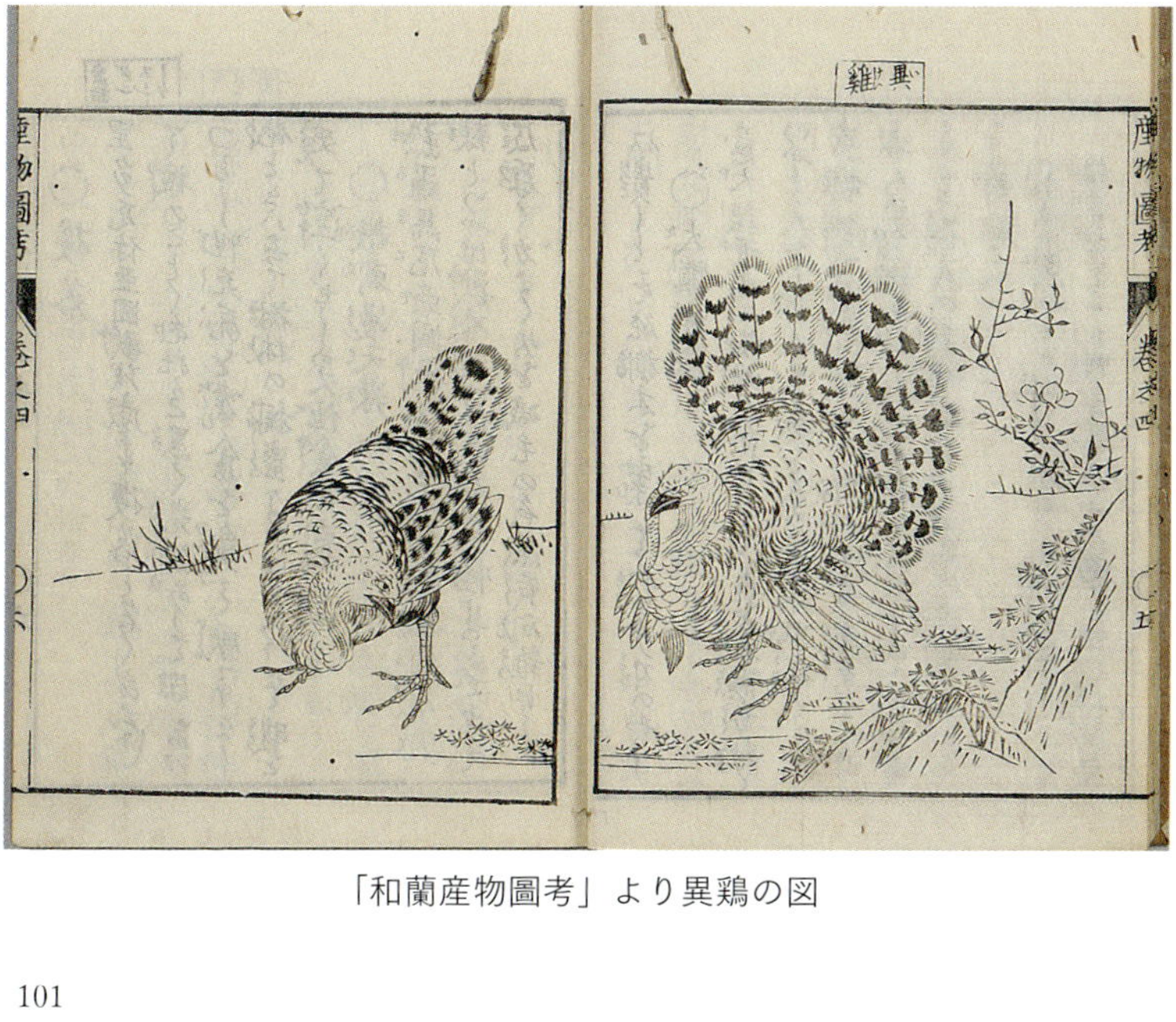

「和蘭産物圖考」より異鶏の図

脱出ショー種明かし

「盃席玉手妻」

手品ができたらいいなと思いませんか。手品は奇術やマジックとも呼ばれ、日本の手品の歴史は、一説によると奈良時代が始まりとも言われています。江戸時代には手妻《てづま》とも呼ばれ流行しました。

寛政11（1799）年に離夫《りふ》という人が書いた「盃席玉手妻《はいせきたまてづま》」は、お座敷などで披露する手品の指南書です。3巻から成り、上巻で33種類の手品を紹介、中・下巻で種明かしをしています。

この本で紹介している手品に、紐《ひも》で縛った葛籠《つづら》の中から自由に抜け出す技があります。葛籠とは衣服を入れるための籠《かご》のことです。「盃席玉手妻」は、当時評判だった葛籠抜けが種明かしされていることで知られています。

どのようにして葛籠から脱出するのでしょうか？

はじめに、協力者を1人用意します。葛籠に仕掛けのないことを客に確認させた後、葛籠の下に紐を通しますが、一方を長く延ばし、もう一方は短くします。手品師は葛籠に入る時、長い方の紐を左足の親指に挟み引き寄せます。協力者が葛籠に蓋《ふた》をして紐で結びます。屏風《びょうぶ》を立て掛け、葛籠を客から隠せば準備完了です。協力者の合図で引き寄せておいた紐を引き葛籠の蓋を押し上げると、そのゆとりで蓋は開き外に脱出することができます。言われてみれば種はとても簡単ですね。

他にも銭貨（コイン）を使った手品や静電気を利用した科学的な手品など、「盃席玉手妻」はさまざまな手品を紹介しています。江戸時代仕込みの手品を余興に使ってみませんか。

（大瀧徹也）

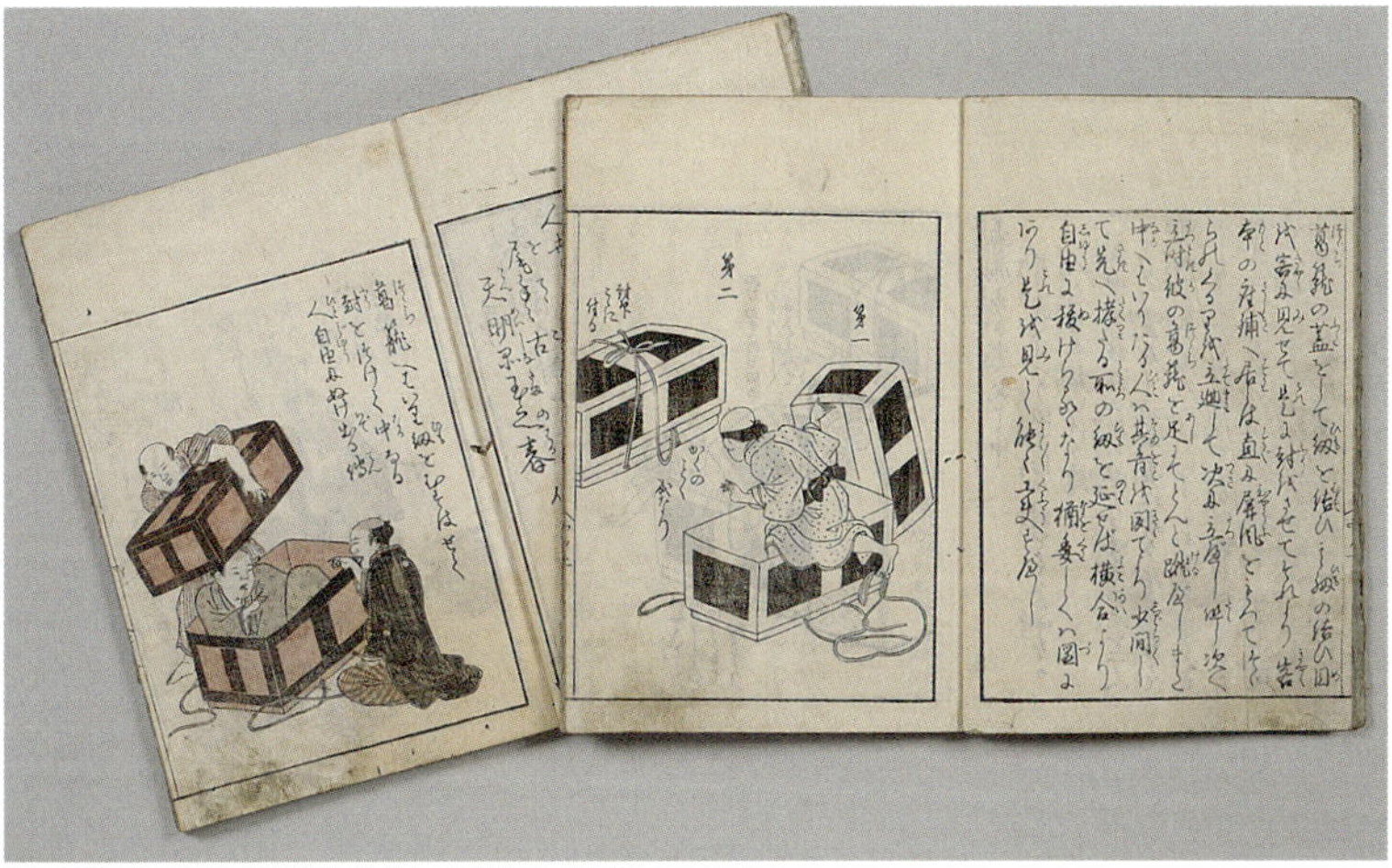

「盃席玉手妻」

盃席玉手妻
離夫作
3冊
22.5 × 15.6cm
京都　菱屋治兵衛
寛政11(1799)年刊
Y和-779.3-012945～012947

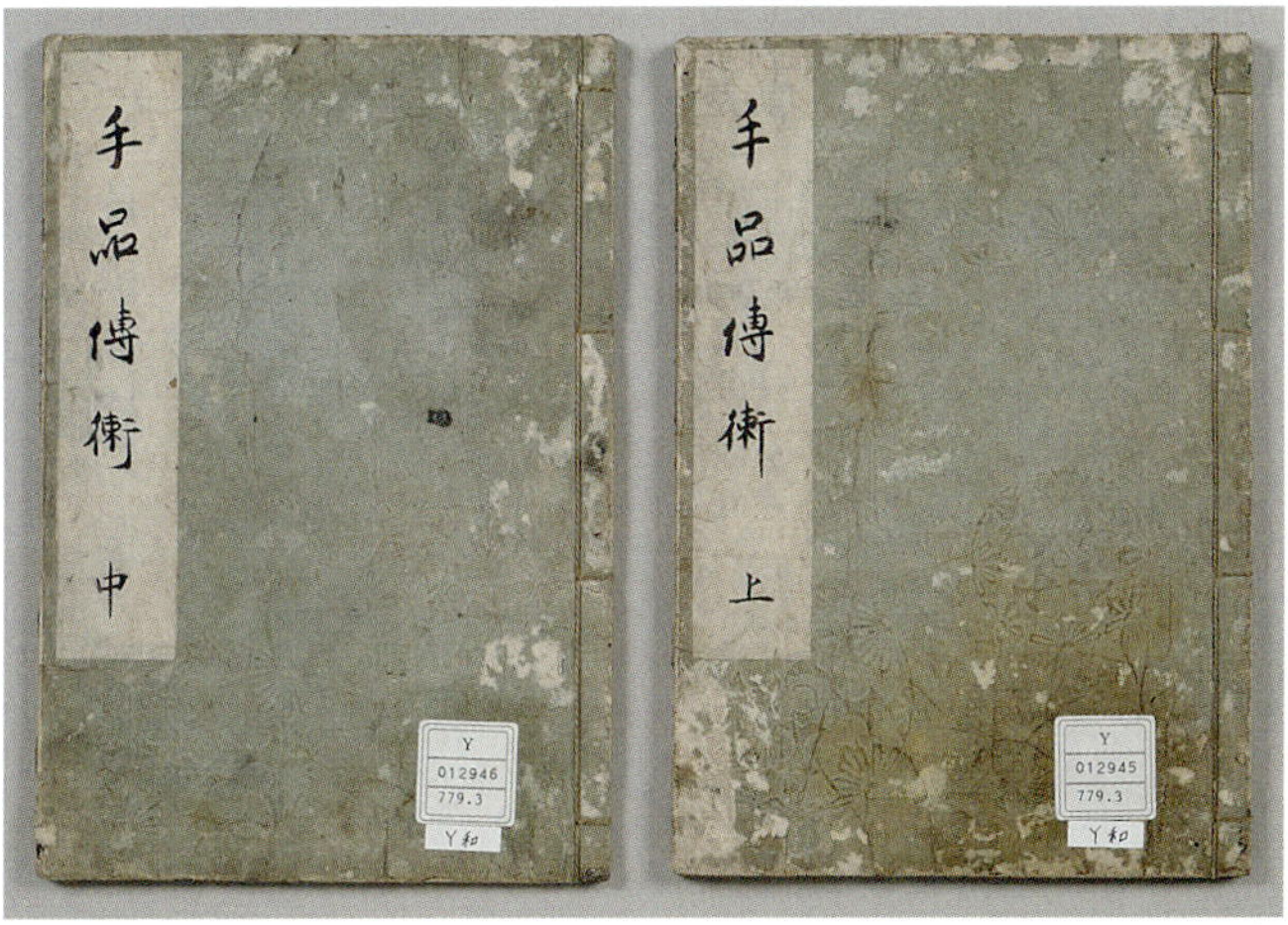

蘭学者が伝えた聖書物語

西洋の話とさし絵「西洋雑記」

江戸時代の初め、いわゆる鎖国状態となってからも、日本人はさまざまな形で海外の世界と接していました。鎖国のきっかけとなり、江戸幕府が最も警戒したキリスト教の教えさえ、書物を通してひそかに日本に入ってきていました。

その事実をはっきりと教えてくれるのが、江戸時代後期の蘭学者である山村才助（1770～1807年）が、輸入書から西洋の珍しい話を集めた「西洋雑記」です。この本は、世界の創造やノアの方舟《はこぶね》という旧約聖書の物語に始まり、古代ギリシャ・ローマなどの西洋史話、そして「西洋天文の原始」「小人国の説」「人面の異魚の説」など、才助の興味を引いた話の数々が収められています。

「西洋雑記」は著者の死後印刷され、書き写された本も全国にいくつか残っていますが、たくさんのさし絵があるのは、江戸時代後期から明治時代の篆刻家《てんこくか》である長谷川延年が写したこの京都府立京都学・歴彩館の写本だけのようです。写真の聖書物語のさし絵はもともと、山村才助と親交のあった洋風画家の石川大浪が、ドイツ人ゴットフリートの「史的年代記」のオランダ語版から写したものと考えられています。

山村才助は、著名な蘭学者であった大槻玄沢の弟子の1人で、30代後半で早世したものの、地理学を中心とした業績は幕末の日本人たちに影響を与えました。彼の才能、好奇心と熱意は、いくつものオランダ語原書を解読し、さまざまな話を集めたこの本からも十分うかがい知ることができます。

（岸本恵実）

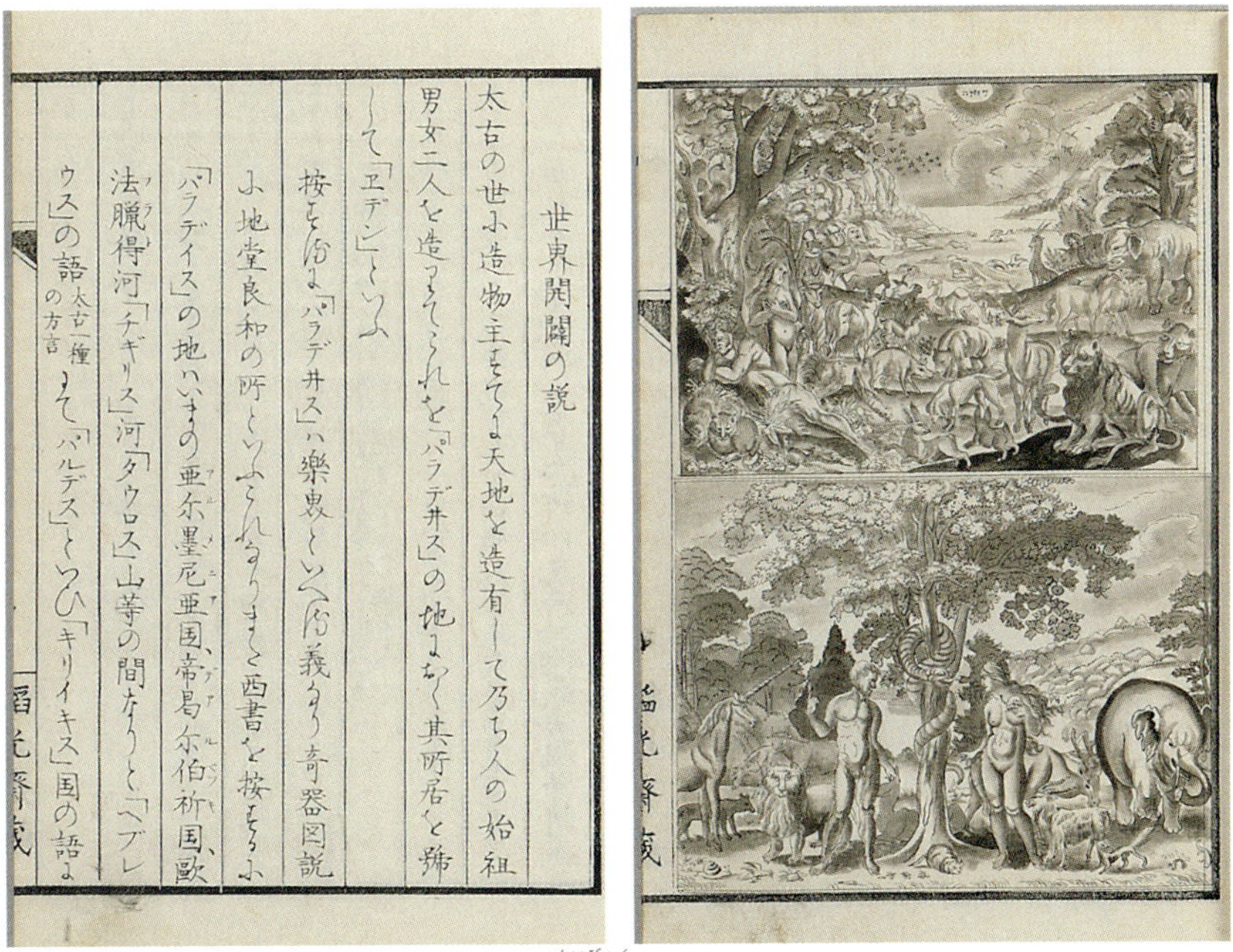
世界開闢の説
太古の世に造物主ありて天地を造有して乃ち人の始祖男女二人を造りそれを「パラデ井ス」の地に置く其所居を称して「エデン」といふ
按るに「パラデ井ス」ハ楽園といへる義なり奇器図説に地堂良和の所といふなれば西書を按るに「パラデイス」の地ハいまの亜尓墨尼亜国、帝曷尓伯祈国、欧法臘得河「チギリス」河「タウロス」山等の間なりと「ヘブレウス」の語 太古一種の方言 にて「パルデス」といひ「キリイキス」国の語に

巻之一より「世界開闢《かいびゃく》の説」とそのさし絵

西洋襍記
山村昌永(才助)著
5冊
23.6 × 16.4cm
享和元(1801)年序
貴13

カイコと人々の営み今に

養蚕なんでも百科「養蠶秘録」

　もうすぐ卒業式のシーズンです。この時期になると街かどで晴れ着の人をよく見かけます。今回はこの晴れ着の材料になる絹糸《きぬいと》と関わりの深い話です。

　絹糸はカイコが成虫《せいちゅう》になる前のサナギを覆《おお》う繭《まゆ》から採れます。カイコはデリケートな昆虫のため、人が丁寧に桑《くわ》の葉を屋内で与えないと育ちません。桑の葉を収穫しては、屋内のカイコに与え、繭を作るまで育てます。繭ができるとこれを紡《つむ》いで絹糸を作ります。

　最近でこそ減りましたが、絹糸をとるためにカイコを育てることを養蚕《ようさん》と言い、古代から受けつがれてきました。また、地図帳に「Y」という桑畑の記号があるのは、養蚕が盛んだった頃にカイコのエサを採るための桑がたくさん植えられていたからです。

　「養蠶秘録《ようさんひろく》」は享和《きょうわ》年間（1801〜04年）に但馬（現在の兵庫県）の上垣守國《うえがきもりくに》が養蚕のありとあらゆることを著《あらわ》した書物（当館蔵は享和3年刊）です。フランス語にも翻訳《ほんやく》され外国でも利用されていたようです。内容は養蚕の一般的なことだけでなく、日本や中国、インドの伝説、養蚕の地域ごとの違いの説明なども書かれています。

　そしてほとんどの解説には、細かな部分まで描かれた絵が添えられています。カイコの成長段階ごとの飼育方法を紹介した絵からは江戸時代の養蚕の様子がわかります。現代でも、この絵を見ながらカイコが飼育できそうです。また宮中での機織《はたお》りの絵は後世の想像画ですが、2人の織女《しょくじょ》とそれを見学する宮廷《きゅうてい》の人々の生き生きとした様子が伝わってきます。（若林正博）

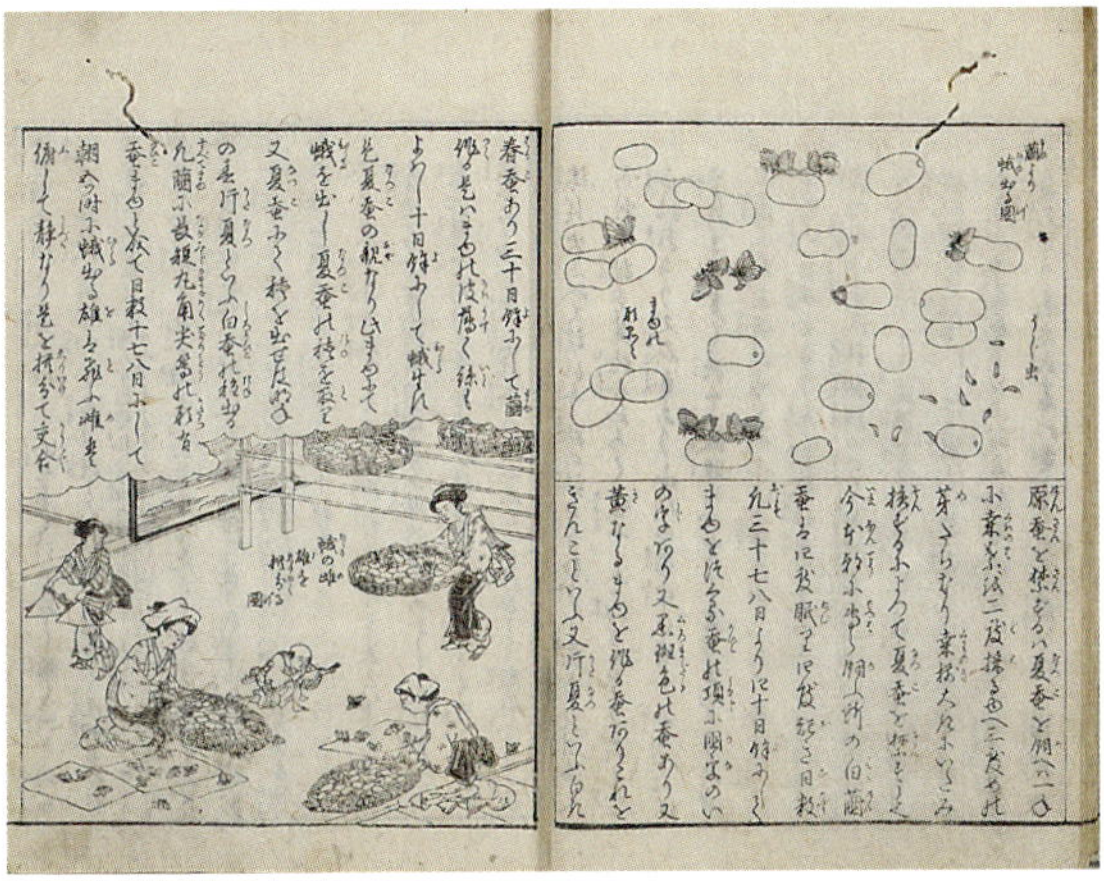

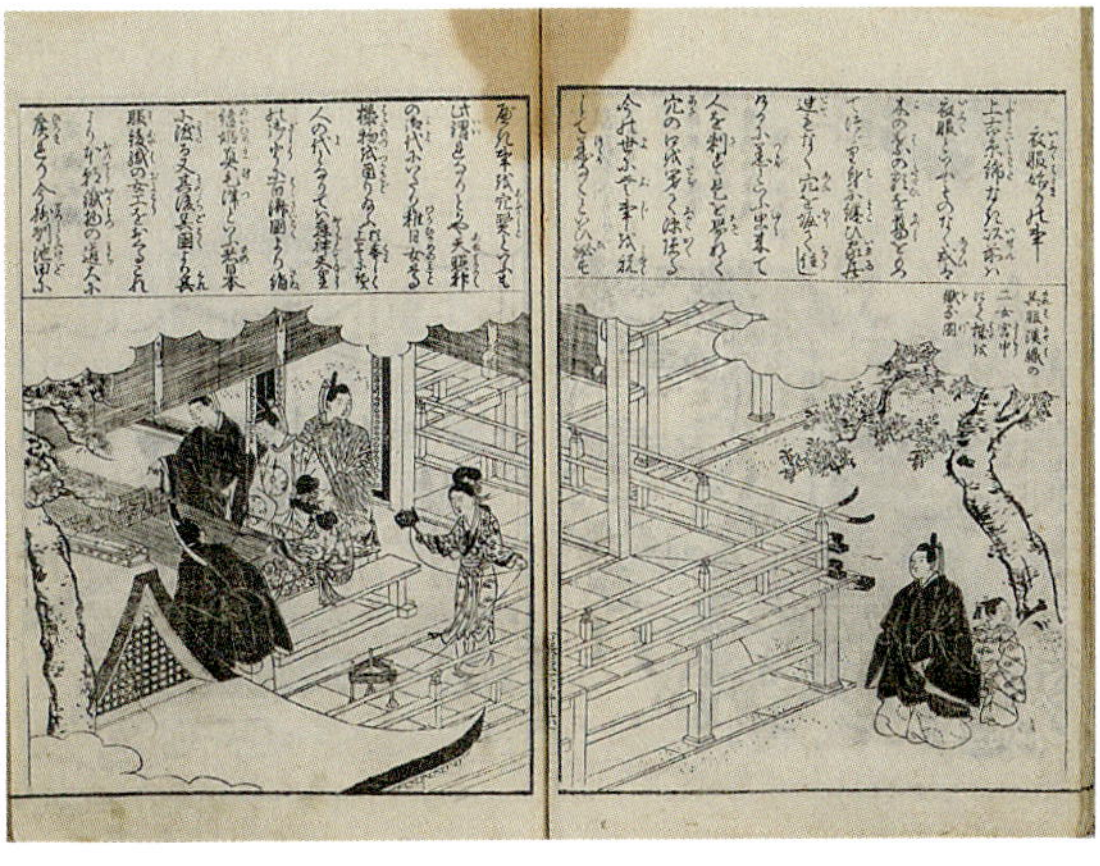

養蠶秘録
上垣守國著
3冊
25.5 × 18.0cm
京都　須原屋平左衛門ほか
享和3（1803）年刊
和-355-6-1～3

会津武士の教えを伝える
「日新館童子訓」

日新館とは、江戸時代の会津藩（現在の福島県）の藩校です。5代藩主松平容頌《かたのぶ》の時代に開設され、会津藩の武士の子どもは、10歳で日新館に入り、勉学に励みました。

この「日新館童子訓」は、容頌が儒学者や神道学者らの意見を参考にまとめた道徳の教科書です。父母や主君、目上の人に対する作法や心遣いについて述べられています。

日新館が開設された享和3（1803）年に刊行されました。殿様自ら藩校の教科書を執筆したことからも会津藩の教育熱心なお国柄がよくわかります。

日新館に入学を許されたのは男子だけでしたが、大河ドラマ「八重の桜」の主人公新島八重は、7歳にしてこの本を暗誦できたといわれています。八重が優秀な子どもであったことがよくわかるエピソードです。

そして、この教えは、八重の生涯の心の支えでもありました。鶴ケ城（若松城）の籠城戦をおよそ1カ月間も持ちこたえたのは、童子訓の教えが徹底していたためと晩年に語っています。また、昭和3（1928）年に会津高等女学校の生徒が京都へ修学旅行に来た際には、会津藩ゆかりの場所を案内し、童子訓の序文を暗唱して聞かせたことからも童子訓が会津への思いとともにあったことがわかります。

当館の所蔵本には「会津京都文庫」の蔵書印が押されています。幕末に京都守護職を務めた松平容保と入京した会津藩士の勉学のために、備えられた書物と考えられます。これら「会津京都文庫」の資料は明治維新後、京都府に引き継がれ、現在に至っています。（松田万智子）

日新館童子訓　2巻
松平容頌著
2冊
26.3 × 18.3cm
享和3(1803)年跋
和-143-39-1〜2

右上に「会津京都文庫」の印が押されている

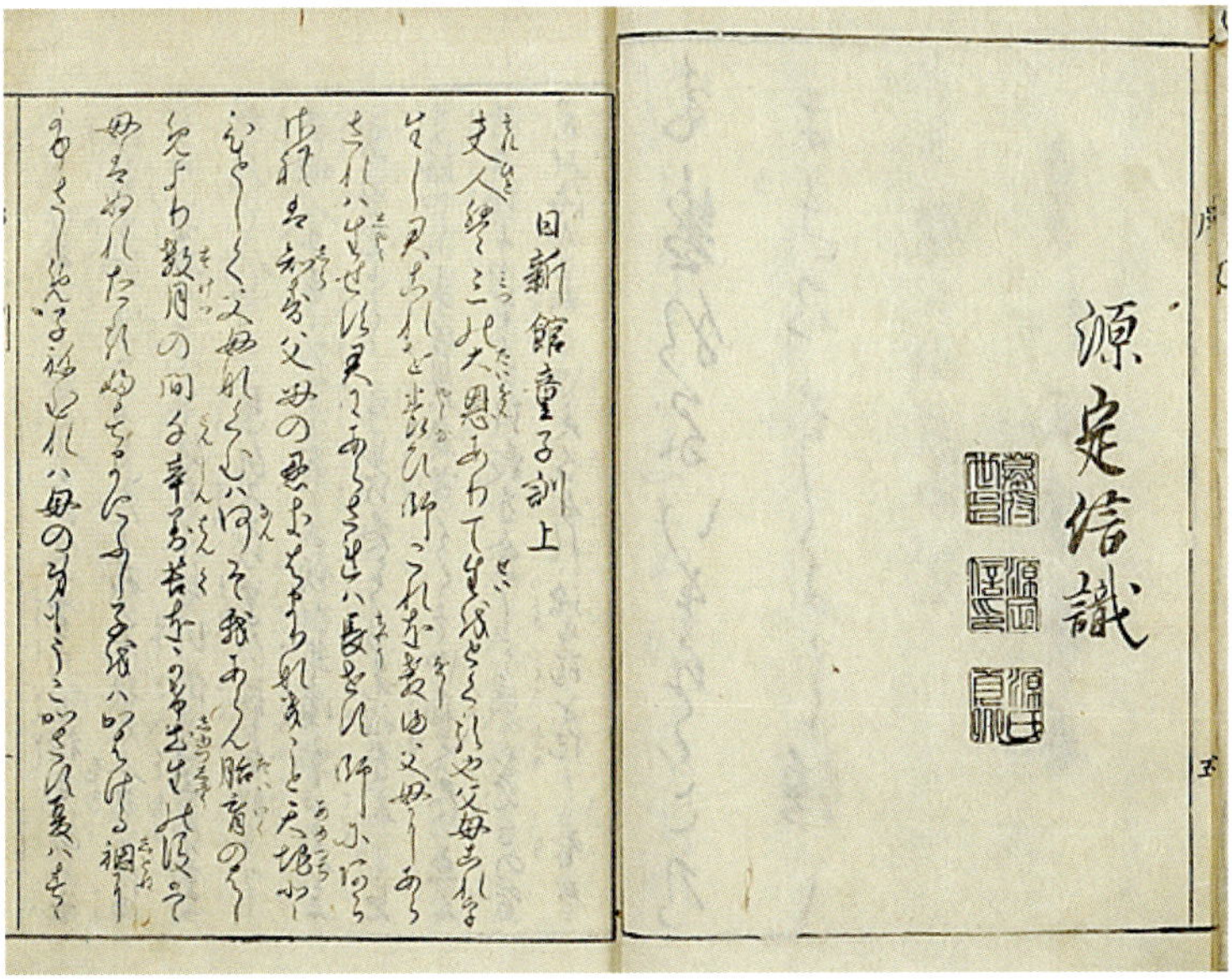

「日新館童子訓」

「盤双六」のルールや作法を紹介

「雙六獨稽古」

皆さん、お正月にはいろいろな遊びをしたと思いますが、双六《すごろく》で遊んだことはありますか？

皆さんの知っている双六は、サイコロを振って駒を進め、上りを目指すもので、昔はこれを「絵《え》双六」＝写真下＝と言いましたが、このほかにも「盤《ばん》双六」という双六がありました。

「盤双六」は、西洋の「バックギャモン」とよく似た遊びで、飛鳥時代からある古いものです。遊び方は、将棋盤や碁盤のような木でできた双六盤に白黒各15個の駒を配置し、2人で交互に2つのサイコロを振って進め、駒をすべて自分の陣に先に入れた方が勝ちとなります。

江戸時代には、大名など上流階級の女性の芸事として、大変人気があり、双六盤は、将棋盤や碁盤と並んで嫁入り道具には欠かせないものとなっていたほどです。

写真上の挿絵は、江戸時代に刊行された「盤双六」の教科書である「雙（＝双）六獨稽古《ひとりげいこ》」に載っているものです。この本は、ルールや最初の駒の動かし方、遊戯の作法などが書かれています。

「盤双六」の基本的な遊びは先ほど紹介しましたが、将棋にも本将棋やまわり将棋などの遊び方があるように、「盤双六」にも「折《お》り葉《は》」、「追《お》い回《まわ》し」、「柳《やなぎ》」などの遊び方があります。それぞれのルールはインターネットでも紹介されていますので、皆さんも一度遊んでみてはいかがですか。

（藤原直幸）

雙六獨稽古
1冊
17.6 × 11.7cm
［浪花］［寶文堂］
文化8(1811)年叙
和-780-7

「雙六獨稽古」より盤双六を遊ぶ女性の図

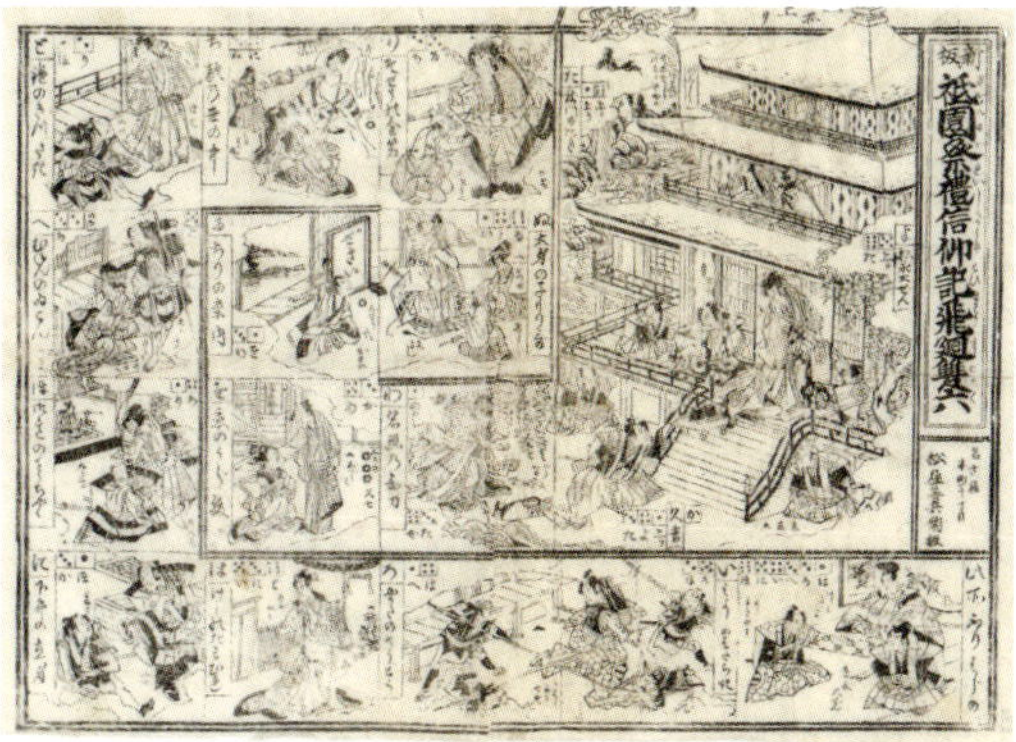

絵双六「新板祇園祭禮信仰記飛廻雙六」

新板祇園祭禮信仰記飛廻雙六
1枚
30.0 × 44.0cm
名古屋　松屋善兵衛
江戸後期(18世紀)刊
K1-798-G47

美への探究　江戸期から

「容顔美艶考」

書庫で気になるタイトルの本を見つけました。「容顔美艶考《ようがんびえんこう》」。一体何の本なのでしょう？棚から取り出してみると、2冊セットの小さな和本です。ベージュの表紙はかなり読み込まれたようで破損していますが、白い花の絵がわずかに残っていて、当時はかわいらしい装丁だったことをうかがわせます。気になる内容ですが、江戸時代の女性の化粧についての本でした。

「容顔美艶考」は、江戸時代の文化11（1814）年ごろに作られた本で、京都府立京都学・歴彩館で所蔵しているものは天保9（1838）年の再版本です。並木正三《なみきしょうざ》（二世、?～1807年）という、歌舞伎作家で歌舞伎役者でもあった人がまとめたものを、浅野高造《あさのこうぞう》（生没年不明）が補って完成させました。

目次を見ると、年齢、季節、シチュエーションごとのメーク術や、顔の気になる部分をカバーするメーク術のほか、化粧直しの方法、化粧品の使用法や美容法まで、実にさまざまなことが書かれています。

一部を紹介すると「化粧をする時は鏡にむかって逆上の気を落ち着けてから始めましょう」「口紅を唇全体に塗ると口元が大きく見えてよくないですよ」「骨がない所にはおしろいがたまりやすいですよ」などなど。美白法では「唐のつち」という鉛のおしろいを乳でといたものを顔に塗り、一晩おいてからよく洗い落とすことを4、5日繰り返せばよいのだとか。

行間からは「きれいになりたい」と願う、当時の女性の気持ちが伝わってきます。

（楠久美）

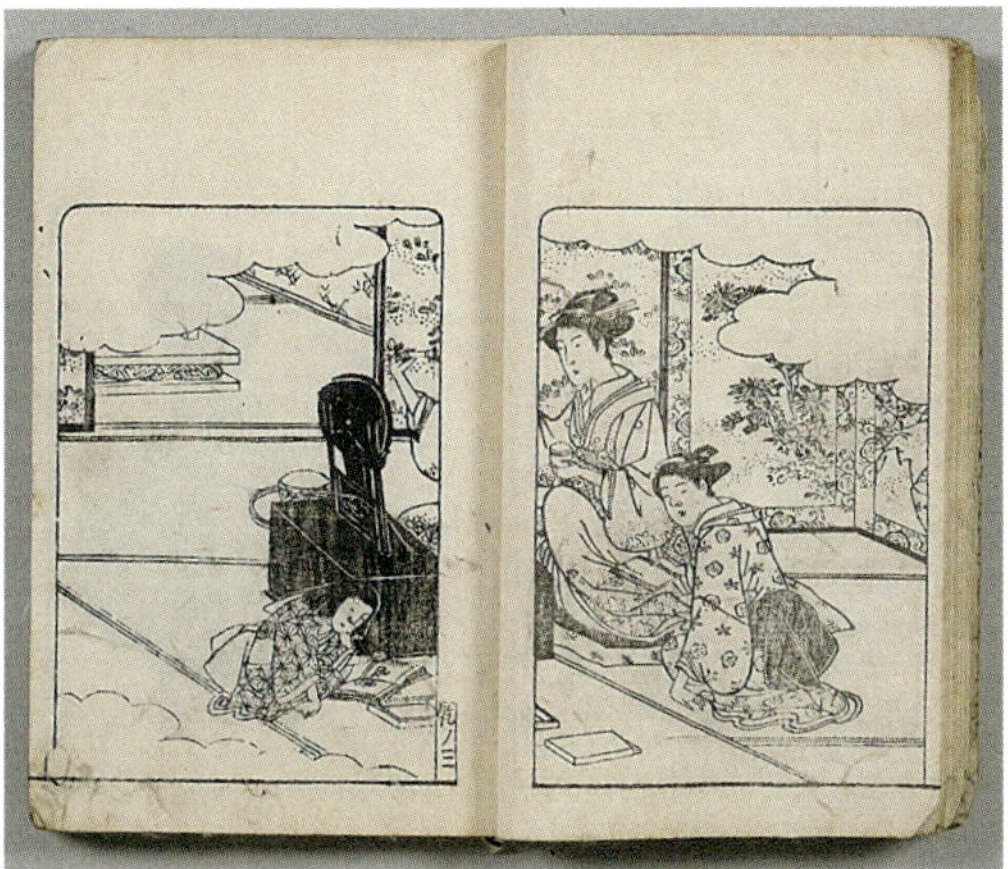

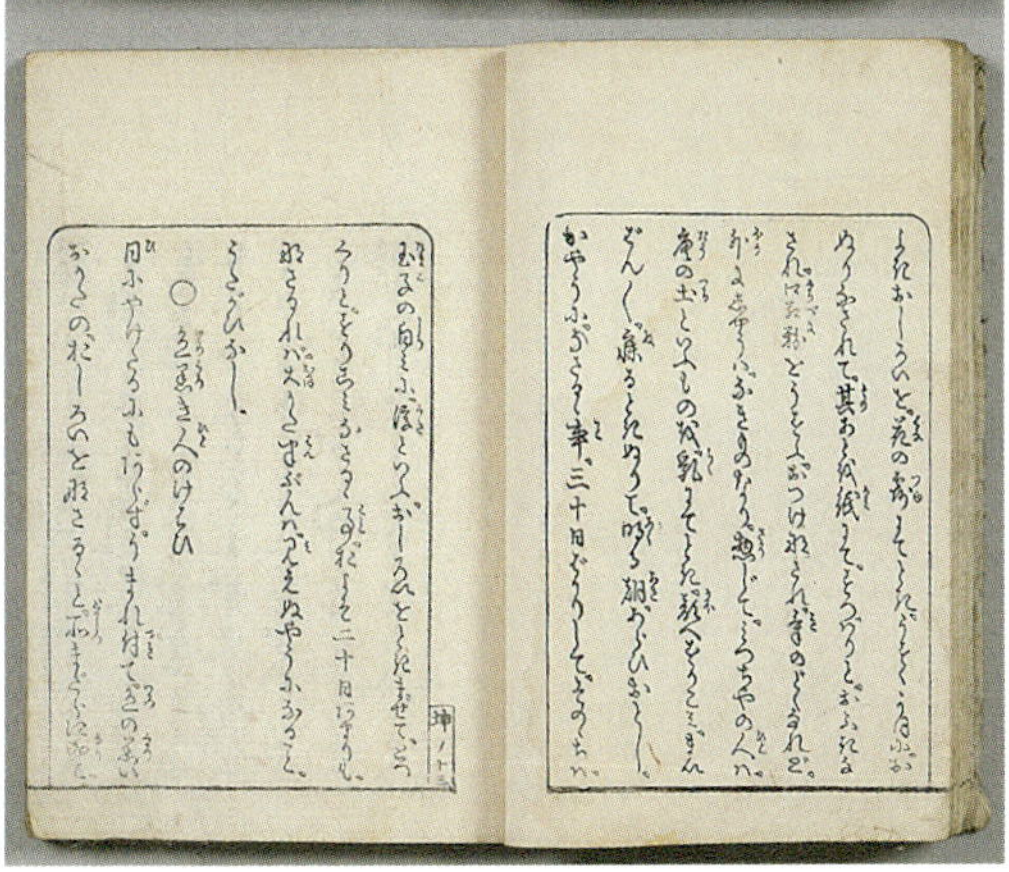

上：「けはひの大意」挿絵
下：「色黒き人のけはひ」解説部分

表紙はかなり劣化しているが、わずかに白い花の絵が見られる

容顔美艶考　富世化粧
並木正三遺傳　淺野高造補著
2冊
15.8×11.2cm
大阪　加賀屋善藏
天保9（1838）年刊
特-330-1

「伊勢物語」に着想　八橋配す

「光琳百図」のカキツバタ

大田ノ沢（京都市北区、大田神社）で群生するカキツバタ。平安後期の歌人、藤原俊成の歌にも詠まれるほど、古くから有名で、天然記念物にも指定されていますが、残念なことに近年はシカの食害で花が少ないそうです。

カキツバタといえば、江戸中期の絵師尾形光琳《おがたこうりん》の代表作「燕子花図屏風《かきつばたずびょうぶ》」（根津美術館蔵）が有名です。写真の絵は、光琳の没後１００年を記念して後継者の酒井抱一《さかいほういつ》が編さんした「光琳百図」に収録されたもので、類似の大作「八橋図屏風」が、米国のメトロポリタン美術館に所蔵されています。いずれも「伊勢物語」の三河の八橋に着想を得た作品で、「燕子花図屏風」が、花だけを描くのに対して、後の2点は、群落に八橋を配置した構図となっています。

さて、尾形光琳の「琳」の字をとって「琳派《りんぱ》」と名付けられた流派があります。琳派は不思議な流派で、狩野派のように師弟関係の明確な工房で絵を制作したのではなく、直接の面識はなくても、先達の表現方法に憧れて受け継がれていきました。教科書でもよく知られる俵屋宗達の「風神雷神図屏風」も、同じ構図で光琳に描き継がれているのです。

平成27年は、宗達とともに琳派を創始した本阿弥光悦が徳川家康から「鷹ケ峰」の土地を拝領してから４００年の節目で、光琳の３００年忌にもあたり、京都の美術館などでは、琳派にちなんだ催しが多数開催されました。

（松田万智子）

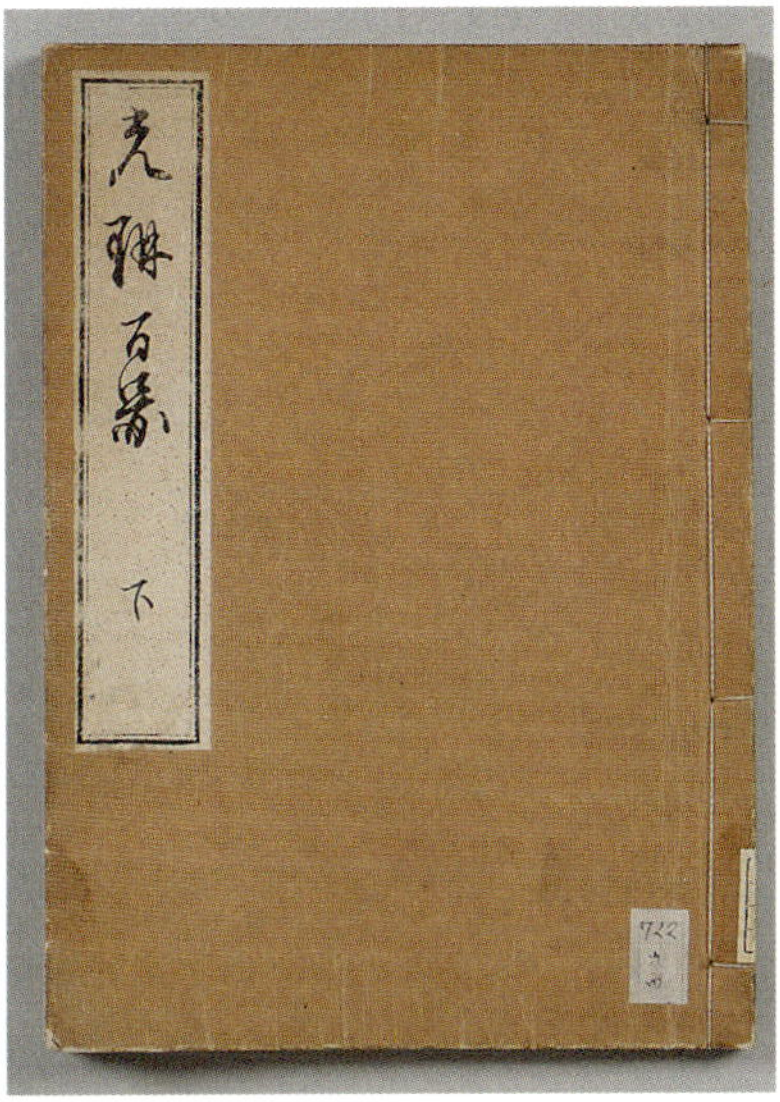

光琳百圖 前篇２巻
尾形光琳画、酒井抱一編
２冊　26.8 × 18cm
文化12（1815）年序
特-722-11-1～2

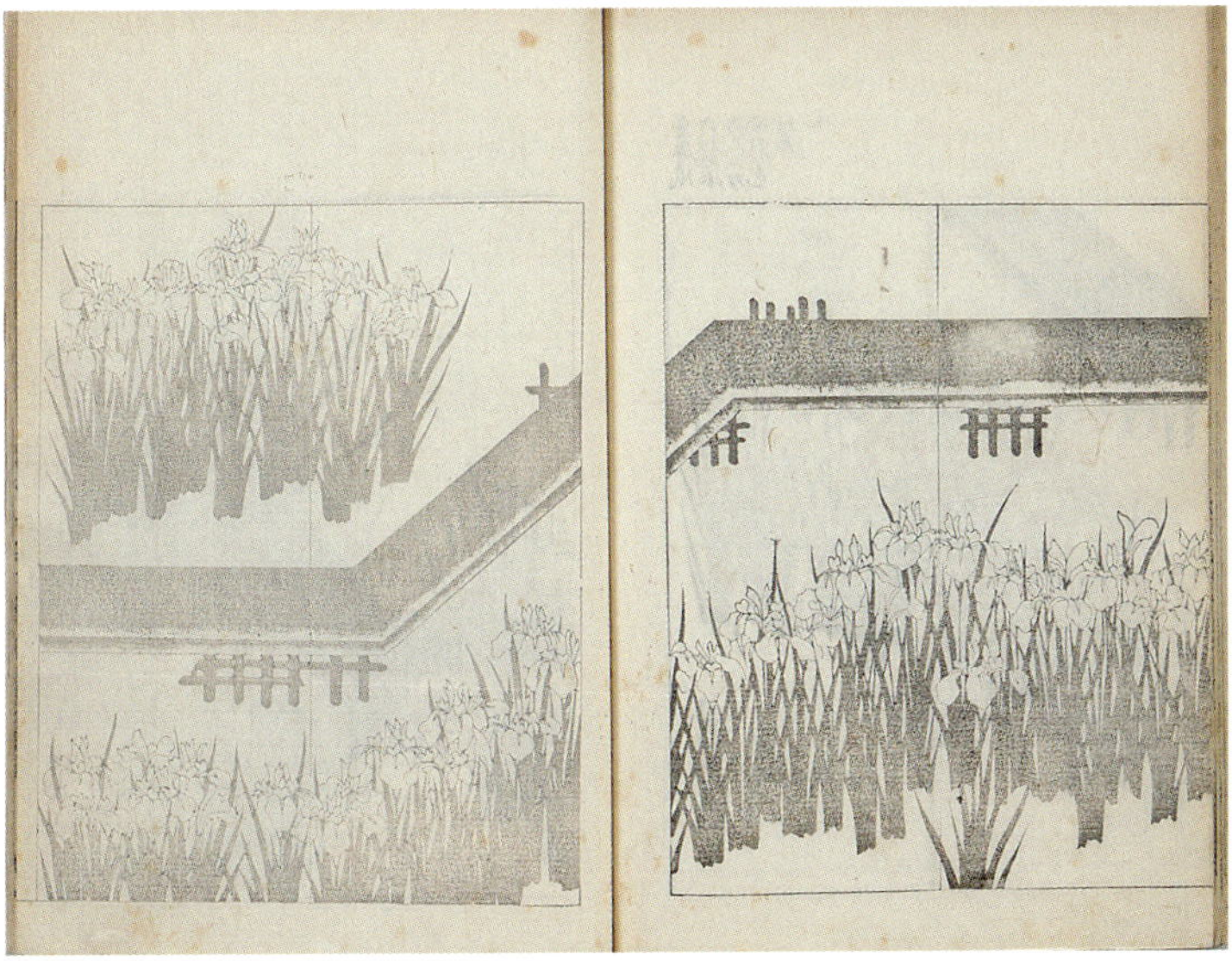

カキツバタの絵「光琳百図」より

京都に伝わる日本泳法

「水練早合点」

みなさん、「日本泳法」って知っていますか？日本泳法は日本で生まれた日本独自の水泳のことです。水泳といえば今ではクロール、平泳ぎなどが主流ですが、これらは大正から昭和の初めごろより行われるようになった泳ぎ方です。それまでの日本では、水泳といえば日本泳法のことでした。

日本泳法は、江戸時代には武芸の一つとして、各地にいくつもの流派《りゅうは》がありました。現在でも12の流派があり、京都府立京都学・歴彩館所蔵《しょぞう》の「水練早合点《すいれんはやがてん》」はそのなかの一つ、小堀流踏水術《こぼりりゅうとうすいじゅつ》の解説書《かいせつしょ》です。

小堀流踏水術は、江戸時代中期に熊本藩《くまもとはん》の村岡伊太夫《むらおかいだゆう》が始めた日本泳法です。息子の小堀長順《こぼりちょうじゅん》が、父親から受け継いだ日本泳法を伝えるために書いた解説書の一つが「水練早合点」です。

小堀流踏水術の特徴である立ち泳ぎのほか、浅いところを泳ぐ方法、馬を泳がせながら乗る方法、はたまた泳ぎながらウリをむく方法など、実にさまざまな泳ぎ方が記されており、小堀流踏水術の多彩《たさい》さがよくわかります。

明治30（1897）年、京都踏水会の前身である大日本武徳会游泳部《だいにほんぶとくかいゆうえいぶ》に、熊本から先生が派遣され、京都でも小堀流踏水術が行われるようになりました。京都出身の水泳オリンピック選手が多いのも、小堀流踏水術の影響かもしれませんね。

そうそう、昔は疏水《そすい》の夷川《えびすがわ》ダムで水泳の練習が行われていました。近くの年配の人に「疏水で泳いだこと、ある？」と聞いてみてください。きっといろんな夏の思い出が聞けますよ。

（楠久美）

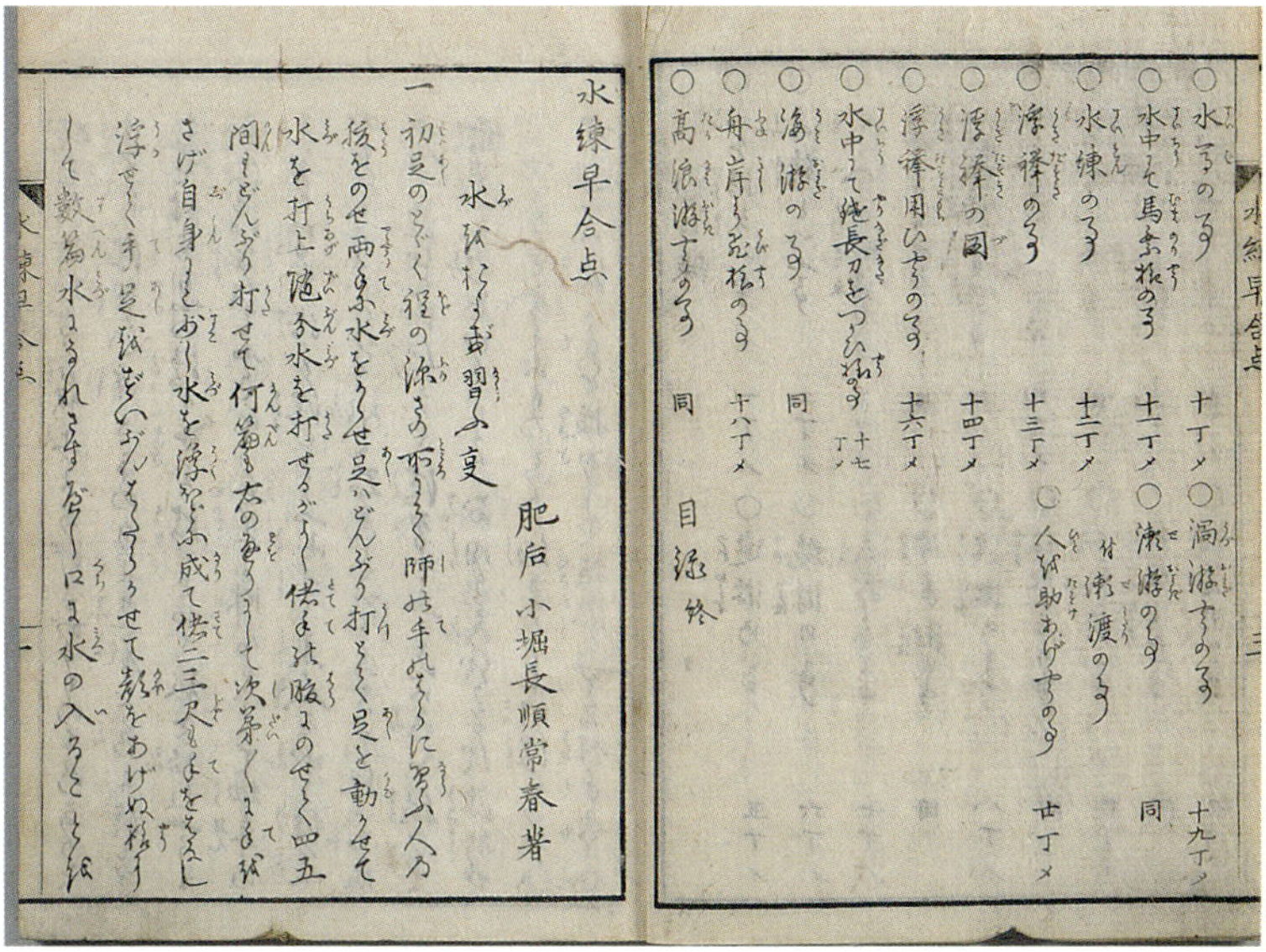

中は文章のみで解説。
同じ著者が記した「忠信踏水譜」（特-780-6）には、図版もある

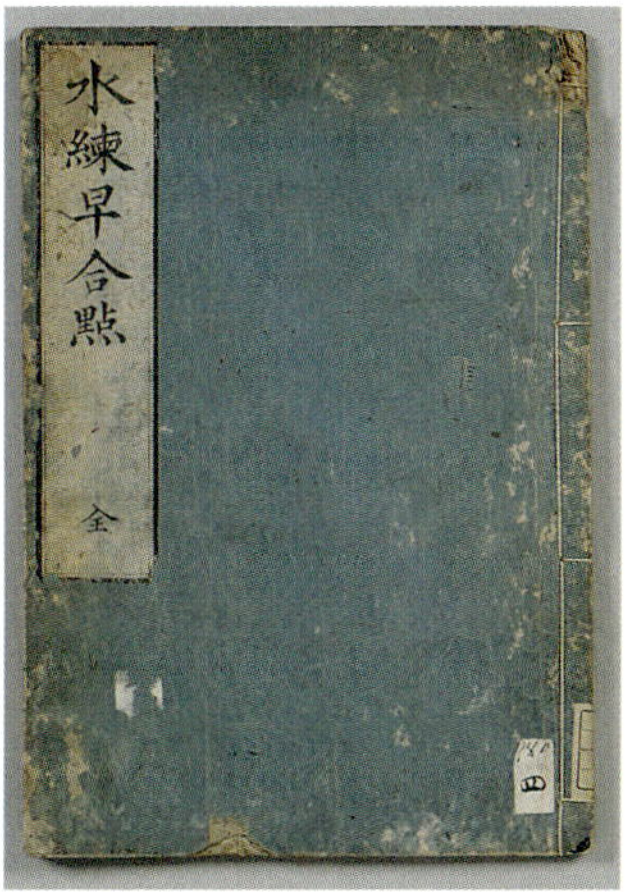

表紙

水練早合点
小堀常春(長順)著
1冊
25.5 × 17.7cm
大阪　河内屋喜兵衛
文化13(1816)年刊
和-780-4

不合理な迷妄を排除

合理主義の書「夢之代」

「夢之代《しろ》」は、江戸後期の町人学者、山片蟠桃《やまがたばんとう》が著した実学啓蒙《けいもう》書です。京都府立京都学・歴彩館にはその全12巻揃《そろ》いの写本があります。内容は、天文学、歴史学、経済学など多岐にわたりますが、そこでは近代的な合理主義思考が展開されます。

例えば、地動説の正しさや太陽暦の便利さを主張し、また、需要と供給の関係から物価を説明し、さらに、応神朝より前の日本古代史は神話にすぎないと喝破《かっぱ》しています。迷信をしりぞける蟠桃は、一人息子が天然痘で死の淵をさまよったときも、決して神仏に祈らなかったといいます。

ところで「夢の代（夢之代）」とはどういう意味でしょう。自序によると、もとは「宰我《さいが》の償《つぐのい》」だったのを、師匠の中井履軒《りけん》の指示でこう改めたそうです。宰我とは孔子の弟子で、講義中に昼寝して叱られた話で有名です。自序には眠気と闘いながら執筆したともありますので、自分を宰我になぞらえたのでしょう。

すると「夢の代」とは「居眠りの埋め合わせ」ということでしょうか。それとも、夢とは彼が批判する世間の俗説のことで、そうした不確かでわけのわからないものに代わる考えを提示したということでしょうか。あるいは、本書の内容こそが、自分の見た夢なのでしょうか。「ゆめ」が〈将来への希望〉をも意味するようになるのは近代以降ですので、その意味には解釈できません。また、「しろ」はもちろん「城」ではありません。しかし、多様な解釈をゆるすのが、この書名の魅力の一つでしょう。

（鳴海伸一）

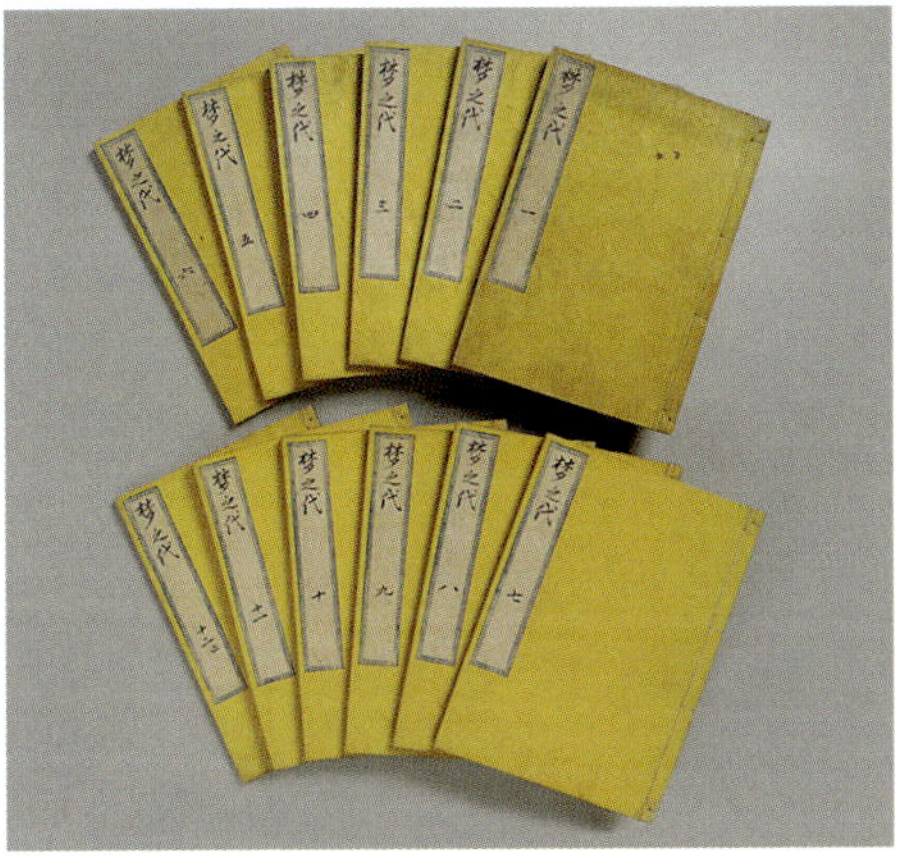

夢之代
山片蟠桃著
12冊
27.0 × 19.0cm
江戸時代末期写
貴215

全12巻そろいの写本

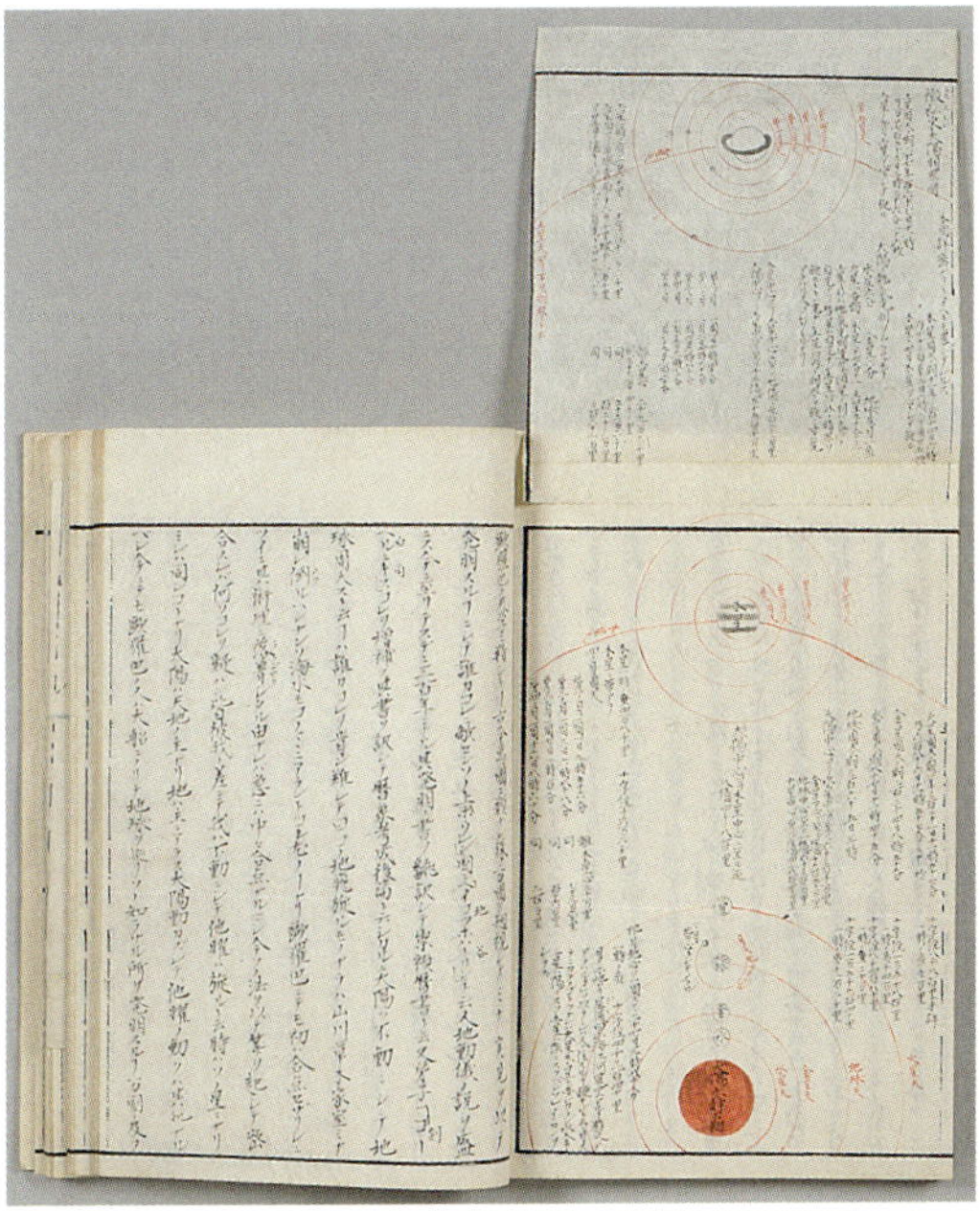

「夢之代」より。天体運行図が示されている

西洋天文学を紹介
「遠西観象図説」

「水金地火木土天海冥」は、惑星列の覚え方として昔は言われた語呂合わせです。

江戸時代中期には、肉眼で確認できる七つの天体、太陽、月、水星、金星、火星、木星、土星でした。当時、地球は宇宙の中心とされ、惑星には数えられませんでした。その後、地球も惑星の一つであると考えられ、太陽と月は惑星ではないとされました。

観測技術の発達により、1781年に天王星が発見されました。その後、海王星と冥王星を加えて惑星は九つになりましたが、冥王星が準惑星となったため、現在は水金地火木土天海となります。

「遠西観象図説《えんせいかんしょうずせつ》」は文政6（1823）年に刊行された、オランダからもたらされた西洋天文学を一般向けに広く紹介した本で、長崎出身の医師である吉雄南皐《よしおなんこう》の口授を、名古屋で南皐の教えを受けた草野養準《くさのようじゅん》が記しました。京都学・歴彩館本は文政8年に補刻されたものです。

挿絵には太陽を中心に惑星が描かれています。木星や土星には衛星があり、流星も見られます。当時の人は、天王星の存在を既に知っていたようですが、この本には描かれていません。天王星が文献に現れるのは、これよりほんの数年後のことになります。

さて、7月末にはみずがめ座δ（デルタ）流星群や、やぎ座α（アルファ）流星群がピークを迎えます。1年を通して流星が多く出現する時期で、月明かりの影響も少なく天体観測が楽しめそうです。この夏は星に願いをかける絶好のチャンスです。

（大瀧徹也）

理学入式遠西観象図説
吉雄俊蔵口授
3冊
21.9 × 15.4cm
大坂　加賀谷善藏
文政８(1825)年刊
和-551-1-1〜3

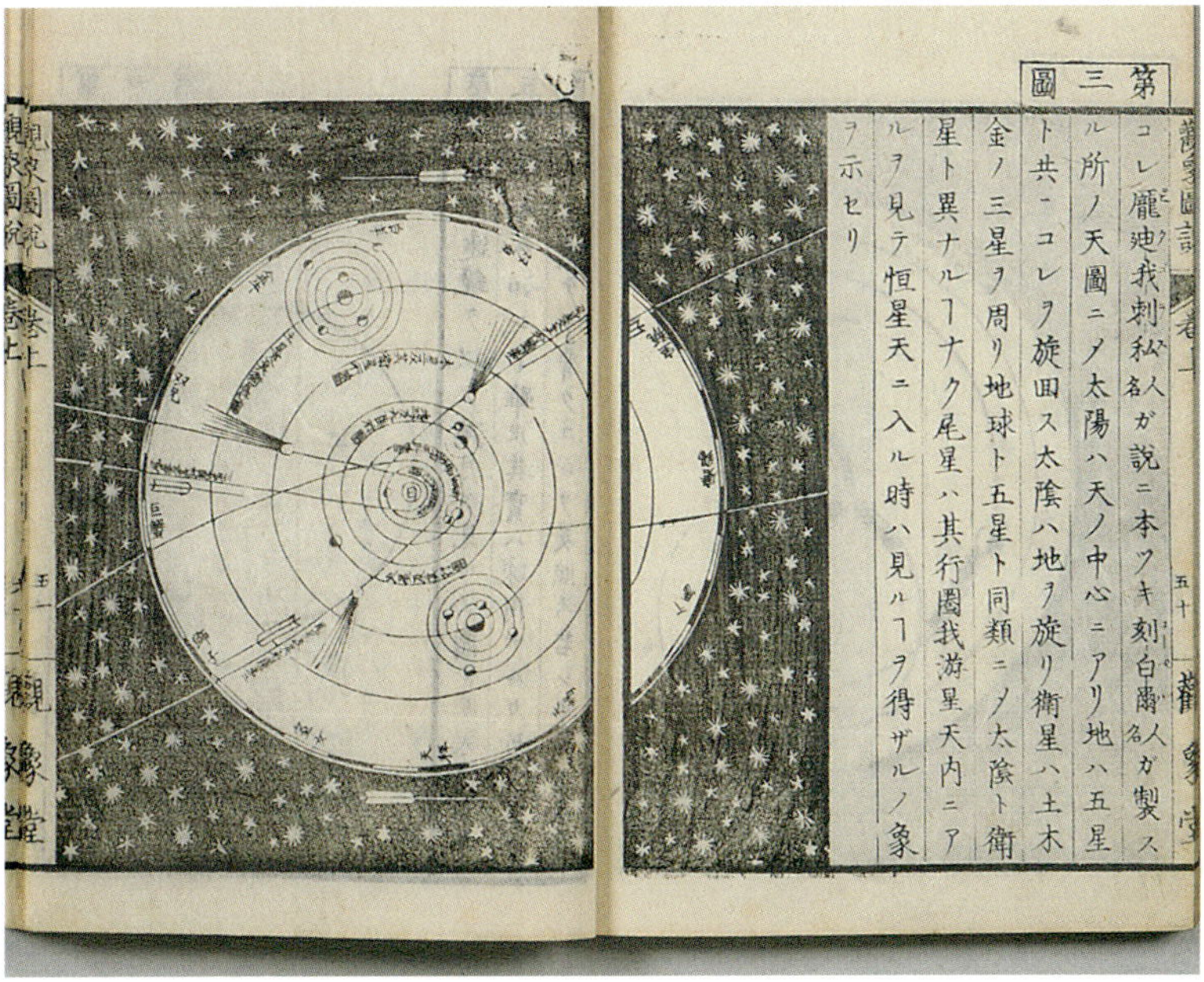

「遠西観象図説」より

食用作物の毒性も詳細に

「有毒草木図説」

春草萌《も》えいづる季節になると、山菜や野草の採取を楽しみにしている人も多いのではないでしょうか。食用の山菜を採取したつもりが、よく似た有毒植物を採ってしまい、中毒を起こしてしまうなんてことも。

京都学・歴彩館が所蔵する、文政10（1827）年に刊行された「有毒草木図説《ゆうどくそうもくずせつ》」は、毒性のある植物122種を選び、前後編と付録にまとめた本草学の名著で、有毒植物に関して編集した日本で初めての資料とされています。姉妹編の「草木性譜《そうもくせいふ》」と同時に刊行され、江戸末期から明治期にかけて度々版を重ね、多くの人に愛読されました。

著者の舎人重巨《とねりしげたか》（姓は清原）は、尾張（現在の名古屋）の人で、挿し花をたしなみ、華道で一派を創始した園芸家です。また、本草家の同好会ともいうべき嘗百社《しょうひゃくしゃ》の中心的人物でもあり、尾張の本草学の黎明《れいめい》期を支えました。

本書の特徴は、当時の他の本草学書に描かれた図と比較して、植物の形態を正確に描写していることと、キュウリ、ホウレンソウ、タケノコなどの食用作物にいたるまで、その毒性について詳細に記述しているところにあります。

有毒植物といっても、葉や果実のように植物の一部分にのみ毒性のあるものや、ある季節に限ってのみ毒性のあるものなどで、中毒の恐れはほとんどないのが実際のところです。

美しいものには毒があり、知らないで手を出すと大変危険です。見極める目を持って春の草花を楽しみましょう。

（大瀧徹也）

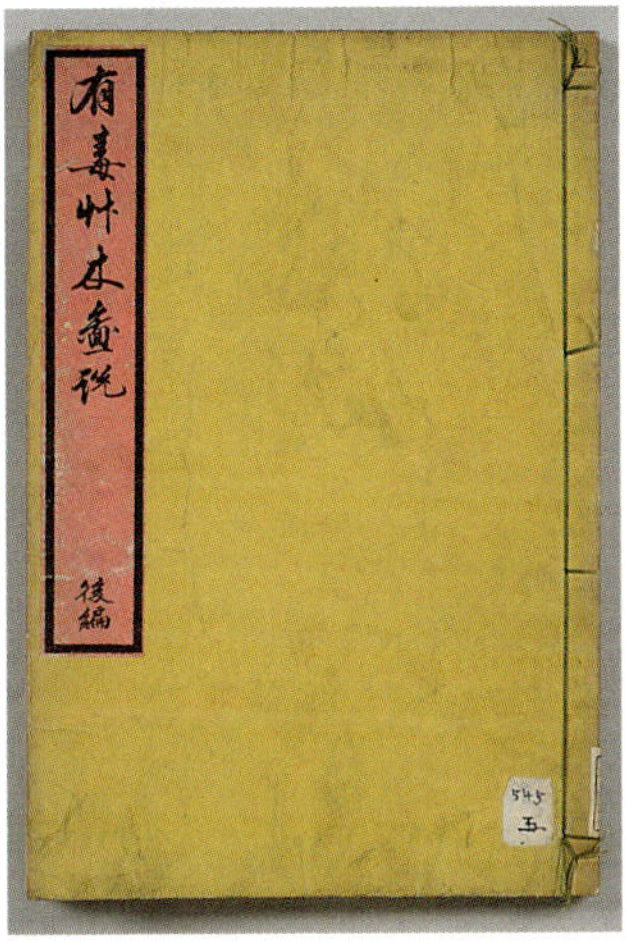

有毒草木図説
清原重巨輯
2冊
28.2 × 19.0cm
名古屋　菱屋藤兵衛ほか
江戸後期(19世紀)刊
和-545-5-1～2

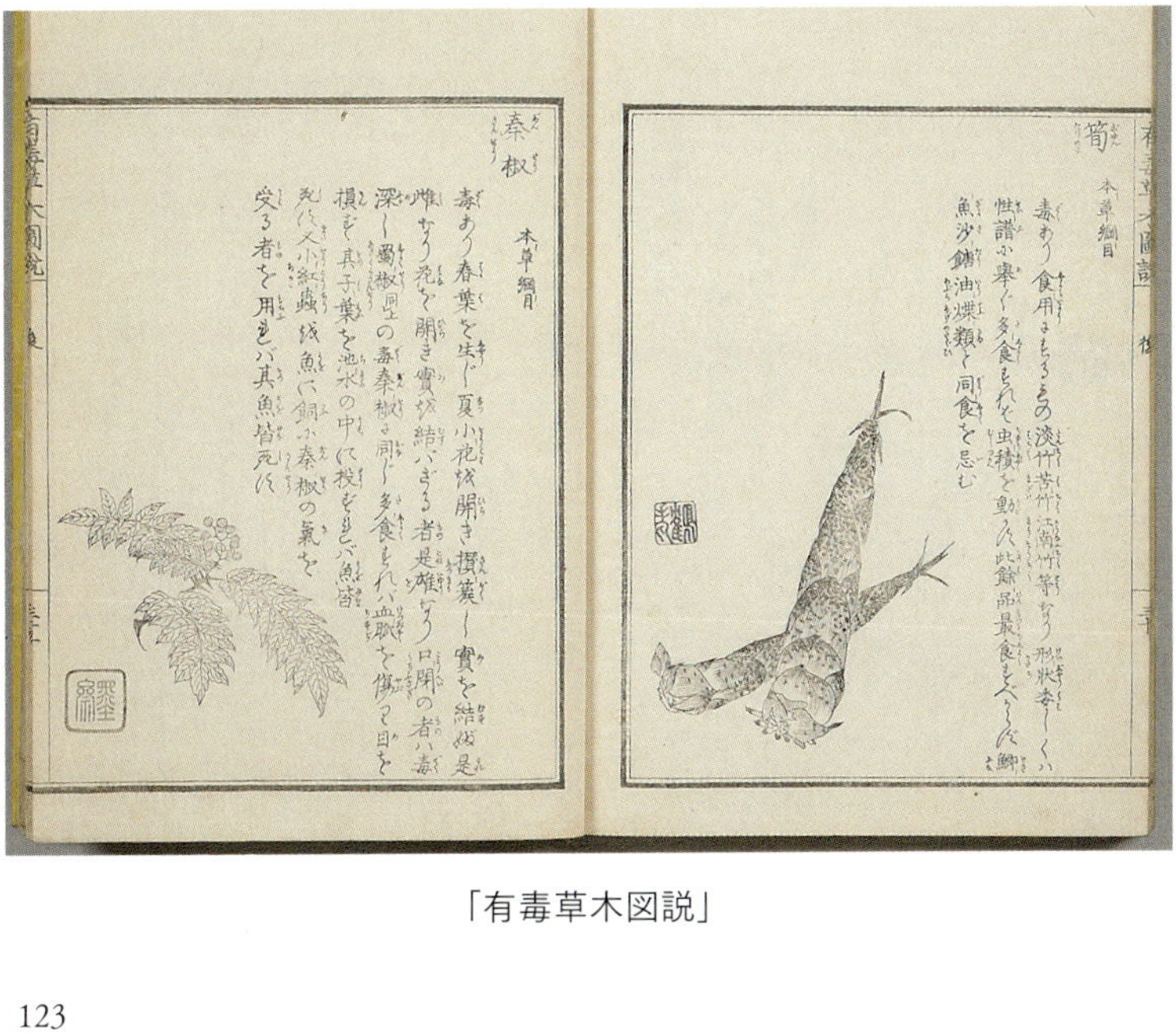

「有毒草木図説」

詰将棋100問出題、解答も

「将棊玉圖」

みなさん、左側にある詰将棋《つめしょうぎ》を解くことができますか？　詰将棋は、ある将棋の局面《きょくめん》から王手の連続で相手の玉将《ぎょくしょう》を詰めるゲームです。詰将棋は、江戸時代初期に誕生したとされますが、詰将棋のもととなった将棋そのものの歴史は古く、平安時代には貴族の間で遊ばれていました。

さて、詰将棋は、将棋の終盤で何手も先の変化を頭の中で考えながら、玉将を追いつめていきます。攻め方、逃げ方が幾とおりもあり、大変頭を使うゲームですが、それが詰将棋の魅力でもあります。

当館所蔵の「将棋玉図《ぎょくず》」は桑原君仲《くわばらくんちゅう》四段によって天保7（1836）年に刊行されました。「玉《ぎょく》図《ず》」には、詰将棋の問題が100問出題されており、巻末には問題の解答があります。

写真の図は、100問のうちの最初の1問で、玉将が詰むまでに35手を要します。

いかかでしょうか。詰将棋はできましたか？私は解けませんでした。答えをみると、なるほどそうやって考えていくのかと納得できます。

答えのヒントは、角と龍を惜しみなく使って巧《たく》みに玉将を誘い出し、相手の駒を手に入れることでしょうか。最後は、手に入れた駒を使って、玉将を一ノ五のマスで詰ますことができます。

なお、六ノ七は攻め方の馬、三ノ九は守り方の成桂《なりけい》です。

少し難しいですが、みなさんも江戸時代の人が考えた問題に挑戦してみてください。

（大瀧徹也）

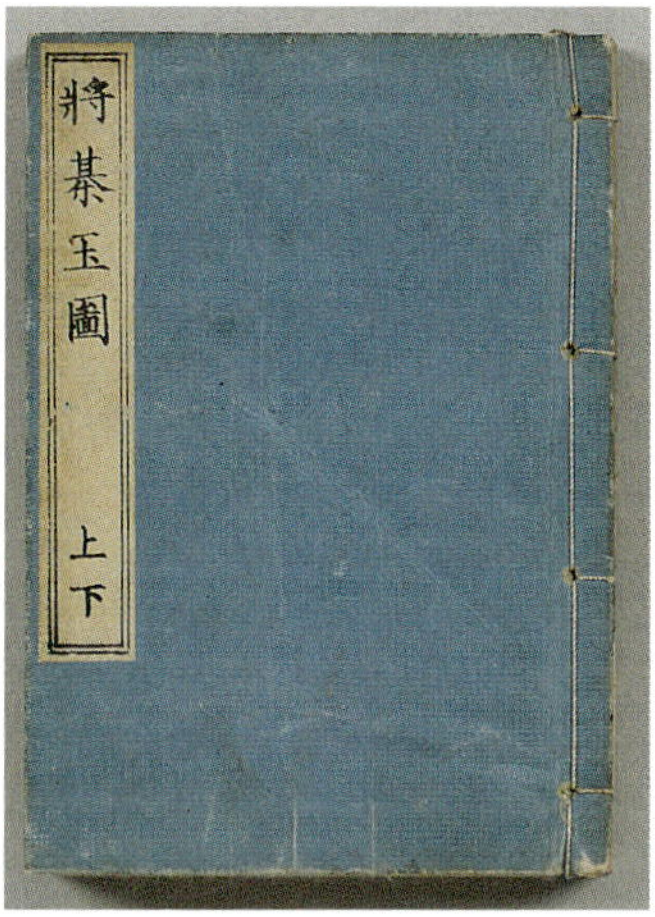

表紙

将棊玉圖
桑原君仲著
1冊
15.7 × 10.9cm
東京　吉川半七
明治年間刊
和-780-50

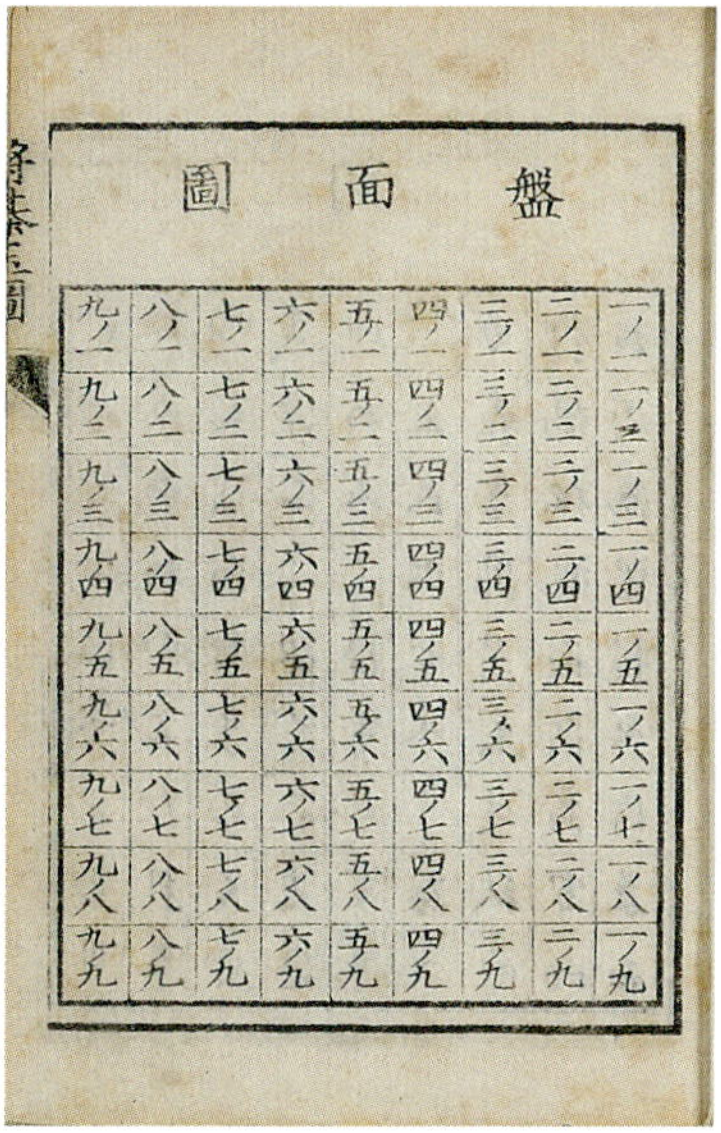

「将棋玉図」より盤面図

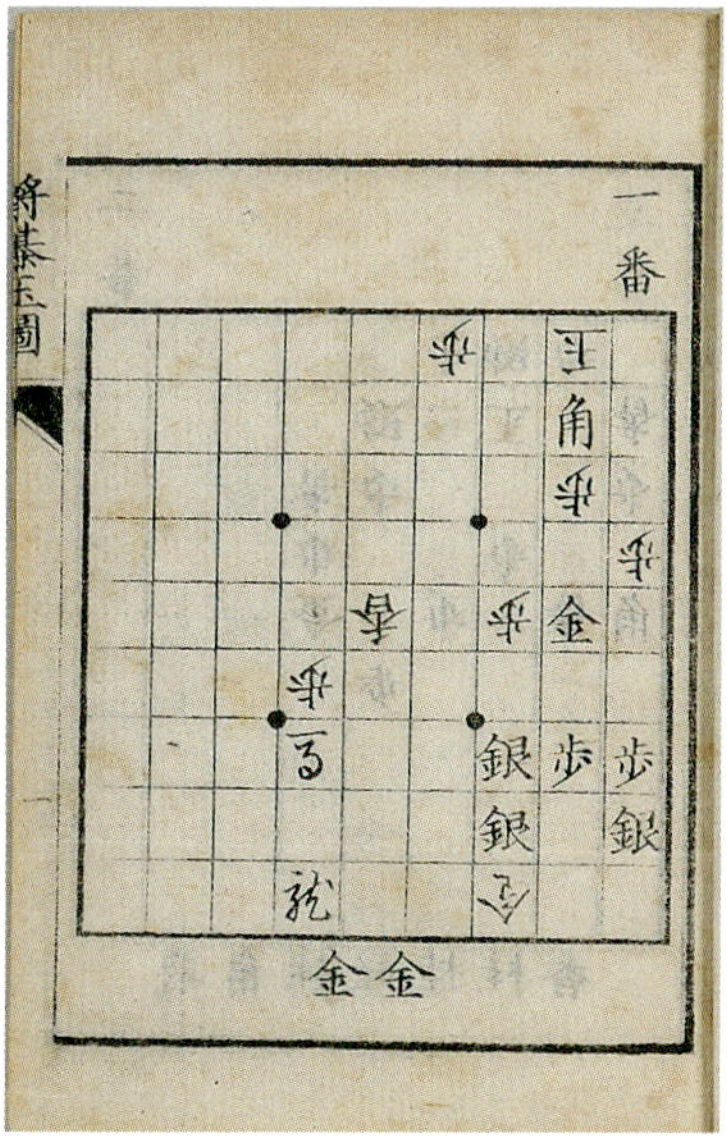

「将棋玉図」より詰将棋の問題

挿絵満載！

「絵本通俗三国志」

みなさん、三国志《さんごくし》を知っていますか。武勇《ぶゆう》と知謀《ちぼう》、そして、多彩な登場人物の人間模様を描いたこのお話は、小説だけでなく、漫画や映画、人形劇、はたまたゲームにもなっているので、知っている人も多いのでは。

本来の三国志は、中国の後漢《ごかん》時代の末期（184年ごろ）から魏《ぎ》・呉《ご》・蜀《しょく》の成立、そして西晋《せいしん》による統一（280年）までを記録した歴史書のことで、三国時代の陳寿《ちんじゅ》によって著されました。それが明《みん》代に「三国志演義《えんぎ》」として小説化され、現在の三国志ブームの元となりました。

この「三国志演義」の初の日本語訳本「通俗《つうぞく》三国志」は、江戸時代の元禄5（1692）年、湖南文山《こなんぶんざん》（一説には、天竜寺の僧、義轍とその弟、月堂のペンネーム）によって作られました。この本が出版されるや、当時の人々は、すっかりその面白さに魅了されてしまったようで、ダイジェスト本やパロディー本が次々に作られ、歌舞伎や浄瑠璃の世界でも、その内容を踏まえた演目が演じられたりしました。

天保7～12（1836～41）年には、文を池田東籬《とうり》が、絵を葛飾北斎《かつしかほくさい》の弟子、葛飾戴斗《たいと》が担当して「絵本通俗三国志」が出版されました。戴斗の絵は、北斎と間違えられるほどよく似ており、その優れた画力《がりょく》で描かれた挿絵《さしえ》を400枚以上も収録したこの本は、今までの三国志本とは一線を画すものとなりました。（楠久美）

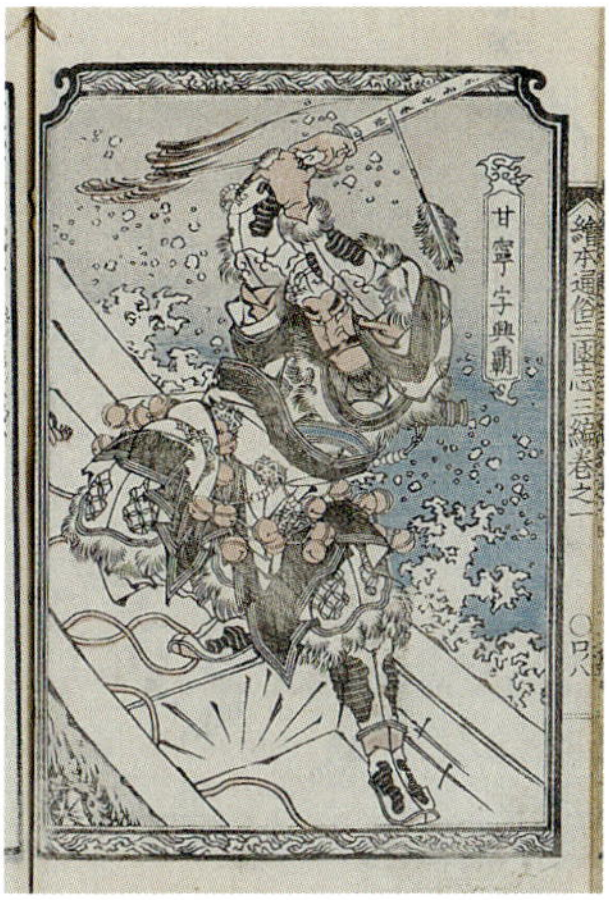

各篇の巻頭には絵による
登場人物紹介がある

繪本通俗三國志
池田東籬校正　葛飾戴斗書圖
75冊
22.3 × 15.5cm
大阪　河内屋茂兵衛
天保7〜12(1836〜41)年刊
和-913.56-I32-1-1〜8-5

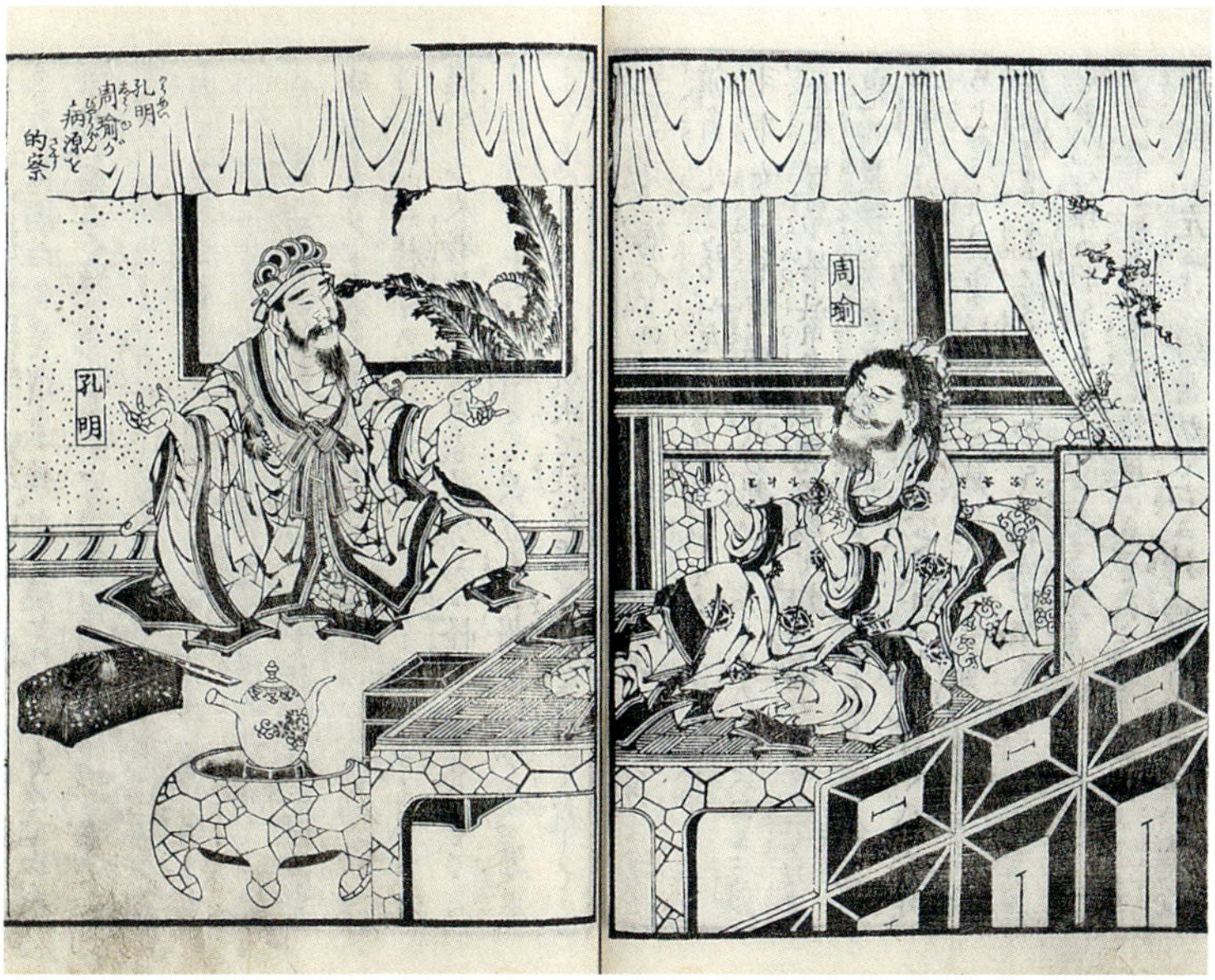

「孔明周瑜《こうめいしゅうゆ》が病原を的察《さす》」の場面

伏見人形の作り方も紹介

マニュアル本「広益国産考」

皆さんは伏見人形という玩具を知っていますか?伏見人形とは江戸時代から伏見稲荷大社の参道でお土産用に売られていた郷土玩具《きょうどがんぐ》で「布袋《ほてい》」や「福助《ふくすけ》」などの縁起物、干支の人形など多くの種類があります。江戸時代後期には60軒もの窯元があり、全国の土人形の源流ともいわれています。

この伏見人形の作り方を本で紹介したのが「広益国産考《こうえきこくさんこう》」です。これは江戸時代の農学者・大蔵永常《おおくらながつね》が書いた本で、その内容は砂糖やお茶など、工芸作物と呼ばれる農作物の育て方、和紙や人形の作り方を絵入りで詳しく解説したものです。

この中で伏見人形を作る時の注意点や使う道具などの解説が、土の選別から色を付けるところまで、詳細に書かれています。

それによると人形には土で作られた原型があり、ほとんどの人形が顔のある表型と背中側の裏型の2つの型があります。これによく練《ね》り上げた土を押し詰めて型を取ります。この2つを最中《もなか》のようにくっつけると、中が空洞の人形ができあがります。そしてそれを素焼きし、ニカワで溶いた胡粉《ごふん》や泥絵の具で彩色《さいしき》しています。

著者の永常によると、このような技術や作り方を紹介したのは、国が豊かになるためには農民が豊かにならねばならず、そのために特産物を作り、それらを使って収入の増加を図るべきであるとの考えから書いたとあります。なんだか今の町おこしに似ていますね。

伏見稲荷大社に参拝に行った際には、伏見人形を探してそのユーモラスな形を見てみませんか?

（藤原直幸）

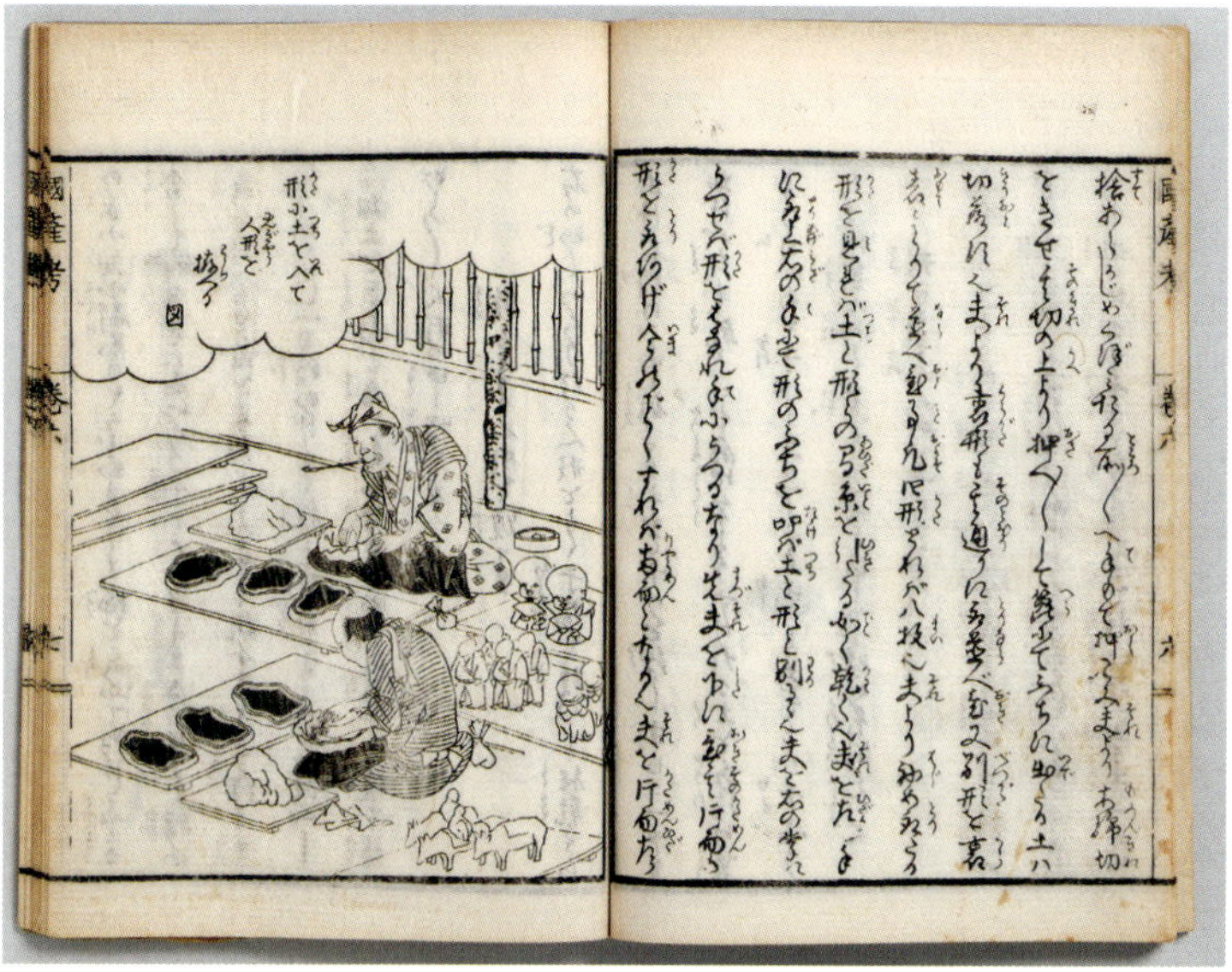

「廣益國産考」より伏見人形の作り方
（土を詰めて型を取っているところ）

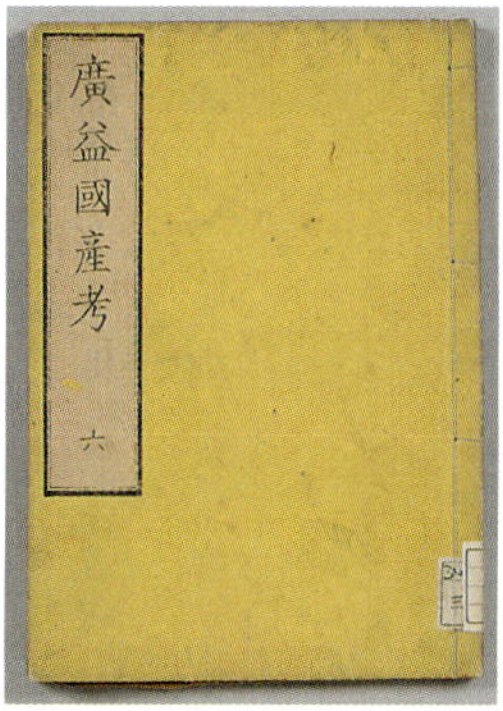

廣益國産考
大藏永常著
8冊
21.9 × 15.2cm
大阪　前川善兵衛
明治年間（19世紀）刊
和-340-3-1～8

「廣益國産考」表紙

辞書が伝える幕末

三言語対訳『三語便覧』

「三語」とは、フランス語、英語、オランダ語のことです。日本語にこれら三つの言語の訳を並べて示し、嘉永7（1854）年ごろ出版したのがこの辞書です。見出し語は意味のグループで分類されています。写真は「天文」の部で、「星《ホシ》」（日本語）に対して「etoile」（フランス語）「star」（英語）「ster」（オランダ語）という訳があてられています。

この辞書の編者、村上英俊（義茂、茂亭）はもともと蘭学者でしたが、なぜこのような辞書を作ったのでしょうか。英俊は信州松代で佐久間象山と知り合ったことをきっかけに、独力でフランス語を学びました。またほぼ同じ時期、ペリーが来航し、開国を求めました。諸国の事情や学問を学び、外国と交渉するために、もはやオランダ語だけでは不十分になっていたのです。このように言語の面からも、日本が海外に向かって開かれていく中で生まれたのがこの辞書といえるでしょう。一方、先ほどの「星」の例で、フランス語に「エトイレ」、英語に「スタル」のカナがふられていますが、どちらも正確とはいえません。これは英俊がオランダ語の発音を基にしたためで、フランス語や英語が日本ではまだ身近でない、新しい言語であったことがうかがえます。

京都学・歴彩館にはこの辞書が2部あり、英俊がのちに作った元治元（1864）年刊の仏和辞書「仏語明要」も所蔵されています。幕末期、これらの辞書をどのような人たちが手にしたのか、興味は尽きません。

（岸本恵実）

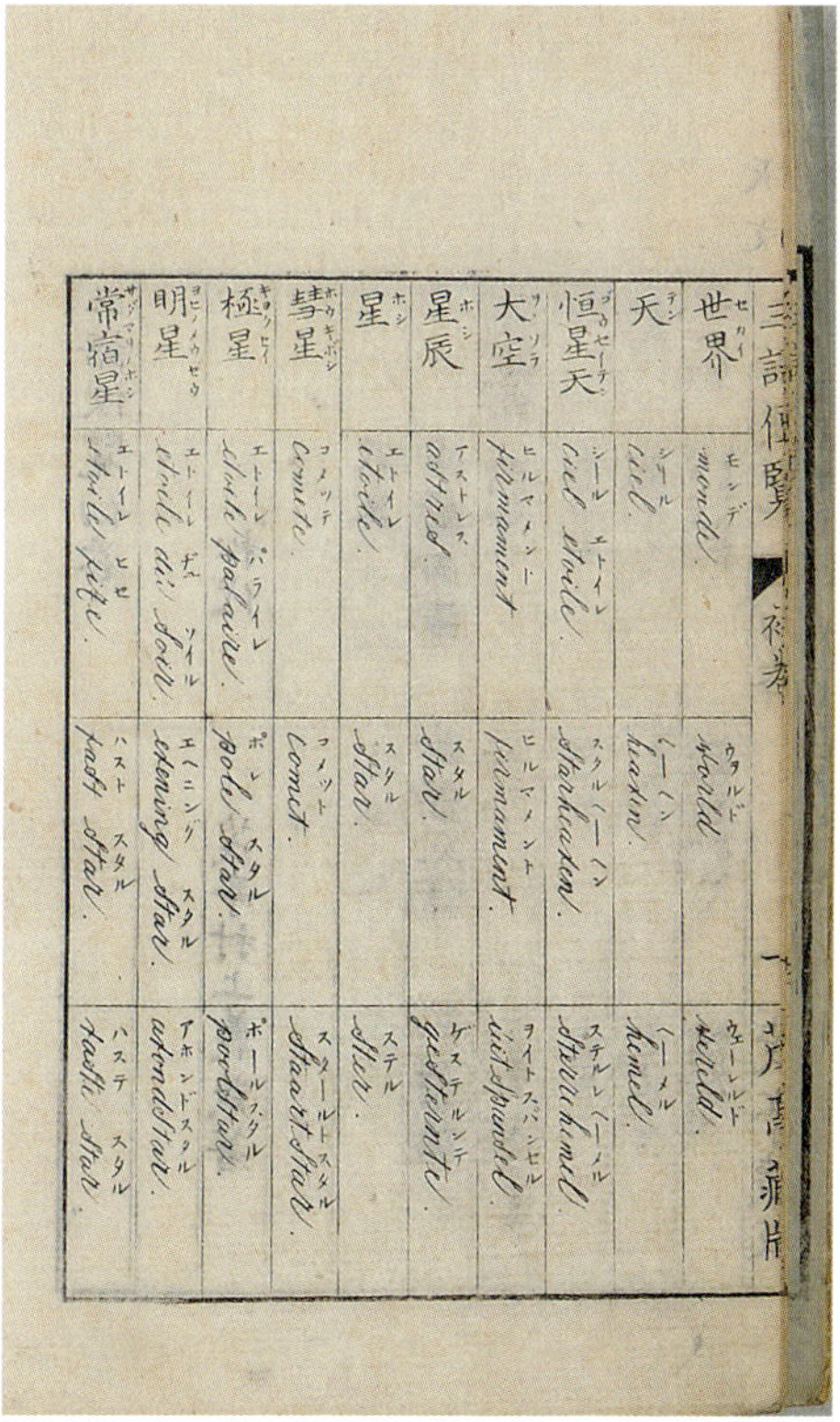

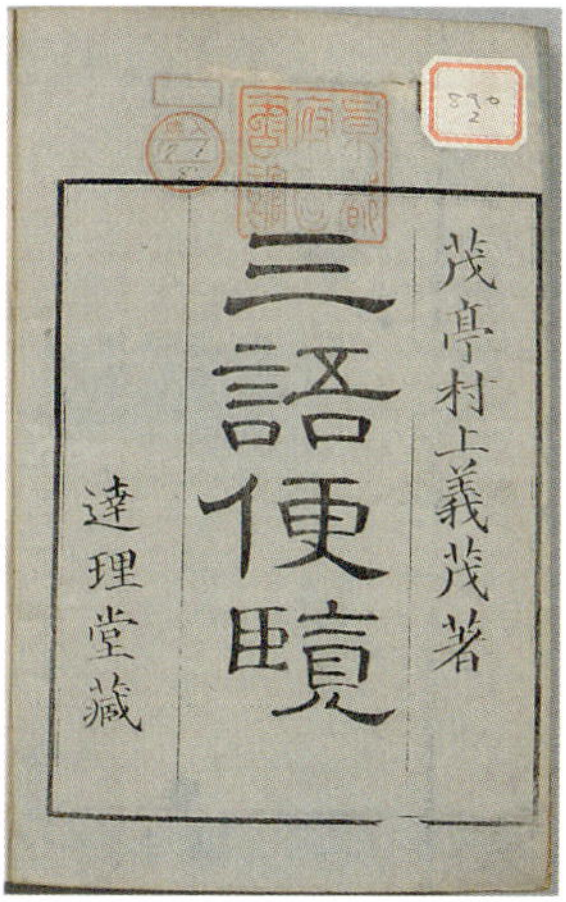

初巻より「天文」の部と
表紙見返し

三語便覧
村上英俊著
3冊
25.4 × 18.0cm
江戸　岡田屋嘉七ほか
嘉永7(1854)年序
和-890-1-1〜3　和-890-2

江戸期に初出版の太陽暦

「万国普通暦」

最近、江戸時代の暦が注目され、２０１２年には暦についての映画も公開されるなど人気になっています。江戸時代には全部で4回の改暦（日・月を決定する計算方法を変えること）がありました。特に天保15（１８４４）年に作られた天保暦は当時の西洋天文学の知識を使った最も精密な暦といわれています。

この天保暦を作った人物が今回紹介する「万国普通暦」の著者、渋川景佑《かげすけ》です。彼はその前の寛政暦を作った高橋至時《しげとき》の息子で、兄には同じく天文学者として活躍した高橋景保《かげやす》がいます。

江戸時代の日本の暦は、月の満ち欠けと太陽の動きを基にした太陰太陽暦で、西洋の太陽暦とは違う日付になっていましたが、ペリー来航以降幕府は諸外国との交渉が頻繁になり、太陽暦との対照表が必要になりました。

そこで景佑は、日本の暦と太陽暦を比較できる日本で初めての太陽暦の暦を出版しました。この本は安政2（１８５５）年から数年間、毎年出版されました。

京都府立京都学・歴彩館には安政4年版の「万国普通暦」があり、中を開いてみると日本の暦の各月に対応した太陽暦の日付と曜日があります。また月の満ち欠けについて、日本とイギリスでの正確な日時が記載されています。巻末にはその年におこる日食、月食の日時、欠ける大きさなどの情報が書かれています。

秋の夜長のひととき、昔の人の暦に込めた思いを考えてみてはいかがでしょうか。

（藤原直幸）

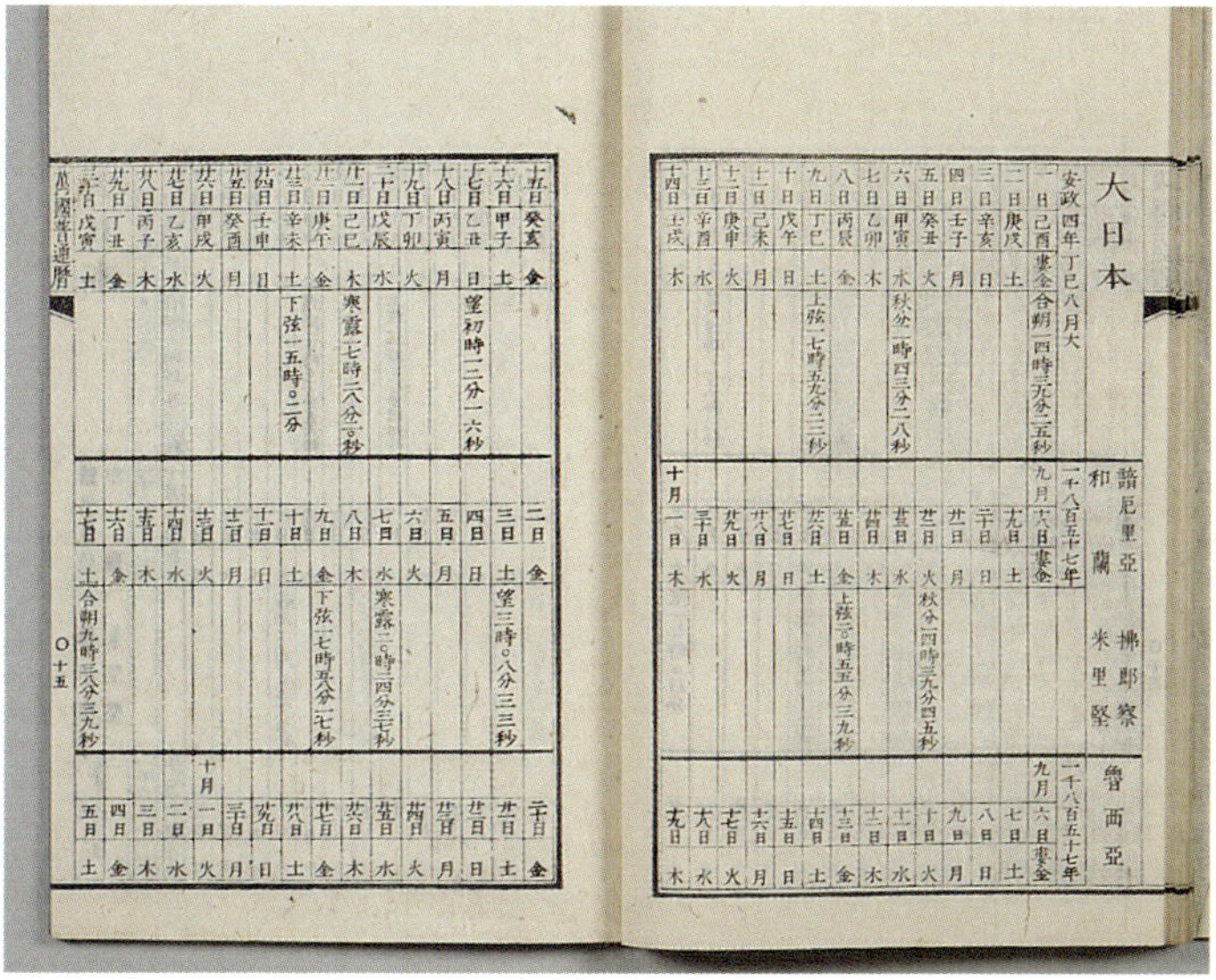

「万国普通暦」より日本の太陰太陽暦と西洋の太陽暦の対照表

万国普通暦
澀川景佑著
1冊
26.1×17.8cm
江戸　播磨屋勝五郎
安政3（1856）年刊

「万国普通暦」表紙

避雷針の草分け？も図解

「砲薬新書」

「砲薬新書《ほうやくしんしょ》」が出版されたのは安政2〜3（1855〜56）年にかけてのことです。この時期は日米和親条約が結ばれ、ハリスが伊豆の下田に着任した頃です。また、江戸湾には外国船への備えとしてお台場が築かれ、全国的に攘夷《じょうい》論も高まり国内の火薬需要が伸びていた時代です。

この世情の中、上州（現在の群馬県）吾妻郡出身の学者、中居屋重兵衛（中居義倚《よしより》）が、それまで自らが研究してきた安全な火薬製法を秘伝とせず、広く公開するために「砲薬新書」を著し各藩に上程しました。また、序文の最後には山本覚馬・八重の生家である会津の山本家も師事した砲術の大家、高島秋帆《しゅうはん》が讃文を寄せています。なお、重兵衛は横浜での生糸貿易のさきがけとしても知られています。

さて、本文の内容は版画による挿絵を用いるなどして、事故を起こさずに安全に火薬を製造、保管する技術の説明に重点が置かれています。火災など大事故の原因になる火薬庫への落雷を防ぐための避雷針の取り付け方や、雷の原理を説明する絵は、当時としては最先端の画期的なものでした。また、重兵衛の郷里では雷が鳴ると屋根に包丁や釜を出して雷を避けていたそうです。そして、彼がこれを西洋究理の先生に説明したところ、「汝《なんじ》カ説ク所一々其理ニ合セリ」と言われたやりとりのことなども書かれています。

ところで「砲薬新書」は、理工系の書物のため抽象的な表現が少ないのも特徴です。特に避雷針の説明の箇所などは、中高生のみなさんが原典で古文を読んでみるには格好の題材かもしれません。

（若林正博）

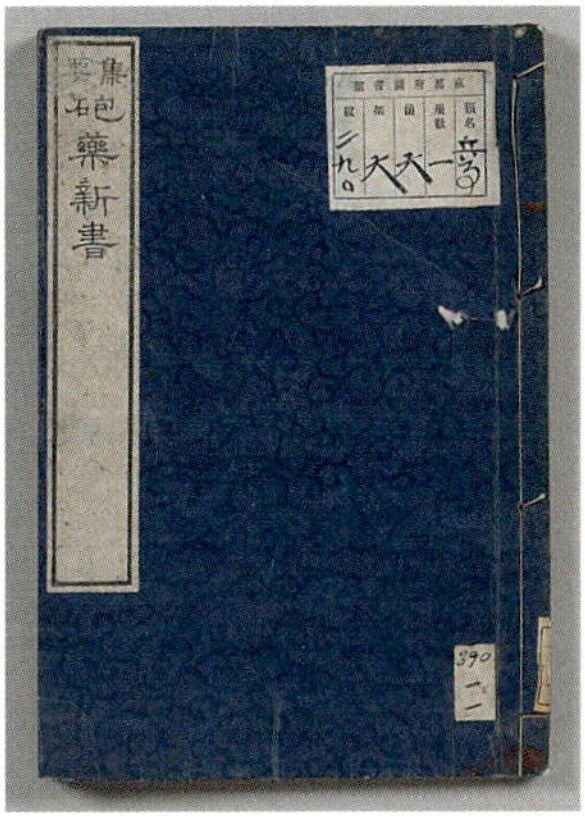

集要砲藥新書
中居義倚著
1冊
23.3 × 16.2cm
江戸　和泉屋善兵衛
安政3（1856）年刊
和-390-11

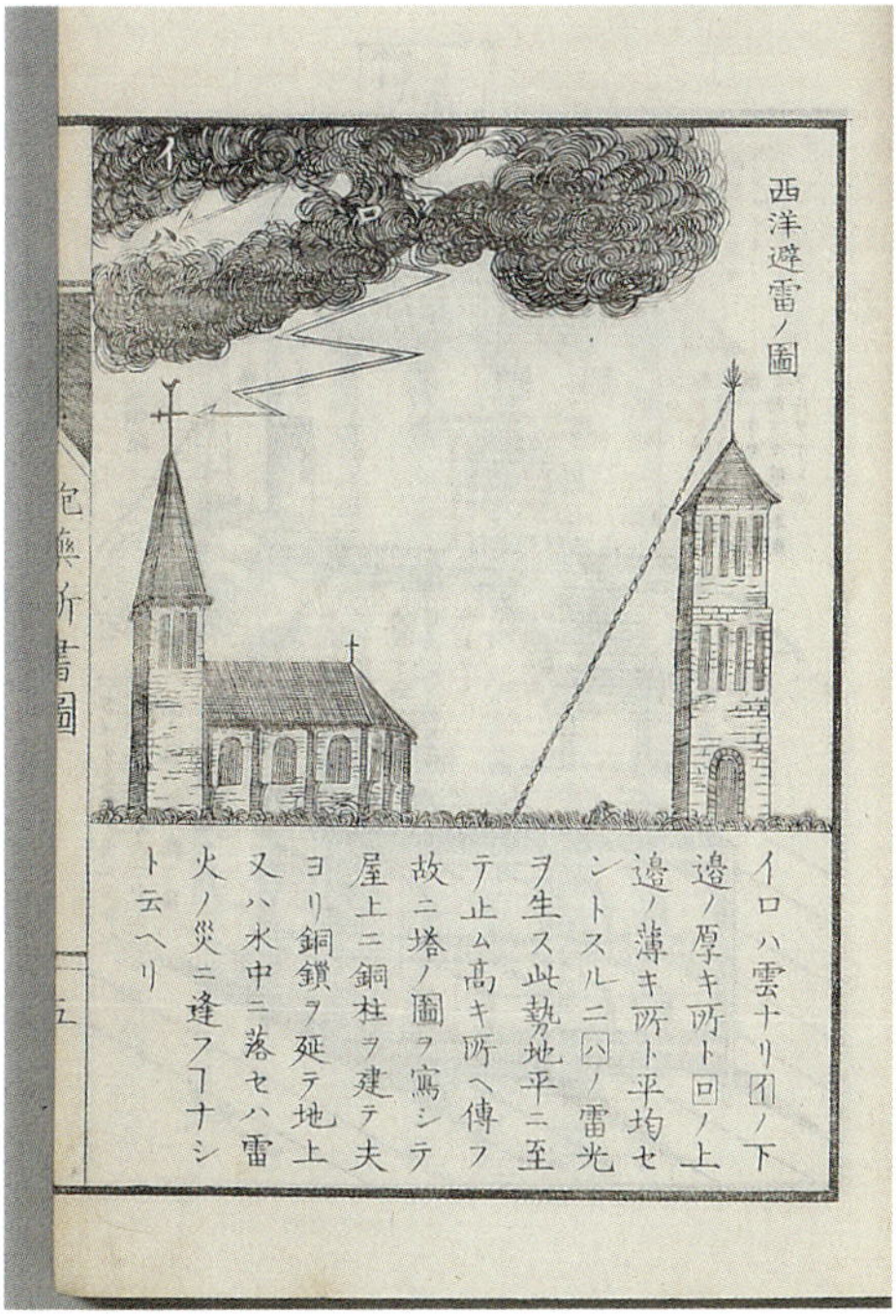
西洋避雷ノ圖

イロハ雲ナリ[イ]ノ下邉ノ厚キ所ト[ロ]ノ上邉ノ薄キ所ト平均セントスルニ[ハ]ノ雷光ヲ生ス此勢地平ニ至テ止ム高キ所ヘ傳フ故ニ塔ノ圖ヲ寫シテ屋上ニ銅柱ヲ建テ夫ヨリ銅鎖ヲ延テ地上又ハ水中ニ落セハ雷火ノ災ニ逢フヿナシト云ヘリ

「砲藥新書」に描かれた避雷針の説明図

「和算」と「洋算」の架け橋

明治の教科書「洋算用法」

皆さんは、江戸時代まで日本に独自の数学「和《わ》算《さん》」があったことを知っていますか？

そのころは今とはまったく違う記号を使って計算していました。江戸時代の終わりごろ、みなさんが学んでいる西洋数学が海外から伝わってきました。この数学は、今までの数学「和算」に対して、「洋算《ようさん》」と呼ばれるようになりました。

写真の「洋算用法《ようさんようほう》」は、日本で初めて「洋算」という用語を使って西洋数学を紹介した本です。著者の柳川春三《やながわしゅんさん》は、西洋の学問や技術をたくさん日本に紹介した人で、開成所《かいせいじょ》（東京大学の前身）の教授も務めました。

「洋算用法」には、アラビア数字や計算記号の説明から始まり、足し算やかけ算を筆算で計算する方法が説明されています。「和算」で計算といえば、そろばんや暗算がほとんどで、紙や筆を使って計算することはあまりありませんでした。そのため、筆算の説明の箇所では、「和算」の計算方法も横に記載し、「和算」を学んだ人にも理解しやすいようになっています。

本の最後には、日常生活に合わせた文章題が70問もあります。まるで今の教科書のようですね。明治の人たちはこのような本を使って新しい学問を勉強したのですね。

（藤原直幸）

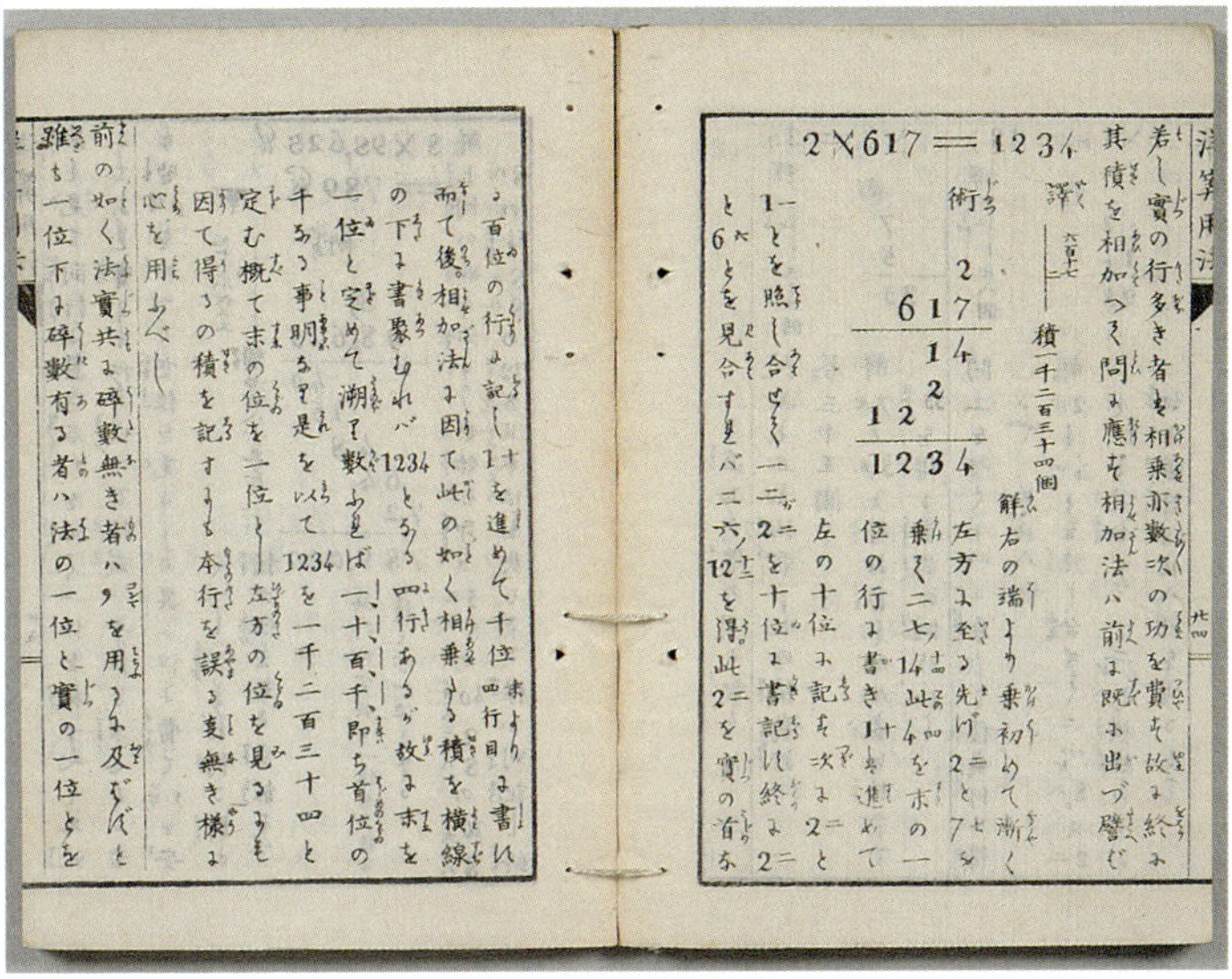

「洋算用法」よりかけ算の説明部分

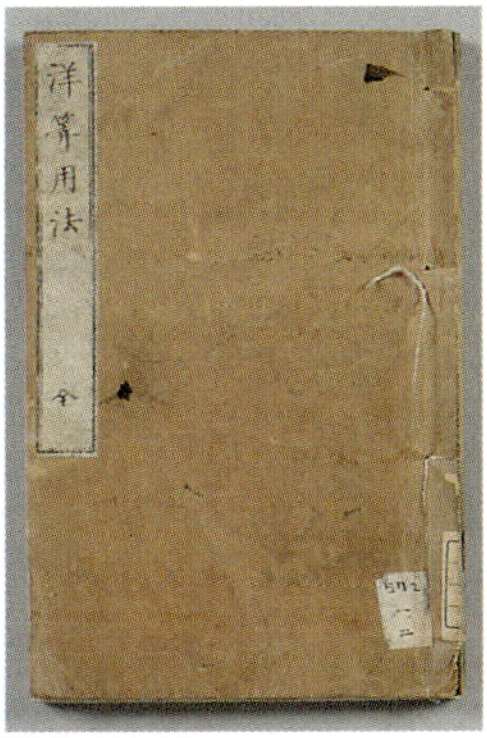

洋算用法
柳河春三述
1冊
18.5 × 12.2cm
江戸　大和屋喜兵衛
安政4(1857)年刊
和-572-12

「洋算用法」表紙

川は旅情、溢れる空間

「淀川両岸一覧」

暑い季節になると川辺で涼をとることが増えますが、鉄道や自動車が無かった江戸時代、川は納涼の場だけではなく、舟運による交通の大動脈でもありました。淀川も大坂と伏見を結ぶ船が行き交い、大いににぎわっていました。幕末には、その様子を描いた「淀川両岸一覧」という案内記が出版されています。

京都周辺では17世紀後半の「京童」以降、「都名所図会」などの案内記が数多く出版されてきました。「淀川両岸一覧」はこれらの中で、多色刷の版画が用いられているという特徴を持っています。また、他の案内記同様、版画だけではなく解説文や和歌、漢詩なども添えられています。

それでは、「淀小橋」の場面に添えられた文章を読み解きながら、当時の船旅の様子を垣間見たいと思います。

ここでは、大坂から淀川を遡《さかのぼ》って伏見を目指す船が途中の淀へ寄港する直前の様子を解説しています。当時の船は人力により川を遡っていたため、航行には船曳《ひ》きが付き添っていました。特に淀から上流は流れが急となるため、船曳きが増員されていたことが書かれています。

また、狸《たぬき》寝入りをしていた男性が目を開いてお金を払う様子には滑稽さを感じます。そのほか、荷物のふろしきをしめなおしたり、弁当の余りを数えたりする人も船内にいたようで、旅の風情があふれています。なお、航路はこの後、淀から伏見へ向かう最終区間に入ります。今日では電車で10分足らずのこの区間も当時は、ちょっとした船旅が待っていたことと思われます。

（若林正博）

淀川両岸一覧
暁鐘成著
4冊
17.8×12.1cm
江戸　須原屋茂兵衛ほか
万延元(1860)年刊
K2.5特-291.62-A33-1～4

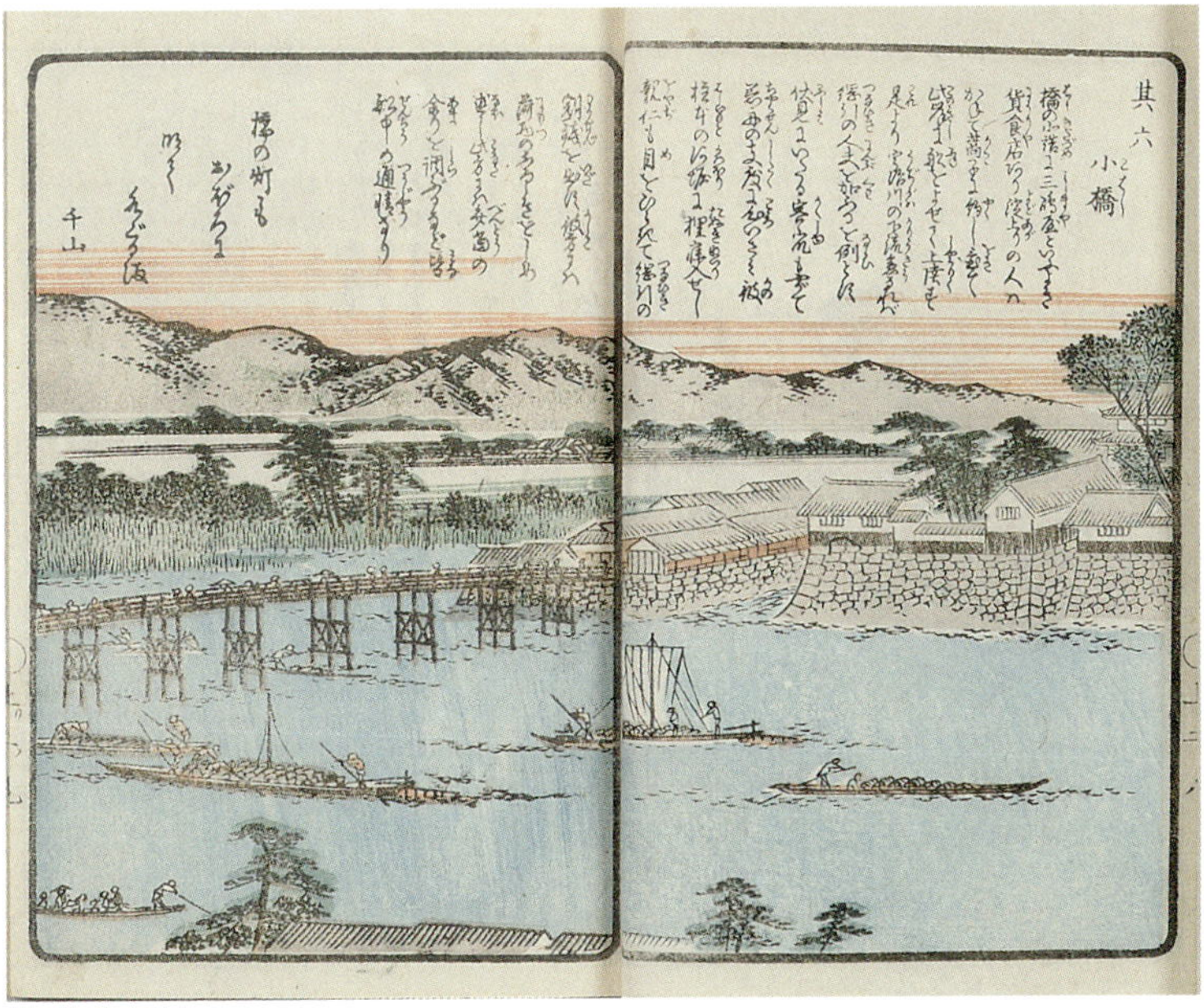

「淀川両岸一覧」より「淀小橋」

植物図鑑そのむかし　江戸期に初の本格出版

「新訂草木図説」

2016年は京都府の中部エリアでその魅力を発信する交流イベント「森の京都」が開催されました。森で採集した植物を調べるのに現在は写真が豊富な図鑑などがありますが、昔はどんな本を参考にしていたのでしょうか。今回は江戸時代の植物図鑑を紹介します。

江戸時代の植物に関する学問は「本草学」といわれています。1607年に中国からもたらされた「本草綱目《ほんそうこうもく》」（李時珍《りじちん》著）の影響を受け、漢方医を中心に植物を薬用の観点から研究する学問でした。

日本で最初に出版された本格的な植物図鑑は1828年に完成した「本草図譜《ほんそうずふ》」です。著者は、江戸の本草家岩崎常正（1786～1842年）で、2千種にも及ぶ図を自ら写生し解説を加えています。

「草木図説《そうもくずせつ》」は、分類学の父といわれるカール・フォン・リンネ（1707～78年）の植物分類法を最初に採用した、近代的な植物図鑑として知られています。著者の飯沼慾斎《よくさい》（1782～1865年）は、伊勢亀山（現三重県）出身で、小野蘭山《らんざん》に本草学を、後に宇田川榛斎《しんさい》に蘭学を学びました。蘭医だった慾斎は50歳で引退し、この本の作成に挑みました。知識欲が旺盛で、実証的態度で研究に携わったため、顕微鏡を特注して植物の観察を行ったと言われています。初版本は慾齋が80歳となった1862年に刊行されました。

当館には1875年に刊行のものがあり、明治の博物学者だった田中芳男（1838～1916年）が校訂を加え、各図に学名と和名がアルファベットで追加記載されています。（藤本恵子）

新訂草木図説
飯沼慾斎著
田中芳男増訂
20冊
26.3 × 18.2cm
明治8（1875）年刊
和-470.38-I27-1〜20

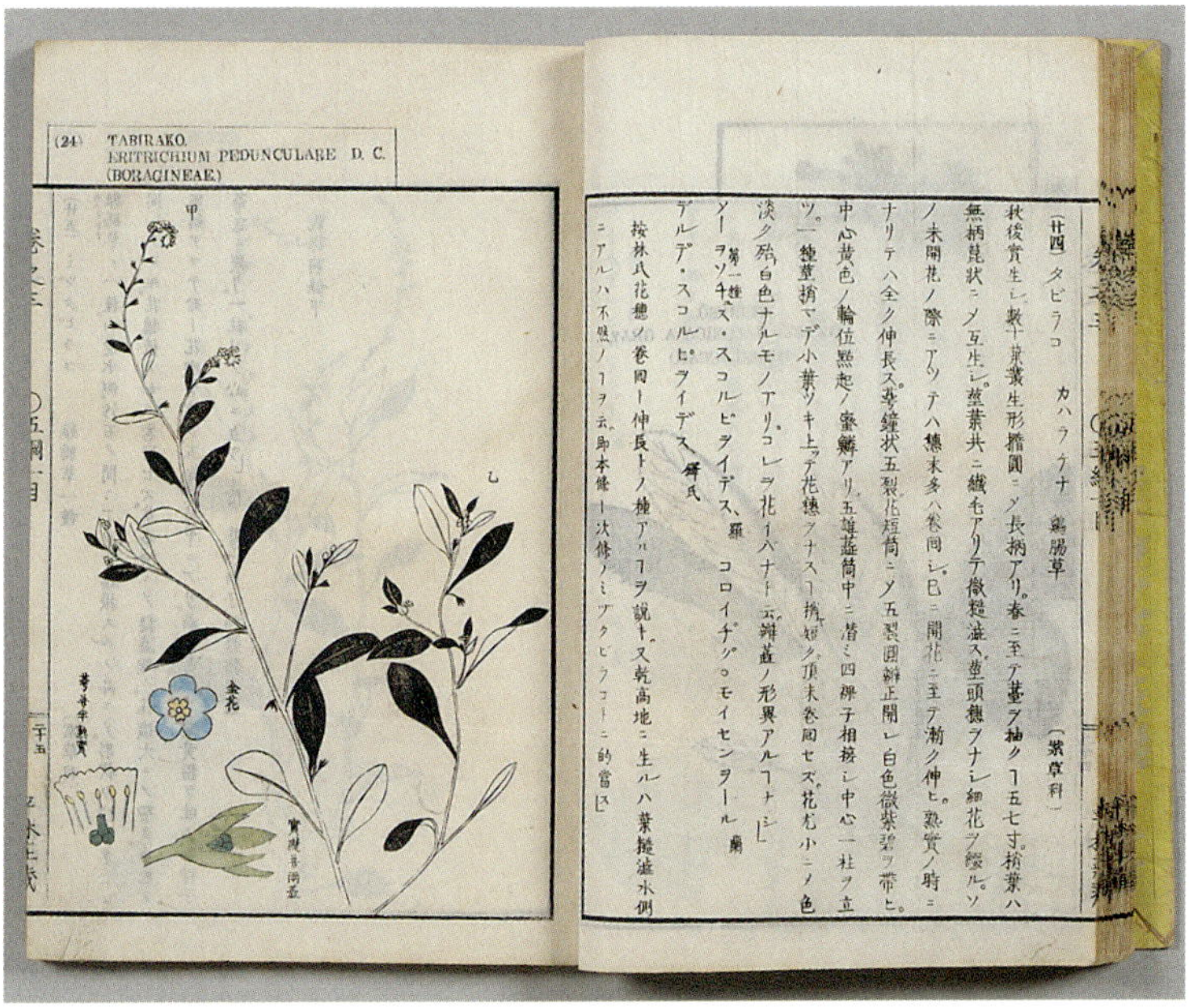

「新訂草木図説」

本格的な仏和辞典の誕生

フランス語辞典「仏語明要」

　元治元（1864）年、幕末の動乱期に、後に本格的な仏和辞典のさきがけと言われる「佛（仏）語明要」が刊行されました。全4巻に3万5千以上の見出しを収め、語数では現代の仏和辞典にも劣りません。蘭学者であった村上英俊が独学でフランス語を学び、その成果を結実させたのがこの辞書といえるでしょう。

　語数が多いほか、どのような点でこの辞書が「本格的」といえるのか、写真の巻2の冒頭を例に見てみましょう。英俊がその約10年前に刊行し、やはり同館に所蔵されている日本語・フランス語・英語・オランダ語対訳の「三語便覧」と比べると、違いがよくわかります。

「三語便覧」では、日本の伝統的な辞書と同じく語を「天文」などの意味グループで分けていましたが、「仏語明要」はＡＢＣ順になっています。フランス語を引くには、こちらの方がずっと便利です。各見出し語に文法情報がついているのも、「三語便覧」にはなかった特色です。例えば「eau, f.」の「f.」は、この語が女性名詞であることを示しており、フランス語の正確な読み書きに役立ちます。

　また「eau」の語には、「水」「雨」「寶（宝）玉ノ光」という三つの日本語訳があてられています。このように複数の意味をあげるのもこの辞書の特徴です。英俊は輸入されたフランス語・オランダ語対訳辞書を元に「仏語明要」を作ったといわれていますが、原書の解読は、専門的な語だけでなく、このように複数の意味を持つ基本的な語についても、大変困難な作業だったと思われます。

（岸本恵実）

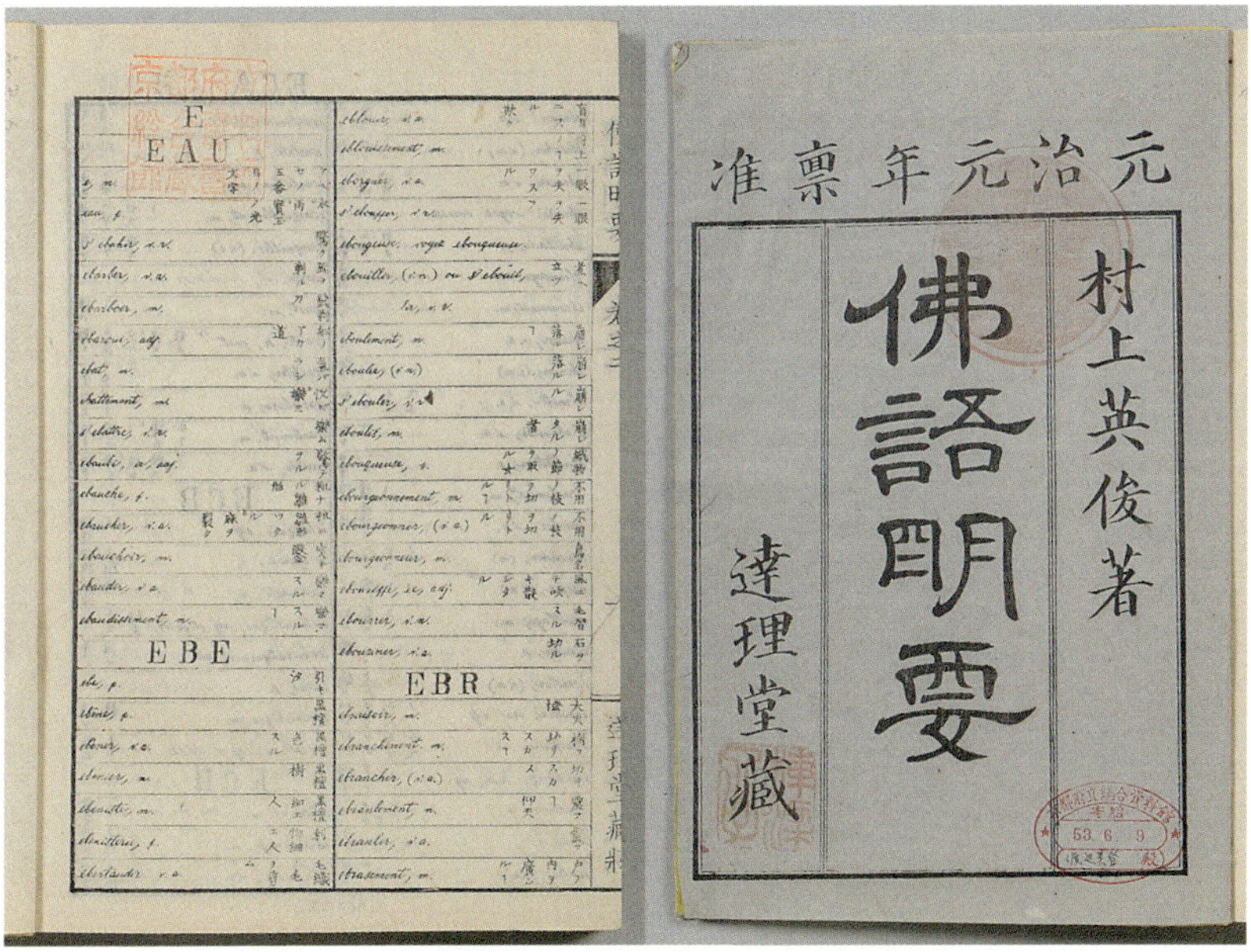

E部のはじめと表紙見返し

仏語明要
村上英俊著
5冊
25.8 × 18.2cm
1864（元治元）年刊

近代的な制度など紹介

福沢諭吉の「西洋事情」

福沢諭吉《ふくざわゆきち》という人を知っていますか？　名前は知らなくても、一万円札の肖像の人といわれたら、みんなよく知っていると思います。諭吉は天保5（1835）年に生まれ、明治34（1901）年に亡くなりました。学者としてたくさんの本を出し、慶應義塾という学校の創立者としても有名です。私が子どものころには諭吉や千円札の野口英世《のぐちひでよ》の伝記がよく読まれていましたが、最近ではイチロー選手が人気だそうで時代の変化を感じます。

江戸幕府は、鎖国といって中国とオランダ以外の国とは外交や貿易などの交流を禁止していましたが、そのような状況下、諭吉はオランダ語や英語を一生懸命に勉強しました。その語学力を見込まれて安政6（1859）年に日米修好《にちべいしゅうこう》通商条約《つうしょうじょうやく》の批准《ひじゅん》の使節団に随行して渡米し、文久2（1862）年にはヨーロッパにも派遣されました。その経験をもとに、慶應2（1866）年に出版した本が「西洋事情《せいようじじょう》」です。この本では西洋の政治や外交、科学技術、蒸気機関、電信、ガス灯など当時の日本には知られていなかった近代的な制度や技術が紹介されています。ところで当館は、慶応3年に出版された活字版の「西洋事情」を所蔵しています。活字版は藩校などで少部数の印刷に使われた方法ですが、この本には「游撃軍書記印《ゆうげきぐんしょきいん》」という印鑑が押されています。游撃軍とは奇兵隊《きへいたい》と同じく長州藩《ちょうしゅうはん》の諸隊の名称で、この印鑑から攘夷の急先鋒の長州藩でも、来るべき新しい時代に向けてこのような本を子弟の教育用に出版し、使用していたことがわかる興味深い資料です。

（松田万智子）

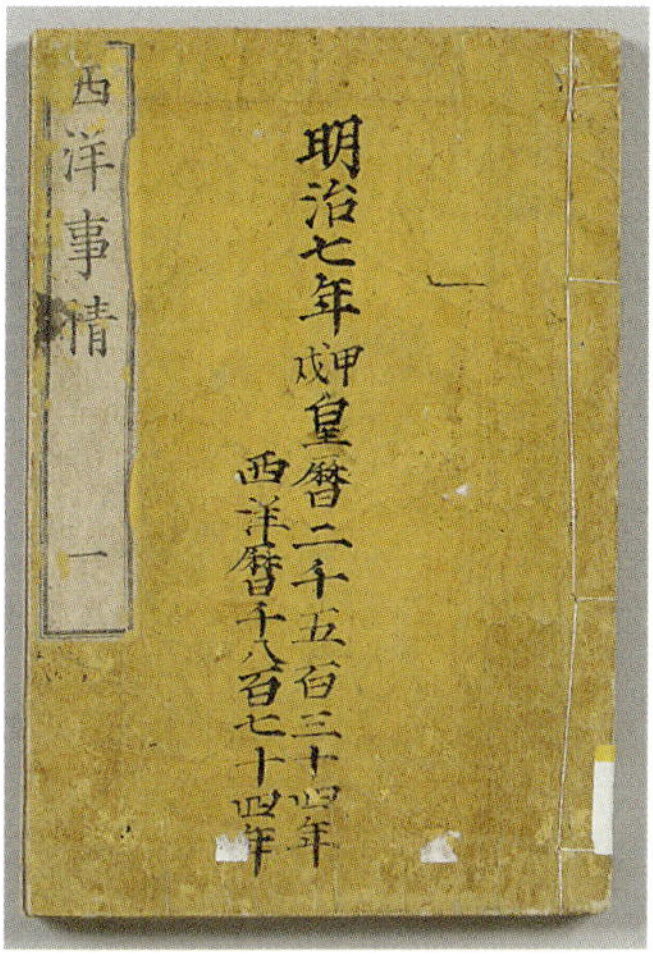

西洋事情　残1巻
福沢諭吉纂輯
1冊
23 × 15.7cm
慶応3（1867）年刊
TI和-293-F85-1

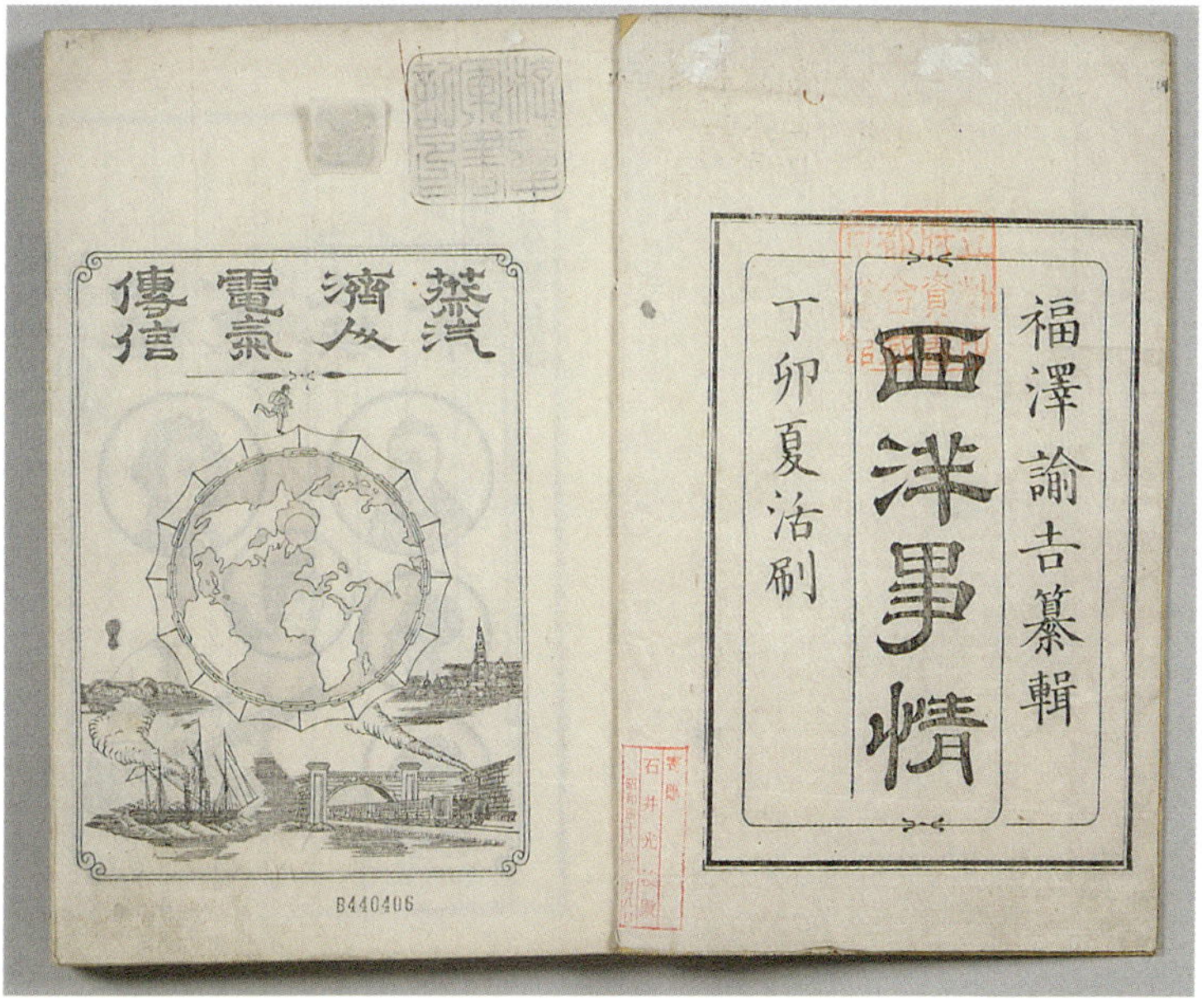

「西洋事情」
左頁上部に「遊撃軍書記印」と押印されている

戦災の様子、「楠葉台場」描く

「淀川合戦見聞奇談」

「淀川合戦見聞奇談」は鳥羽・伏見の戦いを題材にした書物です。本文のほかに多色刷りの版画が多数用いられています。また、慶応4（1868）年戊辰弥生の発行のため、江戸時代最末期の出版物でもあります。続巻もありますが、当館所蔵のものは鳥羽口の一連の合戦で記述が終わっています。

版画には錦の御旗の図柄や庶民により破却される会津藩邸、洋式装備の将兵による合戦模様などが描かれています。一方で戦国時代の軍記物を思わせる武者の絵や薩摩、長州ではなく嶋津勢、毛利勢という記述もあるという面白さがあります。

さて、注目するべきは京街道沿いの合戦の「一覧絵図」に「番所ダイバ」として描かれた「楠葉台場」です。今では「お台場」と言えば、東京の新名所となっていますが、もともとは砲台を指す名称でした。幕末に外国船に備えて江戸湾に数多く構築されました。そして、海から遠く離れた京都盆地の入口である楠葉（枚方市）にも台場が建設されました。そのきっかけは、外国船が淀川を遡上するのではという憂慮からでした。やがて、淀川の水深では外国船が遡上できないことがわかります。しかし、幕府方は台場を完成させ、京街道を往来する尊皇攘夷派を取り締まる番所として使用しました。また、本書より少し前に出版された「淀川両岸一覧」の絵図には描かれていなかった「楠葉台場」が、ここでは戦災の様子とともに描かれ、当時を知る貴重な資料となっています。

（若林正博）

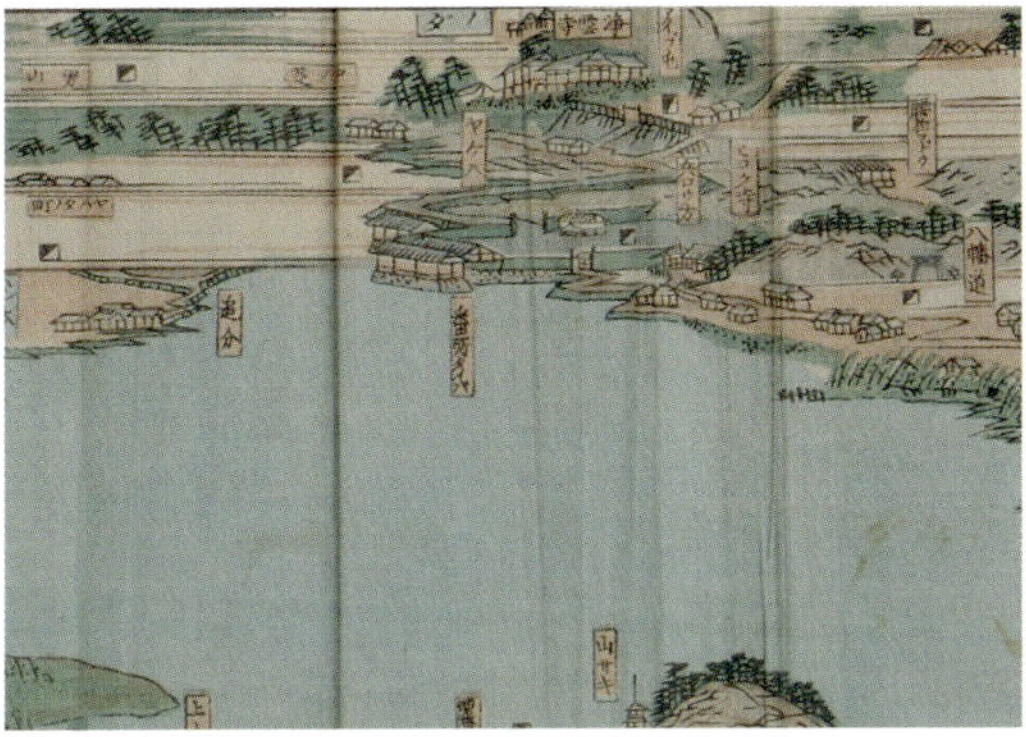

「淀川合戦見聞奇談」の図。中央部分に「番所ダイバ」が描かれている

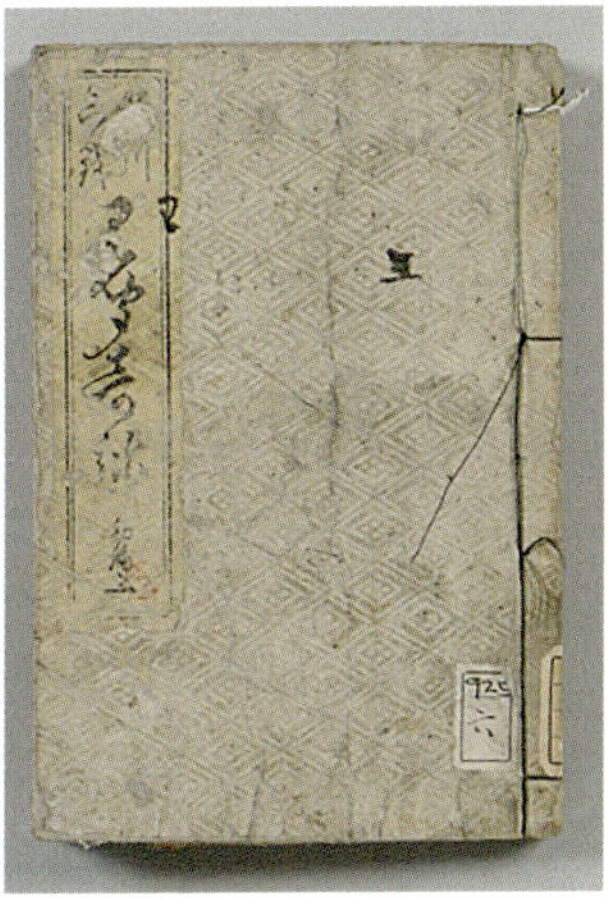

淀川合戦見聞奇談
1冊
18.0 × 12.3cm
京都　越後屋治兵衛ほか
慶応4年(1868)年刊
和-925-6

後西院院から後西天皇へ

「雲上便覧大全」

「雲上便覧大全《うんじょうべんらんたいぜん》」は、要人の名簿・名鑑のような江戸時代の書物です。携帯用に着物の懐に収めやすい大きさになっています。

本書の冒頭では歴代天皇の名が列記されていますが、歴代の数え方に現在とは異なる点がいくつかみられます。例えば、日本書紀に記述がある神功皇后（仲哀天皇の皇后）は第15代天皇に数えられています。一方で、壬申の乱で敗死する大友皇子（弘文天皇）や、承久の乱で廃位された仲恭天皇は数えられていません。また、南北朝期の光厳、光明、崇光と続く北朝方の天皇は120代の歴代に数えられています。

そのほか、冷泉天皇から後桃園天皇までは、壇ノ浦の戦いで没した安徳帝を除き、冷泉院や後桃園院といった院号による表記がなされています。百人一首などの和歌の詠み手の表記はこれと一致します。

さて、院号は明治以後、現代の私たちが見慣れている天皇号にあらためられます。例えば、白河院は白河天皇となりました。その際、写真の左端にある後西院院は後西天皇とあらためられました。院号がおくられた時代、高倉や鳥羽、伏見など都とその周辺の地名が天皇名に用いられることが多く、西院もその一つでした。また、後世に同じ名称を用いる場合、後白河や後嵯峨などのように「後」を冠することが慣例となっていました。後西院院の場合は「後・西院・院」なので後西院天皇となるところなのですが、当時の政府の担当者が京都の地理に不案内であったためなのか、地名の西院の院までが省略され後西天皇という天皇名が確定したようです。なお、西院帝は平安初期の淳和天皇の別名です。

（若林正博）

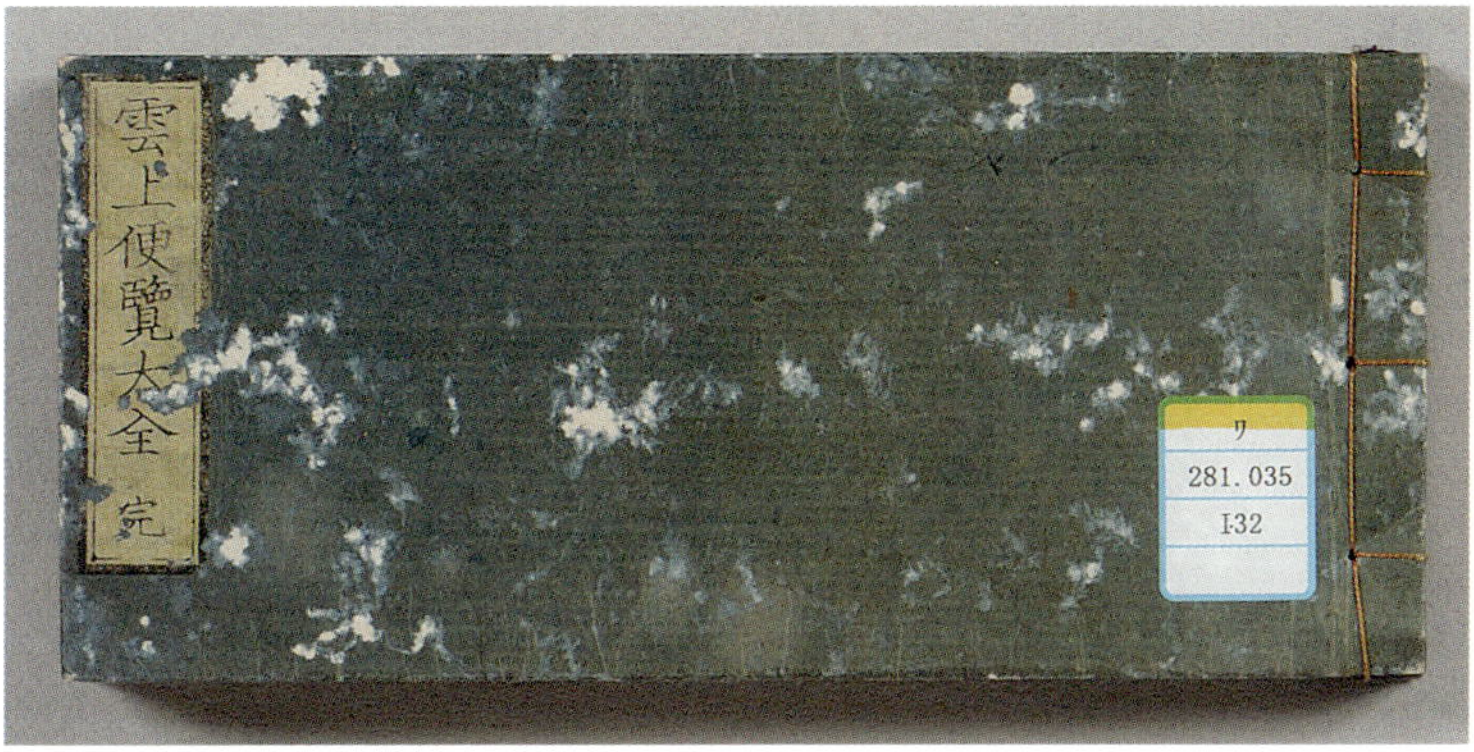

雲上便覧大全
池田東園編
1冊
8.3 × 18.3cm
江戸　山城屋佐兵衛ほか
慶応4年(1868)年
和-281.035-I32

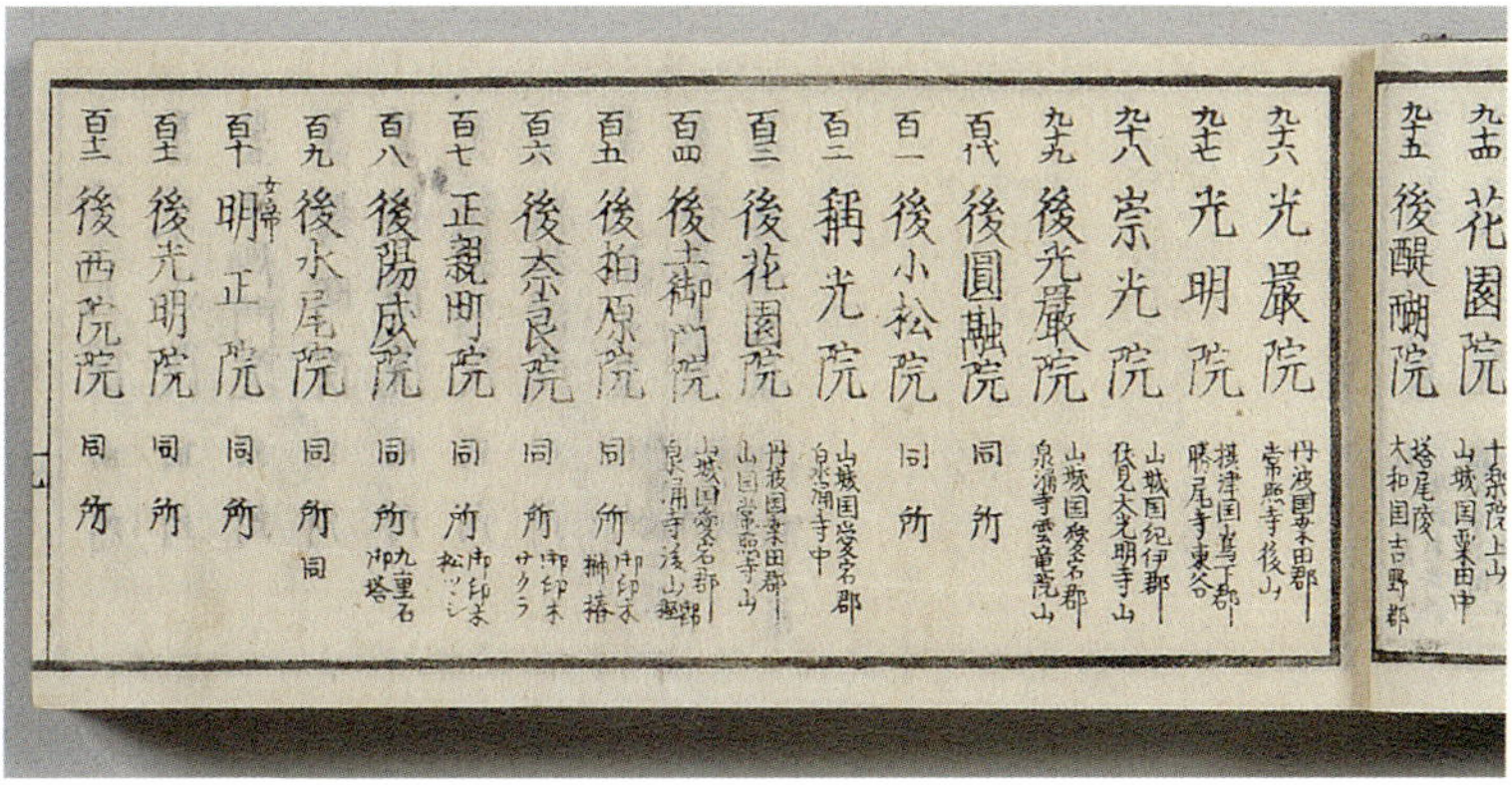

「雲上便覧大全」。左端に「後西院院」と記されている

ダーツ似、来歴やルール図

「投壺小筌」

的に矢を投げる、ダーツという遊びがあります。旅番組で行き先を決めるのに使われたりもしますが、本来は矢が命中した位置で得点する競技です。

今回紹介する「投壺小筌《とうこしょうせん》」は、ダーツとよく似た遊び「投壺」のルールブックです。投壺では、的ではなく、床に置かれた耳つきの壺に矢を投げ入れて得点を競います。負けた人は罰としてお酒を飲まされる、主に宴席での遊びでした。

遊びといっても起源は古く、古代中国の儒教の書物「礼記《らいき》」にも載るほど、格式があり作法も厳格だったようです。日本に伝わったのは平安時代以前ですが、実際に行われた記録は江戸時代以降のものしか確認されていません。

「投壺小筌」は一枚の大きな紙を、はがきの半分ほどの大きさに折りたたんだ資料です。袂《たもと》や懐に入れて持ち歩いたと考えられます。

中を見ると、投壺の来歴やルールが図入りでまとめられています。主人が客に投壺を勧めるせりふ、客がいったん遠慮してみせるせりふまで書かれていて、まるで茶道のお点前のようです。それでも負けるとお酒を飲むルールは健在だったらしく、座席配置図にはお酒や肴《さかな》の位置もきちんと書き込まれています。ルールブックを片手に、さぞかし宴が盛り上がったことでしょう。

投壺を基にして、的に向かって扇を投げる投扇興《とうせんきょう》というお座敷遊びが生まれました。こちらは江戸時代に非常に流行し、現在も祇園のお茶屋遊びなどで行われています。（小篠景子）

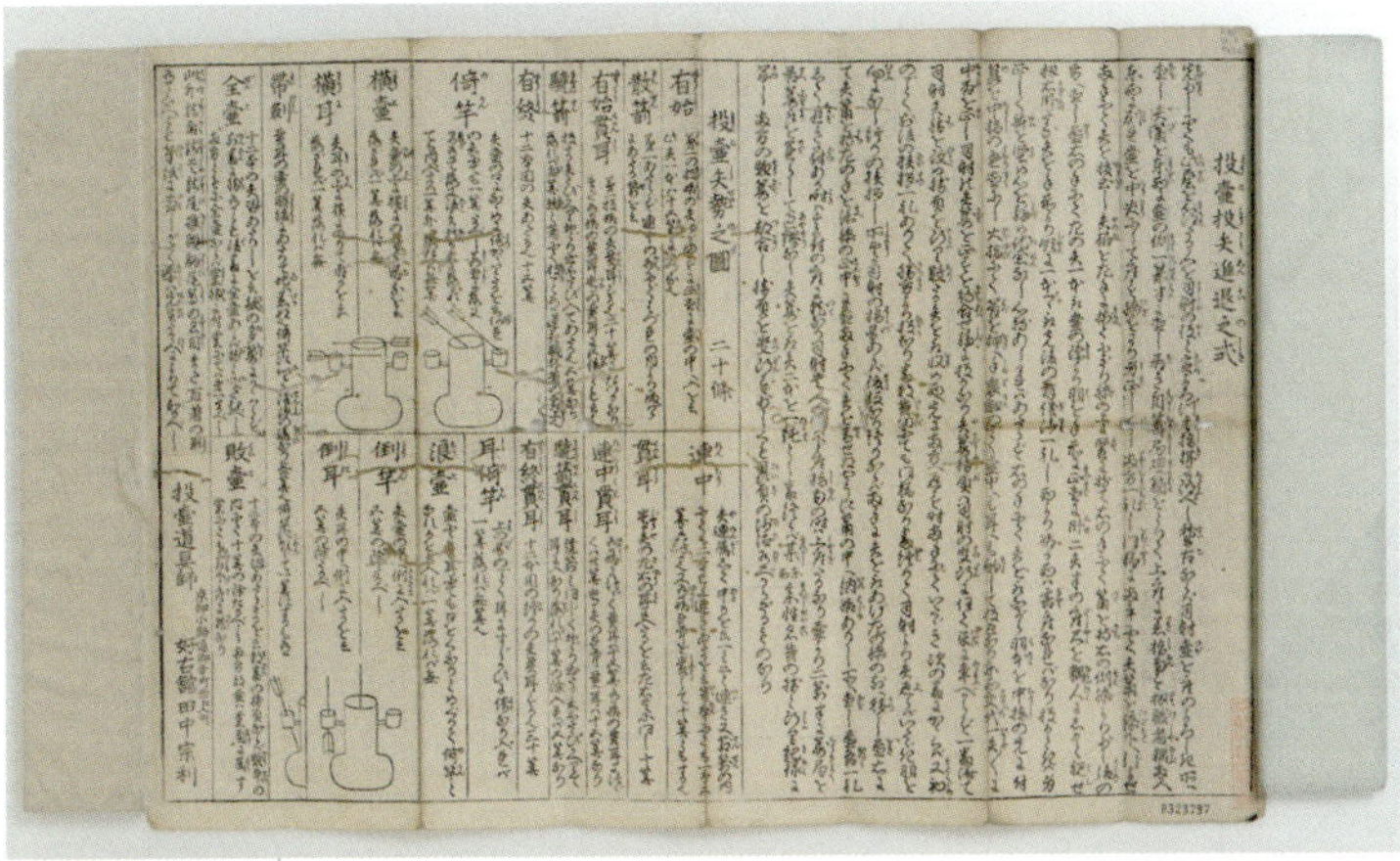

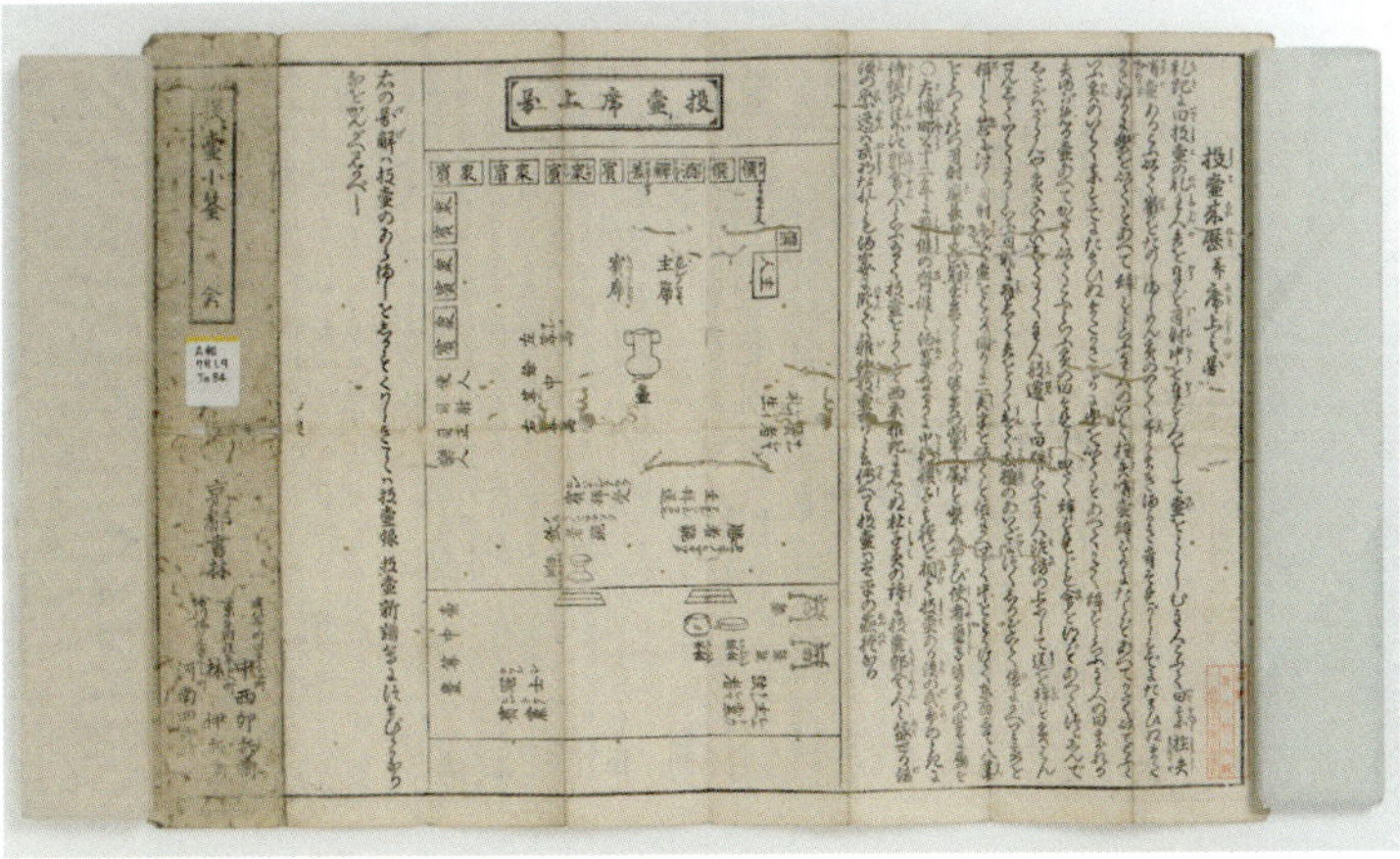

「投壺小筌」

投壺小筌
田中宗利著
1枚
31.5 × 46.4cm
京都　河南四郎兵衛
和-781.9-Ta84

華麗な装束で舞う童女たち
古代の世界の面影「舞楽図」

舞楽というとどのようなものが思い浮かびますか。神式の結婚式や神社でのご祈祷《きとう》の折りに奏でられる、笙《しょう》や篳篥《ひちりき》、そして太鼓の演奏、それに巫女《みこ》さんの鈴を鳴らしながらの舞、といったところでしょうか。

もともとは古代に朝鮮や中国から伝来したもので、宮廷や寺社で儀式のときに演じられた、舞を伴う雅楽のこと。現在では大阪の四天王寺の聖霊会《しょうりょうえ》(聖徳太子の命日の法会)などが有名です。舞楽は、厳かに、華やかに、そして格調高く舞われて、見る者、聞く者を古代の世界へと誘《いざな》います。

謡曲(能楽)でも「高砂」や「難波」などの祝言の曲で、「春鶯囀《しゅんおうでん》」、「還城楽《げんじょうらく》」、「採桑老《さいそうろう》」などの舞楽の有様が繰り返し表現されています。

京都府立京都学・歴彩館には、明治初期に写された舞楽図があります。上下2巻の巻物に、合わせて52種の舞楽図と舞台図が描かれています。多くは舞人4~6人のうちの1、2人を丁寧に彩色し、残りは部分的な着色か彩色のない白描となっていて、面や装束の色、舞の型、舞人の構成、持ち物などの記録として貴重なものとなっています。

ここで写真を掲げたのは、「舞台図」と「迦《か》陵頻《りょうびん》」・「胡蝶楽《こちょうがく》」の図です。「迦陵頻」は正しくは「迦陵頻伽《が》」と言い、極楽世界に舞う想像上の鳥の名前。美声で仏法を説く人面の霊鳥です。舞楽では鳥の翼を背負った4人の童女の舞として知られています。「源氏物語」の胡蝶の巻では、光源氏の栄華を彩るように、この二つの舞楽が印象的に描かれています。

この舞楽図は京都府立京都学・歴彩館のホームページでも公開されていて、私たちはいつで

も古代の鮮やかな舞楽の世界に遊ぶことができるのです。（山崎福之）

『舞楽図』巻上巻頭「舞台図」

『舞楽図』巻上「迦陵頻（右４人）胡蝶楽（左２人）」の図

舞楽図
高山青嶂模写
上下２軸
縦26.9cm
明治初期写
貴419

大量の新語を駆使

「米欧回覧日記」

京都府立京都学・歴彩館所蔵の「米欧回覧日記」（以下「日記」）をご存じでしょうか。似た名前の「米欧回覧実記」（以下「実記」）といえば、久米邦武が編集し、明治11年に刊行された岩倉使節団の公式報告書ですが、「日記」はその稿本の一つです。刊行直前（明治9年頃）の段階のもので、全巻そろっているのは資料館本だけです。

さて本書では、欧米のさまざまな文物がカタカナ語や漢字語で紹介されているのですが、「実記」と表現が違う部分もあり、注目されます。

例えば「カピトル」（ｃａｐ・ｉｔｏｌ）。ワシントンを描いた場面に「『カピトル』トハ議政堂ノコト」とありますが、ここは「実記」では「議政堂」でなく「政事堂」です。一方、カリフォルニアの場面に「『カピトル』トハ議政堂ノ謂《いい》」とあるのは「実記」も「議政堂」。しかし「目録」（目次）の該当箇所では、ワシントンの方は「日記」が「政治堂」で「実記」が「国会堂」、カリフォルニアの方は「日記」が「州議堂」で、「実記」は「州会堂」に「ステートハウス」とルビがあります。外国語と日本語との対応が一定していません。

写真はウィーン万博の場面。「時辰儀《じしんぎ》ノ出品」「時辰儀ノ入用」とある「時辰儀」とは時計のことで、「実記」ではどちらも「時計」です。直後に「置時計」「袂《たもと》時計」（懐中時計のこと）がみえますが、「実記」ではそれぞれ「コロック」（ｃｌｏｃｋ）、「ヲッチユ」（ｗａｔｃｈ）とルビ付きです。明治期の言葉の変化が垣間みえるとともに、今と異なる外来語の語形にも興味をひかれます。

（鳴海伸一）

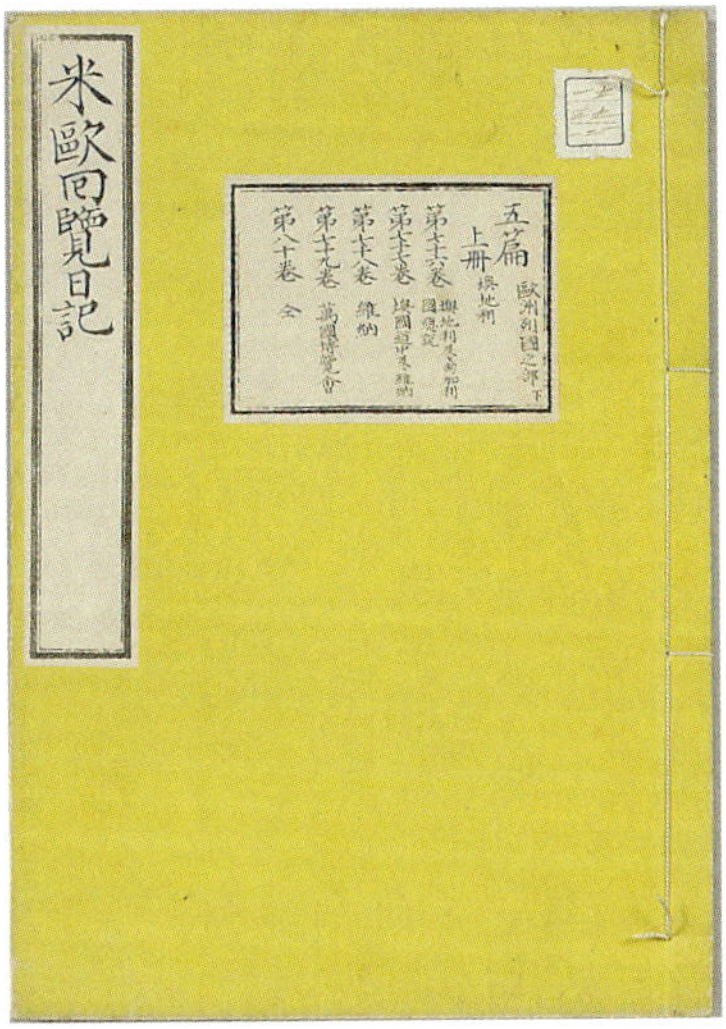

五篇上冊の表紙。
第七十九巻 萬國博覧會とある

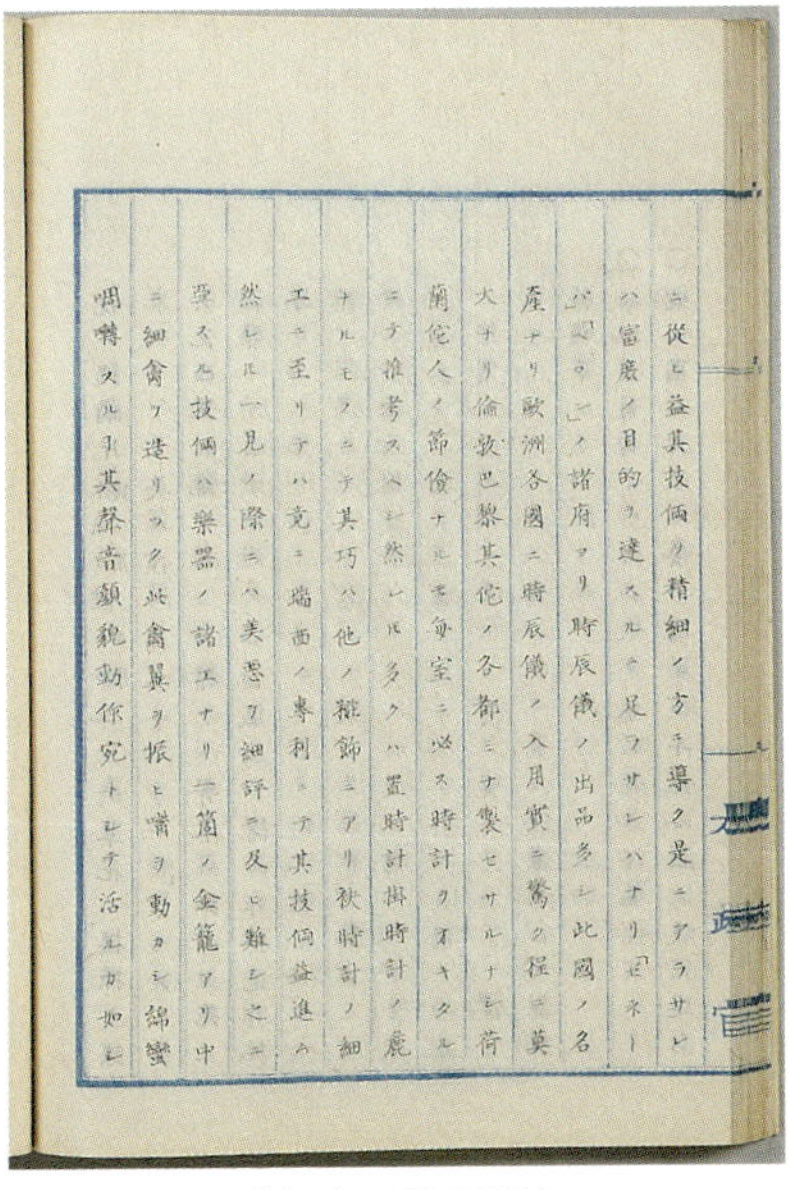

「米欧回覧日記」

米欧回覧日記
久米邦武著
15冊
26.7×18.8cm
明治9(1876)年例言
貴304

摺物工の仕事、今に

「都の魁」

明治16（1883）年、京都の銅版画師、石田有年と才次郎兄弟により商工案内本「都の魁《さきがけ》」が出版されました。この本は銅版ですられた当時のタウンページのようなもので、業種のいろは順に商店や職人を挿絵入りで紹介しています。

銅版画は15世紀ごろにヨーロッパで生まれ、18世紀末に日本に伝わりました。凹版ともいわれ、銅の表面に絵や文字を刻むことで版をつくります。針先で描くため、木版よりも細かい線が表現できるのが特徴のひとつで、専用のプレス機を使います。

「摺物工《すりもの》」のページに、ちょうど「都の魁」を印刷している場面があります。中央にどっしりと置かれているのがプレス機です。着物に前掛け姿の人物が摺物工で、銅版にヘラでインキをのばしているところのようです。

凸部に色をのせる木版画とは逆に、凹部に詰める必要があります。銅版の表面にインキをのばして一度真っ黒にしてから、白くする部分を拭き取るという工程を行います。そして、銅版の上に湿らせた紙をのせ、プレス機の2本あるローラーの間に通します。ハンドルを手で回すのですが、何百キロもの圧力がかかるので重いです。ヨイショ。

さあ刷り上がりました。図版の右上、まるで洗濯物のようにさおにかけて乾かしています。続けて刷る場合も毎回、インキを詰めて拭き、プレスするといった作業を繰り返さなければなりません。がんばれ摺物工さん。あなたの刷った本は21世紀の今も読むことができますよ。

（祖父江長良）

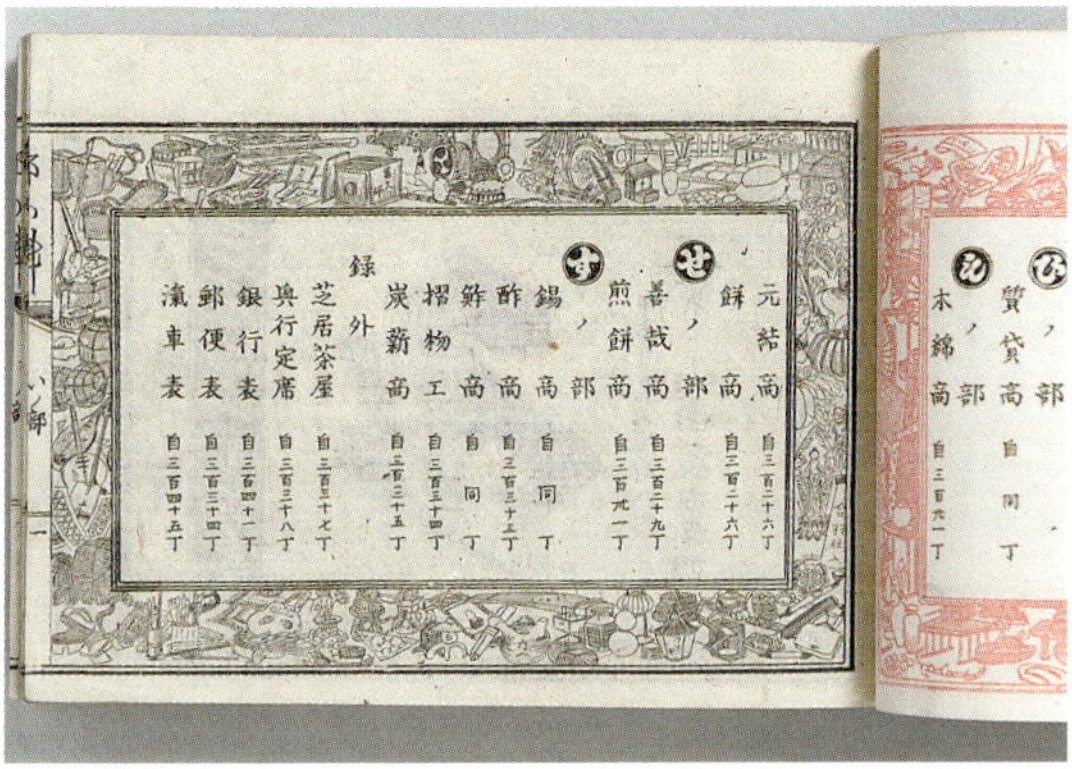

目録

工商技術　都の魁
石田有年著
2冊
11.0 × 15.9cm
京都　石田才次郎
明治16（1883）年刊
銅版本
K1特-602.16-I72

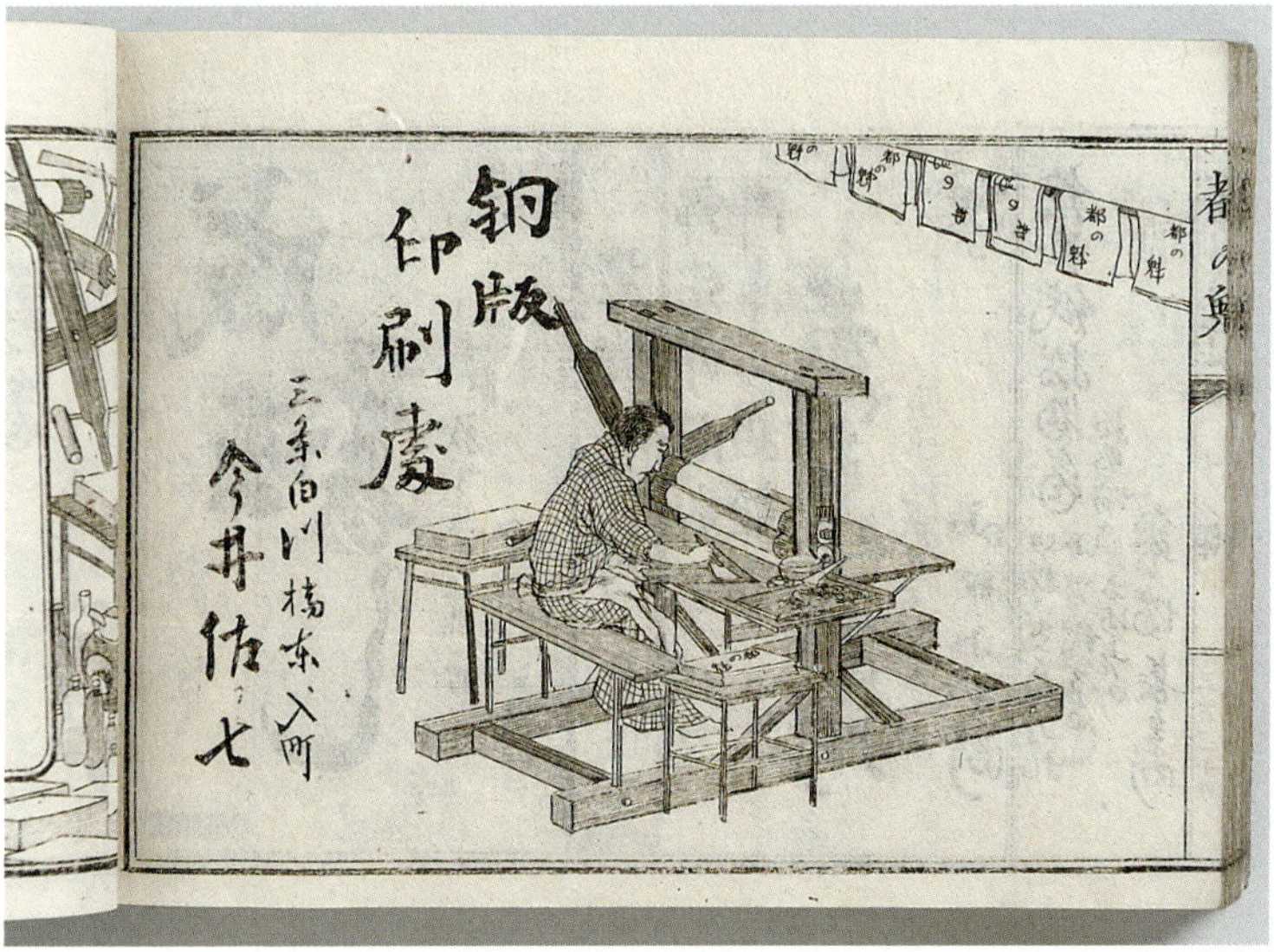

「都の魁」より銅版画用のプレス機と摺物工

元隊士の回想

「新撰組往時実戦談書」

川村三郎と名を改めた元新選組隊士近藤芳助が、京都の高橋正意にあてた書状を、2通つないで巻物にしたものが、「新撰組往時実戦談書」の名で京都府立京都学・歴彩館に所蔵されています。「大義ヲ誤ル蛮勇者ノ集合」である新選組の事跡は世に残らないでほしいとも述べるこの書状が、こうして貴重書として残されているのは数奇と言えましょう。

書中には、下総流山で官軍に囲まれ割腹を決心していた近藤勇を、土方歳三が「此所ニ割腹スルハ犬死ナリ」と制し、「運ヲ天ニ任セ板橋総督府江出頭シ飽ク迄鎮撫《ちんぶ》隊ヲ主張」するよう勧めたとあります。近藤出頭時の事情を述べた史料として貴重です。

ただし明治40年前後の回想であり、使われる言葉も幕末のものとは限りません。例えば「割腹」という語は明治改元前後から文献に見えますが、歳三達が口にした言葉かどうかは不明です。一方、現代語とも違います。「犬死」というと現代では、他人や社会の利益につながらない死に方ですが、ここでは利益というより名誉にならない死に方でしょう。「運を天に任せる」も現代の語感で読むとやや投げやりに感じますが、ここでは焦って判断を誤らずに時節を待つことを主張したものでしょう。

ところで、この資料は恐らく川村自身の筆でなく、字句の変更の跡も多く見えます。先の有名な台詞《せりふ》も実は「…犬死ナリ」と「運ヲ…」の間にある「兎モ角モ」と読める文字を二重線で消しています。それは、「運を…」以下に係るものなのか、後に続く内容とともに軌道修正して「運を…」と変えたのか、削除の意図はどこにあったのでしょう。

（鳴海伸一）

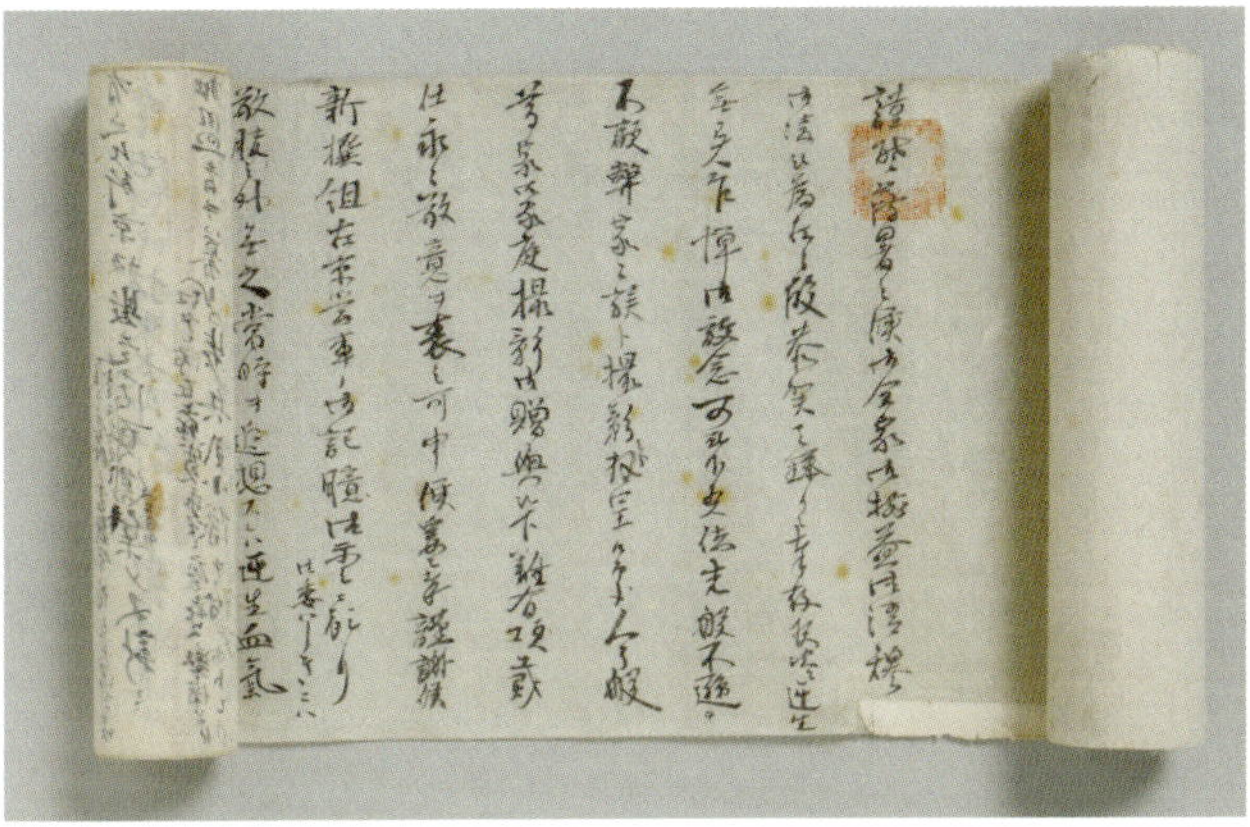

新撰組往時実戦談書
川村三郎（近藤芳助）著
1軸
18.0 × 662.5cm
明治37年以後41年までの間
貴207

書状2通が巻物になっている

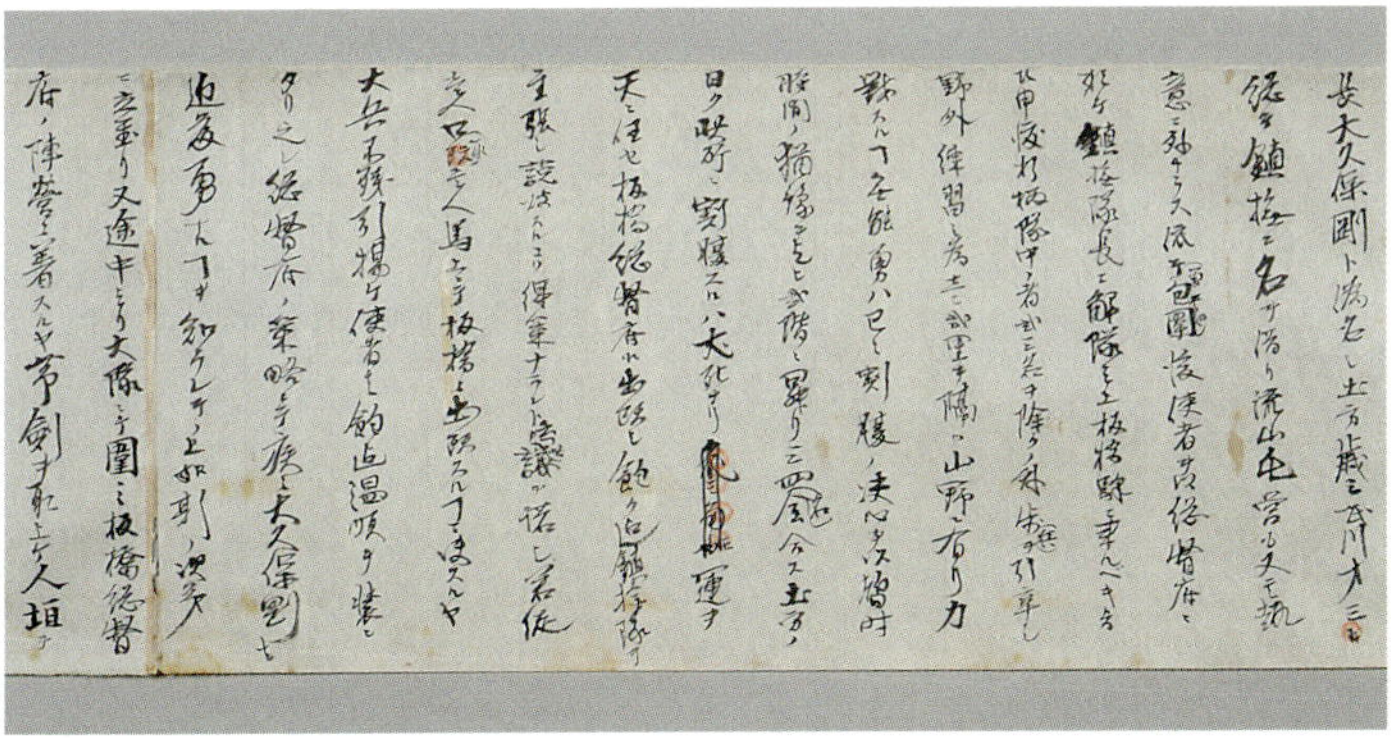

「新撰組往時実戦談書」削除のあとが見える

複雑化した中国の鶴亀算

「張丘建算経」

2月になると、大学や高校の入学試験が多く行われていますね。数学の問題が苦手な人もいるのではないでしょうか。江戸時代には「和算」と呼ばれる日本独自の数学が生まれ、多くの人が親しんでいました。京都の豪商角倉家の親戚である吉田光由が刊行した「塵劫記《じんこうき》」は、寺子屋の教科書として大ベストセラーとなりました。

日本の数学はもともと、中国の数学を輸入して学んでいました。吉田光由も「算法統宗」という16世紀ごろ成立した書物を勉強して「塵劫記」を執筆したそうです。有名な問題の「鶴亀算」も、中国の数学書に書かれていた問題でした。

今回紹介する「張丘建算経《ちょうきゅうけんさんけい》」では、その鶴亀算を複雑にした「百鶏術」と言われている問題が紹介されています。5世紀ごろに成立したとされる書物で、鶴と亀の代わりに鶏の雄と雌、そしてひなの3種類が登場します。一定の金額・羽数になるよう、それぞれの購入数を求める問題が出され、回答については一つに決まらず、3通りあると書かれています。

その後、中国では主に実用的な数学が発展しました。しかし、日本ではそれだけにとどまらず、江戸時代には身分を問わず趣味の一つとなり、神社などに算額という自分の作った問題と答えを書いた額や絵馬を奉納する習慣が始まりました。

皆さんも一度、江戸の人々のように数学を楽しんでみてはどうでしょうか？　（藤原直幸）

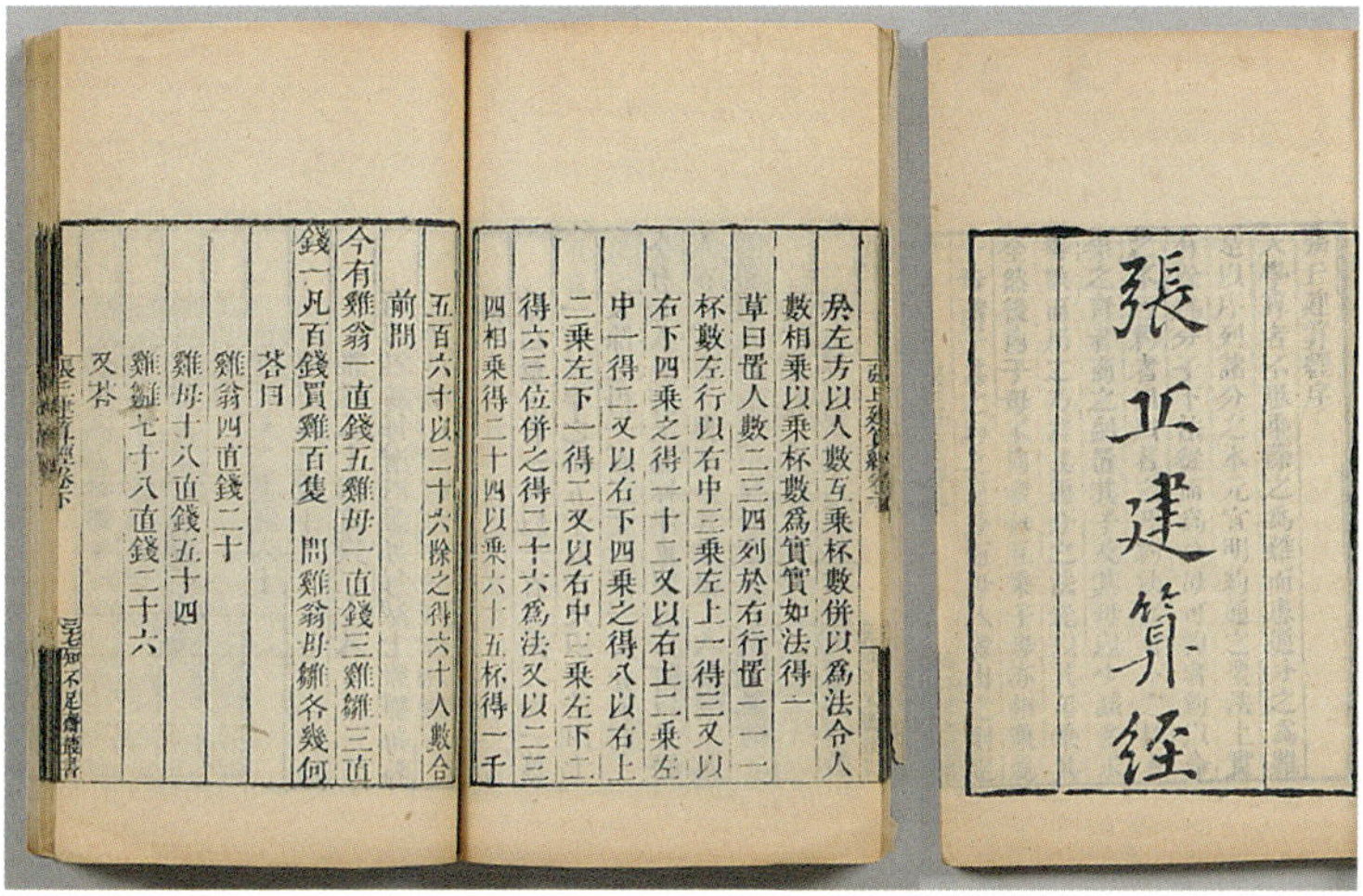

「張丘建算経」より百鶏術の問題文と解答

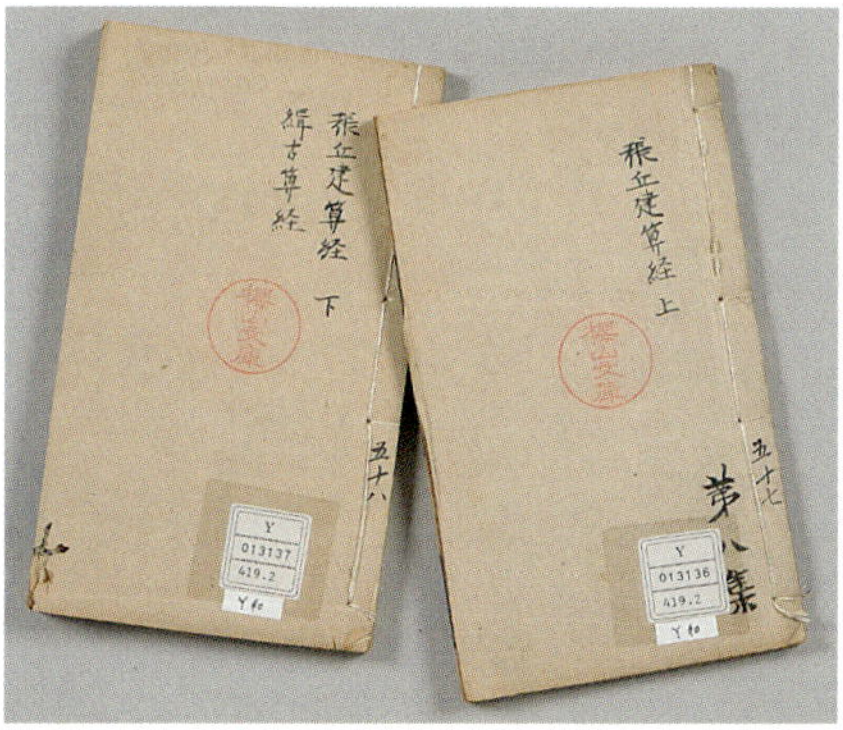

「張丘建算経」各冊の表紙

張丘建算経
張丘建撰　甄鸞注　李淳風ほか
奉勅注釈
2冊
19.2 × 11.4cm
長塘　鮑氏
乾隆45（1780）、嘉慶6（1801）年刊

睡魔をはらう法　宋代の詩人とお茶

黄庭堅「山谷外集詩註」

一気に追い込みをかけたい気持ちとは裏腹に、容赦なく襲ってくる睡魔との戦いは、受験生はもちろん、多くの人にとって悩みのたねの一つでしょう。

この睡魔という言葉、中国では古くは唐詩に見えますが、広く使われるようになるのは宋代以降です。たとえば12世紀南宋の詩人陸游《りくゆう》は、「衰え極まりて睡魔殊《ことさら》に力有り、愁い多きも酒聖功無からんと欲す」（「幽居」詩）、年をとり衰えてくると睡魔に悩まされるようになり、愁いは多いのに清酒を飲んでも効き目がないと詠んでいます。

この睡魔にうちかつため、中国の人々もお茶を飲んだのでした。11世紀北宋の詩人蘇軾《そしょく》は、「建茶《けんちゃ》三十片、味の何如《いかん》を審《つまび》らかにせず。包居士《ほうこじ》に奉贈《ほうぞう》して、僧房にて睡魔と戦わせん」（「包安静先生に贈る」詩其（二）、福建の茶を三十片、味がどうかは知らないが、包居士に差し上げて僧房にて睡魔と戦わせようと歌っています。さきの陸游も別の詩で、「江風雨を吹きて衡門《こうもん》暗し、手ずから新茶を碾《ひ》きて睡昏《すいこん》を破る」（「飯罷《おわ》りて茶を碾き戯れに書す」）、雨まじりの川風が吹き、侘《わ》び住まいは暗い。新茶を碾いて眠気を覚ます、と詠んでいます。

写真は、蘇軾門下の詩人である北宋の黄庭堅《こうていけん》の詩です。「睡魔は正に茶の料理を仰ぐ、急ぎ渓童《けいどう》をして玉塵《ぎょくじん》を碾《てん》ぜしむ」（「公静を催《うなが》して茶を碾ず」）。彼もまた、睡魔は茶によって解消されるので、急ぎ茶を碾かせたといっています。

睡魔とお茶との関係を詩に詠むところは、日常を詩に取り込んだ宋詩の特徴の一つとも言えるでしょう。

（林香奈）

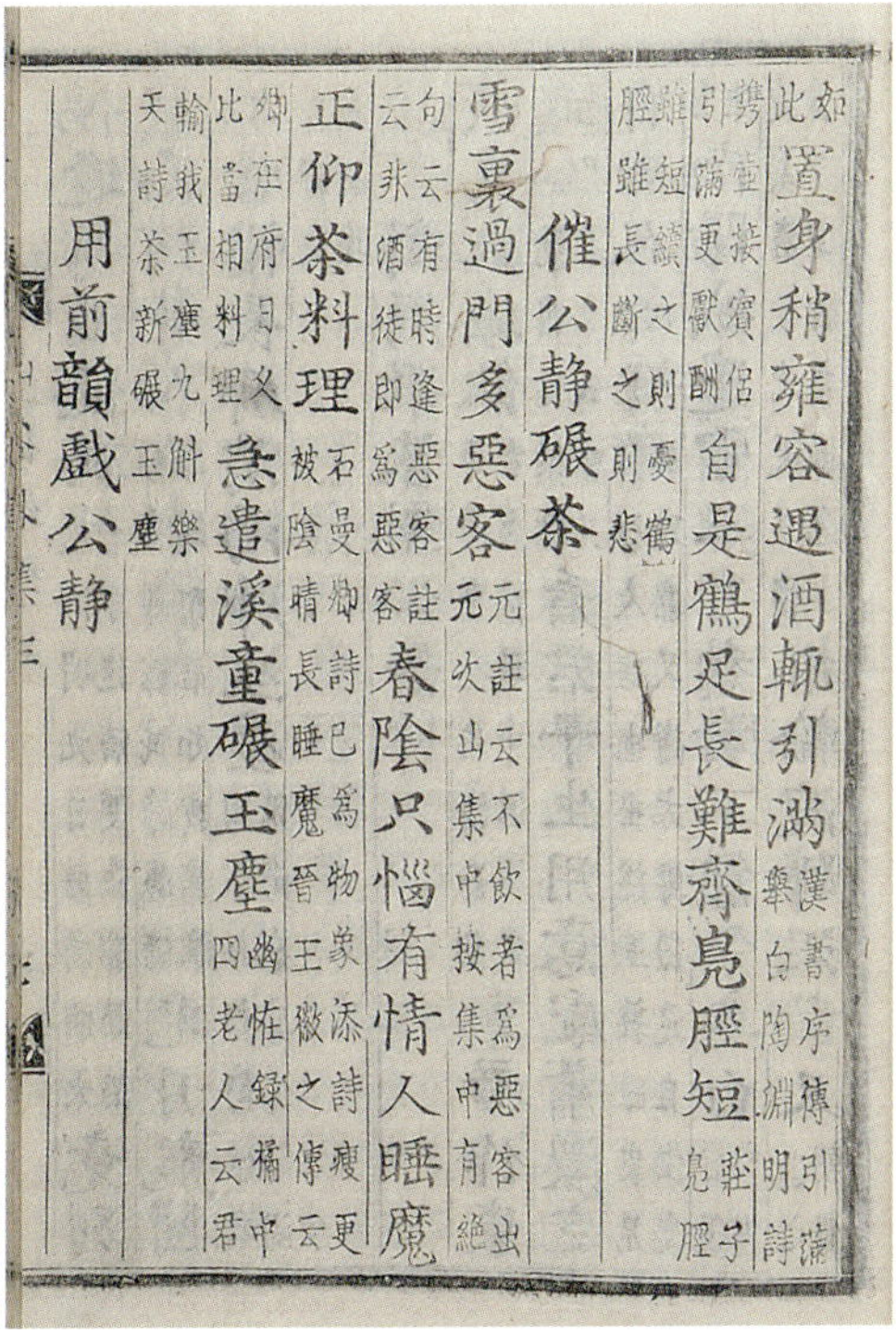

如此置身稍雍容遇酒輒引滿漢書序傳引滿舉白陶淵明詩携壺接賓侶引滿更獻酬自是鶴足長難齊鳧脛短莊子鳧脛雖短續之則憂鶴脛雖長斷之則悲

催公靜碾茶

雪裏過門多惡客元註云不飲者爲惡客出元次山集中按集中有絕句云有時逢惡客註云非酒徒即爲惡客春陰只惱有情人睡魔石曼卿詩已爲物象添詩瘦更被陰晴長睡魔正仰茶料理晉王徽之傳云卿在府日久比當相料理急遣溪童碾玉塵幽恠録橘中四老人云君輸我玉塵九斛樂天詩茶新碾玉塵

用前韻戲公靜

黄庭堅「山谷外集詩註」巻三

山谷内集詩註
山谷外集詩註・別集詩註
黄庭堅(宋)撰
任淵(宋)・史容(宋)・史季温(宋)註
内集８冊　外集・別集８冊
33.5 × 21.4cm
朝鮮版　李朝前期末刊
貴551

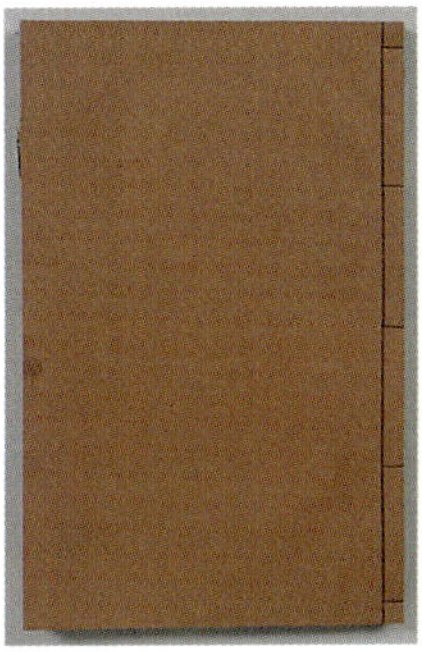

表紙

帙

受験参考書はおまけが売り物

「少微通鑑節要」

　写真の本は、14～16世紀の中国の大ベストセラー「少微通鑑節要《しょうびつがんせつよう》」。中国通史「資治通鑑《しじつがん》」のダイジェスト版です。この本は『古典籍へようこそ』でも紹介しましたが、今回は具体的に見てみましょう。

　ここは映画「レッドクリフ」でおなじみ、赤壁の戦いの結末部です。とにかく短くしないといけないので、この前にある豪傑張飛が曹操の大軍を一人で退けるとか、趙雲が主君劉備の子を救出するといった「資治通鑑」にはある名場面はカットされています。さすがに赤壁の戦いはかなり詳しく書かれていますが、曹操の敗走の様子などはやはり省略されています。

　こうして短くしたのに、なぜかその後には大文学者蘇東坡《そとうば》（蘇軾《そしょく》）と、学者李舜臣《りしゅんしん》（朝鮮の名将とは別人）の赤壁論が置かれています。見せ場を削ってまで短縮したのに、なぜ余計なものがあるのでしょう。

　それは、この本が中国の国家試験である科挙の受験のための参考書だからです。歴史の論述問題に、張飛の豪傑ぶりは書けません。一方で、有名な学者がその事件をどうとらえているかがまとめてあると、それらを組み合わせて論を立てることができます。つまり、参考書ではこの余計にみえる部分が重要なのです。そう思って見ると、ずいぶん工夫があります。上に内容の要約を付けて探しやすくしたり、傍線をつけてそこだけたどれば大筋が分かるようにしたり、ポイントには点線を付けたり。戦闘描写には傍線も点線もありません。これでは面白くありませんね。そこで、娯楽読者向けに登場したのが、ご存じ「三国志演義」なのです。

（小松謙）

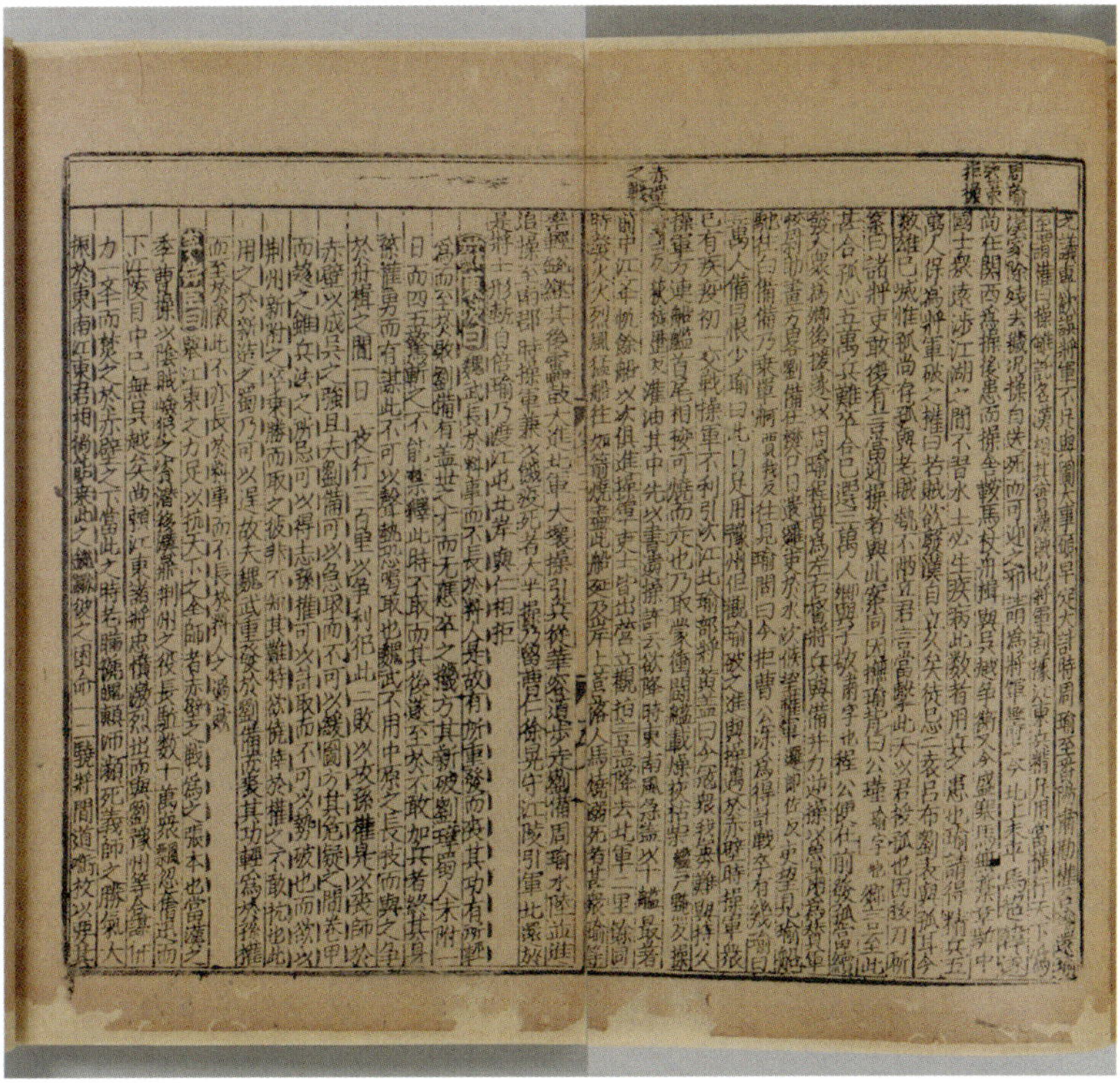

赤壁の戦いの結末部。１字下がっているのが蘇東坡・
李舜臣の文の引用

資治通鑑節要(少微通鑑節要)
4冊
25.5 × 16.0cm
西清書堂刊
洪武28(1395)年刊
貴223

版木の見本市

南監本二十一史

よく見てください。左右で字体が違うでしょう。同じ本なのに不思議ですね。

この本は、「南監本《なんかんぼん》二十一史」の一つ「漢書《かんじょ》」です。中国の明の時代、南京にあった国子監《こくしかん》（国立大学）が二十一の正史（政府によって公認された歴史書）を刊行しました。分量から言っても、大変な大事業です。

ところが、当時は正史は簡単に手に入るものではありませんでしたから、ほしい人が多かったのでしょう、次々に版木がすり減ってしまったのです。昔の印刷のやり方は、木の板に文字を裏返しに彫って墨をつけ、バレンでこすって印刷するというものです。当然、こすればこするほど版木はすり減って、字がはっきり見えなくなります。でも全部彫り直すお金はありません。そこで、特にすり減った版木だけを彫り直すことにしたのです。それが何度も繰り返されました。左端をご覧ください。版木を彫った年が書いてあります。左は嘉靖《かせい》9（1530）年、これはひどく傷んでいますね。右は見えませんが、裏に崇禎《すうてい》3（1630）年とあります。

こんなふうに、ページごとに違う時代の版木が使われているので、この本は「邋遢本《ろうとうぼん》」つまり「つぎはぎ本」と呼ばれて馬鹿にされました。でも、用意できる費用の限りで本を出し続けようという熱意は尊いものです。

右の方がきれいに見えるでしょう。これは、1600年前後に、明朝体という縦を太く、横を細くする見やすい字体が開発されたからなのです。明朝体は、今の印刷文字のもとになっています。この本は、さまざまな時代の字体の見本集でもあるのです。

（小松謙）

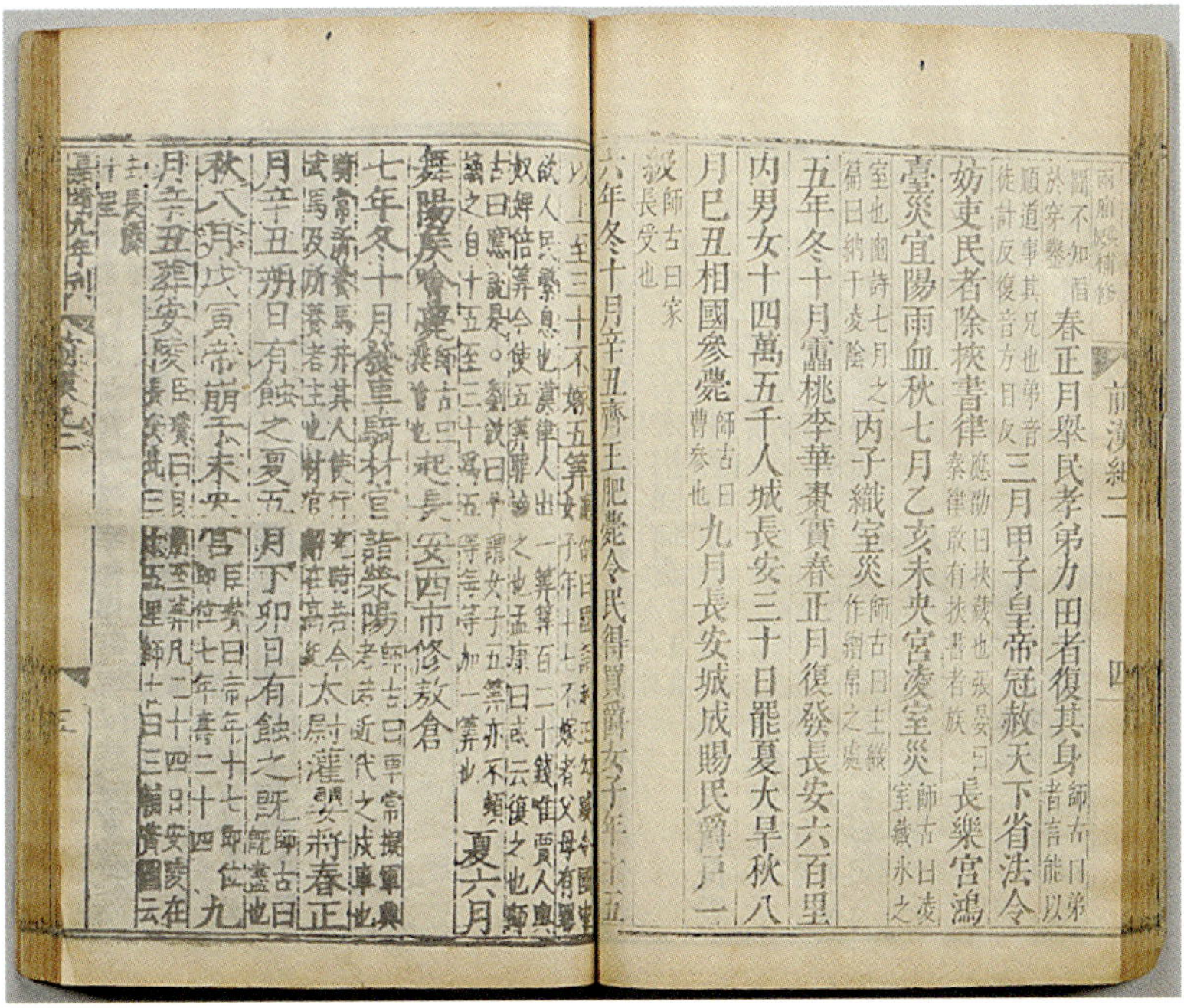

「漢書」（南監本二十一史）より

前漢書
南監本二十一史
25.7 × 17.3cm
［南京］［國子監］
16世紀～17世紀前半刊
特-916-3-1～20

帝王教育のための「絵入り教科書」

「帝鑑図説」

「狂愚《きょうぐ》」という文字が強烈ですね。この本は中国の明《みん》代、16世紀後半に「鉄腕宰相《てつわんさいしょう》」の異名を取った張居正《ちょうきょせい》が、わずか10歳で即位した主君の万暦帝《ばんれきてい》を教育するために作ったものです。

張居正は、改革によって政治を立て直した中国史上最高の政治家の一人ですが、手段を選ばず容赦なく政敵をたたきつぶす剛腕の持ち主でもありました。彼は万暦帝の教育も自ら担当して、幼い主君を名君《めいくん》に育ててあげようとしました。そのため、模範になる名君と教訓になる暴君《ぼうくん》の例を集めて、子供にもわかりやすいように絵を入れた本を作らせたのです。「鑑《かん》」とは鏡、つまり模範や教訓になるもののことです。

しかし、無理して頑張っていた万暦帝も、張居正が死ぬと、抑圧から解放されて急にやる気を失ってしまいました。47年に及ぶ長い治世の後半、万暦帝は「帝鑑図説《ていかんずせつ》」のどの暴君とも違う独特のやり方で国を崩壊させていきます。彼は朝廷に一切顔を出さず、官僚の欠員ができたから補充してくれと求められても返事もせず、あらゆる政務を放棄して、自分のお金をためることだけに熱中したのです。政治はがたがたになり、張居正の努力の成果は無になって、明は滅亡に向かいました。張居正が予想もしなかった結末でしょう。

この本は、慶長11（1606）年、豊臣秀頼《とよとみひでより》が活字で刊行したもので、「狂愚」とあるように、京都府立京都学・歴彩館にあるのは暴君の部分だけです。この本を刊行して帝王学を学んだはずの秀頼も、「狂愚」な暴君たちと同じ滅亡という運命をたどりました。何だか皮肉ですね。

（小松謙）

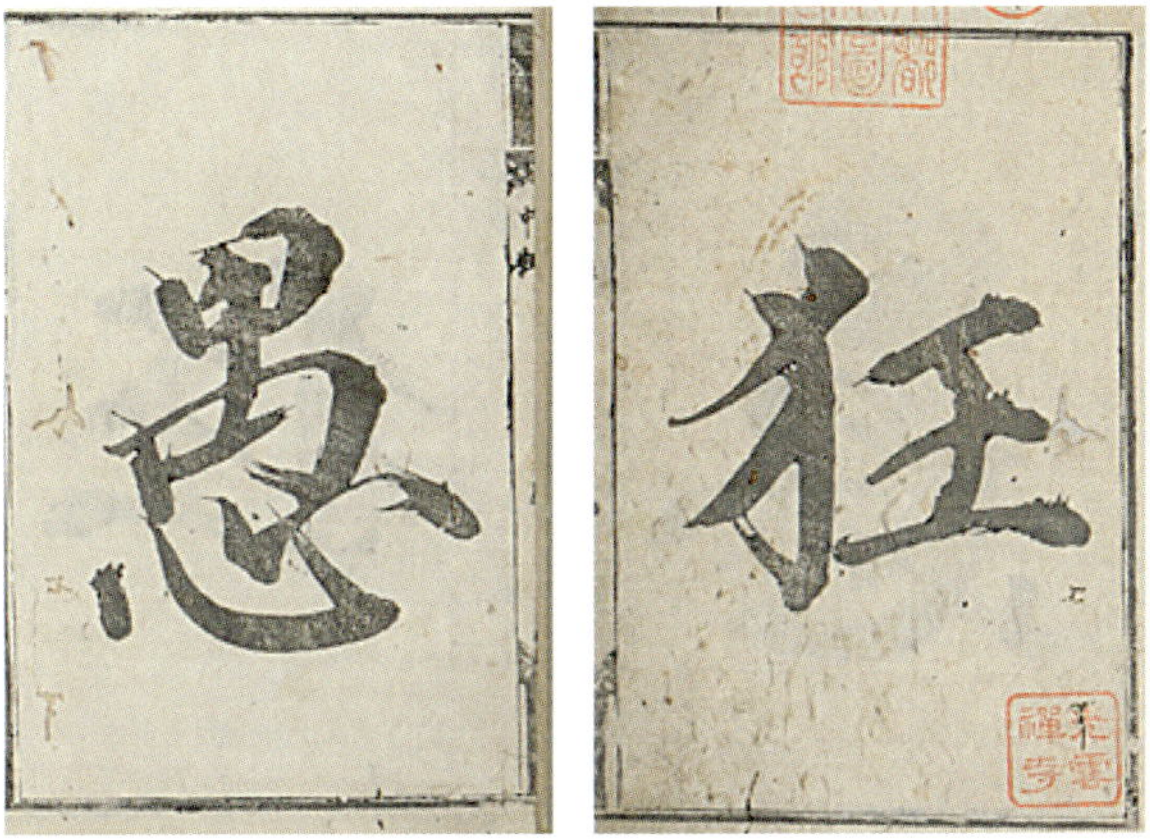

帝鑑図説
1冊
26.2 × 17.2cm
古活字本
慶長11(1606)年刊
貴T21

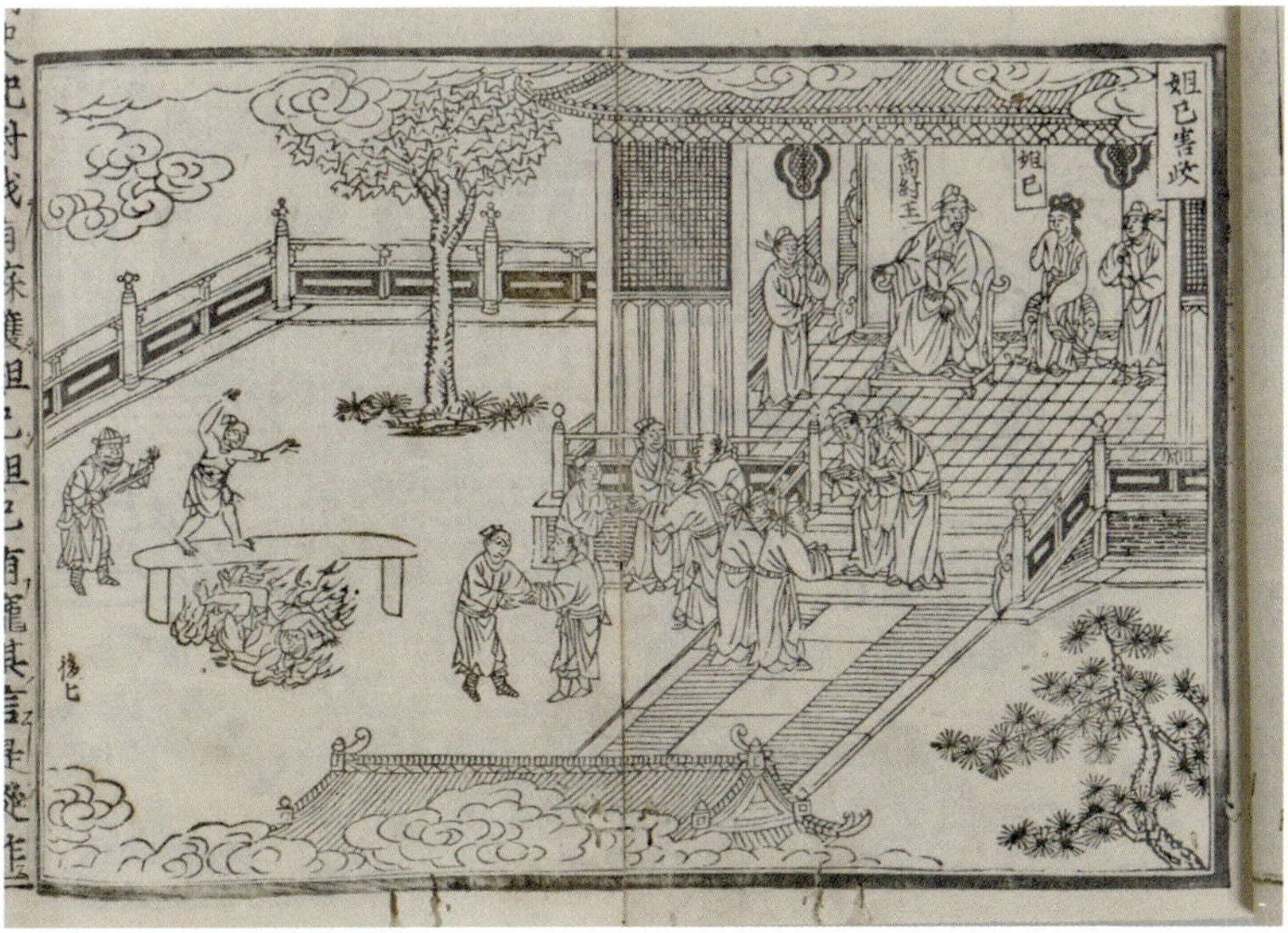

「帝鑑図説」より。臣下を虐待する殷（いん）の紂王（ちゅうおう）

ふがいない男の姿も

女たちの読み物「列女伝」

女に学問は不要。20世紀初頭までの中国では、そんな考え方が一般的でした。男性の領域に口出ししないよう、「男は外、女は内」と教え込むための女児《じょじ》用教科書「女訓書《じょくんしょ》」が、時代ごとにいくつも作られました。

その代表的書物が紀元前1世紀後半に漢《かん》の劉向《りゅうきょう》という男性によって書かれた「列女伝《れつじょでん》」です。善悪さまざまな女性の逸話《いつわ》を、わかりやすい絵図とともに教訓的に語るこの書は、長く読み継がれただけでなく、多くの続編を生みました。京都府立京都学・歴彩館所蔵の「列女伝」は、16世紀末から17世紀初めごろの作と推定される続編の一つです。

糞便《ふんべん》が苦《にが》いのは病の回復する兆《きざ》しと聞き、病気の夫の便をなめて病状を確めた女性の話＝写真①。多くの男性に再婚を迫られ、拒絶《きょぜつ》するために自分の鼻をそぎ落とした未亡人の話。ここまでするの?という、男性社会に都合のよい従順《じゅうじゅん》な女性の話ばかりによって、「女のつとめ」を刷《す》り込まれた女性も少なくありませんでした。

しかし中には、飢《う》えた兵士に捕らわれた夫に代わり、わが肉を食わせた妻や、腸《はらわた》を引きずり出されても賊《ぞく》に屈しなかった妻の話などもあり、挿絵《さしえ》には立ちすくむ無力な夫の姿も描かれています＝写真②。

「女は内」の教えによって、家の中に閉じこめられた女性たちは、こうした教訓書でただ学ばされるだけでなく、娯楽《ごらく》として楽しみながら、ふがいない男たちや一方的な教えの滑稽《こっけい》さを笑っていたのかもしれません。

（林香奈）

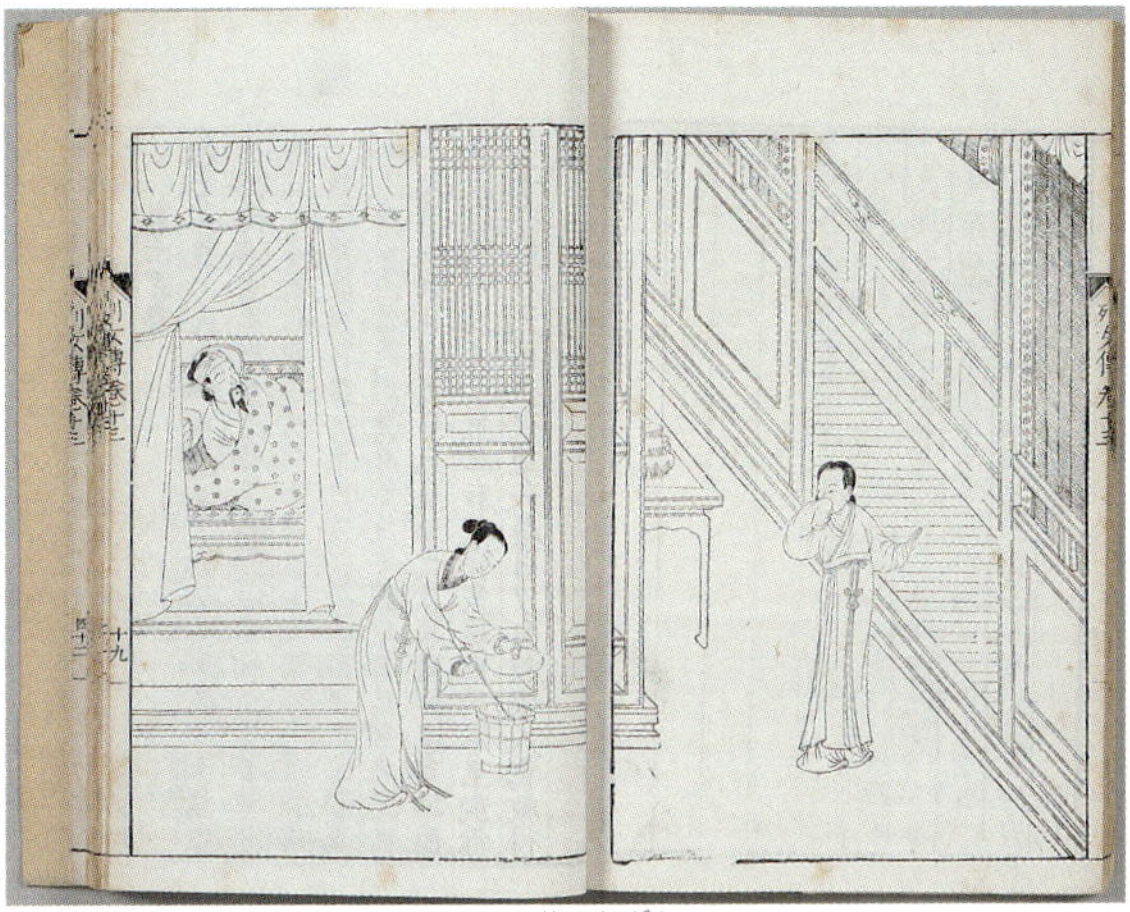
写真①「列女伝」巻十三「恵《けい》士《し》玄《げん》の妻」
（14世紀の女性の逸話）の挿絵

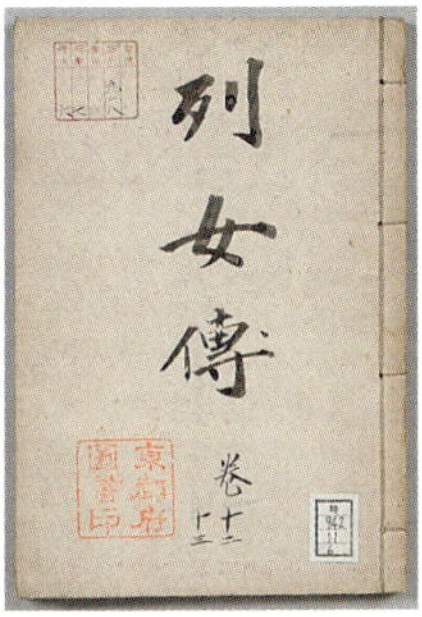

表紙

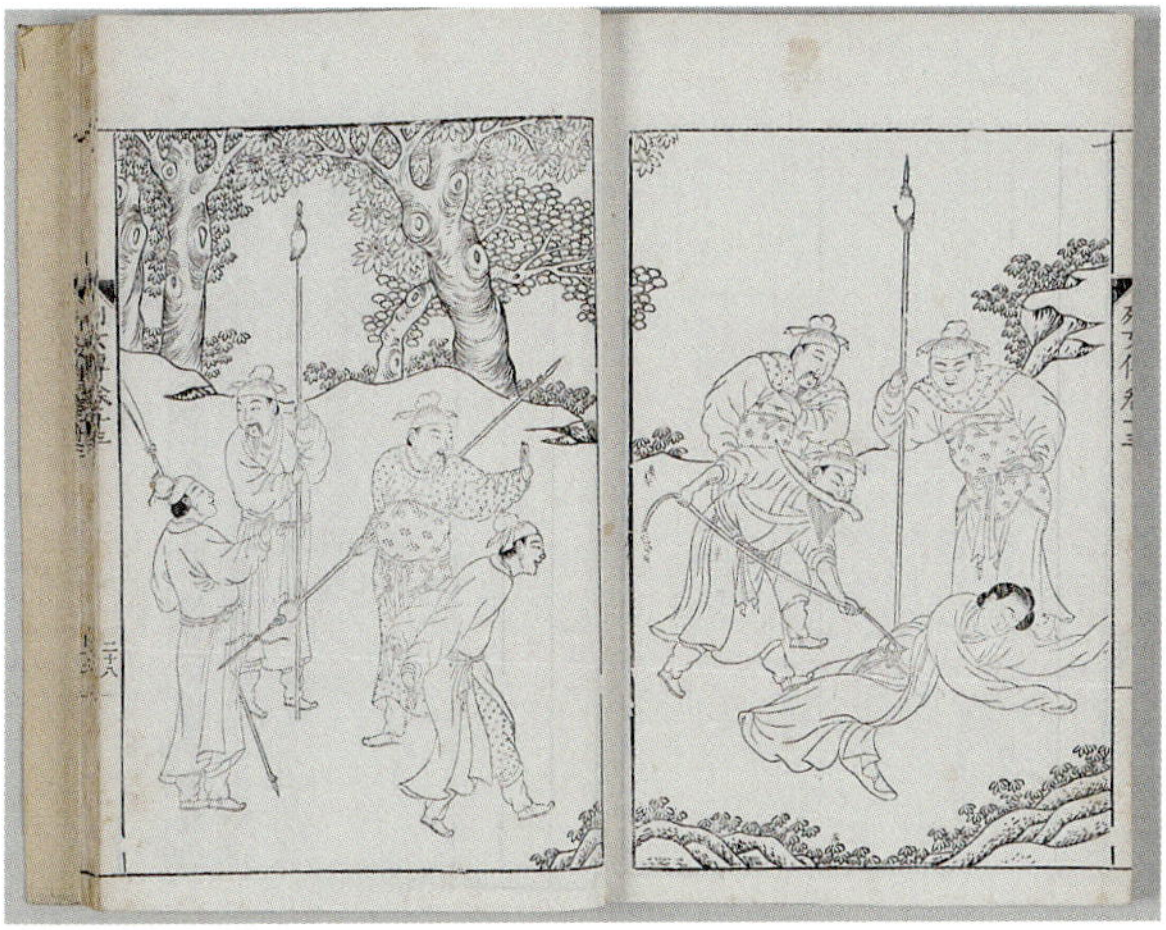
写真②　「列女伝」巻十三「周氏の婦」
（14世紀の女性の逸話）の挿絵

列女伝
汪氏(明)輯
仇英(明)画
7冊(巻4、5冊欠)
26.8 × 18.3cm
乾隆44(1779)年序
貴T13

手荒い激励、名文の一つ

「唐宋八大家文抄」

9世紀、唐の詩人柳宗元《りゅうそうげん》は、友人の王参元《おうさんげん》に次のような手紙を書いています。

「あなたが火事に遭われたと聞き、最初はとても驚きましたが、途中からいろいろ考えはじめ、最後には大喜びするに至りました。お見舞いをするつもりでしたが、お祝いしたいと思うようになりました。」

いくら親しい友人とはいえ、他人の不幸を祝うなどあんまりです。柳宗元はさらに続けてこう記します。

「あなたのところまでは道のりも遠く、知らせの手紙も簡略なので、火事の状況がよくわかりませんが、もしすっかり焼き尽くされ、何も残っていないのであれば、それこそお祝いしたいと思うのです。」

普通なら憤死しそうな内容ですが、その後に、なぜ不幸を祝うのか、その理由が記されます。あなたにはさまざまな才能があるにもかかわらず、金持ちであるがゆえに、取り入ったり、賄賂《わいろ》を受け取ったりしたのではないかという疑いを避けるため、周囲の人々は正当な評価を口にしようとしない。今回の火事ですべてを失ったとしても、それであなたの本来の才能が逆に明らかとなるではないか。禍福《かふく》はあざなえる縄のごとし、禍を転じて福となせ、と。

なんとも手荒い激励ですが、この奇抜な発想と引きつけられる文章力から名文の一つとされています。「唐宋八大家文抄」は、柳宗元をはじめとする唐宋八大家と称される文章家の名文を、16世紀、明の茅坤《ぼうこん》という文人が選び集めたものです。

（林香奈）

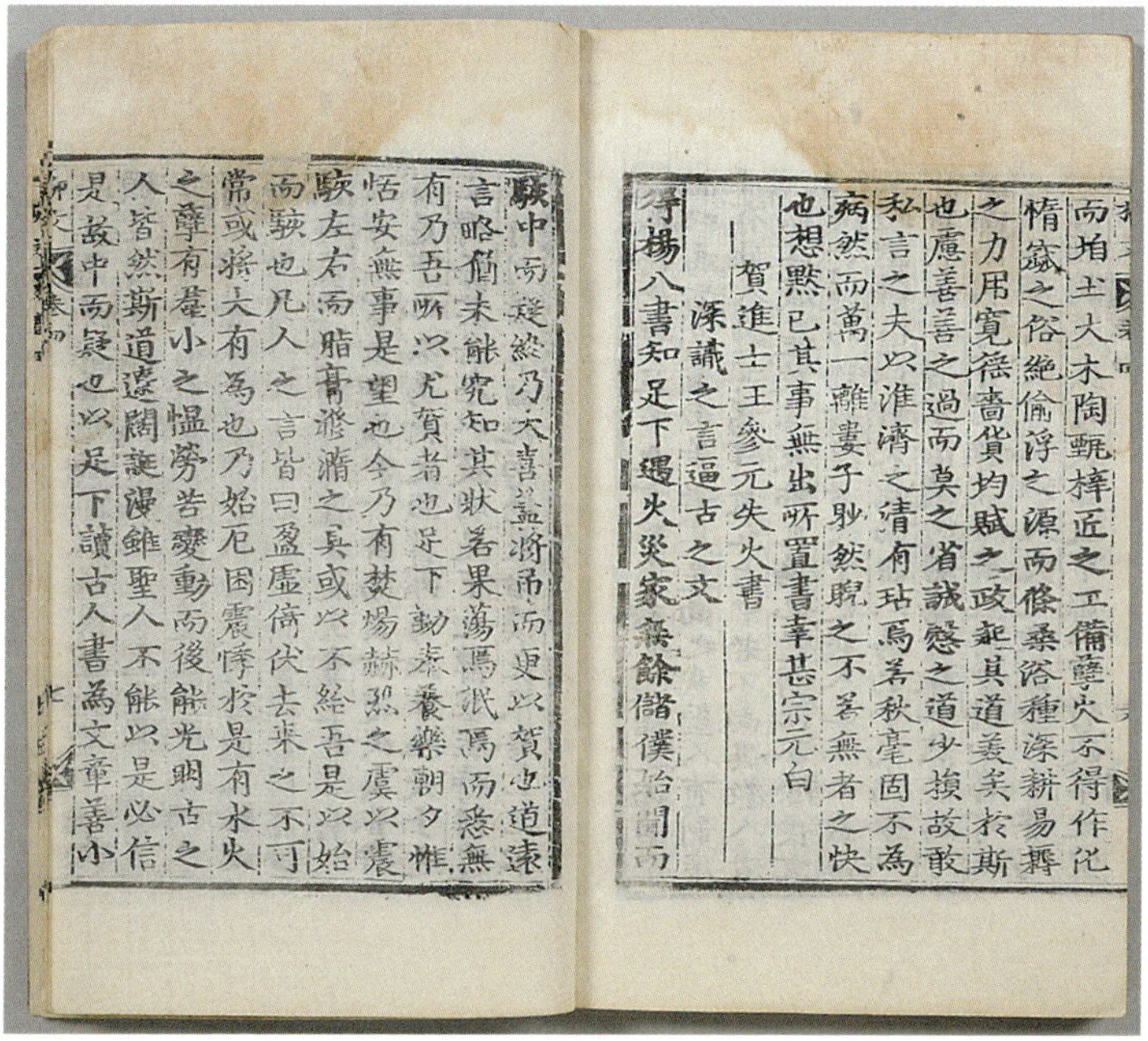

「唐宋八大家文抄」

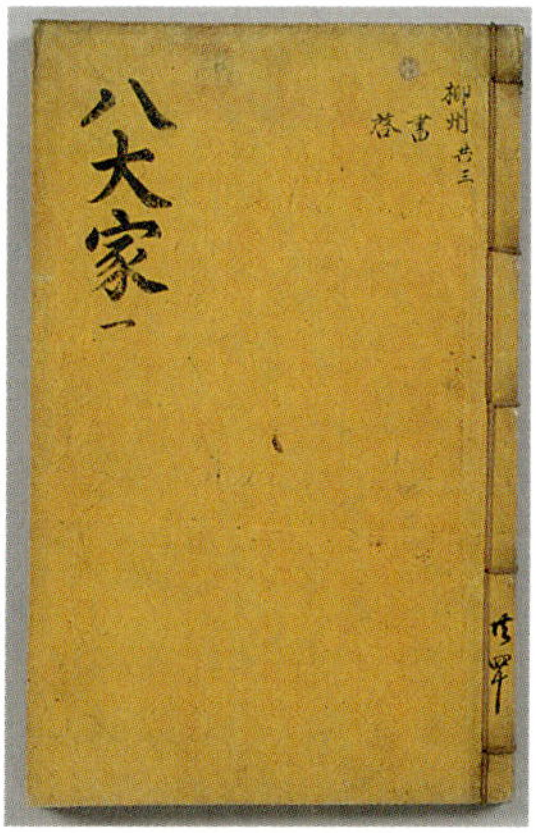

表紙

唐宋八大家文抄
茅坤(明)批評
茅著(明)重訂
40冊
33.4 × 21.2cm
朝鮮版　李朝後期刊
貴567

中国の図解大百科

「三才図会」

「三才図会《さんさいずえ》」は、17世紀の初めに王圻《おうき》という人が編集した中国の絵入り百科です。動物・植物に有名人の顔や武器・道具など、外見が重要なものはもちろんですが、面白いのはいろいろな「遊び」と「学び」の方法が図解されていることです。

囲碁《いご》・将棋《しょうぎ》の打ち方が図解されているのは珍しくもないでしょう。でも琴《こと》のひき方などはどうでしょうか。上の絵は、琴の指使いを図解したものです。右は右手人さし指による「鶏が鳴きながら舞う」動き、左は右手の中指による「ひとりぼっちのカモが群の方を振り返る」動きだそうです。

中指が曲がっているあたり、確かにカモが振り返っているという感じですね。孤独《こどく》なカモの気分でということもあるのでしょう。この後にも「亀が水から出る」「飢《う》えたカラスが雪をついばむ」など、次々と謎の動きが登場します。面白いのですが、さて亀の気分になれるかどうか。

絵の描き方のコーナーもあります。下の絵は、風に散る梅の描き方です。花びらの形によって名前がついているのが面白いですね。かわいい「孩児面《がいじめん》(子供の顔)」の横には「髑髏《どくろ》(ドクロ)」がありま す。右にあるのは「梅花の描き方の歌」、こうした名前でポイントが覚えられるようになっています。

当時の知識人は、琴も絵もできるのが理想でしたから、こんな図解教室がついているのでしょう。一生懸命、目でわかりやすいように工夫しているのですが、さて、役に立ったのかどうか、聞いてみたいものですね。今度中国の梅の絵を見たら、子供の顔がないか探してみるのも面白いでしょう。

(小松謙)

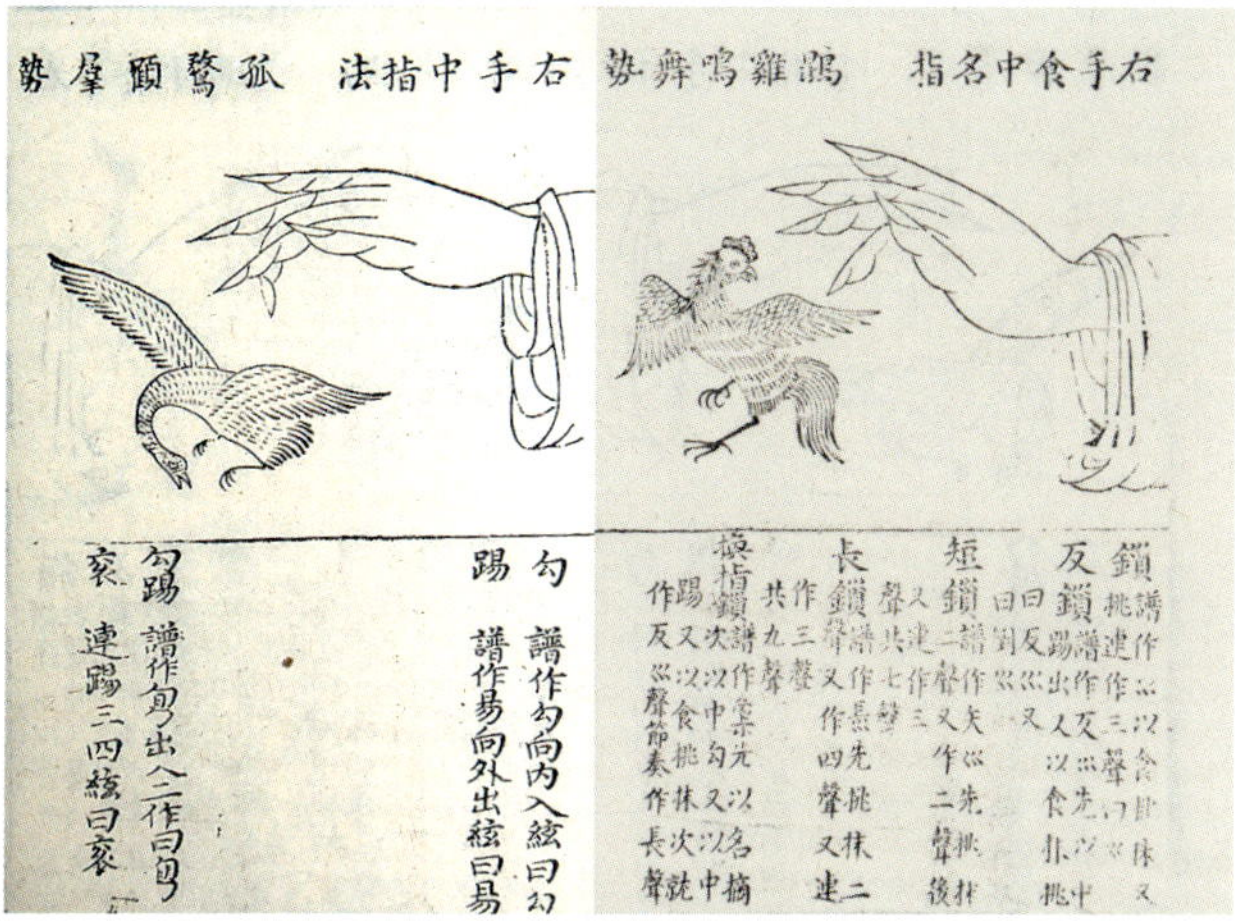

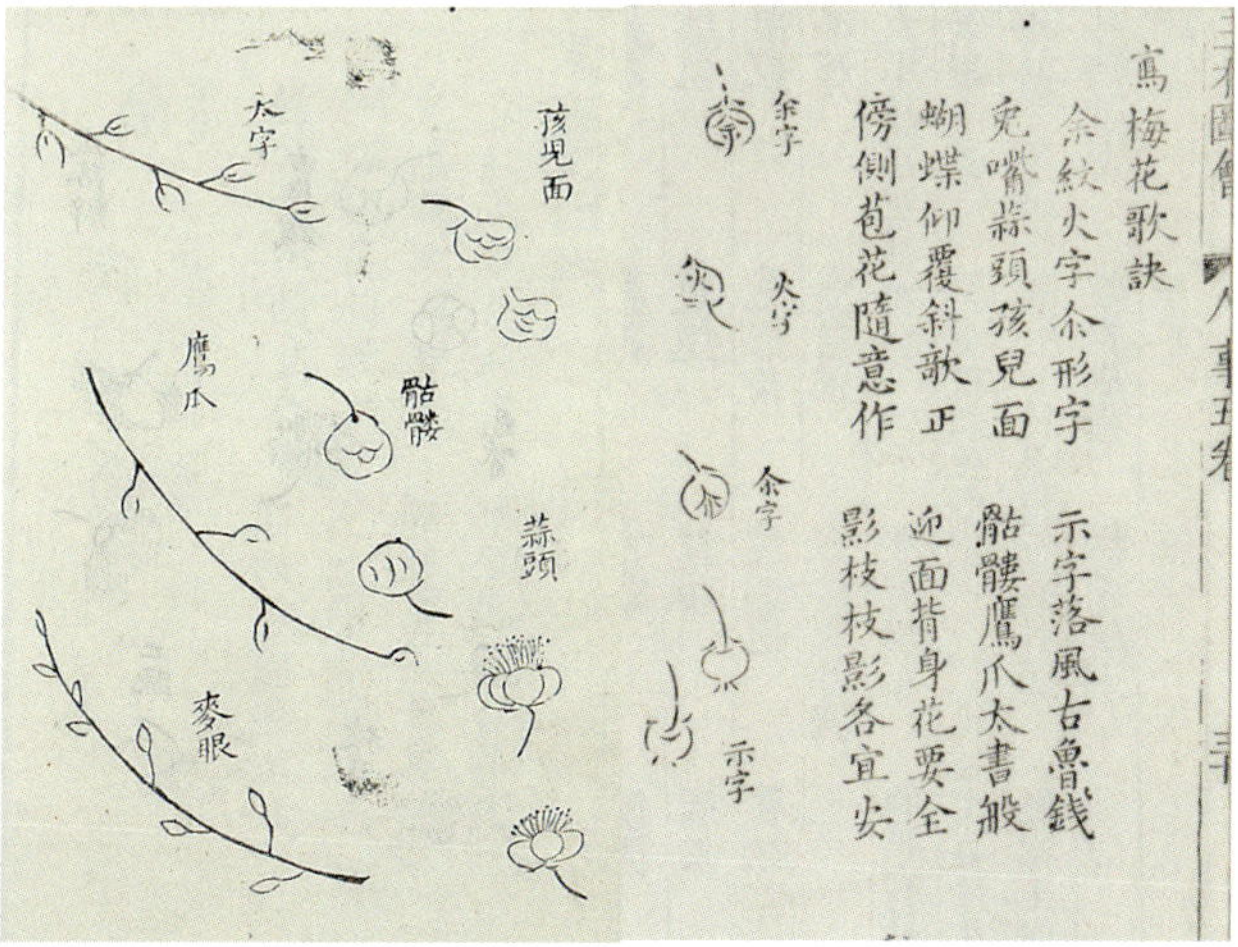

「三才図会」より琴の指使い（上）と梅の描き方（下）

三才図会
120冊
28.0 × 18.0cm
松江王氏刊
万暦37（1609）年序
貴31

海賊版にご用心

「増定便攷医学善本」

人の答案を丸写しにしてばれたら大変なことになりますね。昔はどうだったのでしょう。

この本は、明代の龔廷賢《きょうていけん》という人が書いた医学書で、中国はもちろん、日本や朝鮮でも何度も出版された17世紀の大ベストセラーです。でもこの本には変なところがあります。

上段左のページをご覧下さい。「増定便攷《ぞうていべんこう》（「考」の異体字）医学善本」と題されていますね。ところが右のページには「万病回春例言」とあります。どちらが本当の題名なのでしょうか。実は下段巻一の末尾からもわかるように、全部の巻の最後にも「万病回春」とあります。つまり、本当の題は「万病回春」なのに、最初だけ「医学善本」となっているのです。

山梨大学の上原究一氏による最近の研究で、なぜこんなことになったのかが明らかになりました。本来の題名は「万病回春」で、南京の周氏という出版社が刊行したものでした。それを杭州の汪淇《おうき》という出版業者が、周氏には無断で刊行したのです。いわゆる海賊版ですね。周氏はかんかんに怒って汪淇を攻撃しました。ところが汪淇は、題名を変えて同じ本を出版したのです。しかも、変えたのは題だけで、後の方は全部そのままなのですから、面の皮の厚さは相当なものです。「万病回春」と「医学善本」がどちらも四字なのにご注意下さい。そこだけ彫り変えればすむという魂胆ですね。

この本はベストセラーですから、他にも刊行されているのですが、こういう問題は起きていません。他の出版社は、ちゃんと周氏に断ったのでしょう。この例から、意外に昔も版権というものが重視されていたこともわかるのです。（小松謙）

巻一冒頭

例言

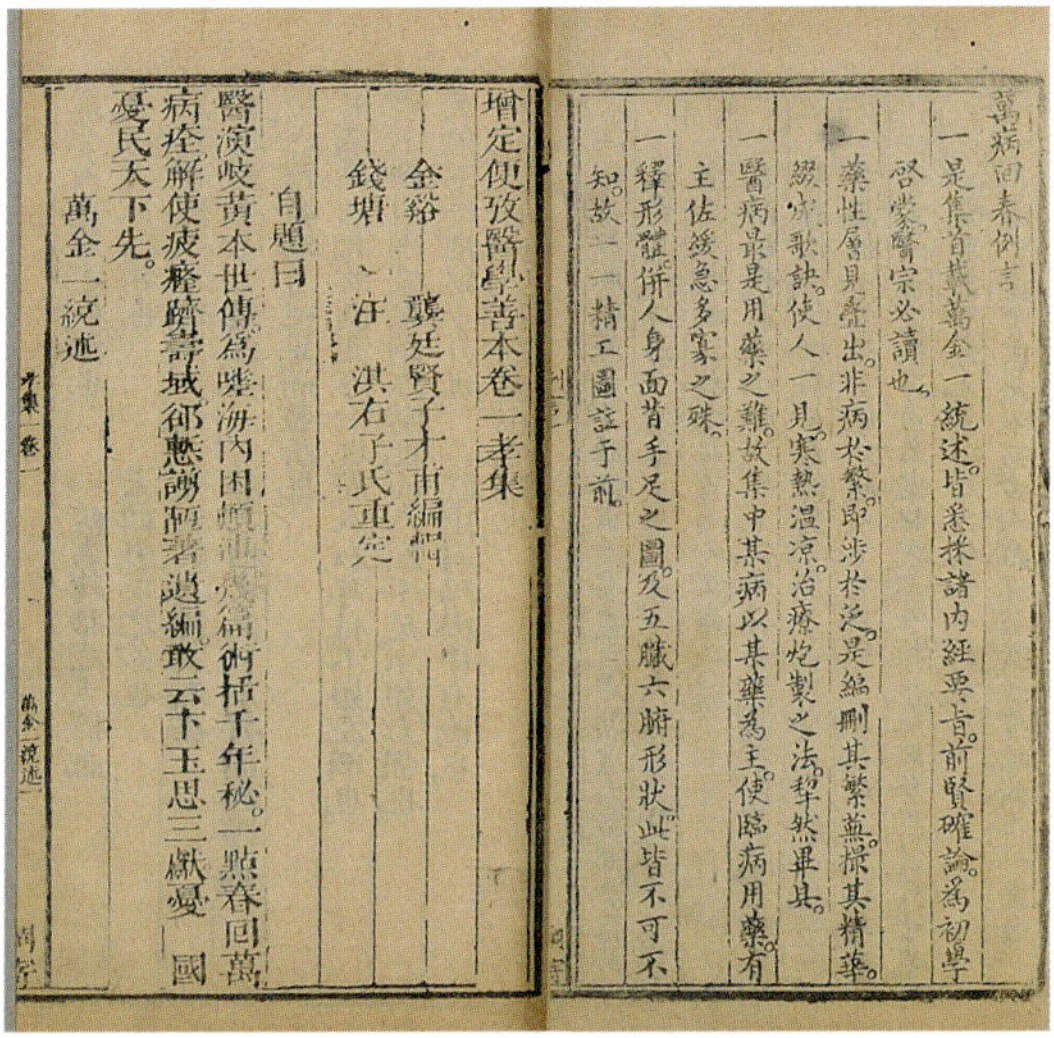
萬病回春例言
一是集首載萬金一統述。皆采摭諸内經要旨。前賢確論。爲初學啓蒙。醫宗必讀也。

一藥性歷見叠出。非病於繁。即涉於泛。是編刪其繁蕪。採其精華。綴成歌訣。使人一見。寒熱温凉。治療炮製之法。犂然畢具。

一醫病最是用藥之難。故集中某病以某藥爲主。使臨病用藥。有主佐緩急多寡之殊。

一釋形體。併人身面背手足之圖。及五臟六腑形狀。此皆不可不知。故一一精工圖註于前。

增定便攷醫學善本卷一　孝集
金谿　龔廷賢子才甫編輯
錢塘　汪淇右子氏重定
自題曰
醫演岐黄本世傳。術括千年秘。一點春回萬病痊。解使疲癃躋壽域。郤慙謏陋著遺編。敢云不玉思三獻。憂國憂民天下先。
萬金一統述

巻一末尾

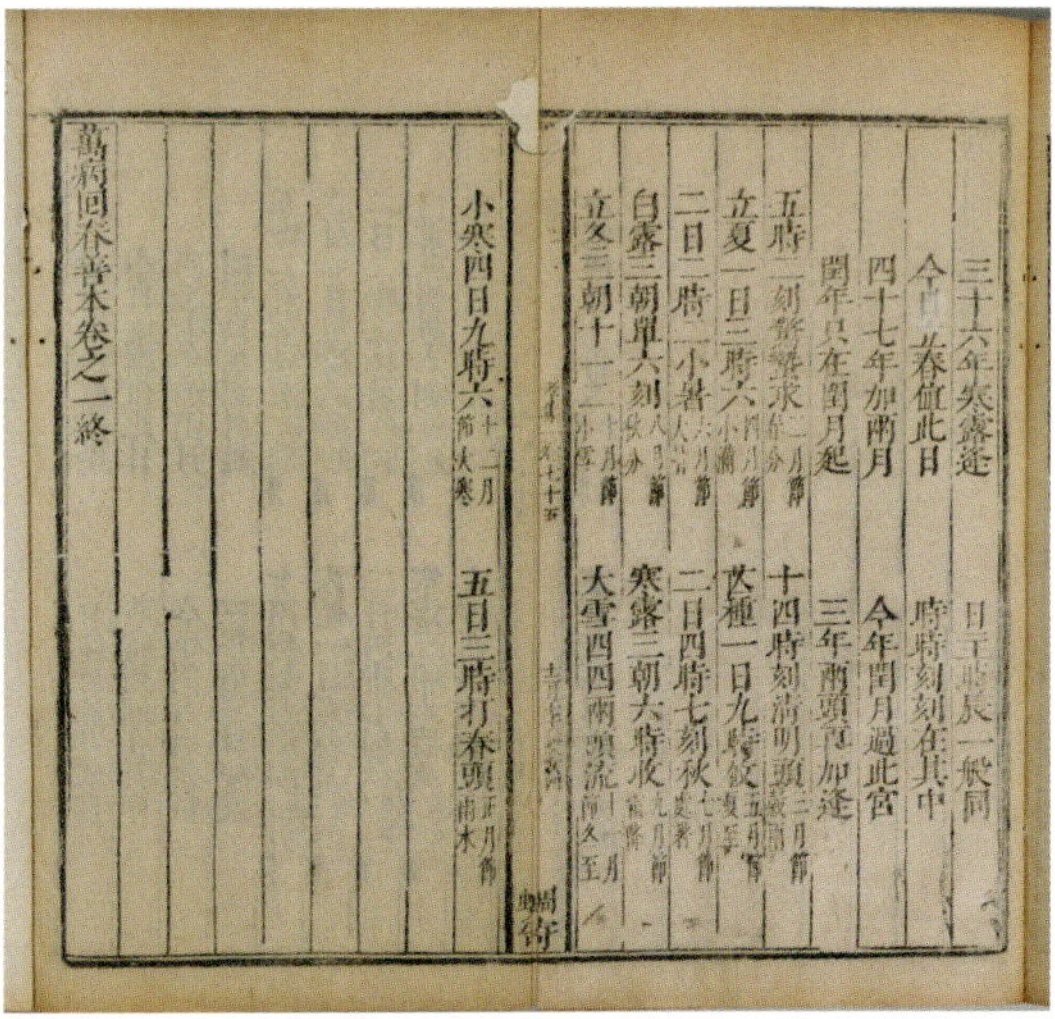
三十六年寒露逢　日干時辰一般同
今年立春值此日　時時刻刻在其中
四十七年加兩月　今年閏月過此宮
閏年只在閏月起　三年兩頭復加逢
五時一刻驚蟄求　十四時刻清明頭
立夏一日二時六　芒種一日九時饒
二日二時一小暑　二日四時七刻秋
白露二朝單六刻　寒露二朝六時收
立冬三朝十一二　大雪四四兩頭流
小寒四日九時六　五日三時打春頭

萬病回春善本卷之一終

「増定便攷医学善本」より

増定便攷医学善本
8冊
23.6 × 13.0cm
汪淇蜩奇還読斎刊
康熙元(1662)年序
特-620-1-1〜8

魅惑の杭州　歴史と文化を綴る

「南宋雑事詩」

「上には天国、下には蘇州・杭州がある」と言われる中国浙江省《せっこうしょう》杭州は、誰もが一度は訪れてみたいと思う憧れの街です。中でも絶世の美女西施《せいし》（180、181頁参照）になぞらえられる西湖は、この世のものとは思われぬ幻想的な美しさを今もたたえています。

12世紀、南宋の詩人范成大《はんせいだい》が「呉郡志」の中で、先の「天上に天堂あり、地下に蘇杭あり」という諺《ことわざ》を記しているように、杭州は古くから風光明媚《ふうこうめいび》な地として知られていたようですが、それだけでなく、南宋の都が置かれた地でもあったので、歴史と文化を有する古都としての魅力も大きいのでしょう。

18世紀に入り、杭州出身の7人の詩人たちが書籍を渉猟《しょうりょう》し、古都杭州の歴史や風俗などさまざまな事柄について記したのが「南宋雑事詩」です。各詩人が杭州を題材とした七言絶句を百首ずつ詠み、さらに一首ごとに自ら詳細な注を施しているこの書は、同地出身の明の田汝成《でんじょせい》による「西湖遊覧志」を補完することを目指して編まれたものです。

「誰か主《つかさど》る西湖造化の功、総《すべ》て詠ずるに相い宜《よろ》しきは画図の中。四時判を分かち題を拈《ひね》るの日、蘇公と白公とを見ざるのみ。」

すべてが絵になる美しい西湖をいったい誰が作ったのか。春夏秋冬、いつでも西湖を題に詩を詠ずることができるほど。ただ西湖ゆかりの大詩人白楽天《はくらくてん》と蘇東坡《そとうば》とが今いないだけだ。作者の一人沈嘉轍《しんかてつ》が、かつて蘇東坡が西湖を詠じた詩句をふまえて詠んだこの詩からは、西湖に詩興を促された詩人の感動と杭州への深い思い入れがうかがわれます。

（林香奈）

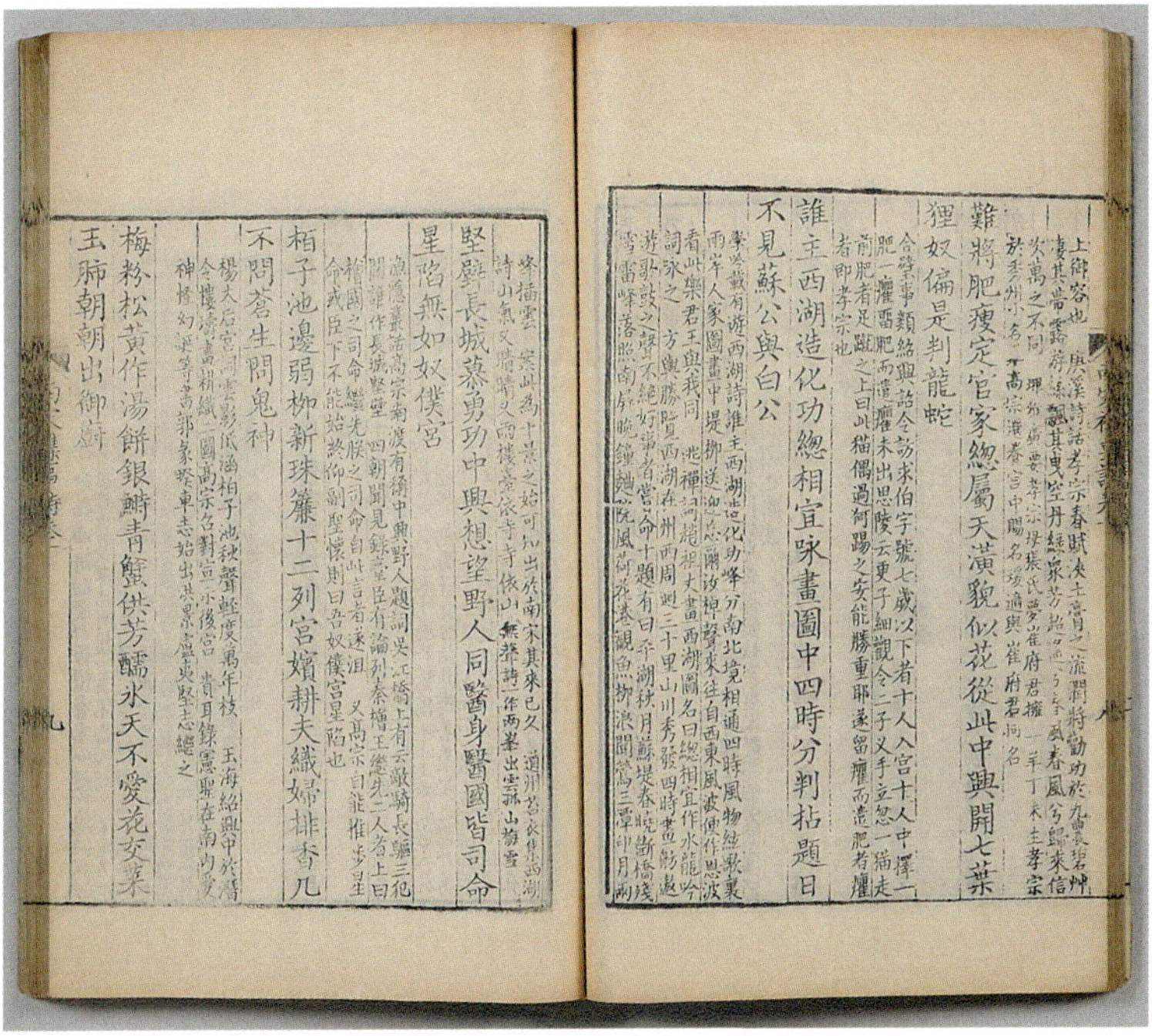

「南宋雑事詩」絶句の後に自注が付されている

南宋雑事詩
沈嘉轍（清）ほか撰
2冊
24.5×15.5cm
清代刊
特-821-32

中国の美女を詩文と絵で
「百美新詠図伝」

写真①の女性は、春秋時代、呉王夫差《ふさ》が女色に迷い政治を怠《おこた》るよう仕向けるため、越から呉に献上された西施《せいし》です。写真②は漢代に、和親のために異民族である匈奴《きょうど》へ嫁がされた王昭君《おうしょうくん》。写真③は、玄宗とのロマンスで有名な楊貴妃。いずれも中国四大美女に数えられる絶世の美女です。

繊細な筆致で描かれるかれんな女性たちの姿は、歴史書や文学作品に登場する女性の美貌やいかに、という読者の尽きぬ興味に対し、さまざまな議論の題材を提供しただけでなく、さらなる想像の世界へと人々を誘ったことでしょう。

「百美新詠図伝《ひゃくびしんえいずでん》」は18世紀末、清の顔希源《がんきげん》という文人が、中国の歴史上あるいは伝説上の美女百三人を選び、さまざまにその姿を描き出そうとした詩画集です。百句五十韻《いん》で各美女を詠じた顔希源による五言詩と二百首を超える七言絶句、小伝を付した美人画百枚とを一書に融合したもので、歴代の美女を視覚的に、また物語として、そして詩によって味わえる、一粒で三度もおいしい構成になっています。

当時、大詩人として名をはせた袁枚《えんばい》の鑑定と銘打ってその序を巻頭に掲げ、袁枚らの詩も収めています。図も人物画で名高い画家王翽《おうかい》が描いたものを木版画にしており、それだけでも話題の書であったと想像されます。

貞女《ていじょ》や賢婦《けんぷ》だけでなく、そうした規範から大きく外れた女性をも含んでいると著者や袁枚が序に記すように、美女の選択にも当時議論があったことがうかがわれますが、美しいものを伝えて何が悪いと、ひたすら美にこだわった一冊と言えるかもしれません。

（林香奈）

写真①　西施

写真③　楊貴妃

写真②　王昭君

百美新詠圖傳
顔希源(清)撰
王翽(清)画
4冊
26.0 × 14.7cm
清代刊(第4冊は補写)
嘉慶10(1805)年跋
特 -821-18-1〜4

この本でとりあげた古典籍

※数字は注記があるもの以外、成立年代を示す　小字は参考主要作品

世紀	八	九	十	十一	十二	十三	十四	十五	十六	十七	十八
日本	奈良時代	平安時代				鎌倉時代		室町時代			
中国	唐		五代	北宋	南宋		元	明			

和歌と日本の漢詩

- 万葉集
- 凌雲集
- 古今和歌集　九〇五以降（二十一代集の最初）
- 和漢朗詠集　一〇一二頃
- 千載和歌集　一一八八
- 新古今和歌集　一二〇五以後
- 新勅撰和歌集　一二三五
- 百人一首
- 新葉和歌集　一三八一
- 新続古今和歌集　一四四七
- 類葉抄　一四九一
- 梶の葉

物語・随筆・謡曲など

- 竹取物語
- 伊勢物語
- 土佐日記　九三五
- 源氏物語
- 今昔物語集
- 愚管抄　鎌倉初期
- 山路の露　一三世紀前半？
- 平家物語
- 徒然草
- 源氏小鏡　一四世紀後半
- 御伽草子　一五―一六世紀頃
- 仮名草子
- 嵯峨本謡曲呉服・白楽天　慶長後期刊
- 太閤記
- 絵入源氏物語　一六五〇跋
- 洛陽名所集　一六五八
- 伽婢子　一六六六
- 枕草子春曙抄　一六七四刊
- けいせい風流杉盃　一七〇五
- 百人女郎品定　一七二三刊
- 常山紀談　一七三九成
- 世間母親容気　一七五二
- 倭詞接木花　一七六九刊

その他（辞書・記録など）

- 古事記・日本書紀
- 新修鷹経　九世紀初？
- 新撰字鏡
- 御堂関白記
- 明月記
- 吾妻鏡
- 中興禅林風月集抄
- 八帖花伝書
- 日葡辞書
- 破提宇子　一六二〇刊
- 塵劫記
- 日本書籍考　一六六七
- 大怒佐　一六八五刊
- 女重宝記　一六九二
- 和字正濫要略　一六九八
- 鳥羽絵欠び留　一七二〇
- 便用謡　一七二三刊
- 百人女郎品定　一七二三刊
- 押絵早稽古　一七三九
- 雛遊びの記　具合の記　一七四九
- 南蛮寺興廃記　江戸中期成
- 経典余师　一七八六

中国・朝鮮

- 張丘建算経　五世紀後半
- 白氏文集
- 容斎随筆
- 山谷内集詩註・山谷外集詩註・山谷別集詩註　一二世紀半―一三世紀初
- 三体詩
- 韻府群玉
- 少微通鑑節要　一三九五刊
- 三国志演義
- 南監本二十一史　一六世紀初頭―一七世紀前半
- 帝鑑図説　一五七二成
- 列女伝　一六世紀後半―一七世紀前半
- 唐宋八大家文抄　一六世紀後半―一七世紀前半
- 三才図会　一六〇九序
- 医学善本　一六六二
- 南宋雑事詩　一七二三頃

十九

明治時代

江戸時代

清

万葉集略解

万葉地名国分

浮世風呂

八嶋那須ノ方 一八三一写

狂言謡 一八三一写

偐紫田舎源氏

頭髪沿革考 一八八九刊

拾遺都名所図会 一七八七

伊勢参宮名所図会 一七八九—一八〇一

絵本をとな遊び 一七九二

和蘭産物図考 一七九八

盃席玉手妻 一七九九

西洋雑記 一八〇一序

養蠶秘録 一八〇一—〇四

日新館童子訓 一八〇三跋

双六独稽古 一八一一

容顔美艶考 一八一四頃

光琳百図 一八一五序

水練早合点 一八一六

夢之代 一八二〇跋

遠西観象図説 一八二三

有毒草木図説 一八二七

将棋玉図 一八三六

絵本通俗三国志 一八三六—四一

廣益国産考 一八四二

三語便覧 一八五四頃刊

万国普通暦 一八五五

砲薬新書 一八五五—五六

洋算用法 一八五七

淀川両岸一覧 一八六〇

草木図説 一八六二

仏語明要 一八六四刊

西洋事情 一八六六

淀川合戦見聞奇談 一八六八

雲上便覧大全 一八六八

投壺小筌 年代不詳(江戸後期)

舞楽図 明治初期写

米欧回覧実記 一八七六頃

都の魁 一八八三刊

新撰組往時実戦談書 一九〇四—〇八頃

紅楼夢

百美新詠図伝 一七八七序

全韻玉篇

敬奄遺稿

あとがき

『京都府立総合資料館の書庫から　古典籍へようこそ』が京都新聞出版センターから公刊されたのは二〇一〇年のことであった。当時の井口和起館長は、「いま進み始めている新しい資料館の建設と新生の方向を示してくれている」という評価を、その「あとがき」に寄せられていた。

その後、二〇一六年秋に旧総合資料館はいったん幕を閉じ、新しい組織と施設によって京都府立京都学・歴彩館として新生した。新施設では、総合資料館の膨大な資料と文献を継承してその整理と公開を続けるとともに、新しく京都学の推進という機能を加えて、京都学の深化と発信の使命の一端を担うこととなった。京都学・歴彩館では、京都府立大学とともにその機能の充実を目指している。

本書『遊びをせんとや』はその過程の成果であり、『古典籍へようこそ』に続く、第二弾である。本書のタイトルは言うまでもなく、一二世紀末に後白河法皇が今様を収集した『梁塵秘抄』に記された有名な言辞、「遊びをせんとや生まれけむ」に由来する。

「遊び」にはいろいろな類型があり、動物でも遊びを行う例のあることが知られている。にもかかわらず「遊び」とはやはり、人間の諸活動の中でも最も人間らしいものであろう。子供の遊びは、体力のトレーニングであり、社会生活のトレーニングでもある。さらに、人間社会の知識や能力の取得作業でもある。大人にとって遊びとは、精神的にまた身体的に緊張を解きほぐす手段であるだけではなく、高度な知識や教養、あるいはさまざまな技術を求め、習得する過程でもある。いまではほとんど使用されないが、かつて海外に勉学に出かけることを「遊学」と称したことは、まさしくこの意味においてであった。

本書とともに、大いに、また知的に遊んでいただきたい。

京都学・歴彩館館長
金田章裕

執筆者一覧（各50音順）

京都府立大学文学部
日本・中国文学科
赤瀬　信吾
安達　敬子
小松　　謙
鳴海　伸一
林　　香奈
藤原　英城
母利　司朗
山崎　福之

京都府立京都学・歴彩館
資料課
大瀧　徹也
小篠　景子
楠　　久美
祖父江長良
松田万智子
藤本　恵子
藤原　直幸
若林　正博

元教員
井野口　孝
岸本　恵実（現・大阪大学）

古典籍へようこそII　遊びをせんとや

発　行　日　2018年5月25日　初版発行
編　　　者　京都府立大学文学部　日本・中国文学科
　　　　　　京都府立京都学・歴彩館
発　行　者　田中　克明
発　行　所　京都新聞出版センター
　　　　　　〒604-8578　京都市中京区烏丸通夷川上ル
　　　　　　TEL075-241-6192　FAX075-222-1956
　　　　　　http://www.kyoto-pd.co.jp/book/

印刷・製本　株式会社スイッチ.ティフ
ISBN978-4-7638-0697-0 C0090